Zoë Ferraris
Die letzte Sure



PIPER

Zu diesem Buch

Als Nouf, die jüngste Tochter einer angesehenen Familie aus Dschidda, spurlos verschwindet, bittet ihr Bruder Othman seinen besten Freund, den Wüstenführer Nayir, um Hilfe. Das Mädchen wurde offensichtlich in einem Wadi umgebracht. Nayir, der lange unter Beduinen gelebt hat, versucht dem rätselhaften Verbrechen auf die Spur zu kommen. Dabei stößt er auf eine Mauer des Schweigens und an die Grenzen der Gesetze und Traditionen der arabischen Gesellschaft. Mehr noch: In der Begegnung mit der fortschrittlichen Pathologin Katya, die ihm bei den Ermittlungen hilft, wird er sich der Enge seines Glaubens und seiner bisher verdrängten Sehnsüchte bewusst.

*Zoë Ferraris* hat ein Jahr lang in einer strenggläubigen muslimischen Gemeinde in Dschidda, Saudi-Arabien, gelebt, bevor sie ihr Romandebüt »Die letzte Sure« schrieb. Für »Die letzte Sure« wurde sie mit dem »Mystery Fiction Award« der Santa Barbara Writers Conference ausgezeichnet. Zoe Ferraris hat einen MFA der Columbia Universität in New York. Zuletzt erschien mit »Wüstenblut« ihr dritter Roman.

Zoë Ferraris

# DIE LETZTE SURE

Roman

Aus dem Amerikanischen von
Matthias Müller

Piper München Zürich

*Mehr über unsere Autoren und Bücher:*
*www.piper.de*

Von Zoë Ferraris liegen im Piper Verlag vor:
Wüstenblut
Totenverse
Die letzte Sure

MIX
Papier aus verantwortungsvollen Quellen
FSC® C083411

Ungekürzte Taschenbuchausgabe
April 2015

Titel der Amerikanischen Originalausgabe:
»Finding Nouf«, Little, Brown and Company, a division of Hachette, New York 2007

Umschlaggestaltung: Hauptmann & Kompanie Werbeagentur, Zürich,
unter Verwendung eines Fotos von Ayal Ardon/Trevillion Images
Satz: Fotosatz Amann, Memmingen
Gesetzt aus der Albertina
Papier: Munken Print von Arctic Paper Munkedals AB, Schweden
Druck und Bindung: CPI books GmbH, Leck
Printed in Germany ISBN 978-3-492-30484-9

*»Wer nicht heiratet, ist nicht von mir.«*
Mohammed

# 1

Bevor die Sonne an jenem Abend unterging, füllte Nayir seine Wasserflasche, nahm den Gebetsteppich unter den Arm und stieg die gen Süden gelegene Düne unweit des Lagers hinauf. Aus einem der Zelte hinter ihm erscholl lautes Gelächter, und er vermutete, dass seine Männer Karten spielten, wahrscheinlich Tarnip, und den Siddiqi herumgehen ließen. Jahrelanges Reisen durch die Wüste hatte ihn gelehrt, dass man niemanden davon abhalten konnte zu tun, was er wollte. Hier draußen gab es kein Gesetz, und wenn den Männern nach Alkohol zumute war, dann tranken sie eben welchen. Nayir fand die Vorstellung widerwärtig, dass sie am Freitagmorgen, dem heiligen Tag, mit einem vom Schnaps verunreinigten Körper aufwachen würden. Aber er sagte nichts. Nach einer Woche ergebnislosen Suchens war ihm nicht danach, andere zurechtzuweisen.

Er erklomm die Düne in gemächlichem Tempo und pausierte erst, als er den Kamm erreicht hatte. Von hier aus hatte er einen weiten Blick über das Wüstental, verkarstet und flach, umgeben von niedrigen Dünen, die sich im goldenen Licht der untergehenden Sonne als Wellenlinie abzeichneten. Doch sein Auge wurde zu etwas hingezogen, das das friedliche Bild störte: ein halbes Dutzend Geier, die sich über den Kadaver eines Schakals hermachten. Sie waren der Grund gewesen, warum sie hier Halt gemacht hatten – wieder eine falsche Fährte. Vor zwei Tagen hatten sie es aufgegeben, die Wüste abzusuchen, stattdessen waren sie dazu übergegangen, den Geiern zu folgen. Doch jede Ansammlung von

Geiern führte sie nur zu einem verendeten Schakal oder einer toten Gazelle. Natürlich waren sie erleichtert, aber gleichzeitig auch enttäuscht. Er hatte die Hoffnung noch nicht aufgegeben, dass sie sie finden würden.

Er holte seinen Kompass hervor, suchte die Richtung nach Mekka und legte seinen Gebetsteppich aus. Er schraubte seine Wasserflasche auf und schnüffelte zur Sicherheit daran, eine automatische Geste. Das Wasser roch nach Blech. Er nahm einen Schluck und kniete dann schnell auf dem Sand nieder, um seine Waschungen zu verrichten, darauf bedacht, keinen Tropfen zu verschütten. Er rieb sich Arme, Hals und Hände ab, und als er fertig war, schraubte er die Wasserflasche wieder fest zu und genoss die kurze Erfrischung des Wassers auf seiner Haut.

Er erhob sich und begann zu beten, doch seine Gedanken wanderten immer wieder zu Nouf. Aus Gründen des Anstandes versuchte er, sich nicht ihr Gesicht oder ihren Körper vorzustellen, doch je mehr er an sie dachte, desto lebendiger wurde sie. Vor seinem geistigen Auge schritt sie durch die Wüste, den Körper gegen den Wind gestemmt, während das schwarze Gewand gegen ihre sonnenverbrannten Knöchel peitschte. *Allah verzeih mir, dass ich mir ihre Knöchel vorstelle,* dachte er. Und dann: *Wenigstens glaube ich, dass sie noch lebt.*

Wenn er nicht betete, stellte er sich andere Dinge vor. Er sah sie knieend vor sich, wie sie sich Sand in den Mund schaufelte, im Irrglauben, es sei Wasser. Er sah sie ausgestreckt auf dem Rücken liegen, und das metallene Handy sengte ihr ein Brandmal in die Hand. Er sah die Schakale ihren Körper in Stücke reißen. Doch während des Gebets bemühte er sich, diese Ängste beiseitezuschieben und sich vorzustellen, dass sie noch um ihr Leben kämpfte. Heute Abend rang sein Geist verzweifelter als je zuvor darum, diesem scheinbar aussichtslosen Fall doch noch einen Funken Hoffnung einzuhauchen.

Nach dem Gebet fühlte er sich erschöpfter als zuvor. Er rollte den Teppich zusammen, setzte sich am äußersten Rand des Hügels in den Sand und blickte hinaus auf die Dünen. Der Wind nahm zu und streichelte den Wüstenboden, hob ein paar Sandkörner auf, um seine Eleganz besser zur Schau zu stellen, während die Erde ihre Haut mit einem Kräuseln abstreifte und die Flucht zu ergreifen schien. Die Gestalt der Dünen veränderte sich unablässig mit dem Wind. Mal erhoben sie sich zu Gipfeln, mal legten sie sich in schlierende Muster, wie Schlangenspuren. Die Beduinen hatten ihm beigebracht, die Formen zu deuten, um daraus praktische Folgen abzuleiten wie etwa die Wahrscheinlichkeit eines Sandsturms oder die Windrichtung am nächsten Tag. Einige Beduinen glaubten, dass die Formen auch prophetische Bedeutungen bargen. Im Moment bildete das Gelände, das ihm direkt gegenüberlag, eine Reihe von Sicheln, anmutige Halbmonde, die sich dem Horizont entgegenfächerten. Sicheln bedeuteten, dass Veränderung in der Luft lag.

Nayirs Gedanken wanderten zu dem Bild in seiner Tasche. Nachdem er sich vergewissert hatte, dass niemand hinter ihm den Hügel heraufkam, holte er das Foto hervor und gestattete sich das seltene Vergnügen, das Gesicht einer Frau zu betrachten.

Nouf ash-Shrawi stand in der Mitte des Bildes, ein glückliches Lächeln auf dem Gesicht, und schnitt sich ein Stück Torte ab. Es war auf der Geburtstagsparty ihrer jüngeren Schwester. Sie hatte eine lange Nase, schwarze Augen und ein umwerfendes Lächeln. Es war schwer vorstellbar, dass sie kaum vier Wochen nach der Aufnahme fortgelaufen war – und dann auch noch in die Wüste – und alles hinter sich gelassen hatte: einen Verlobten, ein luxuriöses Leben, eine glückliche Familie. Auch die kleine fünfjährige Schwester hatte sie verlassen, die da auf dem Foto neben ihr stand und bewundernd zu ihr hochblickte. *Warum?*, fragte er sich. Nouf war erst sechzehn. Sie hatte noch das ganze Leben vor sich.

Und wo war sie hingegangen?

Als Othman anrief und ihm vom Verschwinden seiner Schwester berichtete, war Nayir wie vor den Kopf gestoßen. Noch nie hatte er Othman so schwach erlebt. »Ich würde mein Blut hergeben«, hatte er gestammelt, »wenn das helfen würde, sie zu finden.« In dem langen Schweigen, das folgte, spürte Nayir, dass Othman weinte. Er hatte das Schlucken in der Stimme gehört. Othman hatte ihn noch nie um etwas gebeten. Nayir versprach, er wolle alles tun, um zu helfen.

Schon seit vielen Jahren hatte er die Männer der Familie Shrawi in die Wüste geführt. Dutzende Familien wie die Shrawis. Und sie waren alle gleich: reich und aufgeblasen, krampfhaft bemüht zu beweisen, dass sie ihr beduinisches Geburtsrecht nicht verloren hatten, auch wenn für die meisten von ihnen die dunklen Ölquellen des Landes immer eine größere Anziehungskraft haben würden als jede oberirdische Landschaft. Aber Othman war anders. Er war einer der wenigen, die die Wüste ebenso leidenschaftlich liebten wie Nayir, und er war klug genug, seine Abenteuer auch zu genießen. Er bestieg ein Kamel erst dann, wenn ihm jemand erklärt hatte, wie man wieder herunterkam. Er holte sich nie einen Sonnenbrand. Er verlor nie die Orientierung. Er und Nayir waren sich durch ihre gemeinsame Liebe für die Wüste nähergekommen, und es war eine unkomplizierte Freundschaft entstanden, die sich im Lauf der Jahre vertieft hatte.

Am Telefon war Othman derart verzweifelt, dass die Geschichte nur in verwirrenden Bruchstücken aus ihm herauskam. Seine Schwester sei verschwunden. Fortgelaufen. Vielleicht sei sie entführt worden. Weil die Familie wohlhabend war, sei es denkbar, dass jemand ein Lösegeld verlangte – aber Entführungen waren selten, und es war auch noch keine Lösegeldforderung eingegangen. Es war zwar erst ein Tag vergangen, aber das war lang genug. Nayir musste nachbohren, um zu erfahren, was eigentlich passiert war. Niemand wusste genau, seit wann sie weg war. Erst am Nachmittag hatten sie bemerkt, dass sie verschwunden war. Sie war zuletzt am Morgen gesehen worden, als sie ihrer Mutter sagte, sie wolle zum Einkaufszentrum, um ein Paar Schuhe umzutauschen. Doch im Laufe des Nachmittags entdeckte die Familie, dass noch mehr verschwunden war: ein Pick-up und der neue schwarze Umhang, den sie für ihre Hochzeitsreise gekauft hatte. Als dann im Stall auch noch ein Kamel fehlte, waren sie überzeugt, dass sie in die Wüste wollte.

Ihr Verschwinden überraschte alle. »Sie war doch glücklich«, sagte Othman. »Sie stand kurz vor der Hochzeit.«

»Vielleicht ist sie nervös geworden?«, fragte Nayir behutsam.

»Nein, sie wollte diese Ehe.«

Falls zu der Geschichte noch mehr zu sagen war, behielt Othman es für sich.

Den nächsten Tag verbrachte Nayir damit, Vorbereitungen zu treffen. Er lehnte die fürstliche Bezahlung ab, die ihm die Familie anbot, und nahm nur so viel an, wie er benötigte. Er mietete zweiundfünfzig Kamele, kontaktierte jeden wüstenerfahrenen Mann, den er kannte, und rief sogar beim Innenministerium an, Abteilung Spezialdienste, um anzufragen, ob sie sich mit ihrem Militärsatelliten an der Suche beteiligen würden, aber ihre Beobachtungsgeräte waren anderen Aufgaben vorbehalten. Gleichwohl gelang es ihm, ein Such- und Rettungsteam zusammenzustellen, das aus dreiundvierzig Männern bestand und einer Einheit von Teilzeitbeduinen, die es nicht für nötig hielten, auch nur einen Blick auf Noufs Foto zu werfen, da es ihrer Ansicht nach nur eine Sorte Frau gab, für die es eine gewisse Verbesserung gegenüber ihrem Alltagsleben darstellte, sich in der größten Sandwüste der Welt zu verirren. Die Männer entwickelten die Theorie, Nouf sei mit einem amerikanischen Geliebten davongelaufen, um ihre arrangierte Ehe nicht eingehen zu müssen. Es war schwer zu sagen, wieso alle das glaubten. Es hatte einige Fälle gegeben, wo sich ein reiches saudisches Mädchen in einen Amerikaner verliebt hatte, und sie waren so schockierend gewesen, dass sie sich in der kollektiven Erinnerung festgesetzt hatten. Aber es geschah nicht so oft, wie man gemeinhin annahm, und soweit Nayir wusste, war noch nie ein saudisches Mädchen in die Wüste geflohen. Trotzdem, die meisten Männer seines Trupps glaubten, dass Noufs Verschwinden etwas mit einem heimlichen Geliebten zu tun hatte.

Die Shrawis baten Nayir, seine Suche auf eine bestimmte Region der Wüste zu konzentrieren, auf den Umkreis von As-Sulayyil. Sie postierten weitere Suchtrupps im Norden und Nordwesten und einen im Südwesten. Er brauchte mehr Freiheit, seine Suchaktionen nach eigenem Gutdünken ausweiten zu können, aber so wie die Dinge standen, wurde er von Fremden behindert, die sich kaum die Mühe machten, mit ihm zu kommunizieren. Also ignorierte er die Anweisungen. Er tat es nicht gerne, doch wenn Nouf noch da draußen war, dann verringerten sich ihre Überlebenschancen mit jeder Stunde Tageslicht. Das war jetzt nicht der richtige Moment, um auf Vorschriften zu achten, so als wäre die Suchaktion ein Hochzeitsessen, bei dem sich die Gäste an die vorgegebene Sitzordnung zu halten hatten.

Außerdem war sein Suchtrupp der größte, und obwohl er nicht oft Such- und Rettungsaktionen unternahm, kannte er sich aus. Er war praktisch in der Wüste aufgewachsen. Sein Onkel Samir hatte ihn großgezogen, und Samir pflegte die Freundschaft mit Fremden: Gelehrten, Wissenschaftlern, Männern, die das Rote Meer erforschten, die Vögel und Meerestiere, oder die Lebensgewohnheiten der Beduinen. Die Sommer hatte Nayir damit verbracht, an archäologischen Ausgrabungsstätten Erde wegzuklopfen, für reiche Europäer auf der Suche nach Abrahams Grabmal oder nach den Überresten des Goldes, das die Juden aus Ägypten mitgenommen hatten. Im Winter klammerte er sich am hinteren Höcker der

Kamele fest, die mit Blechtöpfen und Wasserflaschen beladen klappernd durch den Sand stapften. Aus ihm wurde ein Bogenschütze, ein Falkner, eine Art Überlebenskünstler, der von entlegenen Orten seinen Weg zurück nach Hause fand und dafür nur ein Kopftuch, Wasser und den Himmel benötigte. Er war seiner Abstammung nach kein Beduine, aber er fühlte sich wie einer.

Schon Dutzende Male hatte er nach verschollenen Reisenden gesucht, und kein einziges Mal hatte er versagt. Doch wenn Nouf davongelaufen war, dann musste er annehmen, dass sie nicht gefunden werden wollte. Zehn Tage lang hatten sie die Dünen in Geländewagen, auf Kamelen, mit Flugzeugen und Hubschraubern abgesucht, und mehrmals hatten sie sich gegenseitig wiedergefunden, was zu kurzer Erleichterung führte, schwierig wie es war, in all dem Sand überhaupt etwas Lebendiges zu entdecken. Aber Nouf fanden sie nicht, und schließlich ließen die Berichte, die Nayirs Männer ihm vorlegten, eine andere Theorie aufkommen, nach der sie einen Nachtbus nach Muskat genommen hatte oder in eine Maschine nach Amman gestiegen war.

Er verfluchte die Situation. Es war gut möglich, dass sie sich gar nicht mehr in der Wüste befand. Vielleicht hatte sie eine Nacht in der Wildnis verbracht und war zu der Einsicht gekommen, dass es zu unbequem und zu schmutzig war, und war woanders hingegangen. Trotzdem befürchtete Nayir das Schlimmste. Ein Mann konnte in der Wüste nur zwei Tage überleben. Mit einem jungen Mädchen aus reichem Hause, einem Mädchen, das wahrscheinlich noch nie auf die Annehmlichkeiten eines klimatisierten Zimmers hatte verzichten müssen, würde die Wüste kurzen Prozess machen.

Der Sonnenuntergang tauchte die Landschaft in ein warmes gelbrotes Licht, und ein kräftiger Scirocco trübte die Luft. Er entfachte in Nayir ein schmerzliches Sehnen, das über seine Sorge um Nouf hinausging. In letzter Zeit plagten ihn Gedanken, was in seinem Leben eigentlich fehlte. Er wollte eine Frau haben, eine Ehefrau – aber die musste er erst noch finden. Er hatte das verwirrende Gefühl, dass er nicht nur Nouf verloren hatte, sondern mit ihr auch die Möglichkeit, überhaupt je eine Frau zu finden. Er schloss die Augen und fragte Allah, wie schon so oft zuvor: *Wie lautet Dein Plan für mich? Ich vertraue Deinem Plan, aber ich habe wenig Geduld. Bitte enthülle mir Deine Absichten.*

Hinter ihm wurde sein Name gerufen. Er stopfte das Foto in die Tasche zurück, stand auf und sah einen seiner Männer unten am Hügel auf ein Paar Scheinwerfer in der Ferne deuten. Nayir packte Gebetsteppich und Wasserflasche ein und stapfte die Düne hinunter. Wer auch immer da kam, eine bange Vorahnung sagte ihm, dass er eine schlechte Nachricht brachte. Er trabte am Fuß des Hügels entlang und wartete, während der Geländewagen ins Lager fuhr und neben dem größten Zelt hielt.

Der junge Mann am Steuer war Nayir nicht bekannt. Mit seinen scharfen Gesichtszügen und seiner dunklen Haut sah er wie ein Beduine aus. Er trug eine lederne Pilotenjacke über seinem staubigen weißen Gewand, und als er aus dem Wagen ausstieg, musterte er Nayir besorgt.

Nayir hieß den Gast willkommen und streckte ihm die Hand hin. Er wusste, dass seine Körpergröße und seine verwegene Erscheinung jeden beklommen machten, aber er versuchte trotzdem, dem jungen Mann die Befangenheit zu nehmen. Dieser stellte sich nervös als Ibrahim Suleyman vor, Sohn eines Dieners der Shrawis. Die anderen Männer kamen herbei, begierig, die Neuigkeiten zu hören, aber Ibrahim stand schweigend da, und Nayir begriff, dass er ihn unter vier Augen sprechen wollte.

Er führte den Jungen zu einem der größeren Zelte und hoffte inständig, dass die Männer vielleicht doch nicht getrunken hatten. Man kann sich nicht schlimmer blamieren, als wenn man einen Mann in ein Zelt führt, in dem es nach Schnaps riecht. Doch die

Zelttüren waren offen, und der Wind wehte hinein, brachte allerdings auch eine großzügige Ladung Sand mit.

Drinnen entzündete Nayir eine Lampe, bot seinem Gast ein Sitzkissen an und machte sich daran, Tee zu kochen. Er fiel nicht gleich mit seinen Fragen über ihn her, aber er beeilte sich mit der Teezubereitung, weil er begierig war, die Neuigkeit zu hören. Als er den Tee eingegossen hatte, nahm er neben seinem Gast Platz und wartete darauf, dass er zuerst trank.

Erst bei der zweiten Tasse Tee brachen sie das Schweigen. Ibrahim, im Schneidersitz, beugte sich vor und balancierte seine Tasse auf dem Knie. »Sie haben sie gefunden«, sagte er mit gesenktem Blick.

»Wirklich?« Die Spannung verließ ihn so schlagartig, dass es wehtat. »Wo?«

»Etwa zwanzig Kilometer südlich vom Lager der Shrawis. In der Nähe eines Wadis.«

»Da haben sie doch schon seit einer Woche gesucht. Sind sie sicher, dass sie es ist?«

»Ja.«

»Wer hat sie gefunden?«

»Das wissen wir nicht genau. Jemand, der nicht für die Familie arbeitet. Reisende.«

»Woher weißt du das?«

»Jemand kam zu unserem Lager und überbrachte die Nachricht. Er hatte es von einem Dritten gehört.« Ibrahim nahm einen Schluck von seinem Tee. »Er hat gesagt, die Reisenden hätten sie nach Dschidda zurückgebracht. Sie war schon tot.«

»Tot?«

»Ja.« Ibrahim setzte sich zurück. »Sie haben sie der Rechtsmedizin in Dschidda übergeben. Sie hatten keine Ahnung, wer sie war.«

Es war vorbei. Er dachte an seine Männer draußen, und ob sie erleichtert oder enttäuscht wären. Wahrscheinlich erleichtert. Er überlegte, was er ihnen über das Mädchen erzählen sollte. Es war seltsam, der eigene Suchtrupp der Familie war bei dem Wadi stationiert. Die Gruppe von Cousins und Dienern musste beinahe über sie gestolpert sein, und doch hatten sie sie übersehen. Sie hatten auch diejenigen übersehen, die in der Gegend unterwegs waren. Die Reisenden mussten den Leichnam in Dschidda abgeliefert haben, bevor die Shrawis überhaupt Notiz von ihnen genommen hatten.

»Wie hat die Familie davon erfahren?«, fragte Nayir.

»Jemand von der Rechtsmedizin kannte die Familie und rief dort an, um die Nachricht zu überbringen.«

Nayir nickte, immer noch wie gelähmt. Die Möglichkeit, dass die Reisenden den Leichnam im Suchgebiet der Shrawis gefunden hatten, machte ihm zu schaffen, aber das musste er erst noch überprüfen. Die Information war ja nicht unbedingt vertrauenswürdig.

Die Teekanne war leer. Nayir stand auf und ging zum Ofen. Er goss frisches Wasser in die Kanne und riss das Streichholz für den Ofen so ungeschickt an, dass er sich die Daumenspitze verbrannte. Der stechende Schmerz entzündete einen Funken in ihm, eine aufbrechende, heftige Wut. Der Drang, sie zu finden, quälte ihn immer noch. *Vergib mir meinen Stolz. Ich sollte jetzt an die Familie denken.* Aber das schaffte er nicht.

Nayir ging zurück und setzte sich wieder. »Weißt du, wie sie gestorben ist?«

»Nein.« Ibrahims trauriger Blick verriet, dass er sich damit abgefunden hatte. »Wahrscheinlich an einem Hitzschlag.«

»Eine schreckliche Art zu sterben«, sagte Nayir. »Irgendwie denke ich, wir hätten etwas tun können, um das zu verhindern.«

»Das bezweifle ich.«

»Wieso?«, fragte Nayir. »Was glaubst du, was passiert ist?«

Der Beduine sah ihm direkt in die Augen. »Dasselbe, was jedem Mädchen passieren kann, denke ich.«

»Und das wäre?«, fragte Nayir. *Liebe? Sex? Und was verstehst du schon davon?* Er sah an Ibrahims Gesicht, dass er die Frage nicht hätte stellen sollen; der Junge errötete. Nayir wollte mehr erfahren, die Antworten aus ihm herauszwingen, aber er wusste auch: Wenn Noufs Tod tatsächlich mit Liebe oder Sex zu tun hatte, dann wäre jede wahrheitsgetreue Antwort noch unschicklicher. Nayir wartete geduldig auf weitere Erläuterungen, doch Ibrahim schlürfte lediglich seinen Tee und schwieg beharrlich.

# ꕤ 2 ꕤ

Nichts hätte weniger einem Vorhof zum Paradies ähneln können, einem Sammelpunkt für Körper auf ihrem Weg zu Allah, als die muffige und schmuddelige Gasse hinter dem Ministerium. Doch genau dort befand sich der Hintereingang zur Rechtsmedizin. Nayir stand vor dem Eingang und versuchte sich zu beruhigen, indem er einen scharfen Miswak kaute, dessen Fasern er anschließend auf die Straße spuckte. Er sagte sich, dass er dort hineingehen musste, daran führte kein Weg vorbei. Die Sonne brannte, und das Schwitzen tat weh, als dünstete seine Haut Nägel aus. Wenn er noch länger wartete, würde er ohnmächtig werden. Mit diesem Besuch tat er nicht bloß Othman einen Gefallen – was er sich schon den ganzen Weg über eingeredet hatte –, dies war, das erkannte er jetzt, das Eindringen in eine Privatsphäre.

Noufs Leichnam war da drinnen, und es war seine Aufgabe, sie heimzubringen. Ursprünglich hatte er sich den Leichnam ansehen wollen – natürlich nur das Gesicht –, um ihn zu identifizieren, aber er hatte es nicht übers Herz gebracht, die Familie um Erlaubnis zu fragen. Sie wären entsetzt über die Vorstellung, dass er ihr Gesicht sehen würde, und selbst wenn es eine Frage der Pflicht war, gehörte er nicht zu ihrer Familie, und er war ein Mann. Also war er wie vor den Kopf gestoßen, als sie ihn baten, Nouf heimzubringen.

Er warf die Reste seines Miswak in die Gosse, fasste sich ein Herz und betrat das Gebäude. Er ging die Treppe hinunter, beide

Hände fest gegen die Wand gedrückt. Aus der gleißenden Helligkeit der Straße war er schlagartig in eine tiefe Finsternis getreten.

Nachdem sich seine Augen an die Dunkelheit gewöhnt hatten, sah er den Sicherheitsbeamten lesend an seinem Tisch sitzen. Der Anblick der schlichten braunen Uniform beunruhigte ihn. Das Betasten und Aufschlitzen eines toten menschlichen Körpers war per Gesetz verboten, doch während Autopsien vom Staat stillschweigend geduldet wurden, gab es immer irgendwelche selbsternannten Sittenwächter, die nach unmuslimischem Verhalten Ausschau hielten. Sicherheitshalber war das Gebäude nicht weiter gekennzeichnet, und er hatte noch nie gehört, dass jemand einen Leichenbeschauer angegriffen hätte.

Als der Beamte Nayir bemerkte, verengten sich seine Augen zu Schlitzen. Nayir ging auf den Tisch zu und warf einen Blick über den Mann hinweg in einen langen, von grellem Neonlicht erleuchteten Gang. »Ich bin gekommen, um einen Leichnam abzuholen.« Er angelte in seiner Tasche nach der Vollmacht und reichte sie dem Beamten.

Dieser prüfte das Dokument sorgfältig, faltete es zusammen und gab es zurück. »Sie ist da hinten.«

»Wo hinten?«

Der Beamte hob die Augenbrauen und deutete hinter sich auf den Gang. Nayir nickte und versuchte sich zu entspannen. Er wischte sich den Schweiß vom Hals und ging auf eine Schwingtür am Ende des Ganges zu. Als er sie öffnete, traf ihn der Geruch wie eine Ohrfeige: Ammoniak und Tod und Blut und noch etwas anderes, das genauso widerlich war. Er schluckte schwer und meinte Schwefel schmecken zu können, mit dem die Beduinen manchmal die entschwindenden Seelen reinigten. *Nein,* dachte er, *das bilde ich mir nur ein.* Der Raum war steril und grell erleuchtet. In der Mitte stand ein Rechtsmediziner über eine Leiche gebeugt. Er war ein älterer, hagerer Mann mit kurzem grauem Haar, das eine Schattierung heller war als sein Laborkittel. Er blickte auf. »*Salaam aleikum.*«

»*W'aleikum as-salaam.*« Nayir fühlte sich benommen, und er bemühte sich, die Leiche nicht anzusehen, sondern den Blick auf die Schränke zu richten, die mit Fachbüchern, Behältern mit Mullverbänden und leeren Gläsern voll gestellt waren.

»Kann ich Ihnen helfen?«, fragte der Arzt.

»Wenn ich richtig informiert bin, haben Sie das Mädchen, das –«

»Sind Sie ein Familienangehöriger?«

»Nein, bin ich nicht.« Unsinnigerweise kam sich Nayir wie ein Perverser vor, und er verspürte den Drang zu erklären, dass er nicht freiwillig gekommen war, sondern um eine Pflicht zu erfüllen. Die Luft war heiß und stickig. Er roch die Leiche, und er spürte Übelkeit aufsteigen. An den Rändern seines Blickfeldes flackerte es dunkel. Er holte tief Luft, und als er sich umwandte, sah er eine blutverschmierte Schürze an der Wand.

»Dann ist Ihre Anwesenheit hier nicht gestattet«, sagte der Arzt.

»Ich habe die Erlaubnis, den Leichnam zu sehen. Ich muss ihn sehen – ich meine, ich muss ihn abholen.« Er fuhr sich übers Gesicht. »Ich bin hier, um den Leichnam abzuholen.«

Der Arzt ließ sein Skalpell in eine Metallschale fallen und warf Nayir einen gereizten Blick zu. »Wir sind noch nicht fertig damit. Sie müssen wohl oder übel warten.«

Nayir war erleichtert. »Bevor ich sie mitnehme, möchte ich mich vergewissern, dass sie es auch wirklich ist.«

»Sie ist es.« Der Arzt, der Nayirs Zögern sah, kam um den Tisch herum. »Zeigen Sie mir mal Ihre Papiere. Nouf ash-Shrawi, richtig?« Er nahm die Papiere und las sie sorgfältig durch. »Ja, das ist sie.« Er deutete auf den Tisch hinter sich.

Nayir zögerte, voller Unbehagen über seine nächste Bemerkung. »Ich möchte ihr Gesicht sehen.«

Der Arzt starrte ihn an, und Nayir begriff, dass er zu weit gegangen war, dass der Arzt ihn jetzt für einen Perversling hielt, selbst wenn er die richtigen Papiere hatte.

»Nur der Ordnung halber«, sagte Nayir.

»Sie wurde bereits identifiziert.«

Nayir las das Namensschild des Mannes: *Dr. Abdullah Mamun.* Er wollte ihm gerade etwas erwidern, als hinter ihnen die Tür aufging und eine Frau den Raum betrat. Nayir drehte sich um. Natürlich gab es Rechtsmedizinerinnen, die die weiblichen Leichen untersuchten, doch eine in Fleisch und Blut vor sich zu sehen, war ein Schock. Sie trug einen weißen Laborkittel und über dem Haar einen Hijab, ein schwarzes Kopftuch. Doch weil ihr Gesicht entblößt war, sah er errötend weg. Unsicher, wo er hinschauen sollte, fiel sein Blick auf den Plastikausweis, der ihr um den Hals hing: *Katya Hijazi, Labortechnikerin.* Es überraschte ihn, ihren Vornamen auf dem Schild zu sehen – er sollte so privat sein wie ihr Haar oder die Form ihres Körpers –, und das gab ihr etwas Herausforderndes.

Da der Arzt meinen könnte, er würde ihre Brüste anstarren, senkte Nayir den Blick zum Boden und erspähte zwei wohlgeformte Füße, die in leuchtend blauen Sandalen steckten. Wieder errötete er und drehte sich von ihr weg, bemüht, sich nicht völlig abzuwenden, sondern nur so viel, um zu erkennen zu geben, dass er sie nicht ansah.

Die Frau ließ die Schultern sinken, womit sie andeuten wollte, dass sie Nayirs Unbehagen bemerkte und darüber enttäuscht war. Sie griff in ihre Tasche, holte einen Neqab heraus, legte ihn sich vors Gesicht und befestigte den Klettverschluss am Hinterkopf. Nayir, der sie aus den Augenwinkeln beobachtete, war erleichtert durch diese Aktion, wenngleich ihm die Anwesenheit der Frau in dem Raum immer noch unangenehm war. Nachdem der Neqab angelegt war, wagte er einen schnellen Blick, doch durch einen

Schlitz in dem Neqab waren ihre Augen sichtbar, und sie sah ihm direkt ins Gesicht. Er schaute schnell weg, verunsichert durch ihre Dreistigkeit.

»*Salaam aleikum,* Dr. Mamun«, sagte sie und ging auf den Arzt zu. Ihre Stimme klang herausfordernd. »Ich hoffe, Sie haben Herrn Sharqi das Leben nicht allzu schwer gemacht?«

Nayir hoffte, dass seine Verwirrung unbemerkt blieb. Woher wusste sie seinen Namen? Und welche Frau ging so selbstbewusst mit dem Namen eines Mannes um? Wahrscheinlich hatte der Sicherheitsbeamte ihr Bescheid gesagt. Aber warum?

Der Arzt, pikiert von ihrem dreisten Ton, murmelte irgendetwas Unverständliches. Wahrscheinlich war sie neu hier, noch ungeübt im Umgang mit besonders traditionell eingestellten alten Männern.

»Er ist nämlich hier, um den Leichnam abzuholen«, sagte sie.

Mamun warf Nayir einen misstrauischen Blick zu. »Das hat er behauptet.«

Fräulein Hijazi wandte sich Nayir zu. Sie stand direkt neben ihm, unschicklich nah, fand er. »Wie wollen Sie sie denn transportieren?«, fragte sie.

Er zögerte, nicht gewillt, sie direkt anzusprechen. Er sah hinunter und schaute kurz auf ihre Hand. Sie trug einen Ehering oder einen Verlobungsring, das konnte er nicht erkennen. Die Tatsache, dass sie einen Mann hatte, machte ihre Anwesenheit etwas erträglicher – aber nur etwas.

Nayir sprach den Arzt an. »Ich habe draußen meinen Jeep stehen, aber ich möchte die Leiche identifizieren, bevor ich sie mitnehme.«

»Na gut«, erwiderte Fräulein Hijazi. Nayir fand es ziemlich unverschämt von ihr, zu antworten, ohne gefragt zu werden, aber ihre souveräne Art überraschte ihn. Frauen, selbst die forschen, betrachteten ihn als eine Art Tier, wegen seiner großen, kräftigen

Gestalt und seiner tiefen, rauen Stimme. Doch diese verhielt sich ihm gegenüber zwar vorsichtig, wirkte aber in keiner Weise eingeschüchtert. »Wir haben sie schon identifiziert, wissen Sie.«

Nayir bekam ein mulmiges Gefühl im Magen. Offenbar war sie entschlossen, ein Gespräch mit ihm zu beginnen, doch hielt er die Augen auf Mamun gerichtet, in der Hoffnung, der Alte würde mit ihm reden, aber der stand bloß da und blickte misstrauisch drein. »Ich möchte den Leichnam mit eigenen Augen sehen«, sagte Nayir und dachte: *Eigentlich will ich hier nur noch weg.*

»Sie liegt da auf dem Tisch. Sie können Sie sich ansehen.«

Fräulein Hijazi führte ihn zu dem Metalltisch, auf dem sich Noufs Leichnam befand, und zog das Laken vom Gesicht weg. Ihn ergriff ein heftiges Schwindelgefühl, aber er vergaß nicht zu atmen. Zunächst entdeckte er keinerlei Ähnlichkeit mit Nouf, doch je länger er die Umrisse ihres Gesichts betrachtete, desto bekannter erschien es ihm – der kleine, fein geschnittene Mund, die hohen Wangenknochen der Shrawis.

»Ich glaube, das ist sie.« Ein stechender Geruch stieg von ihr auf und er musste husten. Die Ärmste. Ihr Gesicht war von der Sonne halb verkohlt, und die andere Hälfte war ein gespenstisches Grau. Sie musste tagelang auf der Seite gelegen haben, so extrem waren die Verbrennungen. Doch auf der grauen Seite waren Schlammspritzer. »Danke«, sagte er und trat zurück.

Fräulein Hijazi untersuchte geduldig Noufs Kopf. Nayir bemerkte etwas Klebriges in ihrem Haar knapp über dem linken Ohr. Er drehte sich zu Mamun und fragte: »Ist das Blut?«

Mamun zuckte bloß die Achseln, während Fräulein Hijazi die Wunde untersuchte. »Ja«, sagte sie schließlich. »Blut und eine Prellung. Es sieht so aus, als hätte ihr jemand einen harten Schlag versetzt. Und da ist noch was ...« Mit einer Pinzette zupfte sie einen winzigen Splitter aus der Wunde und hielt ihn hoch. »Sieht aus wie Holz.«

Nayir fühlte sich merkwürdig aufgewühlt. Er hielt den Blick auf den Arzt gerichtet. »War diese Verletzung die Todesursache?«

»Nein«, sagte Mamun. »Sie ist ertrunken.«

Es trat eine Schweigepause ein, doch Mamun, in dessen Augen die Begeisterung des Fachmannes aufblitzte, zeigte auf ein Röntgenbild von Noufs Brust, das an der Wand hing. Nayir betrachtete das Bild, wurde aber nicht recht klug daraus. »Ertrunken, sagen Sie?«

»In der Tat. Ein klassischer Fall. Schaum im Mund. Lunge und Magen waren mit Wasser gefüllt.«

Diese einfache Diagnose »Ertrinken« eröffnete eine Vielzahl von Möglichkeiten. Das eine ließ sich jetzt schon sagen: Wenn eine Frau in der größten Sandwüste der Welt ertrinkt, dann sollte es eine einleuchtende Erklärung dafür geben.

»Wenn sie ertrunken ist, wie erklären Sie sich dann ihre Kopfverletzung?«, fragte Nayir.

»Wahrscheinlich hat sie sich gestoßen«, entgegnete der Arzt leicht verärgert.

»Beim Ertrinken?«

»Ja, beim Ertrinken.«

Während dieses Wortwechsels fuhr Fräulein Hijazi fort, Noufs Schädel zu untersuchen. Nayir sah, dass ihre Hände leicht zitterten. Er wagte einen Blick zu ihren Augen und bemerkte ein Stutzen. »Wenn diese Verletzung während des Ertrinkens entstanden ist, dann muss ihr Körper noch andere Verletzungen aufweisen«, sagte sie schließlich.

Nayir bewunderte ihre Kühnheit und fragte sich, wie der Arzt sich das gefallen lassen konnte. Auf ihrem Ausweis stand, dass sie Labortechnikerin war, keine Medizinerin. Wo war da genau der Unterschied?

»Es hat doch vor einer Woche geregnet, nicht wahr?«, fragte Mamun.

»Vor beinahe zwei Wochen«, erwiderte Nayir. »An dem Tag, als sie verschwand, hat es geregnet. Wie lange ist sie schon tot?«

»Schwer zu sagen.«

Nayir spürte, dass die Frau ihn ansah, aber er hielt seine Aufmerksamkeit auf Mamun gerichtet. »Lässt sich feststellen, ob der Schlag gegen ihren Schädel erfolgt ist, als sie noch lebte?«

»Ja«, sagte die Frau.

Nayir wartete auf weitere Erläuterungen, aber es kamen keine. Wieder Schweigen, und Fräulein Hijazi zog sanft das Laken von Noufs Armen herunter. Als sie ihre Aufmerksamkeit auf einige Blutergüsse und Kratzer an Noufs Handgelenken und Händen richtete, gestattete sich Nayir, sie dabei zu beobachten. Sie nahm mit einem Wattestäbchen einen Abstrich von einer der Verletzungen. »Sieht wie Sand aus«, sagte sie. »Und Blut. Das könnten Abwehrverletzungen sein.«

»Nein, nein, nein«, gackerte Mamun, schob sie beiseite und zeigte auf Noufs Handgelenk. »Diese Spuren stammen von den Zügeln eines Kamels. Erkennen Sie denn nicht das Muster?«

Nayir betrachtete die Wunden näher. Sie waren nicht gleichförmig, und er entdeckte auch Schnitte an ihren Fingerspitzen. »Für mich sind das Abwehrverletzungen.«

Mamun wurde ernst. »Ich habe doch gerade gesagt, die stammen von Lederriemen.«

Fräulein Hijazi steckte ein Wattestäbchen in ein Glasröhrchen, das sie vorsichtig auf die Ablage legte, dann drehte sie sich wieder zur Leiche um, hielt kurz inne und lüpfte zögernd den Rand des grauen Lakens, das Noufs Beine bedeckte. Sie hielt es hoch und betrachtete eingehend den Leichnam. Nayir beobachtete, wie ihre Augen so genau und sanft darüberwanderten, wie ihre Hände es getan hatten, und er stellte überrascht fest, dass sie von diesem Tod berührt schien. In ihren Augen lag eine Trauer, die auf einen persönlichen Verlust hindeutete, und er fragte sich, ob sie die Familie vielleicht kannte und sie diejenige gewesen war, die sie benachrichtigt hatte.

Schließlich ließ sie das Laken wieder sinken. Ihre Stimme klang fragend, zögernd, ganz anders als ihre Worte. »Ich sehe keinen Hinweis darauf, dass sie ein Kamel berührt hat. Keine Haare am Körper, keine Abschürfungen an den Oberschenkeln.« Mamun grunzte, sagte aber nichts. Sie fuhr fort: »Ich habe zwar nicht viel Erfahrung im Bestimmen des Todeszeitpunktes, aber ich würde sagen, sie ist mindestens seit einer Woche tot.«

»Natürlich!«, gab Mamun unwirsch zurück. »In Anbetracht dessen, wie oft es in der Wüste regnet, würde ich sagen, dass sie gestorben ist, als es zum letzten Mal geregnet hat. Das hat sich folgendermaßen abgespielt: Als sie gerade die Wüste in einem Wadi, in das schon Wasser gelaufen war, durchquerte, begann es – *platsch!* – zu regnen. Sie versuchte zu schwimmen, aber eine Springflut riss sie fort. Sie stieß sich den Kopf, verletzte sich an den Handgelenken und, *Yanni,* ertrank schließlich.«

Nayir musterte den Arzt. »Aber sie hatte doch ein Kamel dabei.«

»Na und?«, rief er. »Kamele können nicht schwimmen!«

Was ganz und gar nicht stimmte. Gorillas sind die einzigen Tiere, die nicht in der Lage sind zu schwimmen. Obwohl Kamele mit Wasser nicht gerade häufig in Berührung kommen, finden sie sich in diesem Element bestens zurecht. Nayir hatte es mit eigenen Augen gesehen, im Reha-Zentrum für Dromedare in Dubai, wo die Therapeuten ihre Patienten in Schwimmbäder lockten, um gebrochene Knochen zu heilen und Arthritis zu lindern. Wenn sie erst einmal im Wasser waren, spielten sie herum wie kleine Kinder und wurden sogar böse, wenn sie wieder herausmussten. *Wieso,* so schienen sie zu fragen, *hat Allah unseren Körper dafür gemacht, außerhalb des Wassers zu leben?*

»Kamele können schwimmen«, sagte er. »Und das Kamel hätte

ihr das Leben gerettet.« Nayir kramte in seiner Tasche nach einem weiteren Miswak und steckte ihn sich in den Mund, dankbar für den würzigen Geschmack, der den Geruch des Todes etwas zurückdrängte. Kauend umkreiste er den Tisch. Noufs rechte Hand ragte unter dem Laken hervor. Das Handgelenk war mit bräunlichem Schlamm bespritzt. Es sah aus, als wäre er durch die Hitze in die Haut eingebacken worden. »Was ist das?«, fragte er.

»Das sieht wie Schlamm aus«, erwiderte Fräulein Hijazi. Sie kratzte Proben von Haut und Schmutz in ein Glas.

Mamun riss ihr das Glas aus der Hand. » Sie ist ertrunken, liebe Freunde. Herr Sharqi, sind Sie jetzt endlich überzeugt, dass es so ist?«

Nayir hörte auf zu kauen. »Ja, schon. Aber das mit dem Kamel ist merkwürdig.«

Mamun zuckte die Achseln. »Vielleicht wurden sie getrennt, sagen wir, bevor sie das Wadi betreten hat?«

»Niemand verliert ein Kamel in der Wüste. Das ist Selbstmord.«

»Von Selbstmord habe ich nichts gesagt!«, krächzte der Alte.

»Ich auch nicht«, meinte Nayir.

Der Arzt kniff die Augen zusammen. »Dann erwähnen Sie das Wort gar nicht erst. Das ist doch lächerlich! Oder glauben Sie vielleicht, sie wurde ermordet?«

Nayir zog die Brauen hoch.

»Wie? Ich meine ... wie?«

Mamun verschluckte sich an seinem Speichel und hustete. »Dafür müsste jemand auf diese spezielle Situation gewartet haben, in der die Frau sich in einem Wadi befand, allein, mitten in der Wüste, ohne Kamel, und es hätte regnen müssen und gleichzeitig auch noch eine Springflut stattfinden müssen. Und dann hätte dieser Mörder, Allah! ein sehr geduldiger Mann, es irgendwie hinkriegen müssen, sie in der Springflut zu ertränken, ohne selber dabei zu ertrinken. Wer würde so was tun? Warum sie nicht einfach erstechen und fertig?«

Niemand antwortete. Nayir schaute verstohlen zu Fräulein Hijazi, konnte aber nichts in ihren Augen lesen. Der Alte hatte recht – Mord durch Ertränken schien ziemlich weit hergeholt. Hatte Nouf eine Wasserquelle gefunden und war bei dem verzweifelten Versuch, etwas zu trinken, gestorben? Vielleicht hatte sie ein überflutetes Wadi betreten. Es hatte heftig geregnet, und er erinnerte sich, dafür dankbar gewesen zu sein, weil er meinte, das könnte vielleicht ihre Rettung sein.

»Gibt es sonst noch was?«, fragte der Alte unwirsch und funkelte Nayir an.

»Ich habe mich nur gefragt, ob alles andere in Ordnung war«, sagte er. »Mit der Leiche. Ich meine … war sie unversehrt?«

Mamun kniff wieder die Augen zusammen. Nayir begriff, dass die Frage den Alten unter enormen Druck setzte. Es verlieh ihm ein merkwürdiges Gefühl der Macht, selbst wenn es nur das Ergebnis der Autorität war, die die Familie ihm übertragen hatte.

»Ich weiß schon, wonach Sie da fragen«, sagte der Arzt, »aber so weit sind wir noch nicht gekommen. Fräulein Hijazi ist zwar keine richtige Rechtsmedizinerin« – er sprach den Namen in abschätzigem Tonfall aus –, »aber sie ist hier, um einen Ultraschall zu machen.« Mit einer abrupten Bewegung riss er das Laken weg, sodass Noufs gesamter Körper enthüllt wurde. Nayir erbleichte und senkte die Augen, doch er hatte alles gesehen – die Hüfte, die Beine, die Scham. Verzweifelt suchte er nach einer Stelle, wo er hingucken konnte, schließlich fand er eine Tube mit Gel, eine Spritze und ein Metallinstrument, das gefährlich nach Phallus aussah.

»Danke«, sagte er abrupt. »Ich glaube, ich warte lieber draußen.« Er wollte schon zur Tür gehen, als er plötzlich stehen blieb. Der Raum drehte sich um ihn. Er sog tief die Luft in seine Lunge ein, beugte sich mit pochender Stirn nach vorn, umfasste seine Knie.

Sein Herz fühlte sich wie ein Stein in einer Dose an. Er sah den Spalt zwischen den Beinen des Mädchens vor seinem geistigen Auge, doch dieser Augenblick löste sich auf seltsame Weise in den nächsten auf, in dem er auf dem Boden lag, mit dröhnendem Schädel.

»Herr Sharqi!« Mamun kniete neben ihm und hielt ihm ein Fläschchen Kampfer unter die Nase. »Herr Sharqi, Allah beschütze Sie, Sie sind ein rechtschaffener Mann.«

»Wasser«, krächzte Nayir.

»Ich hole Ihnen welches!« Mamun erhob sich kopfschüttelnd und eilte aus dem Raum.

Nayir rappelte sich auf, hielt inne, um sich zu vergewissern, dass er nicht wieder ohnmächtig wurde.

Fräulein Hijazi wirkte beunruhigt. »Es tut mir leid, Herr Sharqi.«

Er war zu verlegen, um ihr zu antworten, aber wenigstens hatte sie die Anständigkeit, ihre Arbeit fortzusetzen. Sie holte ein Fingerabdruckset aus dem Schrank, zog einen Stuhl an den Tisch, setzte sich und machte sich daran, Noufs Fingerabdrücke abzunehmen.

Während des langen Schweigens, das jetzt herrschte, betrachtete er Nouf, oder das, was einmal Nouf gewesen war. Der Leichnam war jetzt wieder von dem Laken verhüllt, aber ihm war immer noch übel, und er musste wegsehen.

»Warum müssen Sie eine Ultraschalluntersuchung machen?«, fragte er, darauf bedacht, Fräulein Hijazi nicht anzuschauen.

»Möchten Sie sich lieber setzen?«, fragte sie.

Er war zu sehr überrascht von ihrer Dreistigkeit, um zu antworten.

»Sie sind hierhergekommen, um den Leichnam abzuholen«, sagte sie. »Also nehmen Sie ihn mit und vergessen Sie den Rest. Der Fall ist abgeschlossen. Die Familie hat beschlossen, dass der Tod ein Unfall war. Wie Mamun gesagt hat, bin ich keine richtige

Rechtsmedizinerin. Die Kollegin, die eigentlich zuständig ist, hat Mutterschaftsurlaub. Ich bin nur hier, weil sie keine Vertretung finden konnten, und sie brauchen eine Frau, die die Untersuchung beaufsichtigt. Aber weil das hier ein wichtiger Fall ist, haben sie Mamun aus Riad eingeflogen, und er hat beschlossen, dass es sich um Tod durch Ertrinken handelt. Und so sei es. Kein Grund, irgendwelche Fragen zu stellen. Es ist vorbei.«

Ihr sarkastischer Ton überraschte ihn. »Meinen Sie, hier wird etwas vertuscht?«, fragte er. Sie zuckte die Achseln. Wenn das der Fall war, dann musste die Familie dahinterstecken. Sie waren die Einzigen, die genug Macht dazu hatten. Ihm fielen ein paar Gründe ein, warum die Shrawis ein Interesse haben könnten, die Wahrheit zu verbergen, doch der wichtigste Grund lag direkt vor ihm.

Er zögerte, bevor er die Frage stellte. »Sie war keine Jungfrau mehr?«

Fräulein Hijazi schloss ihre Arbeit ab und räumte die Sachen ein. Nayir wartete, hoffte, sie würde ihm einen Fingerzeig geben, aber als sie sich wieder zu ihm umwandte, sah er schnell weg. Könnte er sie doch dazu bewegen, ihm zu vertrauen, aber sie tat recht daran, es nicht zu tun. Er war ein Fremder und dazu noch ein Mann. Widerwillig sah er ein, dass sie mit ihrem Schweigen Anstand zeigte, so rebellisch es ihm auch vorkam.

Er blickte auf seine Uhr. Viertel nach drei. Ihm blieb weniger als eine Stunde, um den Leichnam zum Anwesen der Shrawis zu bringen, und die Familie bräuchte noch eine weitere Stunde, um ihn für die Beerdigung vorzubereiten. Nouf musste vor Sonnenuntergang unter der Erde sein.

Mamun kam mit einem Glas Wasser hereingeeilt. Es schmeckte nach Seife, aber Nayir beklagte sich nicht. Der Alte klopfte ihm auf die Schulter und runzelte teilnahmsvoll die Stirn.

ꕥ

*Die Beste aller Frauen,* sagte der Prophet, *ist diejenige, die angenehm zu betrachten ist, die eure Anweisungen ausführt, wenn ihr sie darum bittet.* Der Ausspruch ging ihm durch den Kopf, als er den Jeep aus der Parkbucht manövrierte und sich nach links in den Verkehr einfädelte. Der Prophet hatte zwar recht, aber es gab doch eine Art, rechtschaffen zu sein, ohne sich gleich zu unterwerfen. Fräulein Hijazis Schweigen am Schluss lastete auf ihm. Er wusste nicht, was er davon halten sollte.

Seine Gedanken gingen zu ihrem Verhalten von vorhin zurück, das er immer noch unverschämt fand, doch fragte er sich jetzt, ob es nicht auch dem Zweck gedient hatte, Nouf zu schützen. Fräulein Hijazi hatte sich mit Mamun darüber gestritten, wie Nouf gestorben war, über ihr Kamel, über den Grund ihrer Kopfverletzung. Nayir war sich nicht sicher, ob sie Nouf mit ihrer Kühnheit wirklich einen Dienst erweisen wollte oder nur von beruflichem Ehrgeiz getrieben war oder ob das einfach ihre Art war. Sein Instinkt sagte ihm, dass Ersteres der Fall war und dass sie Nouf aus Gründen schützte, die er nicht ganz verstand.

In einem jedenfalls hatte sie recht. Abwehrverletzungen. Schädeltrauma. Ertrinken. Kein Kamel. Das kam ihm merkwürdig vor. Das mit dem Kamel war besonders beunruhigend, denn das eine wusste er: Niemand verliert sein Kamel in der Wüste.

# ☙ 3 ❧

Nayir fuhr die Küstenstraße in südlicher Richtung und beobachtete, wie die Wolkenkratzer und das Gewirr städtischer Ansiedlungen allmählich einer trägen Wüstenweite wichen. Linker Hand lagen ausgedörrte Felder in der Nachmittagssonne, gesprenkelt mit winzigen Behausungen, und zur Rechten das Meer, glänzend wie ein blaues Seidentuch. Er hoffte, durch das Betrachten der Landschaft vergessen zu können, dass Noufs Leiche hinten im Wagen lag. Aber es gelang ihm nicht. Er fuhr langsam, nahm die Kurven behutsam und hielt an jeder roten Ampel, selbst wenn kein weiterer Verkehr in Sicht war, denn die Toten ließen sich zwar durch nichts aus der Fassung bringen, doch die Lebenden umso mehr, wenn der Leichnam der geliebten Tochter beschädigt oder zerquetscht würde, und diese Verantwortung wollte er nicht auf sich nehmen.

Er verließ die Schnellstraße und bog auf eine Zufahrtsstraße ab, die an der Küste entlang nach Süden führte. Hier stand eine prachtvolle Moschee einsam am Strand, mit blütenweißer Kuppel und schlankem Minarett. Die Straße mündete in eine Privateinfahrt, durch ein Holzschild markiert, auf dem *Kein Zutritt für Unbefugte* stand, und er folgte dem Weg, bis er die beiden Eingangstore erreichte, zwei weiße Betonwächter, die durch einen Eisenzaun verbunden waren. Vor einem Tor hing eine uralte Videokamera, die nicht mehr funktionierte.

Nayir holte ein paar Mal tief Luft und versuchte sich zu konzentrieren. Vor ihm erstreckte sich eine zwei Kilometer lange Brücke. Sie war schmal – kaum breit genug für einen Pick-up –, und von der Küste aus gesehen schien sie aus Gummi zu bestehen. Vielleicht lag es nur an der Hitze, doch der Asphalt wellte sich beunruhigend. Das Kettengeländer flößte kein Vertrauen ein – an einigen Stellen war es auseinandergerissen, gerade so, als wäre an der Stelle ein Auto hindurchgebrochen. Dies war für Fahrzeuge die einzige Zufahrt zu dem Anwesen. Im Laufe der Jahre war er schon hundertmal über diese Brücke gefahren, aber trotzdem fühlte er sich jedes Mal angespannt.

Er fuhr langsam vorwärts und fixierte die Straße vor sich, atmete bewusst ein und aus, bis er einen Rhythmus gefunden hatte. Er versuchte, seine übliche Schreckensvorstellung zu unterdrücken: dass er einen Platten hätte, durch das Geländer krachte und in die dunklen Tiefen des Meeres stürzte.

Bald wurde die Insel der Shrawis größer, und er erkannte schon die weichen Umrisse des weiß getünchten Palastes zwischen den zerklüfteten Felsen. Auf der Insel angekommen, fuhr er auf der Kiesstraße zu einem kleinen, selten benutzten Dienstboteneingang auf der Rückseite des Anwesens. Zwei Männer erwarteten ihn schon. Sie holten Noufs Leichnam aus dem Wagen, dankten ihm kurz angebunden und wiesen ihn an, zur Vorderseite zu fahren. Als Nayir den Leichnam durch das Tor verschwinden sah, verspürte er zu seiner Überraschung ein Gefühl von Verlust.

Er überlegte sich, ob er Othman anrufen und ihm Bescheid sagen sollte, dass der Leichnam eingetroffen sei, zögerte dann aber, als ihm erneut Zweifel kamen, was die Familie wohl über die Todesursache wusste. Durchaus möglich, dass man ihn bat, zu berichten, was er in der Rechtsmedizin erfahren hatte. Der Leichenbeschauer hatte erwähnt, dass jemand von der Familie die Leiche bereits identifiziert und Noufs persönliche Gegenstände abgeholt hätte, aber das hätte ebenso gut ein Diener oder ein Begleiter gewesen sein können, nicht jemand, der den Arzt in der Pathologie gedrängt hätte, heikle Informationen preiszugeben. Nayir war sich nicht sicher, was er der Familie erzählen sollte, falls man ihn fragte. Er könnte erklären, Nouf sei in einer Springflut gestorben, aber ihm schien es angeraten, nichts zu erwähnen, was auf Mord hindeuten würde, falls die Familie selber die Angelegenheit vertuschen wollte. Er fühlte sich etwas desorientiert, als er das Haus betrachtete. Aus diesem Winkel hatte er es noch nie gesehen. Die Außenmauern waren genauso leuchtend weiß wie an der Vorderseite, doch die Fenster deutlich kleiner, und die Läden waren durchgehend schwarz, nicht zu vergleichen mit den kunstvollen Holzblenden an der Vorderfront des Gebäudes, durch die man gewisse Dinge beobachten konnte, wenn man nur genau genug hinsah. *Das hier,* dachte er, *muss der Frauentrakt des Hauses sein.*

Er stieg in den Jeep und verließ den Platz vor dem Dienstboteneingang. Auch Nouf musste diesen Weg genommen haben. Othman hatte gesagt, sie habe einen Geländewagen vom Parkplatz vor dem Haus gestohlen, den Rest musste er sich zusammenreimen. Die Familie besaß Dutzende von Autos, die aber nur selten benutzt wurden. Es musste Tage gedauert haben, bis jemand bemerkt hatte, dass ein alter Toyota-Pick-up fehlte. Alle Schlüssel hingen in der Garderobe neben der Eingangstür. Nayir wusste, dass die Schlüssel peinlich genau beschriftet waren. Nouf konnte in einem unbeobachteten Moment den Schlüssel an sich genommen haben, hinausgeschlüpft und mit dem Geländewagen davongefahren sein. Von hier musste sie die Schotterstraße genommen haben, die vorbei am kleinen Lieferanteneingang bis zum Hintereingang führte, einem großen Holztor, das normalerweise offen stand. Auf der Straße, die von Hecken und Bäumen gesäumt war, wäre sie kaum bemerkt worden. Die Ställe befanden sich in unmittelbarer Nähe des hinteren Tores. Wahrscheinlich war sie dicht vor die Stalltür gefahren, hatte das Kamel aus seiner Box geholt und es auf die Ladefläche des Trucks gelockt. Wie sie das geschafft hatte, blieb ihm ein Rätsel. Dann musste sie die Strecke zurückgefahren sein, am Parkplatz vorbei auf die Brücke, die aufs Festland führte. Es war kein idiotensicherer Fluchtplan, aber sie hatte sich davongestohlen, als die meisten Männer bei der Arbeit waren. Die Frauen gingen nur selten nach draußen und hatten vermutlich nichts bemerkt. Nur die Diener hätten etwas mitbekommen können, aber Othman hatte sie schon befragt, ohne Ergebnis.

Nayir fuhr auf den mit Marmor gepflasterten Parkplatz vor dem Gebäude. Eine Unmenge von Town Cars, Cadillacs und Geländewagen stand dort, sodass er sich gezwungen sah, zurück Richtung Brücke zu fahren, um dort das Auto abzustellen. Es machte ihm nichts aus, so weit weg vom Haus zu parken, doch als er mit lauten Schritten über den Platz ging, spürte er doch die extreme Hitze. In seinem Anzug war sie kaum auszuhalten. Automatisch fragte er sich zum x-ten Mal, wie viel die Familie für diese Parkfläche aus poliertem Marmor bezahlt haben mochte. Imposant, aber in der Sonne unerträglich. Das Gleißen war derart grell, dass sogar Nayir, der sich etwas darauf einbildete, nie eine Sonnenbrille zu benötigen, gezwungen war, die Hand über die Nase zu halten, um seine Augen zu schützen.

Othmans Mutter, Nusra, begrüßte ihn an der Tür. Wie einige ältere Frauen hatte sie auf den Gesichtsschleier verzichtet und trug ein schlichtes schwarzes Kopftuch, das die Haare bedeckte – wobei ihres so stramm gezogen war, dass es wie eine Schädelkappe wirkte. Ihr altes, faltiges Gesicht stellte keine Bedrohung für fremde Männer dar, doch ihre Söhne klagten trotzdem, regten sich darüber auf, wie unschicklich es sei, sich derart entblößt in der Öffentlichkeit zu zeigen. Nayir hatte den Verdacht, dass sie nicht wegen der Unschicklichkeit protestierten; er glaubte eher, dass ihnen die Augen ihrer Mutter zuwider waren.

Nusra, die bei der Geburt ihres ersten Kindes unerklärlicherweise erblindet war, weigerte sich, eine Sonnenbrille zu tragen. Sie mochte das Licht auf ihrem Gesicht und behauptete, es könne die Finsternis in ihrem Kopf erleuchten. Eines Tages, sagte sie, würde sie ihr Sehvermögen ebenso plötzlich wiedererlangen, wie sie es dreiunddreißig Jahre zuvor verloren hatte, und wie sollte sie dann, wenn dieser Tag kam, die wundersame Veränderung bemerken, wenn ihre Augen verdeckt wären?

Als sie die Tür öffnete, sah Nayir weg, aus Respekt, und weil sich ihm beim Anblick dieser metallischen, blauumränderten Augen etwas im Inneren zusammenzog. Es überraschte ihn, dass sie die Tür öffnete – gerade am Tag der Beerdigung ihrer Tochter. Eigentlich sollte sie von tröstenden Frauen umringt sein und sich stummer Trauer hingeben.

»Nayir«, krähte sie. *(Woher wusste sie das? Sie wusste es immer.)* »*Ahlan Wa'sahlan*. Bitte komm herein.«

Er trat durch den riesigen Eingang und sagte: »Seien Sie vielmals gesegnet, Um-Tahsin. Mein tiefes Beileid für Ihren Verlust.«

»Danke.« Sie tastete nach seiner Hand, ergriff sie und streichelte ihm mit ihren rauen, trockenen Fingern über die Handfläche. »Danke für alles. Deine Suche nach Nouf brachte uns Hoffnung, die wir schon verloren hatten.«

»Es war mir eine Ehre.«

»Bitte komm herein.« Sie führte Nayir den Gang entlang, ihre Schritte so sicher wie die eines Kindes. »Ich weiß immer, wenn du es bist, weil dann die Luft im Hause frischer, fröhlicher wird. Und ich kann die Wüste auf deiner Haut riechen.«

»Wonach riecht sie denn?«, fragte er.

»Nach Sonnenlicht.« Sie öffnete eine Tür und lud ihn mit einer Geste ein, das Wohnzimmer zu betreten. »Und nach Staub.«

Er sah sich um. Die Gesellschaft war schon im Aufbruch, und er konnte Othman nirgends unter den Männern entdecken. Kleine Grüppchen von Cousins und Onkeln, die in der Mehrheit Kopftücher und lange weiße Thobes trugen, wanderten flüsternd und mit stoischen und respektvollen Mienen auf die Terrasse hinaus, die das Haus umgab. Nayir hatte fast erwartet, die Brüder säßen still und mit tränenbenetzten Gesichtern da, aber das war lächerlich. Natürlich würden sie ihre Gefühle nicht zeigen.

»Die Zeremonie beginnt bald«, sagte Nusra. »Doch bis dahin kannst du dich noch ein bisschen ausruhen.«

Nayir wandte sich um, wollte ihr danken, aber sie war schon verschwunden.

---

Die Frauen der Shrawis hatten Noufs Leichnam mit Desinfektionsmittel gereinigt und ihn in den Kafan gehüllt, den sie im letzten Sommer für den Hadsch getragen hatte. Der weiße Stoff, lang und nahtlos, umschloss ihren schlanken Körper in drei festen Lagen. Die Frauen legten den Leichnam auf ein Holzbrett im mittleren Innenhof der Familienmoschee, dem saubersten Raum auf der Insel.

Dank der genauen Berechnung eines GPS-Systems, das die Erbauer bei der Errichtung der Moschee eingesetzt hatten, zeigte Noufs Kopf gen Mekka. Der Bau stand sperrig in nordöstlichem Winkel zum Haus, doch der Bauunternehmer hatte versichert, dass er haargenau auf die Ka'aba in der Heiligen Moschee, die etwa hundert Kilometer entfernt lag, ausgerichtet sei.

Die rechte Seite des Raumes war Dschidda, den Bergen und der Wüste dahinter am nächsten gelegen. Hier postierte sich Nayir und wartete darauf, dass die Gebete anfingen. Weiter vorne standen die Shrawi-Brüder in einer würdevollen Gruppe. Nayir war der Einzige, der nicht zur Familie gehörte – zumindest bei den Männern –, und es war eine Auszeichnung für ihn, sich dort aufhalten zu dürfen. Hinter ihnen standen die Frauen in einem dichten

Grüppchen. Aus dem Augenwinkel bemerkte Nayir, dass einige nicht völlig verschleiert waren, darum hielt er den Blick standhaft auf die Männer gerichtet.

Auf einmal legte der Imam die Hände an die Ohren und rief einen der neunundneunzig Namen Allahs auf, *Al-Hasib, der Abrechnende.* Während sein Gebet einsetzte, kreuzten die Versammelten ihre Hände vor dem Bauch, rechts über links, und jeder stimmte flüsternd seine eigene Version des Gebetes an. Im Verlauf der Zeremonie wurde der Singsang heftiger, und die Frauen wurden lauter, einige brachen sogar das traditionelle Gebet ab und gingen zu spontanem Flehen über. Aus dem Stimmengewirr hörte Nayir die Stimme Nusras heraus: *Oh Allah, mach das Ende meines Lebens zum Besten meines Lebens, schenke den besten meiner Taten Vollendung, mache den besten meiner Tage zu jenem, an dem ich vor Dich treten werde.* Ihre Stimme war so kräftig, dass die Männer verstummten. Sie hallte durch den offenen Raum und übertönte die Brandung, die draußen gegen die Felsen schlug.

Als sie geendet hatte, rief sie einen letzten Satz, und ihre Stimme erhob sich zum Dach wie ein heftiger Wind: *Werke werden den Absichten gemäß vollbracht; ein Mann empfängt nur, was er beabsichtigt hat.*

Es war nicht klar, warum sie diesen Satz aussprach. Nusra würde ihre Tochter sicherlich nicht mit einem derartig zynischen Gedanken zu den Toren des Paradieses schicken. Er musste für jemand anderen bestimmt sein. Da Nayir sich nicht umdrehen konnte, ohne sich zu erniedrigen, versuchte er aus den Mienen ihrer Söhne, die in der Nähe kämpferisch in einer Reihe standen, herauszulesen, was Nusras Absicht sein könnte. Selbst von der Seite betrachtet strahlten sie den gleichen Zorn aus, der Nayir in der Stimme ihrer Mutter so erschreckt hatte, und genau in diesem Moment erkannte er, dass die Familie wissen musste, dass jemand Nouf ermordet hatte und dass der Mörder noch frei herumlief.

Othman erhaschte seinen Blick, und Nayir wandte sich schnell wieder seinem Gebet zu. Als sie geendet hatten, folgte er der Prozession hinaus zur Begräbnisstätte. Nouf war die erste Shrawi, die auf dieser Insel des Roten Meeres in die Erde gelegt wurde, doch ihre Familie hatte einen weiträumigen Friedhof angelegt, der von einer schwarzen Steinmauer begrenzt wurde. Eine dicke Schicht Zedernspäne bedeckte den Boden, bis auf die Stelle, wo die Totengräber ihr Grab ausgehoben hatten.

Als die Totengräber den Leichnam in die Grube gelegt hatten und wieder hinaufgeklettert waren, um sich zu den Lebenden zu gesellen, stellte sich die Familie auf, um der Verstorbenen die letzte Ehre zu erweisen. Jeder warf mit dem Handrücken etwas Sand auf ihren Leichnam, der noch in den Kafan gewickelt war. Ein Sarg wäre ein Zeichen von Eitelkeit gewesen.

Nayir schöpfte einen Teelöffel voll Sand aus einer weißen Tonschale und strich ihn sich auf den Handrücken. Es waren sehr feine Körner, eine Schattierung dunkler als seine Haut. Wahrscheinlich hatten die Totengräber ihn vom Strand heraufgeholt. Die Berührung mit dem Sand weckte in ihm die Erinnerung an die Wüste, als er noch geglaubt hatte, sie lebend zu finden, als er gedacht hatte, sie verstecke sich nur.

Als er an das Grab trat, war unter dem Sand die Position des Leichnams noch deutlich zu erkennen, und ihm fiel etwas Seltsames auf. Sie war vollständig in den Kafan gehüllt, aber an den Umrissen ihres Gesäßes und an den leicht gebeugten Knien war zu erkennen, in welche Richtung ihr Gesicht zeigte. Er warf den Sand in die Grube, dann tastete er in seiner Tasche nach dem Kompass. Ein kurzer Blick bestätigte seine Vermutung: Noufs Rücken war Mekka zugewandt. Nicht ihre Füße, sondern ihr Rücken. Er murmelte einen Segen und wandte sich ab.

Doch der Anblick beunruhigte ihn. Es gab nur einen Grund, warum eine Frau mit dem Rücken nach Mekka begraben wurde.

Aber wenn das der Fall war, warum hatte Fräulein Hijazi es ihm nicht gesagt?

Eine Familie begräbt eine Frau nur dann mit dem Rücken nach Mekka, wenn sie ein Kind in ihrem Leib trägt, ein Kind, dessen Gesicht im Tod der Heiligen Moschee zugewandt sein muss.

# ꧁ 4 ꧂

Nayir betrat den Salon der Männer und blickte für einen Moment auf den Hof hinaus. Eine Reihe handgeschnitzter Mahagoni-Wandschirme waren als Raumteiler aufgestellt, und durch ihr geometrisches Gitter hindurch war das Plätschern von Springbrunnen zu hören. In die Mitte jedes Wandschirms war ein religiöser Spruch in Form eines flatternden Falken geschnitzt. Die Buchstaben und Zeichen durchdrangen sich gegenseitig wie Flügel und Federn, wie Wolken und Sonne. Für die meisten Männer, die den Raum betraten, war das Bild auf dem Wandschirm einfach ein Falke; doch ein suchendes, geduldiges Auge würde den Spruch finden, den Nayir schon vor langer Zeit entziffert hatte: *Wer die Steuer auf seinen Reichtum zahlt, wird vom darauf lastenden Übel befreit.*

Es war eine Anspielung auf das Unternehmen der Shrawis, »Die erste muslimische internationale Kooperative«, ein Netzwerk von karitativen Organisationen, das seine Einnahmen nach dem alten Prinzip des *Zakat* bezog, der vom Glauben vorgeschriebenen Armenabgabe. Sie betrug zweikommafünf Prozent des Monatseinkommens, und jeder war gesetzlich verpflichtet, sie zu entrichten. Jährlich flossen zehn Milliarden Dollar von Reich zu Arm. Es war Geld für bedürftige Moslems, nicht für Krankenhäuser, Moscheen oder religiöse Koranschulen, darum durfte die Kooperative per Gesetz nur Spenden für die Armen annehmen.

Und sie nahm reichlich entgegen. Sie akquirierte beinahe ein Viertel der Gelder und Vermögenswerte, die die Bürger Dschiddas als Spende für angemessen hielten. Im Lauf der Jahre hatte sich die Shrawi-Kooperative einen solchen Namen gemacht, die Familie sich so viel Achtung erworben, dass die Shrawis selbst mit Geld überhäuft wurden, was ihnen ein angenehmes Leben ermöglichte.

Ihrer beduinischen Abstammung gemäß war ihre Einrichtung zwar elegant, aber schlicht. Bis auf eine Glaskugel, die an der Decke hing, hatten die Salons, wo sie ihre Gäste empfingen, nichts von dem prunkvollen Dekor, der für die Wohlhabenden typisch war. Die Teppiche waren dünn und weiß, den Sofas sah man an, dass sie benutzt wurden. Selbst das Trinkgeschirr war schlicht: weiße Tonbecher auf einem Bambustablett. *Gott selbst ist voller Anmut,* sagte der Prophet, *und Vornehmheit gefällt Ihm.*

Die Shrawi-Söhne lebten nach diesem Kodex, den ihr Vater ihnen mit unerbittlichem Elan predigte. Abu-Tahsin war Beduine, der in der Wüste aufgewachsen war, wo ein Mann nur das besaß, was er tragen konnte. Er glaubte, es gebe nichts Materielles, was sich zu besitzen lohnte. »Man kann es nicht mitnehmen, wenn man stirbt«, sagte er immer. »Vergesst das nicht! Auf der letzten Reise gibt's kein Gepäck.« Er war für seine Freigebigkeit bekannt, verschenkte nicht nur Geld, sondern auch Autos, Boote und Vollblüter. Auch die Söhne verschenkten ihren Besitz. Im Grunde war die Familie ein Kanal, durch den riesige Schätze flossen und der nie zum Stillstand kam.

*Genau das ist der Grund,* dachte Nayir, *warum ich sie ertragen kann.* Er hörte Schritte im Flur. Die Tür ging auf, und die Shrawi-Brüder betraten mit zwei anderen Männern den Raum, in denen Nayir Cousins zu erkennen glaubte. Die Brüder begrüßten ihn mit einer Umarmung und einem Kuss auf beide Wangen. Wäre er blind gewesen, hätte er sie allein schon an ihrem Parfüm erkannt – Tahsin benutzte Gucci, Fahad Giorgio Armani. Doch als er Othmans Wangen berührte, bemerkte er einen Moschusgeruch, der auf einen verschwitzten Schlaf hindeutete.

Der älteste Bruder, Tahsin, stellte die Cousins vor. Einer der beiden schüttelte Nayir die Hand und sagte: »Du bist also der Beduine, von dem ich schon so viel gehört habe!«

»Nayir ist kein Beduine«, bemerkte Othman.

»Ach, was bist du dann?«, fragte der Cousin, und sein Ton klang ein wenig verächtlich.

»Palästinenser«, sagte Othman, Nayir zuvorkommend.

»Ach so, Palästinenser.« Der Cousin ließ sich auf ein Sofa fallen und musterte Nayir, der unbehaglich in der Mitte des Raumes stand. Alle Augen hefteten sich auf seinen schlecht sitzenden Anzug, und Nayir fragte sich eneut, was er bloß an sich hatte, dass die Leute ihn immer so anstarrten. Vielleicht war es seine Körpergröße, die ihn, zusammen mit der Strenge seines Gesichtes, abweisend erscheinen ließ. Entweder das, oder er sah aus wie ein Tölpel, ein staubiger, ungehobelter Mann, der zu viel Zeit in der dumpf machenden Hitze verbracht hatte.

»Schön, dich zu sehen, Nayir. Bitte, nimm Platz.« Tahsin öffnete die Arme in einer großzügigen Bewegung, fasste sein Gewand mit der Faust und ließ sich auf einem Sofa nieder. Er legte seine manikürten Hände übereinander in den Schoß und begann, mit dem Riesenring an seinem kleinen Finger zu spielen. »Wir würden dir ja gerne etwas anbieten, aber –«

Nayir hob die Hand. Es gehörte sich nicht, Trauergästen vor Ablauf von drei Tagen nach der Beerdigung etwas anzubieten. Othman lud ihn ein, auf einem der weißen Schaumstoffkissen, die im Raum verteilt waren, Platz zu nehmen, und Nayir leistete ihm dankbar Folge.

Er wagte einen Blick auf Othman. Er trug als einziger der Brüder eine Hose, sah deswegen aber nicht formeller aus. Im Gegenteil, sein Hemd war zerknittert und ein Ärmel hochgekrempelt. Normalerweise bemühte er sich, wie seine Brüder auszusehen und sich wie sie zu verhalten. Er war ein Adoptivsohn und deswegen vielleicht eher geneigt zu beweisen, dass er dazugehörte, oder zumindest zu vermeiden, dass irgendjemand seine Andersartigkeit bemerkte. Er war größer als die anderen, auch hagerer, und seine großen grauen Augen waren ganz gewiss eine Seltenheit zwischen den braunen der Shrawis. Doch in seinem gesellschaftlichen Auftreten war er ein makelloser Shrawi – kühl, reserviert und unauffällig fromm.

Nachdem Wasser gereicht worden war, spürte Nayir, wie sich die ihm vertraute düstere Stimmung der Etikette über den Raum legte. Er kannte seinen Platz hier. Er war der Wüstenführer, der Freund von draußen, dessen Anwesenheit den Söhnen der Familie die Last von *noblesse oblige* auferlegte. Nayir warf einen Blick zu Othman hinüber, seinem einzigen Verbündeten in diesem Raum. Er sah grau und müde aus, doch begegnete er Nayirs Blick mit einer Miene, die zu sagen schien: *Machen wir, dass wir hier wegkommen. Wir haben so viel zu besprechen.*

Nayir hatte tausend Fragen an ihn, aber er wollte sie nicht vor den anderen stellen. Vor allem fragte er sich, was aus Othmans Hochzeit werden würde: Er sollte nächsten Monat heiraten. Hatten sie beschlossen, es zu verschieben?

Nayir erkundigte sich höflich nach Othmans Vater, Abu-Tahsin, der eine Woche zuvor am Herzen operiert worden war – manche sagten, das sei alles von der Aufregung über das Verschwinden seiner Tochter gekommen –, und bekam die ebenso höfliche Auskunft, dass der Vater nächste Woche wieder nach Hause käme, so Allah wollte.

Für Nayir war die Nachricht von Abu-Tahsins Herzinfarkt ein Schock gewesen. In all den Jahren, die er den Mann kannte, hatte dieser so gesund gewirkt, als wäre er viele Jahre jünger. Er arbeitete rastlos für seine karitative Organisation, und in seiner Freizeit veranstaltete er Rennen mit Kamelen, Motorrädern und Geländewagen. Sein Interesse für seine Söhne hatte nie nachgelassen, er nahm sie überallhin mit. Als sie dann erwachsene Männer waren, kannten sie ihre Welt gut und fühlten sich in den Palästen Riads ebenso zu Hause wie in ihrer Tauchermontur auf dem Meeresboden. Abu-Tahsin war es auch zu verdanken, dass die Familie zweimal im Jahr einen Ausflug in die Wüste unternahm. Die Nachricht von seinem Herzinfarkt hatte alle völlig unvorbereitet getroffen.

Tahsin wandte sich an Nayir. »Bruder, danke, dass du gekommen bist. Wir stehen tief in deiner Schuld für das, was du für Nouf getan hast. Ich hoffe, du gibst uns Gelegenheit, deine Gunst eines Tages zu erwidern.«

Nayir räusperte sich. »Möge der Tag nie kommen.«

»In der Tat«, sagte Tahsin. Immer wenn Nayir mit den Brüdern zusammensaß, führte Tahsin das Wort. Er war der Älteste und sicherlich daran gewöhnt, die Verantwortung zu übernehmen, doch seine Erscheinung und seine Art erweckten eher den Eindruck eines seltsam zurückhaltenden Mannes. Er sah Nayir nie direkt an, sondern hielt den Blick gesenkt. Er sprach deutlich, aber leise, und sein Gesicht erinnerte Nayir an ein Beutetier, mit diesem zarten, unschuldigen Mund und den weit auseinanderstehenden Augen, die ständig nach Gefahr Ausschau hielten. Manchmal dachte Nayir, Tahsin sei tatsächlich bescheiden, und manchmal dachte er, das alles sei nur gespielt, denn wenn Tahsin sich etwas in den Kopf gesetzt hatte, dann erzielte er auch das gewünschte Ergebnis.

»Ich bedaure, dass meine Suche so ausgegangen ist«, sagte Nayir. Tahsin schnalzte mit der Zunge, doch Nayir fuhr fort. »Ich hatte gehofft, sie zu finden.«

»Wir sind uns deiner guten Absichten gewiss!«, erwiderte Tahsin.

Nayir wog seine nächsten Worte sorgfältig ab. »Ich hatte auch gehofft, eure Neugier bezüglich der Gründe ihres Verschwindens zu befriedigen.« Er musterte die Gesellschaft kurz und sah, dass ihre Gesichter zu undurchdringlichen Masken erstarrten. Nur Othman ließ sein Unbehagen erkennen, aber er wich Nayirs Blick aus.

»Wir werden nie verstehen, warum sie fortgelaufen ist«, sagte Tahsin und drückte seinen Körper tiefer in die Falten des Kissens hinein. »Ein Mädchen wie meine Schwester, so naiv und rein, so unberührt von der Welt. Wusstest du, dass ich sie noch nie habe weinen sehen? Oder die Stirn runzeln? Oder auch nur die Mundwinkel herunterziehen? Sie war die reine Seligkeit im Körper eines Mädchens, so tugendhaft wie ihre Mutter, *ism'allah,* meine Nouf. Es ist so unwirklich. Selbst jetzt, wo wir ihren Leichnam als Beweis haben.«

»Ja«, fügte Fahad hinzu, seine Stimme klang scheu unter seinem Bart. Alle drehten sich zu ihm um, überrascht, dass er gesprochen hatte. »Wir dachten, sie sei entführt worden. Wir dachten: Sie würde niemals alleine weggehen! Aber dann, als wir entdeckten, dass das Kamel … weg war, war alles klar. Sie war fortgelaufen.«

»Es gab keinerlei Hinweis«, fuhr Tahsin fort. »Irgendeine Besessenheit muss sie dazu getrieben haben, aber ich kann mich nicht erinnern, dass ich an meiner Schwester jemals eine Spur von Leidenschaft bemerkt hätte. Nie!«

»Zumindest keine, die sie offen gezeigt hätte«, bemerkte Othman.

Es entstand ein betretenes Schweigen. Niemand sah Othman an, und die Brüder schienen sich in sich zurückzuziehen.

Nayir neigte dazu, Othmans Einschätzung zu teilen. Natürlich hatte Nouf Leidenschaften gehabt, die Brüder wussten nur nicht, welche. Er verspürte wenig Mitgefühl für Brüder, die nur einen höchst vagen, höchst oberflächlichen Eindruck von ihren Schwestern hatten. Gewiss, Frauen hatten andere Sorgen. Sie hatten eine andere Lebensweise, und sie lebten in einem anderen Teil des Hauses. Er stellte sich vor, dass es zwischen dem Leben von Brüdern und Schwestern kaum Berührungspunkte gab, außer bei Mahlzeiten, Ausflügen oder Festen. Aber es war nicht tabu, mit seiner Schwester zu sprechen. Eine Schwester, so stellte er sich vor, sollte etwas so Vertrautes haben wie keine andere Frau – eine ansprechbare weibliche Person, mit der man offen reden konnte, die einem vertraulich Dinge erklären konnte, die andere sich scheuen würden auch nur anzusprechen. Nayir hatte keine Geschwister, aber sein ganzes Leben lang hatte er sich nach einer Schwester gesehnt. Und dann sieben zu haben und nichts über sie zu wissen! Interessierten sich die Brüder einfach nicht für ihre Schwestern? Unmöglich. Einer von ihnen hatte doch sicherlich irgendwann einmal mit Nouf gesprochen. Hatten sie nicht zumindest ein oberflächliches Interesse an ihrer Schulausbildung, ihren Hobbys oder ihrem Modegeschmack gezeigt?

Er musterte sie. Tahsin, mit einer Ehefrau und neun Kindern und großer Verantwortung in seinem Beruf; er war wahrscheinlich zu beschäftigt, oder tat jedenfalls so. Auch Fahad arbeitete die ganze Zeit. Er und seine Frau lebten mit ihren drei kleinen Töchtern nicht mehr auf der Insel. Sie hatten ein Haus in der Stadt und sahen Nouf wahrscheinlich nicht allzu häufig. Nur Othman hatte sie regelmäßig gesehen. Er wohnte noch zu Hause. Doch am Telefon hatte er Nayir nicht das Geringste sagen können. Vielleicht hatte er noch zu sehr unter Schock gestanden.

Es war nichts Besonderes, dass die Brüder so zurückhaltend waren – sie behielten ihre Gefühle für sich oder offenbarten sie nur untereinander –, und bei jeder anderen Gelegenheit hätte er sich nichts dabei gedacht. Doch jetzt, während die Minuten verstrichen, kamen ihm alle möglichen Fragen in den Sinn: Wenn Nouf zu Hause so glücklich gewesen war, war dann nicht eine Entführung wahrscheinlicher? Hatte sie jemals zuvor davon geredet, von zu Hause wegzulaufen? Wenn nicht gegenüber ihren Brüdern, dann vielleicht zu ihren Schwestern oder einer Freundin? Und vor allem, hatten sie über ihre Schwangerschaft Bescheid gewusst, bevor sie fortlief? Aber er wusste nicht, wie er diese Fragen ansprechen sollte, ihm fiel nicht einmal ein Thema zum Plaudern ein. Er musterte jeden von ihnen, in der Hoffnung, einer würde etwas sagen, doch sie hüllten sich alle in tiefes Schweigen. Allein durch das Thema Nouf hatte er sie in eine unangenehme Lage gebracht, und es stand ihm nicht zu, weiter in sie zu dringen. Aber wenn nicht ihm, wem dann? Würde irgendeiner von ihnen die heikle Frage stellen: Was ist mit Nouf passiert? Würde irgendjemand die Verantwortung übernehmen, wenn nicht für ihren Tod, dann wenigstens für die Umstände, die ihn herbeigeführt hatten?

Ein Diener trat mit einer angezündeten Wasserpfeife ein und stellte sie neben Tahsin. Mit einem Tuch, das er an der Hüfte trug, wischte er das Mundstück der Wasserpfeife ab und reichte es Tahsin, der es mit ernster Miene entgegennahm. Der Diener verbeugte sich und ging.

Tahsin hielt das Mundstück an seinen Mund, inhalierte aber nicht. Alle starrten ihn an, warteten auf den ersten Zug. Nayir spürte, wie sehr er sich nach dem tröstenden Gurgeln des Wassers sehnte, dem leisen Knistern der Kohle, nach irgendeinem Geräusch, das das Schweigen brach. Schließlich nahm Tahsin einen Zug, und für einen Augenblick schien es, als atmeten alle Anwesenden erleichtert in demselben Moment aus, in dem Tahsin langsam den süß duftenden Rauch ausblies.

Langsam machte die Wasserpfeife die Runde. Einer der Cousins pries den Tabak und fragte, woher er stamme, und so kam endlich ein leichtes Gespräch in Gang. Nayir begriff, dass das Thema Nouf für die Brüder abgeschlossen war. Er lehnte sich auf dem Sofa zurück. Die Enttäuschung über seine gescheiterte Suche plagte ihn immer noch, und er ging die Einzelheiten noch einmal in Gedanken durch. Warum hatte er keinen Trupp losgeschickt, um das Lager der Familie zu überprüfen und sich zu vergewissern, dass sie auch wussten, wo und wie sie suchen sollten? Unfall oder nicht, ihr Tod hätte verhindert werden können. Er war entschlossen herauszufinden, was ihr zugestoßen war. *Allah, gehe ich zu weit? Tue ich das nur, um meine widerwärtige Neugier zu befriedigen?* Nein, dachte er, er tat recht daran, und irgendwie war er es Othman schuldig.

Andererseits, um ein derartiges Problem zu lösen, müsste er alles über Nouf erfahren, was er erfahren konnte, und das war nahezu unmöglich. Sie war eine Frau. Nur ihre Schwestern würden eine Menge über sie wissen. Sie waren zu sechst, aber man würde ihm nicht erlauben, mit ihnen zu sprechen oder ihnen persönliche Fragen zu stellen. Die Älteren hatte er nie kennengelernt, nur einige der jüngeren, als sie noch nicht alt genug waren, um sich verschleiern zu müssen. Einmal, vor Jahren, als er sich im Haus aufgehalten hatte, um die Männer auf einen Wüstenausflug vorzubereiten, waren ihm die Mädchen mit stiller Schüchternheit begegnet. Sie waren gut erzogene Kinder gewesen, und da sich bei ihnen noch keine auffälligen Persönlichkeitsmerkmale ausgeprägt hatten, war es schwierig, sie voneinander zu unterscheiden. Vielleicht hatte er damals sogar Nouf gesehen, aber er konnte sich nur an das Baby erinnern, das er im Arm gehalten hatte. Für einen kurzen, bestürzenden Augenblick hatte dieses kleine Wesen ihm bewusst gemacht, welch ungeheure Kraft er eigentlich besaß. Aber es hatte geweint, und er hatte es schnell wieder abgegeben.

Es gibt bestimmt viele solcher Fälle, die offiziell untersucht werden, dachte er. Fälle, bei denen es von entscheidender Bedeutung ist, dass man das Leben einer Frau versteht; die Einzelheiten ihrer letzten paar Tage, Wochen, Monate kennt; dass man weiß, wo sie ihre Zeit verbracht hat und warum und mit wem; dass man ihre Sehnsüchte, ihre Geheimnisse kennt. Aber diese Fälle endeten wahrscheinlich meist mit einer herben Enttäuschung: da die

Frauen von klein auf an Geheimniskrämerei gewöhnt waren, nahmen sie ihre Geheimnisse auch mit ins Grab.

Othman erhaschte seinen Blick. »Wollen wir uns etwas die Beine vertreten?«, fragte er.

Das war ihr übliches Manöver: Sie verabschiedeten sich höflich, um sich ungestört unterhalten zu können. Nayir nickte dankbar. Sie erhoben sich und traten hinaus auf die Terrasse.

Um das Haus verlief eine Balustrade. Der Abend dämmerte und hüllte den Himmel in ein dunstiges Rosa. Nayir folgte Othman auf die Terrasse, die rund um das Haus verlief und in eine Treppe überging, die auf beiden Seiten von einer schwarzen Mauer begrenzt war. Sie stiegen hinab, es ging endlos nach unten, bis sie das schwache Grunzen von Tieren hörten, die sich gerade schlafen legten.

# ꕤ 5 ꕤ

Am Fuß der Treppe betraten sie einen Hof, und endlich fand Nayir seine Orientierung wieder. Er war schon mal hier gewesen, sogar viele Male, war aber immer über einen anderen Weg dorthin gelangt. Jetzt erkannte er die niedrige Laube aus Feigenbäumen in der Nähe des Stalls. Zur Linken war der am wenigsten repräsentative Eingang, ein riesiges Holztor, durch das zwei Lkws unbeschadet aneinander vorbeifahren konnten. Das Tor diente der Familie als Einfahrt für Wagen mit Lebensmitteln und anderen Lieferungen. Hierher kam auch Nayir mit seinen Männern, um die Kamele mit der Ausrüstung zu beladen, die die Shrawis in die Wüste mitnahmen.

Doch Othman führte Nayir nach rechts durch ein Eisentor in einen Garten hinein, der von Hecken gesäumt war. Ein Kiesweg wand sich zwischen Büschen und Bäumen hindurch, und diesen schritten sie jetzt in gemächlichem Tempo entlang. »Ich kann immer noch nicht glauben, dass das hier alles wirklich passiert«, sagte Othman.

»Es tut mir leid ...«

»Ich weiß, du hast alles getan, was du konntest«, unterbrach er ihn und fügte hinzu: »Und danke, dass du Nouf heimgebracht hast.«

»Kein Problem«, sagte Nayir, dem die Anspannung auf Othmans Gesicht nicht entging. Sie kamen zu einer Steinbank und einem leeren Springbrunnen, gingen aber weiter. »Der Leichenbeschauer hat mir nichts Schriftliches mitgegeben«, sagte Nayir. »Ich nehme an, er hat dich angerufen.«

»Ja.«

Nayir dachte wieder an den Sektionssaal in der Pathologie, unsicher, ob er Othman erzählen sollte, dass er den Leichnam gesehen hatte und über die Todesursache unterrichtet worden war. Er beschloss, Othman die Initiative zu überlassen. Nayir spürte, dass der Freund die Unterredung wollte, aber nur schwer aus sich herausgehen konnte. Für Othman war es immer leichter gewesen, sich ins Förmliche zurückzuziehen. Am besten wartete er, bis der Freund von selbst auf ihn zukam.

Sie drehten eine Runde durch den Garten und wechselten ein paar Worte, wenn das Schweigen zu unangenehm wurde.

»Ich habe kurz vor dem Gottesdienst mit dem Pathologen gesprochen«, sagte Othman unvermittelt. »Ich war überrascht, dass sie ertrunken ist.«

Nayir nickte. »Ja, er hat's mir erzählt. Sie muss mitten in einem Wadi gewesen sein. Die Fluten kommen sehr schnell. Es ist schwierig, da rechtzeitig wieder rauszukommen.«

»Hast du schon mal von so einem Fall gehört?«

»Ja, aber es passiert selten.«

»Ich denke, sie hätte die Gefahr doch kommen sehen müssen.«

»Möglicherweise war sie zu dem Zeitpunkt ohnmächtig«, sagte Nayir. »Vielleicht wegen der Hitze. Habt ihr übrigens das Kamel wiedergefunden?«

»Ja. Es ist hier«, sagte Othman. »Aber angeblich verhält es sich auffällig.«

»Was ist passiert?«

»Das weiß ich nicht. Es hätte beinahe einen der Stallburschen verletzt, darum haben sie es in einen abgedunkelten Raum gesperrt. Anders ist es nicht ruhig zu stellen.«

»Wo haben sie es gefunden?«

»Einer der Suchtrupps – ich weiß nicht mehr welcher – hat es entdeckt, unweit der Leiche, glaube ich. Dafür müsstest du dir mal die Karte ansehen.«

Sie kamen an einem weiteren ausgetrockneten Springbrunnen vorbei. Das lenkte sie ab, und die Unterhaltung drohte zu versiegen. »Hast du denn akzeptiert, dass ihr Tod ein Unfall war?«, fragte Nayir und hoffte, so beiläufig wie möglich zu klingen.

Ein leichtes Zögern. »Na ja, Mord scheint eher unwahrscheinlich.«

Nayir beschloss weiterzubohren. »Hat der Leichenbeschauer erwähnt, dass Nouf Verletzungen an den Handgelenken hatte, die darauf hindeuten, dass sie sich gewehrt hat, und dass sie einen Schlag gegen den Kopf bekommen hat?«

Othman erwiderte nichts darauf.

»Die Wunden an ihren Handgelenken könnten auch von den Zügeln eines Kamels stammen«, sagte Nayir, »aber dafür waren sie nicht gleichmäßig genug. Sie hatte Prellungen und Kratzer, beinahe so, als hätte jemand sie gepackt, gegen den sie sich gewehrt hat.«

»Die Verletzungen könnten auch vom Unfall herrühren«, sagte Othman schließlich. »Aber wenn nicht … ich weiß nicht. Kann sein, dass jemand sie festgehalten hat, aber hat derjenige sie auch ertränkt? Ich glaube, das hätte niemand schaffen können, ohne selbst dabei zu ertrinken.«

Er hatte recht: Abwehrverletzungen bedeuteten nicht gleich Mord. Aber sie könnten Vergewaltigung oder Entführung bedeuten. Nayir wollte es aussprechen, aber er hatte das Gefühl, dass er schon weit genug gegangen war, und ihn verließ allmählich der Mut.

»Nein«, räumte Othman plötzlich ein, »ich bin mir nicht sicher, dass ihr Tod ein Unfall war. Ehrlich gesagt, haben meine Brüder den Leichenbeschauer gebeten, es als solchen zu deklarieren, der Familie zuliebe.«

Nayir blieb stehen. »Sie haben dafür bezahlt?«

»Tahsin hat das erledigt.« Othman wirkte für einen Moment verlegen. »Er vertraut der Polizei nicht. Und wir fanden alle, dass es für meine Mutter leichter wäre, wenn sie unseren Verwandten keine Erklärungen abgeben müsste. Sie hat schon genug daran zu tragen, dass mein Vater krank ist.«

»Das verstehe ich zwar«, sagte Nayir, »aber durch das Verschweigen macht sich die ganze Familie verdächtig.«

»Ich weiß. Aber ich kenne jemand im Labor, die für mich die nötigen Beweise sammelt. Sie geht von einer ungeklärten Todesursache aus.«

Nayir empfand eine seltsame Mischung aus Erleichterung und Unbehagen – Erleichterung darüber, dass die Familie doch daran interessiert war, die Wahrheit herauszufinden, selbst wenn es auf inoffizielle Art und Weise geschah, und Unbehagen wegen des Wortes »sie«.

»Ist das ... Fräulein Hijazi?«, fragte er.

»Ja«, erwiderte Othman. »Hast du sie kennengelernt?«

Einen lähmenden Moment lang konnte Nayir nicht begreifen, warum Fräulein Hijazi ihn über ihre Beziehung zur Familie nicht aufgeklärt hatte. Er hatte natürlich so etwas vermutet, aber jetzt fiel ihm wieder ein, dass sie wegen der Verschleierung der Tatsachen, an der sie offenbar beteiligt war, unglücklich gewirkt hatte. »Sie war da«, sagte er. »Woher kennst du sie?«

»Sie ist meine Verlobte.«

Nayir traute seinen Ohren nicht. Sie hatten sich schon oft über die Hochzeit unterhalten, aber er hatte sich nie genauer nach Othmans Verlobter erkundigt, weil er fand, dass ihn das nichts anging. Er wartete immer ab, bis Othman von sich aus mit Informationen herausrückte. So wusste Nayir zum Beispiel, dass ihr Familienname Hijazi war, aber es gab viele Hijazis, und Othman redete von ihr ansonsten immer nur als »meine Verlobte«. Nayir wusste auch, dass Othman sich privat mit ihr traf, aber natürlich kam sie immer in Begleitung. Er wusste, dass ihre Mutter nicht mehr lebte und Um-Tahsin die junge Frau unter ihre Fittiche genommen hatte, um ihr bei den Hochzeitsvorbereitungen zu helfen, etwa bei der Wahl des Brautkleids und der Ringe. Aber er wusste nicht, aus welcher Familie sie stammte oder was sie für einen Charakter hatte, und wie sie aussah, wusste er schon gar nicht. Er hatte einfach angenommen, sie sei süß und anständig, ein Mädchen aus einer reichen Familie. Er wäre nie darauf gekommen, dass sie einer Arbeit nachging, vor allem keiner, bei der sie mit Männern zu tun hatte.

»Ach so ...«, sagte er etwas verwirrt. »Verzeihung. Das war mir nicht klar. Ist sie eine Cousine?«

»Nein, sie gehört nicht zu unserer Familie.« Othman wirkte verlegen. »Wir haben uns über einen Freund kennengelernt. Hat sie dir denn nicht gesagt, wer sie ist?«

Nayir schüttelte den Kopf. Es war wahrscheinlich schicklich von ihr, ihre Identität zu verschweigen, aber jetzt war auch er verlegen. In anderer Hinsicht war sie ja recht forsch gewesen. Er fragte sich, wie gut Othman sie eigentlich kannte. Ihre ungenierte Art musste ihm auf jeden Fall schon aufgefallen sein. Oder war sie anders, wenn sie mit ihm zusammen war? Für Nayirs Geschmack war sie zu unverfroren gewesen, und er konnte sich nicht vorstellen, dass Othman ein derartiges Benehmen duldete. Er war neugierig zu erfahren, wie sein Freund darüber dachte, aber er fand keinen taktvollen Weg, das Thema anzusprechen.

»Überrascht dich das so sehr?«, fragte Othman.

»Nein, nein. Sie ist bloß – du hast mir nicht erzählt, dass sie in der Rechtsmedizin arbeitet.«

Othman errötete. »Na ja, ich dachte, das sei nicht nötig.«

Nayir wandte sich ab, aber Othmans Beschämung fand er doch merkwürdig. *Er muss sie wirklich lieben*, dachte er, *wenn er es duldet, dass sie arbeitet*.

»Herzlichen Glückwunsch«, sagte Nayir schließlich. Das hätte er schon früher sagen sollen.

Othman lachte in sich hinein.

»Das meine ich ehrlich.«

»Das musst du auch!« Othman grinste. Er setzte sich wieder in Bewegung.

»Ihr verfolgt diesen Fall also auf eigene Faust, wenn ich das richtig verstehe?«, fragte Nayir, denn er wollte die Aufmerksamkeit wieder von Fräulein Hijazi ablenken.

»Ja.« Othmans Lächeln gefror. »Eigentlich hatte ich gehofft, du würdest helfen. Wir haben einen Privatdetektiv engagiert, und er will die Stelle sehen, wo sie gefunden wurde. Wir haben eine Karte, aber ich dachte mir, du könntest ihm vielleicht behilflich sein, den Platz zu finden.«

Wieder stieg Empörung in Nayir auf. Ein Privatdetektiv? Die Familie hätte zuerst ihn fragen sollen. Sie wussten doch, wie gut er sich in der Wüste auskannte. *Aber das ist Stolz*, sagte er sich. *Vergib mir meinen Stolz*. »Selbstverständlich werde ich helfen.«

»Danke.«

»Dieser Privatdetektiv – war das auch die Idee deines Bruders?«

»Nein, meine. Die Familie ist sich nicht einig darüber, ob ihr Tod nun ein Unfall war oder nicht.« Othman schüttelte den Kopf. »Wir wollen einfach nur eine Antwort finden.«

Nayir spürte jetzt die Gelegenheit für ein offenes Gespräch. »Und du? Was glaubst du, was passiert ist?«

Othman blieb stehen. Er seufzte und kreuzte die Arme. »Seit ich entdeckt habe, dass sie weg ist, habe ich das Gefühl, dass irgendjemand sie verschleppt hat. Wir haben mit ihrem Begleiter Mohammed gesprochen, aber der erzählte uns, Nouf habe ihn am

Morgen angerufen und ihm gesagt, sie brauche ihn an diesem Tag nicht. Daraufhin ist er mit seiner Frau unterwegs gewesen. Meiner Mutter sagte Nouf, sie wolle zum Einkaufszentrum fahren, um ihre Hochzeitsschuhe umzutauschen.«

»Wie konnte sie ohne einen Begleiter ausgehen?«, fragte Nayir. »Ist denn niemandem aufgefallen, dass Mohammed an diesem Tag nicht da war?«

»Na ja, meine Mutter folgt ihr nicht jedes Mal, wenn sie das Haus verlässt. Normalerweise trifft Nouf Mohammed hinter den Ställen. Sie ist immer alleine zum Stall gegangen – besonders morgens. Sie war gerne bei den Kamelen. Wenn sie zurückwollte, rief sie ihn an, dann kam er zum hinteren Tor und holte sie ab.«

Nayir nickte. »Sie könnte also schon weg gewesen sein, lange bevor jemand auf den Gedanken kam, dass sie das Haus verlassen hatte.«

»Ja, an diesem Morgen sagte Nouf zu meiner Mutter, dass sie zu den Ställen wollte und Mohammed sie mittags dort abholen würde. Alles, was wir wissen, ist, dass sie kurz nach dem Gespräch mit meiner Mutter verschwunden ist.«

»Hat irgendein Diener sie bei den Ställen gesehen?«

Othman schüttelte den Kopt. »Sie haben gar nichts gesehen.«

»Wer hat denn festgestellt, dass sie weg war?«

»Meine Mutter. Sie hat Nouf gegen fünf oder sechs zurückerwartet, und als sie nicht auftauchte, hat sie Mohammed angerufen. Sofort war das ganze Haus in Aufruhr. Mein Bruder hat die Ställe abgesucht, wir haben alle Diener befragt, meine Mutter hat sie losgeschickt, um nach ihrem Jet-Ski zu sehen. Nouf ist manchmal damit alleine um die Insel gefahren, aber der Jet-Ski lag am Dock. Keiner der Diener hatte irgendetwas Außergewöhnliches gesehen oder gehört.«

Nayir wusste das meiste schon, aber er wollte es noch einmal hören. »Sie hat keine Nachricht hinterlassen?«

»Nein.«

»Und du hast keine Ahnung, wohin sie vielleicht gehen wollte?«

»Nicht die leiseste. Ehrlich. Ihre Hauptbeschäftigung war Einkaufen. Vorbereitungen für ihre Hochzeit. Deswegen konnte ich es nicht glauben, dass sie einfach weggelaufen sein sollte.«

Nayir nickte. »War es denn normal, dass Nouf fünf oder sechs Stunden im Einkaufszentrum blieb?«

»Ja sicher. Es dauert allein schon eine gute Stunde von hier bis zur Innenstadt – wenn nicht zu viel Verkehr ist.«

Nayir nickte nachdenklich.

»Glaub mir, sie freute sich sehr auf ihre Hohzeit. Ich denke nicht, dass sie ihre Zukunft aufs Spiel gesetzt hätte.« Othman schloss die Augen, und für einen Moment schien es, als wäre tiefe Erschöpfung über ihn gekommen. Er rieb sich heftig die Stirn und fuhr sich mit den Händen übers Gesicht. Nayir wartete, dass er fortfuhr. »Selbst wenn sie den heimlichen Wunsch hatte, diesem Leben zu entfliehen, ergibt das einfach keinen Sinn. Sie neigte nicht zur Selbsttäuschung.«

»Ich kann mir nicht vorstellen, dass überhaupt jemand diesem Leben entfliehen will.« Nayir wies zum Haus. »Sie hat es hier doch sicherlich sehr gut gehabt.« Das ferne Aufheulen eines Motors brach in ihr Gespräch ein. Es klang wie ein Schnellboot.

»Am Anfang, als wir ihr Verschwinden entdeckten«, sagte Othman, »dachte Tahsin, dass ihr die bevorstehende Heirat vielleicht Angst machte. Dass sie es sich anders überlegt hätte. Sicher, für eine Sechzehnjährige hat Heiraten etwas Einschüchterndes, aber wir waren alle davon überzeugt, dass es ihr sehnlicher Wunsch war, und sie hätte sich doch nicht ihre eigenen Pläne ruiniert. Andererseits, warum sollte jemand sie entführen und dann keine Lösegeldforderung stellen? Das ergibt alles keinen Sinn.«

Der Motorenlärm wurde lauter und nahm plötzlich wieder ab.

Nayir warf einen flüchtigen Blick auf die Hecken. Es war sicherlich eine verwirrende Situation, aber seine Gedanken kehrten immer wieder zu den Blutergüssen an den Handgelenken und zu der Tatsache zurück, dass sie ihr Kamel verloren hatte.

Othmans Handy klingelte. Er entschuldigte sich hastig, meldete sich und entfernte sich ein paar Schritte bis zu einer Heckenreihe, wo er außer Hörweite von Nayir stehenblieb. Nayir vermutete, dass es Fräulein Hijazi war, und ihn plagte auf einmal das schlechte Gewissen. Sie kennengelernt zu haben, ohne dass Othman anwesend war, kam ihm jetzt wie ein Verrat vor. Gut möglich, dass sich Fräulein Hijazi in diesem Moment hier im Haus befand. Sie hatte sicher an der Beerdigung teilgenommen und saß nun irgendwo in einem Raum voller Frauen. Ein seltsamer Neid ergriff Nayir, als er an den Salon der Frauen dachte und an Othmans Berechtigung, in dieses Zimmer einzudringen, selbst wenn es nur per Telefon war. Was mochte sie ihm sagen? Erzählte sie ihm, was die Frauen gerade besprachen? Redeten sie über Nouf, oder versuchten sie, das Thema zu meiden, aus Angst, Um-Tahsin noch mehr aufzuregen? Aber vielleicht war es gar nicht Fräulein Hijazi.

Seine Gedanken wanderten zurück zu ihrem forschen Verhalten, und er fragte sich, ob er Othman erzählen sollte, wie unverschämt seine Verlobte gegenüber einem anderen Mann gewesen war. Othman warf einen kurzen und, wie Nayir meinte, neugierigen Blick zu ihm herüber, woraufhin er sich etwas verlegen abwandte. *Nein,* dachte er, *lieber die ganze Geschichte auf sich beruhen lassen.*

Neben ihm führte ein kurzer Weg durch ein Eisentor hinunter zu einer Terrasse, von der aus man das Meer sehen konnte. Neugierig, was das wohl für ein Motorengeräusch gewesen war, schlüpfte er durch das Tor, ging zur Terrasse hinunter und stellte sich an den Rand der Balustrade. Selbst in der Abenddämmerung war die Aussicht atemberaubend. Das Meer erstreckte sich zum Horizont, changierte zwischen dem Kobaltblau des Tages und dem sanften Rot des Zwielichts. Die Shrawis konnten sich glücklich schätzen, ein derartiges Grundstück zu besitzen, weit entfernt von dem Lärm und dem Staub der Stadt und ihren wild wuchernden Vororten. Ungebremst durch natürliche Grenzen, schwoll Dschidda rasant an, dehnte sich zu beiden Seiten entlang der Küste aus und drang tief in die Wüste vor, um eine Bevölkerung von zwei Millionen zu beherbergen. Irgendwann würde es ein Vorort von Mekka werden, das neunzig Kilometer weiter östlich lag. Die Shrawis hatten genug davon gehabt, in einer Metropole von solch riesigen Ausmaßen zu leben. Für sie war die Insel das Paradies, nahe genug, um am Stadtleben teilzuhaben, doch weit genug entfernt, um Abgeschiedenheit und Ruhe zu genießen. Das konnten sich nur wenige Familien leisten. Die meisten der bewohnbaren Inseln vor Dschiddas Küste gehörten der königlichen Familie, und die übrigen waren als Naturreservate für seltene Vogelarten ausgewiesen. Diese Insel hatte einmal dem Bruder des Königs gehört, doch in einem bemerkenswerten Akt der Großzügigkeit hatte der Kronprinz sie Abu-Tahsin geschenkt, aus Gründen, über die sich niemand auslassen wollte.

Das Motorengeräusch wurde lauter, und Nayir sah hinunter. Eine Felswand fiel senkrecht zum Meer ab, und als seine Augen die Küste absuchten, entdeckte er die Quelle des Lärms. Eine Frau lenkte einen knallgelben Jet-Ski. Sie trug ein schwarzes Gewand, aber es sah so aus, als wäre ihr das Kopftuch weggeweht und flattere ihr jetzt um den Hals. Ein langer dicker Pferdeschwanz hing ihr bis über den Rücken.

Sie musste eine Shrawi sein. Es gab in der Nähe keine weiteren Inseln, und ganz gewiss würde sich keine Frau alleine so weit hinauswagen, und dazu ohne Schleier. Es schien eher unwahrscheinlich, dass die Shrawis ihren Töchtern gestatteten, sich so weit vom Festland zu entfernen, vor allem am Abend der Beerdigung, aber wer sonst konnte es sein?

Er warf einen Blick über die Schulter, um sich zu vergewissern, dass ihn niemand beobachtete, dann sah er wieder aufs Meer hinaus, um die Frau mit unverhohlenem Interesse zu betrachten. Das laute Dröhnen des Skis hallte von den Felsen wider, als sie um die südliche Anlegestelle herumfuhr. Selbst aus dieser Entfernung konnte er die Schräglage ihres Körpers ausmachen, während sie durch das Wasser schoss, das hoch aufspritzte und hinter sich eine Spur von brodelndem Schaum zog. Er stellte sich vor, dass Nouf genauso Jet-Ski gefahren war, und diese Frau, falls es eine ihrer Schwestern oder Cousinen war, mit diesem wütenden Herumtollen ihrer Trauer angemessenen Ausdruck verlieh.

»Was …?« Othman stand hinter ihm und starrte hinunter auf die Frau auf dem Jet-Ski. Er sah entsetzt aus.

»Was ist?«, fragte Nayir.

Othman starrte weiter hinunter, ohne sich zu rühren, bis die Frau zur Insel zurückkehrte und von vorn zu sehen war. Er fasste sich langsam an die Brust, und mit einem Grunzen stolperte er rückwärts und brach zusammen. Nayir konnte ihn gerade noch auffangen. Othman sackte zu Boden.

Nayir kniete sich neben ihn und hob seinen Kopf vom Beton. Othman war noch bei Bewusstsein, seine Augen waren geöffnet und leer in den Himmel gerichtet, doch sein Gesicht hatte die Farbe von Sesampaste.

»*Bismillah ar-rahman ar-rahim*«, flüsterte Nayir. »Othman? Kannst du mich hören?«

Othman blinzelte hektisch und holte tief Luft. Mit einer blitzschnellen Bewegung, die Nayir überraschte, stemmte Othman sich hoch, kam auf die Beine und wischte sich den Staub von der Hose.

Er legte die Hände auf die Balustrade und senkte den Kopf,

immer noch blass. »Ich dachte, es wäre Nouf«, sagte er mit matter Stimme. Seine Arme zitterten. »Das ist ihr Jet-Ski, aber das ist nur meine – eine meiner anderen Schwestern.«

Beide Männer sahen zu ihr hinunter.

»Sie sollte nicht draußen sein«, sagte Othman.

»Sie ist sicher sehr aufgewühlt.« Nayir musterte seinen Freund, dessen Wangen allmählich wieder Farbe bekamen. »Menschen machen komische Sachen, wenn sie trauern.«

»Ich weiß«, murmelte Othman. »Aber es wird meine Mutter aufregen.«

»Fährt deine Schwester oft Jet-Ski?«

»Ja. Nein.« Othman fuhr sich durch die Haare und blickte hinunter auf die Flecken auf seinem Hosenbein. »Seit Noufs Verschwinden lässt Tahsin die Mädchen nirgends mehr hin, auch nicht aufs Wasser. Entschuldige mich«, sagte Othman. »Ich kümmere mich lieber mal darum.«

»Ja, geh nur. Ich finde mich schon alleine zurecht.«

Othman eilte zum Garten zurück und verschwand durch das Tor. Nayir hatte Tränen in seinen Augen bemerkt.

Er verließ die Laube und ging den Kiesweg entlang, immer noch im Unklaren darüber, was eigentlich genau passiert war. Er hatte es selbst gesagt – Menschen tun seltsame Dinge, wenn sie trauern – aber eine derartige Angst hatte er bei Othman noch nie zuvor gespürt.

Er erreichte den Hof, gerade als die Außenbeleuchtung anging. Der Kamelhüter, Amad, stand an der Stalltür und starrte Nayir mit einem kurzsichtigen Blinzeln an.

Nayir näherte sich. »Jetzt erkenne ich Sie«, sagte Amad, während er vorwärts ging und über einen zertrümmerten Ziegelstein stolperte. Er trat ihn zur Seite. »Sie sind der Wüstenführer. Wir haben uns lange nicht gesehen.«

»Ja. Nayir ash-Sharqi.« Er reichte ihm die Hand zum Gruß.

»Schön, Sie wiederzusehen.« Er meinte sich zu erinnern, dass der Mann aus der Wüste stammte. Er hatte etwas Beduinisches, wenn Nayir auch nicht genau wusste, was es war. Der kantige Schwung des Kiefers, die aufrechte Haltung, eine bestimmte abgehackte Sprechweise. Oder vielleicht das ständige Blinzeln.

»Werden Sie die Familie bald wieder hinausführen? Die Kamele vermissen die Wüste, wissen Sie.«

»Ich vermisse sie auch«, entgegnete Nayir. Zwar war er erst am Morgen in die Stadt zurückgekehrt, aber dieser Treck in die Wüste war für ihn alles andere als Erholung gewesen. Die ganze ergebnislose Sucherei hatte ihn zermürbt, und dann noch der Schlag von Noufs Tod. In seinem Bauch saß ein fester Kloß. – Zorn über die Familie, weil sie so geheimnisvoll tat, und über sich selbst, weil er Nouf nicht gefunden hatte. Etwas in ihm sehnte sich danach, heute Abend noch in die Wüste zurückzukehren und dort ein paar ungestörte Tage verbringen zu können. Aber er würde Othman gegenüber Wort halten und warten, bis der Privatdetektiv anrief.

Sie standen vor einer breiten Holztür, die zu den Ställen führte. Nayir hörte Laute von drinnen.

»Wie geht es dem Kamel, das sie in der Wüste gefunden haben?«, fragte Nayir. »Ich habe gehört, es verhält sich seltsam.«

Amad zögerte. Nayir merkte, dass er ein heikles Thema angesprochen hatte. »Keine Probleme«, sagte der Hüter. »Wer hat Ihnen das denn erzählt?«

»Da habe ich wohl etwas missverstanden.« Nayir griff in die Tasche und holte einen Miswak heraus. Amad blinzelte, beobachtete seine Bewegungen. Es war ein Wunder, dass der Alte keine Brille trug.

»Schrecklich, was mit dem Mädchen passiert ist«, sagte Nayir.

»Ja, ich fühle mit ihnen.«

Nayir wunderte sich über die plötzliche Zurückhaltung des Mannes. Er steckte sich den Miswak in den Mund und ließ den

Blick noch einmal über den Hof schweifen. Die Straße draußen vor dem Tor führte zum Strand hinunter und um das Anwesen herum, bis zu der Stelle, wo die Brücke die Insel mit dem Festland verband. Was immer hier geschehen war, jemand musste den Pick-up von vorne nach hier hinten gebracht haben. Unmöglich wäre es nicht gewesen, das Kamel in den Pick-up zu bugsieren – das heißt, falls das Kamel nicht bockte und dem Entführer vertraute.

»Die Tochter der Shrawis, die verschwunden ist – hat sie viel Zeit mit den Kamelen verbracht?«, fragte er.

Amad beäugte ihn, misstrauisch, wie er fand. »Sie mochte Tiere. Sie war oft hier unten, gewöhnlich mit ihrem Begleiter. Oder sie kam mit ihrem Bruder. Alle Mädchen besuchen die Kamele, aber sie kam besonders oft.« Amad starrte nachdenklich auf das Tor.

»Finden Sie es nicht auch merkwürdig?«, meinte Nayir. »Ich kann mir nicht vorstellen, wie sie ein Kamel auf einen Pick-up schaffen konnte. Das ist ein ziemlicher Kraftakt für ein so junges Mädchen.«

»Na, bohren Sie da lieber nicht zuviel drin herum.« Amad spuckte auf den Boden. »Wenn Sie mich fragen, gehört diese Geschichte zu den Dingen, über die man besser nicht redet.«

»Warum sagen Sie das?«

»Eines habe ich hier gelernt: *Wenn du das Haus der Blinden betrittst, nimm deine Augen heraus.* Wenn Sie mich jetzt entschuldigen wollen: Ich muss noch das restliche Futter abladen.«

Amad betrat den Stall, mit der einen Hand an der Wand entlang, mit der anderen nervös herumtastend. »Muss unbedingt dieses Licht reparieren«, murmelte er, als die Dunkelheit ihn verschluckte.

Nayir, der sich seltsam entblößt fühlte, blickte zurück zum Gartentor, doch Othman tauchte noch nicht auf. Er hörte ein Geräusch hinter sich, und als er sich umsah, kam gerade eine Frau aus dem Stall. Sie war stämmig und bewegte sich mit einem Selbstbewusstsein, das er von Menschen kannte, die eine Zeit lang in der Wüste verbracht hatten. Es musste sich um die Tochter des Kamelhüters handeln.

Als sie ihn sah, hob sie eine Hand vor ihr Gesicht, das unverschleiert war. Eine schwarze Haarsträhne fiel ihr über die Wange. Nayir wandte sich ab, dennoch bemerkte er eine Verfärbung über ihrem linken Auge. Es sah aus wie ein Bluterguss. Sie schlüpfte durch einen Durchgang in der Steinmauer zu seiner Rechten und verschwand.

Vielleicht hatte jemand sie überwältigt, um das Kamel zu stehlen, aber wer würde sich schon mit der Tochter anlegen, wenn der Vater, betagt und halb blind, ein so viel leichteres Spiel gewesen wäre? Möglicherweise hatte der Entführer keine andere Wahl gehabt. Vielleicht war Nouf von der Tochter ertappt worden – oder der Entführer. Er fragte sich besorgt, ob Othman irgendetwas darüber wusste, und falls ja, warum er es nicht erwähnt hatte. Nayir wünschte, er könnte mit dem Mädchen sprechen.

Doch das Kamel war nicht tabu. Nach einem letzten Blick zurück zum Garten schlich Nayir hinter die Stalltür und wartete darauf, dass Amad wieder herauskam. An das Gebäude waren ein halbes Dutzend lange Planken und ein Bündel Bleirohre gelehnt. Die Planken waren nicht so schwer, wie sie aussahen. Es wäre für Nouf oder jemand anderen ein Leichtes gewesen, sie als Rampe zu benutzen, um das Kamel auf die Ladefläche des Pick-ups zu bekommen. Nayir hob ein Rohr auf. Es war so schwer, dass man damit jemanden bewusstlos schlagen konnte. Er untersuchte jedes einzelne, aber keines wies Spuren von Blut auf. Es sah auch nicht so aus, als sei eines davon in letzter Zeit abgewischt worden. Sie waren mit Tausenden von winzigen Holzsplittern bedeckt, die von den Zedernspänen stammten, mit denen der Boden bestreut war.

Genau so einen Splitter hatten sie in der Wunde an Noufs Kopf gefunden.

Er hörte Amad drinnen etwas murmeln. Einige Augenblicke später kam der Hüter heraus. Er rief den Namen seiner Tochter und steuerte in die Richtung, in der sie verschwunden war. Nayir nahm eine Hand voll Zuckerwürfel aus einem Sack bei der Tür und betrat rasch den Stall.

Innen war es dunkel wie in den Falten eines Frauengewandes. Er angelte seine Stiftlampe hervor und knipste sie hinter vorgehaltener Hand an, weil er die Tiere nicht erschrecken wollte. Der Geruch von Dung setzte sich in seiner Kehle fest.

Als sich seine Augen an die Dunkelheit gewöhnt hatten, hob er die Stiftlampe, näherte sich der ersten Box und spähte hinein. Ein Kamel schlief auf dem Bauch. Nayir zog sich zurück, sein Instinkt sagte ihm, er solle leise mit den Tieren reden. Sie waren nicht wach, aber sie würden ihn trotzdem hören und wissen, dass er kein Feind, sondern ein Freund war. Flüsternd schlich er den Mittelgang entlang. Auf beiden Seiten waren Boxen, die meisten verriegelt, und in manchen regte sich Leben. Er spähte in jede hinein, überzeugte sich, dass das Tier schlief, und schlich zur nächsten weiter. Er suchte das Kamel, das nicht schlief, das Kamel, das zu erregt war, um zu ruhen. Er setzte seinen Gang durch den Stall fort, irritiert darüber, dass die Shrawis so viele Kamele auf einer nutzlosen Insel mitten im Meer hielten.

Schließlich fand er es. Es war eine weiße Kamelstute, und ihr Fell leuchtete im Licht der Stiftlampe gelb auf. Nayir trat von der Boxentür zurück und murmelte ganz leise einen Lockruf an das Tier. Es dauerte lange, etliche Minuten, bis die Kamelstute mit einem Rascheln und einem Stöhnen auf die Beine kam, wobei Nayir eine Dungwolke entgegenwehte. Er fuhr fort, Sätze zu flüstern, bis er hörte, wie das Tier gegen die Boxentür stupste. Er hörte auf mit dem Singsang. Das Kamel stupste wieder.

Äußerst behutsam entriegelte er die Tür und ließ sie aufschwingen. Er hielt den Blick auf den Boden gerichtet und murmelte Freundlichkeiten, bis das Kamel mit einem zarten Wiehern den Kopf schüttelte und Nayir damit anzeigte, dass er sich nähern durfte. Er betrachtete die Stute, eine elegante Dame, die krummbeinig auf einem Büschel Stroh stand und ihn irgendwie neugierig ansah. »*Salaam aleikum*«, sagte er. Sie stieß seinen Arm mit der Schnauze an. Der Hüter hatte recht: Dies war kein traumatisiertes Kamel. Wer hatte Othman so etwas erzählt? Nayir glaubte nicht, dass er ihn angelogen hatte; es kam ihm eher wie die Art von Übertreibung vor, die ganz von selbst entstand, wenn ein Gerücht im Umlauf war.

Er öffnete seine Hand, in der, beleuchtet vom schwachen Licht seiner Stiftlampe, einige Zuckerstücke lagen. Die Stute zog die Schnauze zurück und stieß ein damenhaftes Schnauben aus. Als er ihr den Zucker an die Nase hielt, schlang sie ihn schnell hinunter und ließ sich von ihm die Vorderflanke streicheln, dort wo Nerven und Gelenk in einem empfindlichen Knoten zusammenkamen. Sie war angespannt – nicht so angespannt, wie er erwartet hatte, offenbar hatte sie in letzter Zeit Auslauf gehabt. Als er nahe genug stand, um sie zu untersuchen, leuchtete er mit der Stiftlampe jeden Zentimeter ihres Fells nach Anzeichen von Verletzungen oder Misshandlungen ab. Er fand nichts. Sie war so zufrieden und gut in Form, als hätte sie gerade ein Rennen gewonnen, und die ängstliche Wachsamkeit, die er bei ihr zu spüren meinte, hatte er mit ein paar sanften Worten vertrieben.

Er tätschelte ihren Hals, strich ihr über das Genick, die Schulter, dann am linken Vorderbein entlang, wo seine Finger etwas Seltsames spürten. Bei näherem Hinsehen stellte er fest, dass die Unebenheit nicht auf nachlässiges Striegeln zurückzuführen war. Er richtete die Stiftlampe auf die Stelle, und als er die langen Haare beiseiteschob, war dort das Fell kürzer als drum herum. Er entdeckte eine Reihe von Streifen – genauer gesagt fünf, jeder einzelne nicht länger als sein Daumen. Sie sahen wie Verbrennungen aus.

Fünf Streifen auf dem Bein eines Kamels – was bedeutete das? Er überlegte einen Moment, dann hatte er es. Er sagte ihr Gute Nacht und schlich zurück in den leeren Hof, verblüfft von seinem Fund.

# ~ 6 ~

Katya Hijazi saß auf dem Rücksitz des Toyotas, während ihr Fahrer, Ahmad, ziellos durch die dunklen Straßen fuhr. Ahmad hielt an jeder Ecke an, nahm einen Schluck Kaffee aus seinem weißen Lieblingsbecher, warf einen prüfenden Blick auf die Nebenstraßen (die immer leer waren) und fuhr langsam an, ohne sein Schneckentempo je zu erhöhen. An einer Kreuzung kurbelte er die Scheibe herunter, um die kühle Luft hereinzulassen, und Katya ließ unauffällig auch ihre Scheibe herunter, gerade so viel, dass sie ein Stück des Nachthimmels sehen konnte.

In der Welt lauerten ständig irgendwelche Gefahren, doch an diesem Morgen war sie in einer besonders wachsamen, düster-erwartungsvollen Stimmung. Am Abend zuvor hatte sie Ahmad angerufen und ihn gebeten, sie vor Tagesanbruch abzuholen. Sie nannte keinen Grund, und Ahmad fragte auch nicht danach, wie üblich.

Ihr Vater tat das schon. Alles war still im Haus gewesen, als sie aufstand, und es war ihr gelungen, hinauszuschlüpfen, ohne Abu zu wecken, doch kaum hatte der Wagen die nächste Straßenecke erreicht, klingelte ihr Handy, und sie musste ihrem Vater fünf Minuten lang klarmachen, dass sie früh zur Arbeit müsse, dass sie Überstunden bezahlt bekäme und dass ihre Chefin es sich nicht zur Gewohnheit machen werde, ihr solche unmenschlichen Zeiten zuzumuten. Sie hatte eine Lüge an die andere gereiht, und trotzdem machte Abu sich Sorgen. Und diese, wie abwegig sie auch sein mochten, hingen jetzt im Wagen und lasteten schwer auf ihrem ohnehin schon geplagten Gewissen.

Er sollte nicht wissen, wie intensiv sie an Noufs Fall arbeitete. Er unterstützte sie in ihrer Suche nach der Wahrheit über Noufs Tod, aber sie wollte ihm nicht erklären müssen, dass sie sich heimlich ins Labor schleichen und Dinge vor ihrer Chefin und ihren Kolleginnen verbergen wollte. Das würde Abu nicht gefallen – erstens wäre es ihm nicht recht, dass Katya gegen die Vorschriften verstieß, und zweitens würde er es missbilligen, dass der Rechtsmediziner Noufs Fall abgeschlossen hatte, ohne sorgfältig alle Tatsachen in Augenschein genommen zu haben. So oder so würde er etwas Negatives zu sagen haben, und je weniger Anlass zur Kritik an ihrer Arbeit sie ihm gab, desto besser.

Sie hatte die biologischen Proben von Noufs Leichnam in ihrer Handtasche versteckt. Sie wollte sie untersuchen, was sie nur tun konnte, wenn sich sonst niemand im Labor befand. Aber sie war noch nie so früh zur Arbeit gegangen, und sie wusste nicht genau, ob der Fraueneingang zum Gebäude überhaupt schon offen war und der Sicherheitsbeamte sie durchlassen würde. Sie hatte die Hautprobe, die sie unter Noufs Fingernägeln genommen hatte, die Holzspäne aus ihrer Kopfverletzung, den Schlamm von ihrem Handgelenk und einige Schlammspuren von ihrer Haut und ihren Haaren. Sie hatte auch eine Blutprobe von dem Fötus. Um all das heimlich zu untersuchen, würde sie einige Tage brauchen. Die Frauenabteilung des Labors machte erst um acht Uhr auf, aber das gab ihr zumindest die Zeit, die Beweismittel vorzubereiten.

Wenn ihre Chefin dahinterkam, dass sie Proben von einem abgeschlossenen Fall untersuchte, würde sie ihre Arbeit verlieren. Dabei spielte keine Rolle, dass die Familie es ausdrücklich gewünscht hatte, den Fall abzuschließen, und dass sie in Othmans Auftrag eigentlich für die Familie tätig war. Die ganze Angelegenheit war viel zu sehr belastet. Konnte der Pathologe zugeben, dass er bestochen worden war? Konnte Tahsin zugeben, dass er ihn bezahlt hatte? Konnte die Familie zugeben, dass sie eine Frau angeheuert hatte? Nichts davon durfte ausgesprochen werden.

Ahmad fuhr weiterhin im Kriechtempo, und die Scheinwerfer des Toyotas flackerten schwach. Als sie die Altstadt verließen, wurden die Straßen breiter und schienen leerer, die Gebäude waren neuer und abweisender. Der anheimelnde Anblick von alten hölzernen Fensterläden und reichverzierten Türen wich dem Hohn rostiger Eisengitter und verrottender Klimaanlagen, die von den Fenstern hingen wie schiefe Zähne. Hier gab es zwar Straßenlaternen, aber sie warfen nur ein mattes, graues Licht.

»Alles in Ordnung?«, erkundigte sich Ahmad.

»Ja, Ahmad. Danke.«

Plötzlich bog er links ab, und sie kamen in eine Straße, die den Frauen vorbrhalten schien. Die Auslagen zeigten Parfüms und süße Öle, Abayas, Schmuck und Flitterzeug. Die Schaufenster waren erleuchtet, doch gerade als der Toyota vorbeikroch, erloschen die Lichter flackernd hier und dort zur Vorbereitung auf das Morgengebet. Nur ein paar schwarze Gestalten huschten durch die Straßen. Normalerweise wurden die Bürgersteige von Männern bevölkert, aber so früh am Morgen nutzten Frauen die Gelegenheit, stumm und scheu wie Rehe, unbehelligt herumzulaufen. Ein Mann mit seinem hellen Gewand, heller als der Mond, hätte dieses Bild nur gestört.

Ahmad hielt an einer Ecke an. Katya bat ihn, vorsichtig bis zur Kreuzung vorzufahren und zu warten. Am Ende der Querstraße sah sie einen fahlen Lichtstreifen, der sich wie eine Welle am Horizont erhob. Sie beobachtete ihn, wartete auf das durchscheinende, geisterhafte Glühen, das den ersten Moment des Tagesanbruchs anzeigte. In der Schule hatte sie im Fach Astronomie gelernt, dass alles im Universum irgendeine Bedeutung für die Berechnung der Gebetszeiten hatte. Es war eine kolossale Aufgabe, diese Berechnung. Für derlei Dinge musste man etwas von Breitengraden verstehen, von solaren Deklinationen, Azimuten, Solarzeiten und Zeitgleichungen. Heere von Männern verbrachten ihr ganzes Leben damit, das All zu beobachten, nur um den exakten Moment des Tagesanbruchs vorherzusagen und die genaue Anzahl von Minuten und Sekunden zwischen Tagesanbruch und Sonnenaufgang zu berechnen, denn in diesen Minuten wird das Fajr-Gebet verrichtet. Katya hielt den Atem an, starrte immer noch zum Horizont, gespannt abwartend, ob der Ruf des Muezzin zeitgleich mit dem Anbrechen des Tages erschallen würde.

Und tatsächlich, das ferne Glimmen schien auf, gerade als das erste *Allahu akbar* aus den Lautsprechern einer nahegelegenen Moschee ertönte. *Gott ist groß.* Die Zeitgleichheit beider Ereignisse ließ sie erschauern.

Dann wurde ihr wieder bewusst, dass jene Heere von Männern ihre Blicke nach oben ins All richten durften, für sie aber das Himmelszelt meist nur von ihrem Dach aus oder durch den Schlitz eines Autofensters zu sehen war.

Ahmad fuhr über die Kreuzung, hielt an der Bordsteinkante und griff nach seinem Gebetsteppich, der auf dem Beifahrersitz lag. Er stieg aus, breitete den Teppich auf dem Bürgersteig aus und begann mit seinem Gebet. Katya sah etwas beklommen zu. Die ganze Nacht lang hatte sie an Nouf gedacht, und jetzt hatte sie das Gefühl, als ginge auch in ihr ein Licht aus, genauso wie bei den flackernden Ladenlichtern. Am Tag zuvor noch war sie sich sicher gewesen, dass Nouf ermordet worden war, aber was, wenn die Kratzer an ihren Armen und ihre Kopfverletzung doch beim Ertrinken entstanden waren? Oder durch einen Unfall? Katya verstand die Familie. Sie wollten, dass die Untersuchung in aller Stille vonstatten ging. Sie respektierte ihr Bedürfnis nach Geheimhaltung, aber was, wenn sie etwas verschwiegen?

Vielleicht hätten sie ihr nie etwas von der Bestechung erzählt, hätte sie nicht Othman angerufen, um ihn zu warnen, dass der Pathologe schlampige Arbeit geleistet hatte. Othman bat sie sofort um ihre Hilfe. Sie willigte natürlich ein, aber genau genommen war es schon zu spät, um Beweismaterial zu sammeln – Noufs Leichnam war bereits abgeholt worden. Katya hatte heimlich Proben von der Untersuchung aufbewahrt, doch Othman wusste nichts davon. Er wusste nicht einmal, dass sie für die reguläre Rechtsmedizinerin eingesprungen war. Nahm er einfach an, dass sie bei der Arbeit allmächtig war?

Sie hasste diese Gedanken. Unweigerlich warfen sie die Frage auf, ob sie richtig handelte, einen Mann zu heiraten, den sie selbst ausgewählt hatte. Einen Mann, den ihr Vater nicht mochte.

Zwei junge Frauen kamen gerade aus einem nahegelegenen Geschäft. Als sie Ahmad auf dem Bürgersteig sahen, blieben sie stehen und wichen ins Innere des Ladens zurück, aus Sorge, Ahmad könnte sie bemerken und zu den Männern gehören, die, wenn sie nach ihren Waschungen einer Frau begegneten, das Ritual noch einmal vollziehen mussten. Katya wollte ihnen sagen, dass es Ahmad nichts ausmachte, wenn sie an ihm vorbeigingen, er besaß nämlich die besondere Gabe, eine Frau anzusehen, ohne dabei ihr Gesicht wahrzunehmen, sonst hätte ihr Vater sie nie mit ihm aus dem Haus gelassen. Aber sie konnte den Frauen kein Zeichen geben, denn sie standen jetzt hinter einer Gardine, und die verdunkelten Scheiben waren von außen undurchdringlich. Also betrachtete sie Ahmad beim Gebet, wie er den Kopf umwandte und sein *taslim* flüsterte, Friede sei mit dir und die Gnade Gottes, und sie bewunderte die Seelenruhe, die dabei in sein Gesicht trat.

Es war dieser Ausdruck von Güte, Ruhe und Sicherheit, der ihren Vater veranlasste, ihm zu vertrauen. Die beiden Männer waren seit ihrer Kindheit im Libanon miteinander befreundet und waren beide mit einundzwanzig nach Saudi-Arabien ausgewandert. Es war Ahmads Frau, die seit langem verstorbene und ehemals bildschöne russische Emigrantin, deren Namen Katya trug. Katya hatte ihre Namenspatin nie kennengelernt, aber im Handschuhfach lag ein Foto von ihr, ein alter Schnappschuss, der in den Bergen Syriens aufgenommen worden war. Der Schnee auf ihrem Hut, der bauschige Schal um ihren Hals passten perfekt zu der blassen blonden Frau. Katya konnte sie sich in keiner anderen Umgebung als dieser winterlichen vorstellen, und Ahmad wohl auch nicht. Jedesmal wenn er von ihr erzählte, begann er mit den Worten: »Ich erinnere mich noch an unseren gemeinsamen Urlaub in Syrien. Wie sehr sie die Kälte liebte ...« Gelegentlich erinnerte sich Katya daran, dass Ahmads Frau auch in Dschidda gelebt hatte. Sie war hier im Sommer 1968 an Krebs gestorben. Doch während Abu ein erfolgreicher Apotheker geworden war, hatte Ahmad sich damit zufriedengegeben, als Taxifahrer und später als Frauenbegleiter zu arbeiten, mit dem Argument, dass dieser Beruf zwar nicht immer die Rechnungen bezahle, aber ihm zumindest die Genugtuung gebe, jungfräuliche junge Damen vor hinterlistigen Männern zu beschützen, einschließlich der religiösen Polizei. Ahmad war für Katya so etwas wie ein zweiter Vater, jemand, der sich zuverlässig um ihre Sicherheit kümmerte, doch dem der letzte Biss elterlicher Besorgnis fehlte. Meistens behandelte er sie wie eine Prinzessin, doch bei all seiner Dienstbeflissenheit und Großherzigkeit wusste Katya, dass in ihrer eigenen kleinen Welt Ahmad der König war. Ohne ihn würde sie nie aus dem Haus kommen. Es gab zwar Taxis für Frauen, mit netten Einwanderern am Steuer, aber das kam für ihren Vater nicht infrage.

Weiter hinten in der Straße kamen Männer aus ihren Häusern, um dem Ruf zum Gebet zu folgen. Es war Zeit, das Fenster wieder hochzukurbeln. Sie warf einen letzten Blick zum morgenroten Himmel, hoffte auf einen erneuten Schauder der Ehrfurcht, doch sie empfand lediglich Schuldgefühle. Schuldgefühle, weil sie Abu angelogen hatte, weil sie ihr Fajr-Gebet nicht verrichtet hatte, weil sie Ahmad zur Arbeit gerufen hatte, bevor das Licht den Himmel traf. Schuldgefühle, weil sie an Othman gezweifelt hatte. Doch zu einem war sie fest entschlossen: Wegen ihrer Arbeit an Noufs Fall wollte sie keine Schuldgefühle haben. Ihre Mutter hatte immer gesagt, *salat* sei ein großzügiges Verb. Es bedeutete beten, segnen, ehren, vergrößern, doch seine Grundbedeutung war »sich zu etwas hinwenden«. Wenn sie also nicht in der Lage war zu beten – wegen Krankheit oder Menstruation –, war sie trotzdem verpflichtet, ihre Gedanken Allah zuzuwenden. Aber tat sie das nicht gerade, wendete sie nicht ihre Gedanken den Mysterien Seiner Schöpfung zu? Beschäftigte sie sich nicht mit den Gebetszeiten und mit Nouf? Zumindest darin war Allah auf ihrer Seite, denn im Koran heißt es: »Siehe! Hätte es auch nur das Gewicht eines Senfkorns und wäre es in einem Felsen oder in den Himmeln oder in der Erde verborgen, Allah brächte es ans Licht. Allah ist fürwahr zielsicher und kundig.«

Trotzdem, sie wusste, dass sie sich etwas vormachte. Sie hatte ihr Gebet verpasst.

Ahmad rollte seinen Gebetsteppich zusammen und klopfte den Staub von den Rändern. Er stieg wieder ins Auto, und dann saßen sie da und warteten, dass die Gebetszeit zu Ende ging. Weiter hinten in der Straße strömten Männer in eine Moschee. Einige beteten auf den Bürgersteigen vor ihren Geschäften. Ahmad nahm seinen Becher und schlürfte Kaffee. Sie betrachtete sein vertrautes Gesicht im Rückspiegel und wünschte sich, sie könnte ihm alle ihre Zweifel wegen Othman und dessen Familie anvertrauen. Aber er würde es bestimmt ihrem Vater weitererzählen, und Abu sollte nicht wissen, dass sie überhaupt irgendwelche Zweifel hegte. Sie warteten, bis die Männer wieder aus der Moschee herauskamen.

»Ahmad, du kannst mich jetzt zur Arbeit fahren«, sagte sie. Er gab einen zustimmenden Laut von sich, startete den Wagen und bog um die nächste Ecke. Jeden Tag wählte er einen anderen Weg zum Labor, um ihr etwas Neues zu zeigen. Obwohl es nur eine begrenzte Anzahl von Möglichkeiten gab, dorthin zu gelangen, veränderten sich die Straßen so schnell, dass jede Fahrt anders und neu wirkte. Noch keine zwei Wochen zuvor waren sie diese Straße entlanggefahren, an der nicht nur echte, sondern auch künstliche Palmen standen. Damals hatte es hier von Bauarbeitern gewimmelt, vor allem Jemeniten und Asiaten. Vor einer Baustelle hatte ein Betonmischfahrzeug mit laut rotierender Trommel gestanden, und auf der anderen Straßenseite wurde gerade ein baufälliger Wohnblock mit einer Abrissbirne demoliert. Aber jetzt war nichts weiter zu sehen als eine klaffende Baustelle und eine riesige Elektrokabelrolle. Die Arbeiter hatten den Boden mit Öl besprüht, um zu verhindern, dass der Sand auf die Straße wehte.

Zehn Minuten später hielt Ahmad vor einer kleinen Metalltür, die wie ein alter Lieferanteneingang aussah, tatsächlich aber der Fraueneingang zum Labor war. Sie dankte ihm, prüfte noch einmal, dass ihr Neqab fest saß, und stieg aus. Ein kurzer Blick sagte ihr, dass der Parkplatz leer war, rasch erklomm sie die Stufen und zog ihren Dienstausweis durch das Lesegerät am Eingang. Ein grünes Licht blinkte, und die Tür schwang auf. Sie seufzte erleichtert, winkte Ahmad zu und betrat das Gebäude.

Der Gang war mit dem üblichen kalten Neonlicht erleuchtet. Ihre neuen Sandalen quietschten auf dem Boden, als sie dort entlangeilte. Am Eingang zum Labor benötigte sie noch einmal ihren Ausweis. Drinnen schaltete sie das Licht an und ging zu ihrem Hauptarbeitsplatz, einem kleinen weißen Tisch in der Ecke, den sie peinlich sauber hielt. Sie stellte ihre Handtasche auf den Tisch und fischte die Tüten heraus, die Haut- und Spurensubstanzen enthielten, und die zwei kleinen Röhrchen mit Proben von dem Fötus. Sie stopfte die Tüte mit den Hautproben in die Tasche ihres Rocks.

Ihre Hände zitterten, als sie hastig die Tischschublade öffnete und die Sachen hineinlegte, verdeckt unter einem Stapel Papiertaschentücher. Als Vorsichtsmaßnahme hatte sie alles mit falschen Erkennungsnummern und Namen von anderen Fällen, an denen sie arbeitete, etikettiert. At-Talib, Ibrahim, ein Bauarbeiter, der an einer Vergiftung gestorben war. Roderigo, Thelma, ein Dienstmädchen, das durch einen Schlag mit einem stumpfen Gegenstand auf den Schädel den Tod gefunden hatte. Diese Fälle waren noch nicht abgeschlossen, aber das war, zumindest für sie, Noufs Fall genauso wenig. Sie machte die Schublade zu und schloss sie ab.

Es dauerte ein paar Minuten, die Hautprobe von Noufs Fingernägeln vorzubereiten, aber gerade, als sie sie unters Mikroskop schieben wollte, hörte sie ein Geräusch hinter sich.

»*Sabaah al-khayr.*«

Es war nur ein Gutenmorgengruß, aber sie war so überrascht und die Stimme kam ihr so laut vor, dass sie beinahe aufgeschrien hätte. Um ein Haar wäre ihr die Probe aus der Hand gefallen. Sie drehte sich um, und da stand ihre Kollegin Salwa.

Katya stieß eine heisere Erwiderung aus. »*Sabaah an-nur*« *Das Licht des Morgens für dich.*

»Wer ist da?«, wollte Salwa wissen. Ihre Stimme war unangenehm schrill, sodass Katya sich immer irgendwie ertappt fühlte, selbst wenn sie keinen Anlass dazu hatte.

Katya fiel ein, dass sie ihren Neqab nicht abgenommen hatte. Sie hob ihn an und zeigte Salwa ihr Gesicht.

Salwa runzelte die Stirn. Sie war die stellvertetende Chefin der Frauenabteilung des Labors, eine stämmige, unruhige Frau, die mit einem Bleistift hinterm Ohr herumstolzierte und ihren Neqab zurückgeworfen trug, sodass er ihr wie ein Krone auf dem Scheitel lag, die sie ebenso majestätisch trug. Wenn zufällig ein Mann durch die Tür spähte, rannten die anderen Frauen immer los, um ihre Neqabs zu suchen und schnell anzulegen, während sie Entschuldigungen flüsterten und angstvoll das Gesicht verbargen. Doch Salwa, deren Neqab immer einsatzbereit war, starrte den Eindringling herausfordernd an. Wenn sie zu der Einschätzung kam, dass es jemand war, der ihrem Chef Bericht erstatten könnte, zog sie widerstrebend den Bleistift hinter ihrem Ohr hervor und rollte damit ihren Neqab herunter.

Doch selbst wenn sie ihren Neqab vor dem Gesicht trug, war die mächtige Stimme, mit der Allah sie gesegnet hatte, nicht im Zaum zu halten. Es war eine Stimme, die die Tische zum Beben und die Bechergläser zum Singen brachte. Einmal hatte sie sogar den Ruf des Muezzins übertönt. Katya vermutete, dass Salwa sich hauptsächlich darum so oft durchsetzte, weil den meisten Leuten daran gelegen war, dass sie den Mund hielt.

»Was machen Sie hier so früh?«, fragte Salwa und näherte sich Katya mit misstrauischer Miene. »Ziehen Sie Ihre Abaya aus. Zeigen Sie mir Ihre Arme und Schultern.«

Katya empfand Panik. »Meine Abaya?«

»Ja. Los.«

Sie öffnete den Reißverschluss ihres schwarzen Gewandes und schlüpfte heraus. Darunter trug sie ein weißes durchgeknöpftes Hemd und einen langen schwarzen Rock. Salwa kam näher, knöpfte Katyas Manschetten auf und schob mit dem Bleistift die Ärmel hoch. Jetzt begriff Katya, dass sie nach Blutergüssen suchte.

»Bei mir ist alles in Ordnung«, versicherte sie.

Salwa ließ ihren Arm sinken und sah ihr direkt in die Augen. »Der einzige Grund, warum Frauen hier so früh erscheinen, ist, um ihren Ehemännern oder Vätern zu entkommen.«

Katya schoss das Blut in die Wangen. Der oberflächlichen Fürsorge zum Trotz hatte Salwa es geschafft, dass sie sich nun tatsächlich wie eine misshandelte Frau fühlte. »Mich schlägt keiner«, sagte sie.

»Und was machen Sie dann hier?«

Katya rollte ihre Ärmel herunter und schlüpfte wieder in ihre Abaya. »Ich konnte nicht schlafen.«

Salwa beäugte sie jetzt mit eher mütterlicher Zuwendung. »Hat das mit Ihrer bevorstehenden Hochzeit zu tun?«

Katya hütete sich davor, ihr irgendwelche privaten Details anzuvertrauen. Jetzt, da ihre Chefin Adara im Mutterschaftsurlaub war, schien Salwa sich einzubilden, dass sie hier dauerhaft das Sagen hatte. Sie arbeitete hier schon länger als irgendeine der anderen Frauen, aber ihre Hauptbeschäftigung bestand darin, die anderen Angestellten herumzukommandieren. Ihre Macht lag in der Tatsache begründet, dass der Abteilungsleiter, Abdul-Aziz, ihr Schwager war. Und weil sie verwandt waren, konnte sie persönlich mit ihm sprechen, ein Vorteil, der den anderen verwehrt blieb. Wenn jemand gute Arbeit leistete, verbuchte Salwa das auf ihrem Konto. Wenn sie einen Fehler gemacht hatte, sorgte sie dafür, dass jemand anders dafür geradezustehen hatte. Bei Abdul-Aziz war sie unterwürfig, eilte in sein Büro, wann immer er sie rief, kümmerte sich um die Reinigung seiner Wäsche, um sein Mittagessen, um seinen Terminkalender und brachte ihm mindestens einmal in der Woche Geschenke für seine Kinder, und diese Kriecherei kompensierte sie, indem sie sich in der Frauenabteilung des Labors zur Tyrannin aufspielte. Separiert im kleinsten Flügel des Gebäudes, arbeiteten die Technikerinnen in der schlechten Atmosphäre von Salwas Launen. Frustration. Süßliche Freundlichkeit. Insgeheim nannten sie sie ›Saddams Tochter‹.

Katya musste jetzt irgendetwas sagen. »Ja, ich bin nervös«, gab sie zu. »Wirklich, ich kann nicht schlafen. Ich glaube, im Augenblick ist Arbeit die beste Medizin für mich.«

Salwa steckte den Bleistift wieder hinters Ohr und grübelte. Sie fand die Erklärung plausibel, wenn auch nicht vollständig zufriedenstellend, richtete sich auf und sagte: »Gut. Ich habe reichlich

Arbeit für Sie. Aber Überstunden bekommen Sie nicht bezahlt, das ist Ihnen hoffentlich klar.«

»Natürlich«, sagte Katya und schluckte ihren Groll hinunter. Als ginge es ihr nur ums Geld.

»Woran arbeiten Sie gerade?«, wollte Salwa wissen.

»Hautzellen vom Fall Roderigo.«

Salwa sah auf das Mikroskop, als wäre es ein räudiger Hund. »Dann legen Sie das mal weg. Ich habe da zwei andere Fälle mit Dringlichkeitsstufe Eins.«

Katya nickte und setzte sich an das Mikroskop, schob die Glasplatte heraus und legte sie auf den Tisch. Sie verfluchte ihr Pech und fragte sich, warum Salwa eigentlich so früh hier war. Es war schließlich nicht so, dass sie selber an irgendwas arbeitete. Vielleicht ging sie selbst einem Mann aus dem Weg. Oder, was wahrscheinlicher war, sie ging ihren Pflichten daheim aus dem Weg – ein behinderter Mann, drei kleine Kinder und ein indonesisches Dienstmädchen, das, zumindest Salwa zufolge, das unverschämteste der Welt war. Vielleicht war die Arbeit für sie wirklich eine Flucht.

Trotzdem konnte Katya nicht umhin, einige von Salwas Qualitäten zu bewundern. Sie war stark genug, um für die Frauen eine Gehaltserhöhung zu verlangen. Wenn Abdul-Aziz nicht da war und sie damit durchkam, übertrug sie ihren Schützlingen Männerarbeit. Sie hatte Katya dazu bestimmt, im Fall Nouf für Adara einzuspringen. Salwa war es auch, die sich für die Stärkung der Frau am Arbeitsplatz einsetzte und die Frauen ermutigte, ihren Neqab abzulegen. »Männer respektieren einen nicht, wenn man sich immer an die Vorschriften hält. Manchmal muss man sie direkt ansprechen und ihnen das Gesicht zeigen, selbst wenn man später den Neqab herunterlässt.«

Und dann fragte sich Katya, was Salwa wohl getan hätte, wenn sie tatsächlich Blutergüsse auf ihren Armen entdeckt hätte. Hätte sie sie gefeuert? Getröstet? Sie in eine Klinik geschickt? Höchstwahrscheinlich hätte sie es Abdul-Aziz gemeldet, und was der getan hätte, ließ sich nicht sagen. Er agierte als kalte, ungreifbare Autorität, deren berufliche Entscheidungen – wenn es tatsächlich seine waren – sie gelegentlich zornig machten.

Salwa kam wieder und knallte zwei riesige Mappen auf den Tisch. »Bearbeiten Sie das hier so schnell wie möglich.« Bevor Katya etwas entgegnen konnte, machte Salwa kehrt und entschwand, murmelnd, sie müsse in Abdul-Aziz' Büro aufräumen, bevor er käme. Katya hatte eher die Vermutung, dass sie seine italienische Kaffeemaschine benutzen und sich auf seinen eine Million Rial teuren Massagestuhl setzen wollte, von wo aus sie sich die Nachrichten und vielleicht die Wiederholung einer Oprah-Show ansehen konnte, bevor die offizielle Arbeitszeit begann. Katya und ihre Kollegin Maddawi hatten einmal heimlich einen Blick in sein Büro geworfen.

Katya schlug die Mappen auf und inspizierte den Inhalt. Sie fühlte sich wie erschlagen. Es würde Tage dauern, sich da hindurchzuarbeiten. Sie hatte Othman versichert, alles Menschenmögliche zu versuchen. Von den Risiken für sich hatte sie ihm nichts erzählt. Er hatte nicht danach gefragt. Aber er wartete auf Antworten. Die Familie wartete. Und selbst wenn die DNS-Analyse offiziell vorgenommen würde, nähme das einige Zeit in Anspruch.

Katya rollte mit ihrem Drehstuhl zurück zum Mikroskop und bereitete eine Probe für die Glasplatte vor. Als sie einen Blick auf die Uhr warf – 6:15 – wurde ihr bewusst, dass es ein sehr langer Tag werden würde.

# 7

Nayir kaute an einem Miswak und starrte durch das Fernglas hinaus auf die endlose Wüste. Richtung Süden erstreckte sich eine große Sandfläche, hart genug, um befahrbar zu sein, doch an manchen Stellen so zerklüftet, dass die Reifen platzen konnten. In einiger Entfernung gen Norden flimmerten die Ausläufer des Hijaz im gleißenden Licht des Mittags.

Er senkte das Fernglas. Nur einen Meter entfernt stand Suleiman Suhail, Privatdetektiv und Eigentümer der Detektei Benson & Hedges. Während der einstündigen Fahrt hierher hatte Nayir erwartet, dass er sich irgendwann eine Zigarette anstecken würde, doch anscheinend rauchte er nicht. Aber er sah wie ein Raucher aus, dürr und ausgemergelt.

»Wo sind wir?«, fragte Suhail.

Zu Beginn der Fahrt hatte Suhail ihm die Karte gegeben und gesagt: »Hier haben Sie eine Beduinenkarte, sagen Sie mir, ob Sie daraus schlau werden.« Nayir wollte ihm entgegnen, dass »Beduinenkarte« ein Widerspruch in sich sei, dass richtige Beduinen Karten weder benutzten noch brauchten, aber er verstand, worauf Suhail hinaus wollte. Es war eine topographische Karte der westlichen Wüste, die dem oberflächlichen Betrachter einzig und allein die Küstenlinie des Roten Meeres als Orientierung bot. Irgendjemand hatte mit Bleistift GPS-Koordinaten am Rand eingetragen sowie eine Notiz, »Leiche des Mädchens«, dazu Datum und Uhrzeit. Nayir hoffte, der Eintrag stamme von den Beduinen, obwohl es unwahrscheinlich schien, dass sie GPS-Koordinaten benutzten, um die Lage eines Ortes zu bestimmen. Die Karte ähnelte dem Atlas, den Othman bei ihren Wüstenausflügen in seinem Kleiderbeutel bei sich trug, eine Mappe mit Karten, wie er sie hin und wieder von jemandem im Ölministerium oder einem Geologen von Aramco als Geschenk erhielt. Jemand anders hätte sich eine solche Karte eingerahmt über den Schreibtisch gehängt, aber jemand wie Othman wollte sie tatsächlich benutzen. Nayir vermutete jetzt, dass Othman diese Karte zur Verfügung gestellt und die Koordinaten mit Bleistift eingetragen hatte, nachdem die Beduinen ihm den Fundort der Leiche genannt hatten. Da war seltsamerweise sogar ein kleines Symbol auf der Karte, das auf eine Ölförderanlage hindeutete. Nayir kannte diesen Teil der Wüste verhältnismäßig gut – gut genug, um zu wissen, dass es keine Bohrtürme in der Umgebung gab –, aber vielleicht hatten sie eine neue Forschungsstation errichtet. Er würde bei Aramco anrufen müssen, um das herauszufinden.

»Das hier ist die Stelle, die die Beduinen auf der Karte gekennzeichnet haben«, sagte er, während er die Koordinaten mit seinem eigenen GPS abglich.

Aus Richtung Westen kam Mutlaqs Pick-up auf sie zu und wirbelte eine dichte Staubwolke auf. Mutlaq war der beste Fährtensucher unter den Beduinen, die bei der Suche nach Nouf geholfen hatten. Er kam heute mit, um Nayir einen Gefallen zu tun, und obwohl Nayir ihm restlos vertraute, sah er der Begegnung zwischen ihm und dem Detektiv mit einiger Anspannung entgegen. Mutlaq konnte verschroben sein, und Suhail wirkte auf Nayir nicht wie jemand, der einem Beduinen viel Geduld oder Respekt entgegenbrachte.

»Ich dachte, sie wäre in einem Wadi gestorben.« Suhail spähte durch seine Sonnenbrille. »Wo ist das Wadi?«

Vor ihnen lag eine flache Bodenmulde, die sich von Norden

nach Süden erstreckte, so weit das Auge reichte. Nayir deutete auf die Senke. »Was, diese ganze Mulde da?«, rief Suhail. Sein Oberhemd war schweißdurchtränkt. »Sehen Sie einen Tatort?« Suhail stieß ein gezwungenes Lachen aus und legte einen Finger an die Schläfe. »Das hier sind Stadtaugen, die sehen keinen Tatort.« Er kniff die Augen vor der Sonne zusammen und ebenso sehr wegen des Schweißes, der ihm über die Braue tropfte. Nayir bemerkte, dass sein Gesicht gefährlich gerötet war. Wahrscheinlich verließ er nur selten sein klimatisiertes Büro.

»Wissen Sie, ob Handys hier draußen funktionieren?«, fragte Suhail.

»Manchmal schon.«

Suhail griff durch das offene Fenster des Jeeps und holte sein Handy heraus. Es funktionierte nicht. Er warf es auf den Sitz zurück. »Das hier sind übrigens ihre Sachen«, sagte er. Er nahm einen schwarzen Plastiksack vom Rücksitz und brachte ihn Nayir. »Die Beduinen haben das bei der Leiche gefunden. Vielleicht findet sich irgendwo ein Hinweis.«

Nayir nahm den Sack, überrascht, dass die Shrawis dem Detektiv Noufs persönlichen Besitz ausgehändigt hatten. Noch besser wäre es gewesen, er hätte selbst mit den Männern sprechen können, die Nouf gefunden hatten, aber der Familie zufolge hatten sie sich verzogen, sobald sie die Leiche bei der Rechtsmedizin abgeliefert hatten. Nayir warf einen Blick in den Sack. Er enthielt ein schmutziges weißes Gewand – ein Männergewand. Er nahm es heraus und entfaltete es. Die eine Seite war versengt, wahrscheinlich von der Sonne, und das Ganze roch nach dem Sektionsraum in der Rechtsmedizin. Auf der linken Schulter waren Blutspritzer, wahrscheinlich Noufs Blut. In dem Sack fand er auch noch eine schmale goldene Armbanduhr, mit Diamanten besetzt, und einen einzelnen leuchtendrosa Schuh mit zwölf Zentimeter hohem Stiletto-Absatz. Er nahm ihn aus dem Sack. Der Schuh wies zwar

Wasserflecken auf, aber es fehlten keine Pailletten, und auf der Sohle waren keine Abschürfungen zu sehen.

»Nicht gerade ein Wanderschuh.«

Suhail grinste. »Nein, mit so einem Schuh kann man nur eins machen.« Nayir warf ihm einen missbilligenden Blick zu. »Verzeihung«, kicherte Suhail, »aber es ist schon immer mein Motto gewesen, dass die Toten den Lebenden nicht allzu sehr den Spaß verderben sollten. Verstehen Sie mich nicht falsch – ich finde es schrecklich, dass sie gestorben ist. Ich sage nur, der Aufschrei stört den vom Leben getrennten Kopf nicht mehr.«

Diese Bemerkung verärgerte und empörte Nayir, und er beschloss, ihn nicht weiter zu ermutigen. Er kramte noch einmal in dem Sack. Ganz unten fand sich ein zerknittertes gelbes Stück Papier. Er fischte es heraus und versuchte es zu glätten, erkannte dann aber, dass es absichtlich gefaltet worden war. Nach den Falzspuren zu urteilen, sollte es einen Vogel mit langen Beinen darstellen – vielleicht einen Storch. Ein sehr seltsamer Fund. Wie hatte er die Flut überstanden? Sie musste ihn dicht am Körper getragen haben – vielleicht in ihrem Schuh. Sie musste Schuhe getragen haben, denn niemand wagte sich ohne ein Paar Schuhe in die Wüste, allein schon um die Füße vor der Sonne zu schützen.

Er behielt den gelben Storch und den Stöckelschuh und gab den Sack zurück.

»Irgendwas gefunden?«, fragte Suhail.

»Nein.«

»Schauen Sie doch nicht immer so ernst. Glauben Sie wirklich, dass wir etwas Unrechtes tun, wenn wir so über das Mädchen reden? Dass wir die Ehre ihrer Familie beleidigen? Ach kommen Sie.« Er sah tatsächlich bekümmert aus, aber Nayir versuchte, weiterhin einen neutralen Gesichtsausdruck aufzusetzen. »Verzeih, Bruder«, fuhr Suhail ungläubig fort, »mir war nicht klar, wie fromm Sie sind. Ich bin auch Muslim, wissen Sie, aber in Syrien praktizieren wir nicht diese strenge Form des Islam. Wir sind ein fröhlicherer Haufen, würde ich sagen.«

»Ich bin Palästinenser«, sagte Nayir, als würde das alles erklären.

»Tatsächlich? Ich dachte, Sie wären Bedu, so wie Sie aussehen.«

»Ich bin kein Bedu.«

Nayir entfernte sich von dem Jeep und versuchte, seinen Abscheu abzuschütteln. Im Verlauf seiner Tätigkeit als Wüstenführer hatte er mit vielen Beduinenstämmen zu tun gehabt. Man brauchte sie einfach, für Ratschläge, zur Orientierung und gelegentlich für lebensrettende Hilfe. Es hatte eine Zeit gegeben, da hatte es ihm geschmeichelt, für einen Beduinen gehalten zu werden, und eine Zeit lang pflegte er das Image des harten, ungehobelten Mannes der Wüste, dem am Stadtleben nichts lag. Er hatte ein Gewehr über der Schulter getragen, einen Krummdolch in seinem Gürtel. Er hatte sich sogar sein Shemagh-Halstuch zu einem Turban gebunden. Aber er hatte nie das Gefühl, wirklich dazuzugehören. Tatsächlich verbrachte er den größten Teil seiner Zeit in Dschidda, und immer wenn er für einen Beduinen gehalten wurde, erinnerte ihn das gleichzeitig daran, dass er auch kein Saudi war, was ihm einen Stich versetzte. Die Einschätzung kam immer spontan: *Sie sind sicher Beduine.* Das bedeutete: *Sie können unmöglich ein Saudi sein.* Und die Leute hatten recht. Er war kein Saudi. Er war nichts, er gehörte nirgendwohin und war, vielleicht wie die meisten Palästinenser, im Grunde staatenlos.

Wenn ihm auch das Stammesbewusstsein der Beduinen missfiel, war er doch voller Bewunderung für den Purismus ihrer Religionsausübung. Sie blieben unbeeindruckt von den prätentiösen Formen des Islams der heutigen Zeit, den prachtvollen Moscheen mit ihren prunkvollen Wasserbecken und den goldüberladenen Trennwänden. Die Beduinen trugen keine diamantenbesetzten Gebetsketten und beteten nicht auf Tausend-Dollar-Teppichen mit eingebautem GPS-System, als wäre es unmöglich, die Richtung nach Mekka auch so zu finden. Meistens hatten sie nicht einmal Wasser, um ihre Waschungen zu verrichten, sie verrichteten ihre *Wudu,* indem sie sich Gesicht und Hände mit Sand abrieben, und wenn sie beteten, knieten sie auf dem nackten Boden. Unbehelligt von einer religiösen Polizei, die sie wegen fehlerhaften Verhaltens in der Öffentlichkeit drangsalierte, legten sie nur Allah gegenüber Rechenschaft ab. Dank der Beduinen hatte er eine ausgeprägte moralische Sichtweise entwickelt, und er war überzeugt, dass der wahre Islam daran zu messen sei, wie ein Mensch sein Leben führte.

*So mancher Saudi,* dachte er, *täte gut daran, das zu beherzigen.*

Mutlaqs Pick-up hielt mit knirschenden Reifen vor ihnen in einer Staubwolke. Einige Augenblicke später stieg er aus, klopfte sich das Gewand mit einigen kräftigen Schlägen ab und kickte den Sand von seinen Sandalen. Als er Nayir erblickte, leuchteten seine dunklen Augen vergnügt auf. »Viel zu viel Staub hier in der Gegend.«

Nayir grinste und umarmte den Freund. Mutlaq begrüßte ihn mit dem traditionellen Kuss auf die Nase, einer beduinischen Geste, die Nayir nie gewagt hatte zu übernehmen. Mutlaq bot eine imposante Erscheinung, groß und breitschultrig wie er war. Seine Handbewegungen waren präzise und militärisch, und er hatte das stolzeste Gesicht, das Nayir je gesehen hatte. Er trug es glatt rasiert, und sein Pflegebedürfnis ging so weit, dass er im Wagen eine Pinzette mitführte, mit der er unliebsame Haare wegzupfte, wenn er an einer roten Ampel warten musste (falls er überhaupt hielt). Als Nayir ihn einmal fragte, weshalb er sich keinen Bart wachsen lasse wie jeder andere Bedu, deutete Mutlaq zum Spiegel und sagte: »Das ist das Gesicht meines Großvaters, Allah hab ihn selig. Es sollte nicht bedeckt sein.«

Als sie sich begrüßt hatten, trat Nayir einen Schritt zurück. »Ich danke dir, dass du gekommen bist«, sagte er.

»Gern geschehen, Bruder.«

»Der Karte zufolge wurde sie hier gefunden.« Er zeigte zum Wadi hinter sich. »Aber wir haben noch nicht nachgesehen. Ich weiß sowieso nicht, ob wir überhaupt etwas finden werden. Kann sein, dass der Regen alles weggespült hat.«

»Ja, aber höchstwahrscheinlich hat sich das Wasser im Wadi gesammelt.« Mutlaq machte eine ausholende Geste Richtung Norden. »Es ist nicht gesagt, dass es hier keine Fußspuren gibt, nur weil es da drüben geregnet hat.«

Suhail kam auf sie zu, und Mutlaq nahm eine steife Haltung ein. Er begrüßte den Detektiv mit energischem Händedruck und eingehender Musterung, die jede Falte, jeden Schweißtropfen auf seinem Körper registrierte. Während Nayir die beiden Männer einander vorstellte, spähte Mutlaq schon über die Schulter des Detektivs auf die Spuren, die er im Sand hinterlassen hatte. Suhail drehte sich langsam um und schaute hinter sich, als erwarte er, einem Luchs zu begegnen.

»Was macht er da?«, fragte Suhail.

»Er untersucht Ihre Fußspuren«, erklärte Nayir.

»Er trampelt ja überall drüber.«

»Das macht nichts. Er wird sich trotzdem erinnern.«

»Ist er etwa auf meiner Fährte?«, fragte Suhail.

»Es ist so ähnlich, als würde er Ihnen die Fingerabdrücke abnehmen. Falls sich Ihre Spuren mit den anderen vermischen, dann weiß er, welche zu Ihnen gehören.« Nayir verspürte den Drang, ein bisschen aufzuschneiden. Er wollte ihm sagen, dass Mutlaq nie einen Fußabdruck vergaß. Einen Namen oder die Einzelheiten ihres Treffens, die vergaß er vielleicht, doch wenn er in fünf Jahren in einer staubigen Straße Dschiddas auf einen von Suhails Fußabdrücken stieß, dann würde er sich an das Gesicht – und an das Schuhwerk – erinnern, das dazugehörte.

Aber er entschied sich dafür, seine Glaubwürdigkeit nicht aufs

Spiel zu setzen, und erklärte stattdessen, dass Mutlaq dem Stamm der Murrah angehöre, die für ihre Fähigkeiten im Fährtenlesen berühmt waren. Suhail schien zu wissen, was es bedeutete, ein Murrah zu sein. Er verzichtete mit einer Handbewegung auf weitere Erklärungen und betrachtete den Murrah mit neuem Interesse.

Mutlaq war mit dem Inspizieren von Suhails Fußspuren fertig und richtete jetzt seine ganze Aufmerksamkeit auf das Wadi.

»Hat er die Fußspuren des Mädchens gefunden?«, fragte Suhail.

»Noch nicht«, sagte Mutlaq über die Schulter. »Aber ich werde sie erkennen.«

Suhail wischte sich über die Stirn und warf Nayir einen skeptischen Blick zu.

Mutlaq drehte sich zu ihnen um. »Es gibt viele Spuren in der Wüste, aber ich wette mit Ihnen, dass nur ein einziges Mädchen verängstigt in Stadtschuhen hier herumgelaufen ist.«

»Na schön«, sagte Suhail nach einer Pause. »Aber woher wissen Sie, dass eine Fußspur von einem Mädchen stammt? Vielleicht hatte sie ja Füße wie ein Mann?«

Mutlaq grinste, entgegnete aber nichts. Stattdessen ging er zu seinem Pick-up und suchte auf der Ladefläche herum. Nayir beobachtete ihn erwartungsvoll. Er wusste, dass es möglich war, das Geschlecht nach einem Fußabdruck zu bestimmen, aber er hatte es selber noch nie erlebt.

»Es gibt nichts, was ich noch nicht gesehen habe«, sagte Mutlaq. »Wie Leute versuchen, ihre Spuren mit allen möglichen Tricks zu vertuschen. Frauen, die Männerschuhe tragen; Männer, die Frauenschuhe tragen. Es gibt Leute, die alte Autoreifen und Pappe benutzen. Sie verwenden einen Besen, um ihre Spuren zu verwischen, und vergessen, dass ein Besen eine eigene Spur hinterlässt. Nach einer Weile lernt man, zwischen dem Fuß und dem Schuhwerk zu unterscheiden. Welche Schuhe du trägst, das kannst du ändern, aber nicht, wie sie dich durch die Welt tragen.«

Durch Mutlaqs Anwesenheit wurde Nayir klar, wie sehr er sich wünschte, ein Beduine zu sein. Nicht nur, weil er gerne ein hervorragender Fährtenleser wäre, sondern auch, weil er dann Frauen so gut kennen würde, dass er wüsste, wie sich ihr Fußabdruck von dem der Männer unterschied.

Hätte er die Wahl, wäre er am liebsten ein Murrah. Jede Polizeistation und Anti-Terror-Einheit im Lande hatte mindestens einen Fährtenleser in ihrem Dienst, und die Wahrscheinlichkeit war groß, dass er ein Murrah war. Früher hatte Mutlaq für die Polizei in Dschidda gearbeitet, aber die Bezahlung war erbärmlich gewesen. Jetzt, als Eigentümer eines Schuhgeschäfts im Einkaufszentrum an der Corniche, verdiente er viel besser. Aber er ging, so oft er konnte, in die Wüste. Er war in der Wüste groß geworden und ein Spezialist in der *Firaasa,* der jahrhundertealten Kunst, Blutsverwandtschaft durch das Studium von Füßen zu bestimmen. Früher hatte Nayir dem sehr skeptisch gegenübergestanden, doch Mutlaq hatte den Wert dieser Kunst bewiesen. Als er für die Polizei arbeitete, hatte er sich ihrer bedient, um Diebe, Terroristen und Vermisste aufzuspüren, Erbschaftsstreitigkeiten zu klären und Unschuldige vor der Anklage des Ehebruchs zu bewahren. Er hatte sogar einen ausgerissenen Esel zu seinem rechtmäßigen Besitzer zurückgeführt. Manchmal war es schwer zu glauben, was er alles zuwege brachte, indem er lediglich Veränderungen im Sand untersuchte, doch in einem Land, das dermaßen von Staub bedeckt war, gab es immer irgendwo einen Fußabdruck.

Mutlaq holte eine Hand voll dünner Holzpfähle aus seinem Pick-up. Die Männer entfernten sich von ihren Fahrzeugen und näherten sich dem Rand des Wadis, wo Nayir etwas Seltsames erblickte: Farben, zuerst matte Rosa- und Violett-Töne, dann einen Spritzer leuchtenden Gelbs. Als sie den Rand erreichten, lag vor ihnen ein prachtvoller Pflanzenteppich ausgebreitet. Pflanzen, saftig in jungem Grün, säumten das Wadi und wetteiferten miteinander um einen Platz an der Sonne. In ein oder zwei Wochen würden sie in voller Blüte stehen, doch schon jetzt ahnte er das zarte Kornblumenblau, Magenta, Rosa und Perlweiß, winzige Knospen und junge Kugeldisteln, fleischige Blätter und stachelige grüne Stiele. Er blieb ehrfürchtig stehen. Schon früher hatte er Wüsten blühen sehen, aber noch nie in dieser Üppigkeit.

»Unglaublich«, sagte er.

»Das«, flüsterte Mutlaq und deutete hinunter ins Wadi, »ist die Fußspur des Regens.«

Vorsichtig kletterte er das Ufer hinunter und Nayir folgte ihm, hockte sich hin, um den Anblick aus der Nähe zu genießen. Er fand Borretschschösslinge, die neben einem Feld wilder Iris wuchsen, und eine besondere Minzsorte, die die Beduinen gegen Magenleiden benutzten. Er erinnerte sich mit einer wehmütigen Mischung aus Vergnügen und Beschämung an das eine Mal, als eine junge Beduinin und ihr Vater ihn auf einen Fußmarsch mitgenommen hatten, um Heilpflanzen zu sammeln. Das Mädchen, dessen Namen er nie erfuhr, hatte zwanglos mit ihm geplaudert, hinter einem mit Goldmünzen verzierten Neqab. Als sie sich vorbeugte, um den Stängel einer Seidenpflanze zu pflücken, war ihr der Neqab nach oben gerutscht, und er hatte ihr Gesicht erspäht. Er starrte ungeniert hin, überwältigt von der Unschuld ihres Gesichtsausdrucks, der seine Gefühle zu spiegeln schien. Doch das Mädchen bemerkte seinen Blick, erhob sich, wandte sich ab und ignorierte ihn für den Rest des Marsches.

Während er jetzt die Pflanzen betrachtete, wurde sein Staunen durch die Erinnerung an Nouf getrübt. Das Regenwasser war versickert, doch zeigte das Aufblühen der Pflanzenwelt, welche Regenmengen hier gefallen waren, welche Wucht die Flut gehabt haben musste, die Nouf getötet hatte.

Die Ufer des Wadis waren nirgends steil, das hieß, hätte Nouf das Wasser kommen sehen, hätte sie aus dem Flusstal noch rechtzeitig herausklettern können. Höchstwahrscheinlich hätte sie eine herannahende Flut bemerkt. Sie musste also ohnmächtig gewesen sein, als das Wasser heranschoss – in tiefer Ohmacht, denn das Brausen des Wassers musste derart mächtig gewesen sein, dass es die Erde zum Erbeben gebracht hätte.

Nayir blickte hinunter auf das Grün. Es war noch zu frisch, als dass Nouf es hätte sehen können. Dem Wetterbericht zufolge hatte es nur einen Tag lang Regen gegeben, und das war ihr Todestag. Was hatte sie überhaupt veranlasst, in das Wadi zu gehen?

Suhail kletterte aus der Senke und ging zum Jeep zurück, um etwas zu trinken. Nayir folgte Mutlaq durch das Flusstal, wobei er die Füße kreuz und quer aufsetzte, um nicht die Pflanzen zu zertreten, und hin und wieder hielt er inne, um ein auffälliges Gewächs aus der Nähe zu betrachten. Die beiden Männer legten etwa eine Viertelmeile zurück. Mutlaq blieb am Rand des Wadis, wo er nach Spuren an der Böschung Ausschau hielt, und Nayir wählte einen Weg weiter unten, um Mutlaq nicht in die Quere zu kommen.

»Irgendwas Interessantes?«, fragte Nayir.

»Fuchsspuren, ein paar Mäuse. Nichts Ungewöhnliches. Aber Moment mal, was ist das hier?« Er kletterte auf die Böschung und wanderte herum. Nayir wäre ihm gern gefolgt, traute sich aber nicht, weil er keine Spuren in den Sand drücken wollte. Mutlaq kehrte zum Rand des Wadis zurück. »Beduinen waren hier. Ein Pick-up. Vier junge Männer. Kein Kamel.« Er ließ den Blick prüfend über die Blumenbeete im Wadi wandern. »Da«, sagte er und deutete auf eine Stelle links neben Nayirs Füßen.

Nayir sah nichts als ein dichtes Büschel Blumen. Mutlaq kam herunter, hockte sich neben ihn und machte sich daran, den Sand unter den Pflanzen zu untersuchen. Der frische Bewuchs hatte doch gewiss alle Spuren verwischt, dachte Nayir.

»Hier haben sie sie gefunden«, sagte Mutlaq. Er richtete sich auf und kennzeichnete mit den Pfählen eine Fläche von den Ausmaßen eines Körpers.

»Haben die Pflanzen den Boden nicht verändert?«, fragte Nayir.

»Nein, nein. Hier war eine tiefe Mulde. Sie wurde vom Wasser hierher getrieben, und als das Wasser versickerte, ist sie bewegungslos liegen geblieben. Komm, schau's dir an.«

Nayir hockte sich hin und sah, dass da tatsächlich eine Vertiefung im Boden war. »Du hast recht.«

»Abdrücke in nassem Sand sind am leichtesten zu lesen. Schau hier, man sieht sogar ihre Finger.«

Er hatte recht. Die Umrisse ihrer Hand waren beinahe perfekt erhalten. Sie hatte auf der Seite gelegen, und als sie die Stelle untersuchten, wo ihr Gesicht gewesen sein musste, erkannten sie die Form ihres Kiefers. Nayir schauderte.

»Hier haben sie sie also gefunden«, sagte er und richtete sich wieder auf. Wenn die Flut so stark gewesen war, wie er vermutete, dann war Nouf stromabwärts getragen worden. Und das konnte eine beträchtliche Strecke gewesen sein, bevor sie hier gelandet war.

»Kannst du feststellen, wie hoch das Wasser war?«, fragte Nayir.

Mutlaq dachte darüber nach, schüttelte dann aber den Kopf. »Du willst wissen, wie weit sie von der Flut mitgetragen wurde?«

»Ja.«

»Schwer zu sagen.« Er richtete sich auf und blickte lange das Wadi hinunter. »Das hängt nicht von der Wassermenge ab, sondern von dem Ursprung der Flut. Wir müssen herausfinden, wo sie begonnen hat.«

Sie markierten die Stelle mit einem Pfahl oben an der Böschung und setzten ihren Weg durch das Wadi fort. Suhail blieb hinter ihnen zurück und stolperte immer wieder im Sand. Zweimal hielten sie an, um sich zu vergewissern, dass er genug trank, aber er versicherte ihnen, es gehe ihm gut. Schließlich schickte Mutlaq ihn zum Jeep zurück, und Suhail, sichtlich erschöpft, gehorchte bereitwillig.

Ihre Suche dauerte den größten Teil des Vormittags. Zwei Stunden lang gingen sie in langsamem Tempo weiter durch das Wadi. Nach der Beschaffenheit des Sandes an den Böschungen zu urteilen, hatte es in diesem Teil der Wüste nicht geregnet. Sie stellten fest, dass der Marsch viel länger dauern würde als erwartet, also kehrten sie um und gingen zu den Fahrzeugen zurück, um ein Stück am Rand des Wadis entlangzufahren. Auf dem Rückweg brannte die Sonne erbarmungslos, und Nayir begann sich um Suhail Sorgen zu machen.

Die Sonne stand kurz vor dem Zenit, und je mehr ihre Schatten schrumpften, desto langsamer und schwerer wurden ihre Schritte, mit denen sie durch den Sand stapften. »Müde Beine«, sagte Mutlaq, »können ein Hinweis auf die Tageszeit sein.«

Obwohl er schon zu erschöpft war, um noch klar zu denken, fragte sich Nayir, ob sie in der Lage wären, Noufs Stimmung an den Spuren abzulesen, die sie hinterlassen hatte.

Als sie wieder beim Jeep angelangt waren, stellten sie überrascht fest, dass Suhail eingeschlafen war. Nayir griff durchs Fenster und berührte seine Stirn. Der Detektiv schreckte auf und starrte ihn verwirrt an. Nayir zog seine Hand zurück. »Sie sollten etwas Wasser trinken.«

»Habe ich schon.«

Nayir spuckte seinen Miswak aus und ging zum Kofferraum. Ein plötzlicher Windstoß blies ihm Sand ins Gesicht. Er nahm sein Tuch, wickelte es sich um den Kopf und zog das lose Ende über den Mund. Während er den Wasserkanister aus dem Kofferraum hievte und seine Flasche auffüllte, blieb sein Blick auf das Wadi gerichtet. Es würde eine holprige Fahrt werden, aber sie würden versuchen, so weit wie möglich stromaufwärts zu fahren. Dort unten hatte man vielleicht ihre Leiche gefunden, aber gestorben war sie dort nicht.

ꙮ

Nayir folgte Mutlaqs Pick-up und fragte sich, wie sein Freund bei all dem Staub, der um sie herumwehte, überhaupt etwas sah. Suhail hatte den Kopf aus dem Fenster gestreckt und überprüfte pflichtbewusst den Sand nach Anzeichen, ob es hier in letzter Zeit geregnet hatte. Plötzlich entdeckte Nayir ein paar Akazien in der Ferne. Sie standen abseits vom Wadi, ein Halbkreis von Bäumen, der einen großen Felsen umschloss.

Der Anblick kam ihm irgendwie vertraut vor. In der Tat, erst vor kurzem war er mit Othman hier gewesen. Er erinnerte sich an die Stelle wegen des Felsens und der merkwürdigen Tatsache, dass hier Bäume wuchsen, in einer ansonsten vollkommen vom Sand beherrschten Landschaft. Ursprünglich hatten sie einen einwöchigen Treck machen wollen, doch Othman war zu beschäftigt gewesen, um länger als zwei Nächte wegzubleiben. Sie hatten ein kleines Lager aufgeschlagen und die Nachmittage damit verbracht, das Wadi entlangzuwandern und nach Spuren von Leben zu suchen. Sie hatten einen Fuchs entdeckt, das dachten sie jedenfalls.

Nayir fuhr zu der Baumgruppe und gab Mutlaq ein Zeichen, dass er halten solle. Alle stiegen aus.

»Was ist los?«, fragte Suhail. Nayir ging näher heran und betrachtete Bäume und Felsen. Es war in der Tat derselbe Platz. Der Felsen hatte eine deutliche Mulde, die allerdings nur für eine Person Platz zum Sitzen bot. Sie hatten es beide vorgezogen, im Sand zu sitzen. Mutlaq trat hinter ihn und untersuchte den Boden.

»Die Spuren sehen so aus, als wären es deine.«

»Sind sie auch«, sagte Nayir und betrachtete das Gewirr von Spuren im Sand. Er kannte Mutlaq wirklich gut, aber jetzt war er doch beeindruckt. Seine Augen konnten die Abdrücke nicht unterscheiden.

»Wer war bei dir?«, fragte Mutlaq.

»Othman ash-Shrawi. Der Bruder des Opfers.«

»Aaah. Ja.« Mutlaq sah genauer hin, umkreiste den Felsen und folgte den Spuren, eine Hand vorgestreckt wie eine Wünschelrute. »Er ist ein nervöser Mann.«

»Othman?«

»Ja. Aber er folgt dir.«

Nayir sagten die Fußspuren nichts. Ihm war heiß, und er war müde. Er setzte sich auf den Felsblock, dankbar für den schmalen Streifen Schatten. Er schraubte seine Wasserflasche auf, schnüffelte dran, nahm einen langen Schluck und starrte hinaus aufs Wadi. Mutlaq, der Nayirs plötzliches Unbehagen spürte, entfernte sich. Nayir war betroffen, dass man Noufs Leichnam so nahe bei der Stelle gefunden hatte, wo er und Othman Rast gemacht hatten. War das Zufall? Es war das letzte Mal, dass sie zusammen in der Wüste gewesen waren – abgesehen von der Suche nach Nouf.

Er sah Suhail näher kommen, der einen Schuh in der Hand hielt. »Den hab ich unter dem Grünzeug da drüben entdeckt«, sagte er.

Es war ein robuster Schuh mit abgelaufener Sohle. Nayir untersuchte ihn. Ganz sicher war er sich nicht, aber eine leichte Verfärbung an der Ferse ließ vermuten, dass er nass gewesen und dann getrocknet war. Es war Größe 36, genau wie der hochhackige Schuh.

»Es könnte ihrer sein«, sagte er. »Vielleicht hat sie ihn bei der Flut verloren. Ich nehme ihn mit und zeige ihn der Familie. Mal sehen, ob sie ihn erkennen.«

Suhail nickte und entfernte sich wieder.

»Darf ich mal sehen?«, fragte Mutlaq. Nayir gab ihm den Schuh, und er untersuchte ihn gründlich, sagte aber nichts. Er gab ihn Nayir zurück.

Die nächsten paar Minuten liefen sie die Böschungen des Wadis ab und suchten nach Fußabdrücken, Tierspuren, irgendetwas. Aber hier hatte es geregnet, und bis auf ein paar Vogelspuren war der Boden glatt.

»Schau mal«, sagte Mutlaq aufgeregt. »Hier war eine Hubara.« Nayir sah die typischen Krallenabdrücke im Sand und fühlte sich seltsam getröstet, dass zumindest irgendetwas hier draußen überlebt hatte.

»Also jetzt verrate mir mal, wie du den Unterschied zwischen dem Fußabdruck eines Mannes und dem einer Frau feststellen kannst«, sagte Nayir.

Mutlaq hob den Kopf und betrachtete ihn.

»Ich meine«, sagte Nayir und wedelte mit der Hand, »sie haben sicher kleinere Füße, aber was sonst noch?«

»Es ist nicht nur die Größe der Füße«, entgegnete Mutlaq. »Es ist nie nur ein Merkmal.« Er holte seine Wasserflasche hervor, nahm einen Schluck und ließ den Blick über den von der Hitze flirrenden Horizont schweifen. »Ich mache das schon so lange, dass ich die Regeln vergessen habe. Ich urteile nach Gefühl. Wenn ich die Fußabdrücke einer Frau sehe, dann weiß ich einfach, dass es eine Frau ist.«

»Gehen sie anders als Männer?«

Mutlaq kniff die Augen zusammen. »Schon. Ihr Körper ist anders. Ihre Hüfte ist anders. Aber es gibt noch andere Gründe.«

Sie stiegen wieder in ihre Fahrzeuge und fuhren weiter. Sie hatten sich erst ein paar Kilometer fortbewegt, als Mutlaq hielt, sich aus dem Fenster lehnte und Nayir zurief: »Hier hat es geregnet, also wird es jetzt keine Spuren mehr geben.«

Nayir stieg enttäuscht aus dem Jeep und ließ Suhail schlafend auf dem Beifahrersitz zurück. Mutlaq hatte recht, der Sand war vom Regen geglättet worden. Mutlaq stieg auch aus und gesellte sich zu ihm.

Sie gingen bis zum Rand des Wadis. Es war nicht sehr tief – gute drei Meter bis zum Grund. Jemand hätte sie da hinunterwerfen können, nachdem er ihr einen Schlag auf den Kopf versetzt hatte. In dem Fall wäre sie irgendwann aufgewacht und am Wadi entlanggegangen, ohne zu ahnen, dass es regnen würde …

Oder vielleicht war sie gar nicht mehr aufgewacht.

Zusammen mit Mutlaq suchte er das Gelände ein letztes Mal nach Fußabdrücken ab. Fünfzig Meter weiter sahen sie ein Stück Stoff an einem Busch, aber es war nur das Halstuch eines Mannes, und danach zu urteilen, wie verblichen und verstaubt es war, hing es schon sehr viel länger da. Abgesehen davon gab es keinerlei Anzeichen für die Anwesenheit von Leben.

»Es tut mir leid, dass ich nicht mehr tun konnte«, sagte Mutlaq. »Ich vermute, der Schuh, den du gefunden hast, gehört ihr. Wenn du das bestätigen kannst, dann helfe ich dir gerne dabei, nach weiteren Spuren zu suchen. Irgendwo muss sie ja Abdrücke hinterlassen haben.«

Suhail war mittlerweile wach und spielte im Jeep nervös mit dem GPS herum. Die Finger des Detektivs zitterten, und er schien Probleme zu haben, Hand und Augen zu koordinieren. Nayir betrachtete seine Haut; er schwitzte nicht mehr.

Er griff durchs Fenster und packte Suhails Handgelenk.

»He, was machen Sie da?«

Nayir fühlte seinen Puls. Er war auf 135.

»Irgendwas nicht in Ordnung?«, fragte Suhail.

»Ja. Sie sterben.«

Suhail ließ ein sarkastisches Schnauben hören. Nayir ging zum Kofferraum und holte einen Zwei-Gallonen-Behälter Wasser heraus. Er öffnete ihn und schüttete ihn über Suhail aus.

»Verdammt noch mal!« Suhail wischte sich das Wasser aus dem Gesicht. »Mein gutes Hemd!«

Nayir gab ihm eine Flasche und forderte ihn auf zu trinken, in kleinen Schlucken, bis sie Dschidda erreichten.

Die Sonne ging schon unter, als er sich von Mutlaq verabschiedete, den Jeep startete und zurück zur Straße fuhr. Es passierte nicht oft, dass die Wüste ihn deprimierte, aber jetzt war es so. Der Tag hatte all die Frustration zurückgebracht, die er bei seiner Suche nach Nouf empfunden hatte, und er fühlte sich verhöhnt und verspottet.

Erst auf der Schnellstraße merkte er, dass Suhail bewusstlos war. Er konnte nichts anderes tun, als ihn ins Krankenhaus bringen, wenn sie wieder in Dschidda waren. Das ist mir vielleicht ein Detektiv, dachte er, der kleine Benson & Hedges. Es wäre jemand von anderem Format nötig, um Noufs Mörder aufzuspüren.

# 8

Nayirs Onkel Samir war zwar durch und durch Wissenschaftler und hielt nichts von jenen Formen von Aberglaube, die jedes Leiden mit einer Besessenheit von einem *Dschinn* erklärten und entsprechend behandelten – »eine beklagenswerte Erbschaft« nannte er das –, aber er glaubte an die Macht des Bösen Blicks.

Es war viel mehr als nur ein Blick. Die Wirkungen reichten von so harmlosen Leiden wie einem Schluckauf bis hin zu tödlichen wie einer Embolie bei einem gesunden jungen Mann. Weil Samir Chemiker und Arzt war, suchten seine Freunde oft seinen Rat. Er notierte alles und achtete darauf, jede Krankheit von ihrem Beginn an zu verfolgen. Als Arzt hatte Samir durch ständige Berührung mit Keimen eine Immunität gegen Krankheiten aufgebaut, und auch die Wirkung des Bösen Blickes hatte er nie am eigenen Leib erfahren – was, wie er behauptete, dem Einsatz eines hervorragenden Schutzmittels zu verdanken war. Er trug ein blaues Glasamulett unter seinem Hemd, aber, und das war wesentlicher, er vereitelte jede Bedrohung durch ein wohlbedachtes Zeichen, das immer mit der Zahl Fünf zu tun hatte, in welcher Form auch immer. Er kratzte sich fünfmal am Kinn. Er blinzelte fünfmal. Er fuhr sich fünfmal den Arm entlang. Gelegentlich schützte er sogar Nayir, klopfte ihm fünfmal leicht auf die Schulter oder wiederholte seinen Namen fünfmal.

Nayir hatte sich das nie angewöhnt. Er empfand insgeheim Verachtung für auffällige Gesten; gewöhnlich zog man damit die Aufmerksamkeit auf sich und provozierte nur noch mehr Böses. Doch ganz im Stillen gestand er sich doch ein, dass der Böse Blick kein Märchen war.

Er saß im Arbeitszimmer seines Onkels an einem riesigen Eichentisch, genau dort, wo der Deckenventilator ihm sanft kühle Luft zufächelte. Sie hatten sich bei einem sehr späten Abendessen Zeit gelassen, und der kräftige Duft von Lammbraten steckte noch in ihren Gewändern. Er spürte den Miswak in seiner Tasche gegen den Oberschenkel drücken, aber er nahm ihn nicht heraus, denn in Samirs Haus gab es keinen Platz, wo man die Fasern ausspucken konnte. So betrachtete er die Wände, die Weltkarte und die verschiedenen Exemplare des Seidenspinners, die alle sorgfältig gerahmt und beschriftet waren. Rechts ragte ein Bücherregal auf, das Fachbücher verschiedener Form und Größe enthielt, die sich alle auf ein bestimmtes veraltetes Fachgebiet der Chemie bezogen und mit einer sehr dünnen Staubschicht bedeckt waren.

Auf der anderen Seite des Tisches saß Samir und rauchte eine europäische Pfeife, ein plumpes braunes Ding, die ihm 1968 ein britischer Archäologe geschenkt hatte. Er blies den Qualm zum Deckenventilator hoch und tippte mit dem Mundstück der Pfeife an seine knollige Nase.

»Wie war's in der Wüste?«, fragte er.

»Gut«, erwiderte Nayir, und dann verfielen beide in ein entspanntes Schweigen, wie so oft, wenn sie zusammensaßen.

Nachdem Nayirs Eltern bei einem Unfall ums Leben gekommen waren, als er fünf Jahre alt war, hatte Samir ihn großgezogen. Er war der Bruder von Nayirs Vater und das einzige Familienmitglied, das es sich finanziell leisten konnte, einen kleinen Jungen aufzunehmen. Samir hatte sich gegen den Widerstand der Behörden das Privileg erfochten, Nayir großziehen zu dürfen, weil er glaubte, dass er dem Jungen etwas zu bieten hatte. Die einzige andere Möglichkeit wäre gewesen, ihn zu Samirs Schwester, Aisha, nach Palästina zu schicken, die bereits sieben Kinder hatte, aber keinen Ehemann und kein Geld. Samir erinnerte Nayir gerne daran, dass Palästina ein schrecklicher Platz war, um ein Kind großzuziehen, und dass er, wäre er dort aufgewachsen, heute höchstwahrscheinlich nicht mehr am Leben wäre oder in einem israelischen Gefängnis säße.

Aber bei Samir aufzuwachsen, war nicht leicht gewesen. Er war Chemiker und Paläontologe, und in seinem Leben drehte sich alles um seine Arbeit. Er hatte für sich eine Nische gefunden, indem er mit Wissenschaftlern im ganzen Nahen Osten zusammenarbeitete, Artefakte analysierte und Archäologen an den neuesten Analysegeräten ausbildete. Nayir erinnerte sich an seine Kindheit als eine Serie von Ausgrabungen. Normalerweise dauerten sie mehrere Monate am Stück, und oft blieb er dem Unterricht fern, um Samir in die Wüste zu begleiten. Das Leben unter Forschern und ihren beduinischen Arbeitern hatte ihn zwar viel von dem gelehrt, was er über die Wüste wusste, doch war er auch einsam gewesen. Samir war immer zu sehr mit seiner Arbeit beschäftigt, und Nayir musste alleine zurechtkommen. Er wurde zum Einzelgänger, aber auch zum Abenteurer, und schon als Junge schlich er sich davon, um die Wüste zu erkunden.

Doch trotz seiner Unabhängigkeit, oder vielleicht gerade weil er zu viel davon hatte, war in seiner Kindheit eine heftige Sehnsucht nach einer Familie in ihm entstanden, eine Sehnsucht, die weit ins Erwachsenenalter hineinreichte und die, dessen war er sich sicher, nie befriedigt werden würde. Seine größte Angst war, dass er nie heiraten würde. Eltern arrangierten Ehen. Eltern hatten Brüder und Schwestern, die Kinder hatten, die verheiratet werden mussten. Sie organisierten die komplizierten Begegnungen, bei denen ein Mann seine zukünftige Braut, noch verschleiert, kennenlernen konnte – wenigstens durfte der Bräutigam ihre Finger und Füße betrachten (es sei denn, sie trug auch noch Handschuhe und Socken) und von diesen Körperteilen so viel wie möglich auf die Person schließen. (Den besten Eindruck ergab natürlich eine genaue Betrachtung des Gesichts ihres Bruders.) Samir konnte ihm nichts davon bieten – es gab keine Cousinen, die verheiratet werden mussten, zumindest keine in Saudi-Arabien –, und selbst wenn er eine Ehe für Nayir hätte arrangieren können, vertrat Samir die Auffassung, dass ein Mann erst etwas »Lebenserfahrung« sammeln sollte, bevor er sich niederließ. Samir selbst, jetzt 65 Jahre alt, sammelte immer noch Lebenserfahrung.

Nayir erinnerte ihn gerne daran, dass der Koran zur Ehe ermutigte, ja sie sogar verlangte, denn es hieß: »Und verheiratet die Ledigen unter euch.« Doch Samir konterte immer mit einem anderen Vers: »Doch diejenigen, welche niemanden zur Ehe finden, sollen keusch leben, bis Allah sie aus Seinem Überfluss reich macht.« Und dagegen konnte Nayir nichts ins Feld führen.

Manchmal fand er, dass seiner Kindheit am allermeisten die Anwesenheit einer Frau gefehlt hatte. Eine Mutter, eine Tante oder auch nur eine Schwester. Samir hatte im Laufe seines Lebens die eine oder andere Frau kennengelernt – Ausländerinnen, die es nicht unschicklich fanden, sich mit einem Mann ohne Familie anzufreunden –, doch diese Beziehungen waren von kurzer Dauer gewesen. Die archäologischen Ausgrabungen waren fast ausschließlich Männersache; es war eine Seltenheit, einer Frau in der Wüste zu begegnen, und in Dschidda geschah es noch seltener. Nayir scherzte mit seinen Freunden, dass er sich alles, was er über Frauen wüsste, vom Hörensagen, aus dem Koran und aus ein paar Fernsehserien zusammengestückelt habe: *Happy Days, Columbo* und *Dallas.* Seine Freunde lachten darüber, doch es war traurig, aber wahr, und in Nayir setzte sich das deprimierende Gefühl fest, dass die Welt der Frauen ihm auf ewig verschlossen bleiben würde.

Samir hatte ihm zu seinem ersten Einsatz als Wüstenführer

verholfen. Er hatte die Shrawis über seine Freunde kennengelernt, weil die Familie Riesensummen für die archäologische Forschung spendete. Bald warben andere Familien um Nayirs Dienste, und jetzt betrieb er das Geschäft hauptberuflich, führte Touristen und wohlhabende Saudis in alle Himmelsrichtungen. Wüstenführer zu sein hatte etwas Befriedigendes – es gab ihm ein Gefühl von Gemeinschaft. Samir fand das Geschäft finanziell lohnend. Es gestattete Nayir einen angenehmen Lebensstil, selbst wenn er lieber auf einem Boot wohnte. Doch insgeheim war Samir enttäuscht, dass Nayir nicht studiert hatte und wie er Chemiker geworden war.

Am Abend zuvor hatte Nayir ein paar Proben von Noufs Leiche mitgebracht, in der Hoffnung, Samir könnte ihm helfen, sie in seinem Labor im Souterrain zu analysieren.

Samir brach das Schweigen mit einem Hüsteln. »Du glaubst also nicht, dass das Mädchen weggelaufen ist?«, fragte er. Sie hatten schon beim Abendessen über Nouf geredet, aber nur kurz.

»Es ist verwirrend«, sagte Nayir. »Alle Indizien deuten auf eine Entführung hin. Sie bekam einen Schlag auf den Kopf. Die Familie glaubt, dass sie die Tochter des Kamelhüters auf dem Anwesen überwältigt hat, aber ich habe die Tochter kurz gesehen ...« Er presste einen Finger an die Wange, um ein plötzliches Zucken zu unterdrücken. »Sie ist so groß wie ich und vielleicht ebenso stark, aber Nouf war klein. Wie hätte sie es schaffen sollen, alleine wegzufahren? Die Wachmänner waren gerade beim Mittagessen, aber danach? Sie hätte sich in dem Gewirr von Schnellstraßen zurechtfinden müssen, um zur Wüstenstraße zu gelangen. Sie konnte einen Jet-Ski lenken, aber einen Pick-up? Ehrlich gesagt ...« Er schüttelte den Kopf.

»Haben sie den Pick-up gefunden?«

»Nein, noch nicht. Dann ist da die Sache mit dem Kamel. Sie hätte es nie weglaufen lassen; ein Kamel zu haben entscheidet über

Leben und Tod.« Er lehnte sich mit einem Seufzer zurück. »Ich glaube, sie wurde zusammen mit dem Kamel entführt, damit es so aussah, als wäre sie weggelaufen. Der Entführer stieß sie dann ins Wadi, versetzte ihr einen Schlag gegen den Kopf, und das Kamel lief davon.«

»Und dann?«, fragte Samir.

»Vielleicht fuhr der Entführer nach Dschidda zurück? Keine Ahnung. Ich habe das Zeichen gegen den Bösen Blick auf dem Bein ihres Kamels entdeckt. Es sah aus, als wäre es etwa eine Woche alt, vielleicht weniger. Es ist möglich, dass ihm Nouf diese Male in der Wüste zugefügt hat, aber das würde bedeuten, dass sie nicht allein war. Sie wollte sich schützen, und die fünf Linien schützen einen nicht vor der Wüste oder der Sonne; sondern nur vor dem menschlichen Auge.«

»Das stimmt nicht ganz«, sagte Samir. »Rezitiere die Zwei Zufluchtnahmen für mich.«

Nayir seufzte wieder. Solange er sich erinnern konnte, hatte Samir ihn aufgefordert, in Stunden der Not die beiden letzten Suren des Korans aufzusagen. Er rezitierte: »*Ich suche Zuflucht zum Herrn des Morgengrauens, vor dem Übel dessen, was Er erschaffen hat. Und vor dem Übel der Nacht, wenn sie sich verfinstert. Und vor den auf Knoten blasenden Magierinnen. Und vor dem Übel des Neiders, wenn er neidet.*«

»Gut«, sagte Samir. »Wohlgemerkt: *Und vor dem Übel der Nacht, wenn sie sich verfinstert.* Weiter.«

»*Ich suche Zuflucht zum Herrn der Menschen. Dem Herrscher der Menschen. Dem Gott der Menschen. Vor dem Übel des sich ein- und ausschleichenden Einflüsterers. Der in die Herzen der Menschen einflüstert. Sei er von den Dschinnen oder den Menschen.*«

»Gut. Und Dschinnen können auch andere Gestalt annehmen, nicht nur menschliche. Denk dran, es sind unsichtbare Kräfte des Bösen.«

Nayir nickte. Es waren wirklich zwei prächtige Suren. Sie waren auch der einzige wahre Schutz gegen den Bösen Blick, weil sie der einzige Zauber waren, der direkt die Hilfe Allahs erflehte. »Warum hat Nouf nicht einfach die Zwei Zufluchtnahmen aufgesagt?«, fragte er. »Und warum sollte jemand überhaupt ein Symbol oder einen Talisman verwenden, wo er doch die Zwei Zufluchtnahmen immer in sich trägt?«

Samir seufzte und setzte sich zurück, wodurch sich ankündigte, dass er im Begriff war, einen Vortrag zu halten. Nayir richtete sich auf. »Die kurze Fassung bitte.«

Samir schmunzelte. »Die meisten Schutzsymbole beruhen auf der Zahl Fünf. Fünf Finger. Fünf Wörter. Manche Leute rezitieren sogar die Zwei Zufluchtnahmen fünfmal.«

»Ergibt das nicht zehn?«

Samir runzelte die Stirn. »Fünf ist eine mächtige Zahl mit einer langen Geschichte ihrer spirituellen Bedeutung. Es gibt die fünf Säulen des Islam. Fünf Gebetszeiten am Tag. Die vollkommene Ka'aba im Himmel besteht aus Steinen von den fünf heiligen Bergen.«

»Na schön. Das reicht ja wohl, um die magische Bedeutung der Fünf zu rechtfertigen.«

»Wenn man das Gebet flüstert, ist das zeitlich begrenzt, aber ein optisches Symbol ist immer bei dir, immer wachsam, auch wenn du es nicht bist.«

»Ist das nicht Allahs Aufgabe?«, fragte Nayir.

»Ja, schon. Aber Symbole beruhigen auch. Und das war vielleicht das, was die kleine Shrawi brauchte. Es ist sogar denkbar, dass sie versucht hat, sich vor einem menschlichen Blick zu schützen. Ich glaube, die Frage, die du dir stellen musst, ist: Wer war in der Wüste bei ihr?«

»Ein Fremder, oder jemand, der nicht zur Familie gehört. Das würde bedeuten, dass sie mit jemandem zusammen war, dem sie nicht vertraute. Oder von dem sie nicht wusste, ob sie ihm vertrauen konnte. Ein klein wenig musste sie ihm vertrauen, wenn sie mit ihm zusammen in der Wüste war, aber sie war sich nicht sicher. Darum hat sie die Linien für alle Fälle gemacht.«

»Also wurde sie nicht entführt«, meinte Samir.

»Das weiß ich nicht.«

»Und warum sollte jemand sie entführen?«, fragte Samir. »Es gab keine Lösegeldforderung.«

»Möglicherweise, um sie zum Schweigen zu bringen. Sie war schwanger.«

Samir nickte. »Findest du die Geheimnistuerei nicht verdächtig?«

»Die wollen die Sache auf eigene Faust lösen. So wie es jede reiche Familie tun würde. Das heißt nicht, dass sie schuldig sind.«

»Aber du musst bedenken, dass eine Frau von Noufs Stand keine anderen Männer als ihre Brüder kennen kann.«

Nayir runzelte die Augenbrauen. »Sei nicht albern. Du kennst doch ihre Brüder. Die würden so etwas nicht tun.«

»Aber du verteidigst sie, als hättest du Angst, dass sie schuldig sein könnten.«

Die Bemerkung ärgerte Nayir. Natürlich hatte er Angst. Wer immer das Kamel gestohlen hatte, kannte sich gut genug aus, um zu wissen, wann der Kamelhüter sein Schläfchen hielt. Aber wo war da die Logik? Es wäre sinnvoller gewesen zu warten, bis die Tochter des Hüters fort war. Den Vater zu überwältigen, wäre ein Leichtes gewesen. Der Alte war schwach und halb blind und hätte den Entführer wahrscheinlich nicht erkannt, es sei denn, er kannte ihn sehr gut.

Samirs Miene war konzentriert, aber allmählich verflog sein Unmut, und auf seinem Gesicht breitete sich ein Ausdruck geduldiger Ruhe aus. »Ich kenne die Shrawi-Männer seit vielen Jahren, und du hast recht – so etwas würden die nicht tun. Aber meine

Logik gilt: Eine Frau wie Nouf, die aus einer guten Familie stammt, kann nur ihre Brüder kennen.«

Nayir saß da und betrachtete seinen Onkel, die Pfeife, die graue Haartolle und die Diplome, die hinter ihm an der Wand hingen, alles in eine leichte Rauchwolke gehüllt. Er kam sich wie ein kleiner Junge vor, der sich von einem weisen alten Mann etwas erklären ließ.

»Können wir jetzt mal diese Proben anschauen?«, fragte er ungeduldig.

Samirs Mundwinkel hoben sich leicht. Er legte die Pfeife auf dem Ständer ab und erhob sich etwas wackelig. Ohne den Schreibtisch, der ihm Schutz bot, wirkte er plötzlich zerbrechlich, doch er musterte seinen Neffen nachdenklich.

»Ich freue mich, dass du etwas Sinnvolles mit deiner Zeit anstellst.«

Nayir verkniff sich eine Erwiderung. Obwohl Samir durchaus lobenswert fand, was Nayir als Wüstenführer leistete, war er nicht der Meinung, dass es einen höheren Zweck erfüllte, und deswegen sollte es nicht Nayirs Lebensinhalt sein. Samir sagte ihm immer, dass er für etwas Größeres bestimmt sei, für einen Beruf, in dem man Bedeutsames zustande brachte.

ꕤ

Das Souterrain war ein trübe beleuchteter Ort mit niedriger Decke und alten Steinwänden. Zurzeit brachte Samir den größten Teil des Tages in dem kühlen, abgeschiedenen Raum zu und forschte auf einem obskuren Gebiet der Chemie, das zu verstehen Nayir sich nie die Mühe gemacht hatte. Das Labor war eine eigentümliche Mischung aus Alt und Neu: Ein Massenspektrometer stand neben einem Regal mit alten Büchern, während Reihen steriler Phiolen und Pipetten ihren Platz mit einem eisernen Kochapparat teilten, der ein Relikt aus den Zeiten des Osmanischen Reiches hätte sein können. Über all dem hing ein verblichenes Poster von Jerusalem in nächtlicher Beleuchtung.

Hier hatte Samir den ganzen Nachmittag über die Proben untersucht, die Nayir mitgebracht hatte. Sie stammten von Noufs Leiche, etwas Erde von ihrem Unterschenkel, Sand und andere Spuren von ihrer Haut und ihrer Kopfwunde. Nayir hatte sie von Benson & Hedges, der sie von Othman bekommen hatte. Dieser wiederum hatte sie offenbar von Fräulein Hijazi erhalten.

»Die Proben sind interessant«, sagte Samir. Er gab Nayir einen Computerausdruck, doch Nayir legte ihn auf den Tisch.

»Sag mir einfach, was da drinsteht.«

»Die erste ist Erde.«

»Ja, vielen Dank.«

»Und Dung.« Samir musterte seinen Neffen nachdenklich. »Die Probe wurde durch Blut und Sand kontaminiert, aber Dung ist Dung.«

»Kannst du feststellen, ob er von einem Kamel stammt?«

»Nur wenn Kamele *Apocynaceae* fressen. In dem Dung fand ich Spuren von kardiotonischen Glykosiden, Blausäure und Rutin, die aktiven Gifte in der Nerium-Pflanze, allgemein unter dem Namen Oleander bekannt.«

»Was?«

»Es ist eine Blütenpflanze. Sie ist nicht heimisch in Dschidda, aber ich bin sicher, sie ist hier und dort zu finden.«

»Ich kenne sie. Ich bin nur überrascht.«

»Aha. Nun, sie brauchen nicht viel Wasser. Es sind robuste Pflanzen; sie mögen Sand und Sonne, aber in der Wüste wirst du sie wahrscheinlich nicht finden.« Er hievte ein Fachbuch vom Regal herunter und blätterte die Seiten durch. »Das hier ist Oleander.«

Nayir warf höflich einen Blick auf die Skizze in Schwarzweiß.

»Das heißt, welches Tier auch immer diese Pflanze gefressen hat, dürfte sie in Dschidda gefressen haben.«

»Ja. An einem sandigen Ort mit wenig Wasser.«

»Das müsste die Suche erheblich erleichtern.«

Samir mochte keinen Sarkasmus, und er legte die Stirn in tiefe Falten. »Es ist eine giftige Pflanze. Hoch toxisch.«

Nayir nahm diese Information mit Interesse zur Kenntnis.

»Mit der zweiten Probe können wir vielleicht mehr anfangen«, fuhr Samir fort. »Ich habe mir den Sand aus ihrer Kopfwunde näher angesehen. Er ist grob, fast wie Kies, und hat eine dunkle, rotgelbe Farbe.«

»Ich habe im Wadi keinen dunklen Sand gesehen«, sagte Nayir. »Wie dunkel war er denn?«

»Na ja, ich hatte nur eine kleine Probe, aber er war dunkler als gewöhnlicher Sand. Es waren auch Spuren von Lehm darunter.«

»Also Sand und Erde?«

»Sieht so aus.« Samir stellte seine Apparate nacheinander ab, und während er durch den Raum ging, sammelte er Dinge für Nayir ein: eine Schachtel mit Gummihandschuhen, sterile Wattestäbchen, Tüten und feste Plastikbehälter. »Die wirst du brauchen«, sagte er und stapelte die Gegenstände in Nayirs Arme. »Es gibt noch mehr Arbeit.«

Verwirrt sah er zu, wie Samir ihm die Sachen in jede verfügbare Tasche stopfte. »Danke, das reicht. Wirklich, ich brauch das alles nicht.«

»Was ist los?«, fragte sein Onkel, als er Nayirs Miene sah.

»Welches Tier frisst eine giftige Pflanze?«

Samir dachte eine Weile über die Frage nach. »Es muss ein Akt der Verzweiflung gewesen sein.«

# ౭ 9 ౿

Am nächsten Morgen stand Nayir in der Kabine seines Bootes und versuchte, seinen Traum der letzten Nacht zu vergessen. Er hatte wieder von Fatima geträumt. Es war jetzt beinahe vier Jahre her, dass er sie zum letzten Mal gesehen hatte, aber die Träume wurden immer lebendiger. Sie war die einzige Frau, der er jemals den Hof gemacht hatte.

Sein Wüstenfreund Bilal hatte sie einander vorgestellt. Fatima, sagte er, sei eine Frau, die sich ihren Ehemann selber aussuchen wollte. Nayir zögerte, eine Frau auf diese Weise kennenzulernen, aber sie war Bilals Cousine, und Bilal versicherte ihm, dass sie eine gute Muslimin sei. Nayir sah sofort, dass er recht hatte. Fatima wohnte bescheiden in einer Drei-Zimmer-Wohnung zusammen mit ihrer Mutter. Sie machte jedes Jahr einen Hadsch und befolgte ihren Gebetsplan. Ihr ruhiges Wesen und die nette, verlegene Art, wie sie über seine Scherze lachte, gaben ihm das Gefühl, sie sei anständig und sittsam.

Sie verbrachten einige Wochen damit, sich kennenzulernen. Sie trafen sich in ihrem Wohnzimmer, einer kühlen, ruhigen Veranda, die auf einen Hof ging. Auf dem Couchtisch lag ein prachtvolles, ledergebundenes Exemplar des Korans, jeden Tag war eine andere Sure aufgeschlagen. Auch wenn ihm ihre Mutter auf die Nerven ging, war er dankbar für ihre Anwesenheit; dadurch kamen ihm die Besuche weniger unschicklich vor. Doch nachdem er Fatima einige Male besucht hatte und sah, wie tugendhaft sie war, schien ihm die mütterliche Aufsicht überflüssig. Fatima liebte es, über die Feinheiten der Auslegung islamischer Regeln zu diskutieren, etwa ob der Schleier das Gesicht oder bloß das Haar bedecken sollte. Sie zitierte ausgiebig aus dem Koran, ohne jemals darin nachschlagen zu müssen. Einmal rezitierte sie die ganze vier Seiten lange Passage der Sure *An-Nur*, die sich mit dem Schleier befasste: »Gläubige Frauen«, stand da, sollten »ihre Tücher über ihren Busen schlagen und ihre Reize nur ihren Ehegatten zeigen ...« Sie glaubte, die Brust zu bedecken sei eine wörtliche Vorschrift, doch das Übrige sei jedem selbst überlassen. Sie bedecke ihr Haupt aus Sittsamkeit, sagte sie, und fügte scherzend hinzu, ihr Gesicht sei nicht hübsch genug, um große Unruhe unter den Männern auszulösen, aber sie würde es verschleiern, um ihnen den Schrecken zu ersparen. Nayir lächelte, aber er war nicht ihrer Meinung. Sie war zwar keine blendende Schönheit, aber ihre Erscheinung zog ihn trotzdem an und wurde für ihn von Tag zu Tag reizvoller. Sie war halb so groß wie er, und nach dem, was er unter den schwarzen Gewändern ausmachen konnte, hatte sie auch sinnliche Rundungen.

Mit der Zeit sahen sie sich öfter, manchmal zweimal am Tag. Sie war für ihn ein Wunder, die erste Frau, die er näher kennenlernte, und dabei die vollkommenste Frau von allen. Nach drei Monaten konnte er sich nicht mehr vorstellen, wie es ohne sie wäre. Doch hatte sie sich während dieser Zeit auch mit anderen Männern getroffen, und eines Tages eröffnete sie ihm, sie habe einen Ehemann gefunden – einen Arzt.

Er nahm das mit erstaunlicher Gelassenheit auf. Nachdem er an jenem Tag ihre Wohnung verlassen hatte, stand er auf der Straße, blickte zu ihrem verschlossenen Fenster hoch und begriff, dass er diesen Ort nie wieder betreten würde. Sie würde die Frau eines anderen Mannes werden. Er wollte etwas, irgendetwas, von ihrer Freundschaft bewahren, aber es war einfach zu unschicklich.

Seltsamerweise war er stolz auf sich. Als sei seine Vernunft nur dazu da, ihn durch schwierige Zeiten zu lotsen. Während der nächsten Wochen verbrachte er viele Stunde im Gebet und dachte, dass die Einsamkeit Allahs eigentlicher Plan für ihn war – zu welch höherem Zweck, das wusste er nicht, aber er würde an seinem Glauben festhalten.

Das Herz brach ihm langsam, im Verlauf von Jahren. Die Trauer, mit der er an sie dachte, wurde tiefer, und jedes Mal öffnete sich die Wunde weiter. Er träumte immer häufiger von ihr. Sie erschien ihm genau so, wie sie in dem Wohnzimmer gewesen war: voller Fragen, mit ihrem reizenden Wesen, in Schwarz gehüllt, auf dem Tisch der aufgeschlagene Koran. Manchmal schlief sie mit männlichen Besuchern, während Nayir zusah. Sie zog sich vor ihnen aus, neckte sie. Er wollte sie, versuchte sie zu nehmen, hielt sie fest, weinte, flehte sie an, sich ihm zuzuwenden, aber sie tat es nie. Die Männer bemerkten Nayirs Versagen und lachten. So real waren die Träume, dass er im Nachhinein das Gefühl hatte, er sei tatsächlich in einem Geisterkörper durch die Nacht gewandelt und hätte die wirkliche Fatima durch Traumzauber gesehen. Wenn er erwachte, empfand er immer tiefe Abscheu vor seinen Sehnsüchten, und später auch, weil er sich hatte täuschen lassen.

Während er sanft im Rhythmus des Wassers schwankte, starrte er in den winzigen Schrank, der alle Kleidung enthielt, die er nie trug. Die meisten Sachen waren auf dem Boden gestapelt, aber einige hingen noch auf den Bügeln, und auf ein Kleidungsstück fiel sein Augenmerk ganz besonders, den braunen Anzug, den er oft angehabt hatte, wenn er Fatima besuchte. Er nahm das Jackett vom Bügel und dachte an seinen Traum, versuchte, die Beschämung zu verjagen. Die Auslegung des Korans besagte, der Körper sei wie ein Gewand für die Seele; er sei gut und rein, mit wunderbaren Mängeln ausgestattet. Nur durch Unmäßigkeit tauche sich der Mensch in Sünde, und dessen hatte er sich bestimmt nicht schuldig gemacht, es sei denn, man würde seine Keuschheit als unmäßig bezeichnen.

Er roch an dem Jackett; muffig, keine Spur mehr von dem Weihrauch, den sie manchmal im Wohnzimmer verbrannt hatte. Er durchsuchte die Taschen und fand einen Miswak, einen Ersatzschlüssel für das Boot und seinen alten Misyar. Es war ein Pseudo-Trauschein, von einem Scheich unterschrieben, mit einer freien Stelle für die Namen der Eheleute. Damit konnte sich ein unverheiratetes Paar schützen, für den Fall, dass es beim Sex erwischt wurde. Hatten Unverheiratete Sex miteinander oder wurde ein Mann in Begleitung einer unverheirateten Frau erwischt, dann drohte Verhaftung, eine Anklage wegen Prostitution und öffentlicher Unsittlichkeit, ein Prozess ohne Anwalt, und wenn die Angeklagten für schuldig befunden wurden, öffentliche Enthauptung. Natürlich waren die Chancen, mit Fatima in ihrer Wohnung erwischt zu werden, gleich null, aber er hatte immer davon geträumt, mit ihr irgendwo anders hinzugehen, vielleicht in die Wüste oder zu einem entlegenen Strand. Für einen derartigen Ausflug hatte er den Misyar gekauft.

Der Schein sah jetzt kläglich aus, durchtränkt von Schweiß und zerknittert vom vielen Falten und Wegstecken. In das Feld für »Bräutigam« hatte er vor langer Zeit schon »Nayir ibn Suleiman ash-Sharqi« in schönster Kalligrafie eingetragen, doch das Feld für »Braut« war leer geblieben, seit er die Urkunde gekauft hatte, dreieinhalb Jahre zuvor, von einem ägyptischen Scheich, der in der Altstadt auch noch einen Metzgerladen betrieb.

Wie oft hätte er beinahe Fatimas Namen in das Feld eingetragen? Wie kurz war er davor gewesen, sie zu heiraten? Er musste verrückt gewesen sein, dieser Frau zu vertrauen. Doch mit einer Eindringlichkeit, die ihn schmerzte, erinnerte er sich an die Kühle ihres Wohnzimmers; das war der Grund gewesen, warum er den

Anzug überhaupt gekauft hatte. Egal wie das Wetter war, in dem Raum war es immer kühl, als lebte sie gar nicht wirklich in dieser brütend heißen Welt, wo alles andere verwelkte und starb.

Die Nacht zuvor hatte er viel an Nouf gedacht. Jetzt, da er seine Verpflichtung als Helfer des Privatdetektivs erledigt hatte, bestand keine Veranlassung mehr, weiter nach den Umständen ihres Todes zu bohren, aber er wollte trotzdem Antworten auf die Fragen, die ihn beschäftigten: Wieso war sie so nahe bei dem Lagerplatz gestorben? Wenn sie dort hinausgefahren war, warum hatte dann niemand den Pick-up gefunden? Wo genau hatten sie das Kamel gefunden? Wie kam Othman darauf, dass das Kamel traumatisiert wäre? Jede Frage, die mit Othman zu tun hatte, schien ein Dutzend neue aufzuwerfen: Setzten seine Brüder ihn unter Druck, den Mund zu halten? Verschwieg er etwas, selbst gegenüber seiner Familie? Oder vertraute er Nayir nicht?

Sein Handy klingelte. Einen überraschten Augenblick lang starrte er auf das Gerät, dann meldete er sich.

»Sag mal, was hast du da mit meinem Detektiv angestellt?«, fragte Othman anstelle einer Begrüßung. Nayir hörte das Schmunzeln in seiner Stimme. »Er ist nicht mehr im Krankenhaus, aber er kam heute Morgen vorbei, um sich zu entschuldigen. Er gibt den Auftrag ab. Ich habe versucht, es ihm auszureden, aber er ließ sich nicht umstimmen.«

»Sturer Kerl.«

»Wenn er doch bei dem Fall ebenso stur gewesen wäre«, sagte Othman. »Was machst du gerade?«

»Ach … starre meinen Kleiderschrank an.«

»Ich bin heute Morgen frei; meine Besprechung wurde abgesagt, aber ich muss noch Kleidung für die Mitgift meiner Braut einkaufen. Jacketts – ist das zu fassen? Heutzutage wollen sie Jacketts haben.«

Nayir war zu verlegen, um zuzugeben, dass er von Hochzeitsjacketts gehört hatte. »Liegt dann auch gleich eine Anleitung bei, wie man einen Hitzschlag behandeln muss?«

Othman lachte. »Und nicht etwa nur eine, sondern viele Jacken. Ich glaube, mit ihnen ist das Versprechen auf Reisen in kühlere Gegenden verknüpft.«

»Ah.«

»Ich könnte übrigens selber eine Jacke gebrauchen. Ich kann meinen Wüstenparka nicht finden.«

Nayir warf wieder einen Blick in seinen Schrank und fragte sich, wo der Parka geblieben war, den Samir ihm einmal zum Geburtstag geschenkt hatte. Er hatte ihn einmal mit in die Wüste geschleppt, aber das Wetter war nicht kalt genug gewesen, und seitdem hatte er ihn nicht mehr gesehen. »Ich kenne einen guten Jacken-Basar«, sagte er. »Es gibt einen in Haraj-al-Sawarikh, aber der bessere ist im Süden.«

»Du warst schon mal auf einem Jacken-Basar?« Othmans Stimme klang hell vor Belustigung. »Das hätte ich dir nicht zugetraut.«

Nayir lachte unbehaglich. Wenn man eine Jacke in der Hitze trug, dann bedeutete das, dass man nichts darunter anhatte. »Ja, typisch ich.«

»Treffen wir uns am Jachthafen, so in einer Stunde?«, fragte Othman.

Er zögerte. »In Ordnung. Dann habe ich noch genug Zeit fürs Gebet.«

Nach Beendigung des Gesprächs fragte er sich, ob es richtig war, Othman zu treffen. Am Telefon konnte man leicht so tun, als sei alles in Ordnung, aber in der direkten Begegnung wäre das schon schwieriger. Er wandte sich wieder zum Schrank, nahm noch einmal das braune Sakko vom Bügel und hielt es hoch. Es war so verblichen und verstaubt, einfach hässlich. Ein Saum war aufgegangen, und selbst wenn es ihn nicht an Fatima erinnern würde, wäre es zu abgetragen und altmodisch, um es weiterhin anzuziehen. Er schmiss es in den Müll und ging ins Bad, um seine Waschungen zu verrichten.

ജ

Der Jacken-Basar befand sich am Stadtrand, eingebettet in einen größeren Markt, auf dem CDs, Kassetten, Haarspangen und Sonnenbrillen verkauft wurden. Nayir dachte immer, zwischen all dem müsse es eine Verbindung geben, aber er kam nie dahinter, welche das sein könnte. Das gesamte Areal war von hohen Stangen begrenzt, die mit schwebenden grünen Lämpchen und Schnüren mit roten Bommeln verbunden waren. Ein Neonschild am Eingang, selbst tagsüber erleuchtet, fasste das Wesentliche des Ortes zusammen: *Königlicher Basar, Wir haben immer Wechselgeld.*

Sie saßen in Othmans Wagen, einem silbergrauen Porsche. Nayir fand zwar, dass der kleine Wagen toll und schnittig aussah, aber Nayir war einfach zu groß, um sich darin wohl zu fühlen, wo er doch mit den Knien gegen das Armaturenbrett stieß. Während der Fahrt hatten sie größtenteils geschwiegen. Beim Jachthafen hatte Nayir ihm den Schuh gezeigt, den sie im Wadi gefunden hatten, und Othman hatte bestätigt, dass er Nouf gehörte. Danach war ihre Stimmung gedämpft.

Othman kurvte auf dem unasphaltierten Parkplatz herum, wobei er Kies und Staub aufwirbelte, bis er eine Stelle zum Parken im Schatten eines Geländewagens gefunden hatte. Nayir hatte Mühe beim Aussteigen und kam sich vor wie ein Schalentier, das sich aus seinem Gehäuse zwängt.

Gerade als sie den Parkplatz überquerten, erschallte der Ruf zum Gebet. Beide blieben stehen und sahen sich an. Auf königlichen Erlass mussten dann alle Geschäfte schließen, und wer sich beim Verkaufen von Waren erwischen ließ, wurde bestraft und zurück auf die Philippinen, nach Singapur oder Palästina geschickt, Lizenz und Visum wurden ihm auf Lebenszeit entzogen.

»Willst du beten?«, fragte Othman.

»Habe ich gerade.«

»Ich auch.« Sie steuerten auf einen Holzkiosk zu, wo sie nun keine eiskalte Orangen-Miranda kaufen konnten, der ihnen aber ein Dreieck Schatten bot. Sie standen schweigend da, während die Hitze in Wellen über ihre Körper strömte. Nayir hätte jetzt gern eine leichte und scherzhafte Bemerkung gemacht, aber er wusste, Othman mochte das nicht, weil er ständig zu solchem Geplauder gezwungen war. Auf einem Treck hatte er einmal zu Nayir gesagt, die Wüste habe ihn gelehrt, dass Stille und Schweigen das Ehrlichste seien.

»Der Privatdetektiv hat mir erzählt, ihr wärt im Wadi nicht besonders fündig geworden«, sagte Othman.

Nayir war erleichtert, dass Othman das Thema ansprach. Er erklärte ihm, was er von Samir erfahren hatte – dass der Sand vom Wadi nicht mit dem Sand übereinstimmte, der in Noufs Kopfwunde gefunden worden war.

Othman wirkte aufgewühlt. »Und was, meinst du, ist ihr zugestoßen?«

»Wenn ich das wüsste.«

»Ich muss noch einmal mit ihrem Begleiter sprechen. Ich habe es schon probiert, aber er wollte sich mir nicht anvertrauen. Er bleibt bei seiner Geschichte, aber ich bin sicher, er weiß mehr, als er vorgibt.«

»Wie lautet seine Geschichte?«, fragte Nayir.

»Er hatte an dem Tag frei, als sie verschwunden ist. Er hat nichts gesehen. Wir können nicht so gut miteinander. Das war schon immer so, seit unserer Kindheit. Vielleicht redet er ja mit jemand anderem.«

»Das übernehme ich gern«, sagte Nayir. Insgeheim empfand er Genugtuung, dass Suhail sich als ein solcher Schlappschwanz entpuppt hatte und dass Othman immer noch seine Hilfe suchte. Im Laufe des Gesprächs zerstreuten sich seine Zweifel allmählich.

»Du hast schon eine Menge für uns getan«, sagte Othman.

»Gern geschehen. Ich weiß doch, wie sehr dir daran liegt, herauszufinden, was passiert ist. Übrigens: Das Kamel, das ich in eurem Stall gesehen habe, war gar nicht verstört.«

»Oh.« Othman seufzte. »Na ja, ich habe es nicht selber gesehen. Einer der Diener hat's mir erzählt.« Seine Miene war undurchdringlich. »Habt ihr sonst noch was in der Wüste gefunden?«

Nayir zögerte. »Die Gegend kannte ich. Dort war der Lagerplatz, den du und ich uns vor ein paar Monaten ausgesucht hatten.«

Auf seine Bemerkung folgte ein langes, lastendes Schweigen. »Unser Lagerplatz?«, fragte Othman schließlich. »Der mit dem Felsblock?«

»Ja. Genau der.«

»Bist du sicher?«

»Ja.«

Nayir betrachtete sein Gesicht genau, erleichtert, dass er darin nur Ratlosigkeit und Verwirrung sah. Othman hatte keine Ahnung, wie das zusammenhängen konnte.

»Das ist aber nicht der Ort, wo man ihren Leichnam gefunden hat«, sagte Nayir. Er erläuterte, dass sie zwar nichts bei dem Lagerplatz entdeckt hatten, die Flut sie vermutlich aber stromabwärts gespült hatte, zu der Stelle, die die Beduinen auf der Karte markiert hatten.

Othman starrte zu Boden. »Meine Jacke hast du nicht zufällig gefunden?«

»Deine Jacke?«

»Sie ist verschwunden. Die, die ich immer in die Wüste mitnehme. Bis jetzt kam mir das nicht weiter verdächtig vor, aber die Karten von unserem letzten Ausflug waren noch in der Tasche. Dort war auch mein tragbares GPS, Salztabletten und das ganze Zeug. Vielleicht hat Nouf sie genommen. Das würde erklären, warum sie ausgerechnet da gelandet ist, oder überhaupt in der Nähe, wo wir unser Lager aufgeschlagen hatten.« Nayir verschränkte die Arme. Es war durchaus möglich, dass Nouf die Jacke gestohlen hatte, aber am wahrscheinlichsten war doch, dass Othman sie selbst getragen hatte. Oder schnüffelte Nouf gewohnheitsmäßig in seinen Sachen? Hatte sie von seinen Karten gewusst? Es war schon merkwürdig, dass sich Othman in dem Bemühen, Offenheit zu demonstrieren, nur noch verdächtiger machte.

*Möge Allah mir meinen zweifelnden Geist verzeihen.* »Seit wann ist die Jacke verschwunden?«, fragte Nayir.

»Ich hab es erst gestern bemerkt.«

»Wer wusste sonst noch von der Jacke?«

»Eine Menge Leute haben mich darin gesehen, aber wer konnte wissen, was ich in meinen Taschen hatte? Keine Ahnung.«

Das Gebet ging zu Ende, und Othman winkte ihn in den Basar hinein. Sie schlüpften unter einer Kette mit Bommeln und Lämpchen hindurch und landeten mitten in einer neonerleuchteten Spielzeugboutique – der einzigen auf dem Gelände –, wo es kistenweise Star-Wars-Strandtücher, GI-Joe-Ballons und Barbie-Regenschirme zu kaufen gab. Sie bogen nach links und kamen an einer Reihe von Händlern vorbei, die Raubkopien von Um-Kalthoum verscherbelten. Nayir sah sich mit abwesendem Blick um, während sie in den Jacken-Bezirk einbogen.

Vor ihnen breiteten sich Dutzende von Jackenständen aus. Othman musste lachen. »Diesen Anblick werde ich nicht so schnell vergessen.« Im heißesten Klima der Welt diese Art Oberbekleidung zu kaufen, war schon etwas komisch. Den Händlern schien die Sinnlosigkeit ihres Berufes nicht bewusst zu sein, denn sie gaben sich ihm mit einer Leidenschaft hin, die sich nur mit der der Händler für Kamine und Zentralheizungen messen konnte. Die Mantelverkäufer hatten Stangen voller Zobel, Nerz, Kaninchen und Fuchs. Trenchcoats waren immer in Mode, wie auch die kurzen Mäntel aus künstlichem Dalmatinerfell, graue und schwarze Marinejacken, gefüttert mit Glasfaserfüllung, Wollmäntel in allen Größen. Jeder Händler hatte einen Stand, der zu den Passanten hin offen war, die Jacken, Jacketts, Sakkos in einer ordentlichen Reihe wie eine Herde Elefanten, deren Rüssel über der Straße hingen.

Unter den vielen Händlern hatte Nayir nähere Bekanntschaft mit den Brüdern Qahtani gemacht. Er bevorzugte ihren Stand. Sie hatten die größte Auswahl, beschwerten sich nicht, wenn er Sachen anprobierte, und es schien ihnen nichts auszumachen, dass er eigentlich nie etwas kaufte, sondern nur alle paar Monate das Sortiment durchging, als suchte er etwas Bestimmtes, das er selbst nicht beschreiben konnte.

Gerade als sie sich dem Stand der Qahtani näherten, fiel ein Pulk Junggesellen in die Damenabteilung ein – reiche saudische Männer in ihren leuchtend weißen Gewändern. Sie verteilten sich wie Soldaten, die Position bezogen, und befingerten mit ihren manikürten Händen fachmännisch die Waren. Nayir beobachtete sie angewidert und fragte sich, ob sie auch Jacken und Mäntel für ihre Verlobten kauften. Es war ihm peinlich zuzusehen, wie Othman sich unter die Gruppe der Junggesellen mischte; er sah genauso aus wie sie und verhielt sich auch so. Es waren alles Heuchler, weil jeder Mann wusste, dass die in Aussicht gestellten Reisen – das Lockmittel jedes Heiratsangebots – nur eine Illusion waren. Keiner dieser Gecken hatte die geringste Absicht, mit seiner Frischvermählten irgendwohin zu reisen. Was Othman wohl Fräulein Hijazi versprochen hatte?

Nayir ging seiner eigenen Wege. Er sah die Mäntel und Jacken durch und versuchte sich vorzustellen, welche zu seiner zukünftigen Frau passen würden. Der russische Pelz? Zu protzig. Die Bomberjacke mit den amerikanischen Aufnähern? In welcher Fantasiewelt würde er jemals mit einer Frau nach Amerika gehen? Nein, er würde nie einer Frau einen Mantel kaufen. Wenn sie doch einen Mantel besäße, dann wäre es einer, den sie selbst gekauft hatte.

»Bedu!« Eissa kam hinter der Kasse hervor, um ihn zu begrüßen. Sein Bruder Sha'aban der auf einem Klappstuhl hinter der Auslage saß, hob den Kopf und lächelte.

»Schön dich zu sehen!«, sagte Eissa. »Ist ja schon wieder eine Zeit lang her. Sag mal, du bist doch nicht etwa hier, weil Heiratssaison ist, oder?« »Nein.« Nayir lachte trocken. »Nein, danke.«

»Wie – du willst nicht heiraten?«, fragte Sha'aban, der jetzt aufstand. »Wieso denn nicht?«

Nayir zuckte die Achseln. Eissa und Sha'aban tauschten Blicke.

»Meine Frau treibt mich in den Wahnsinn«, sagte Sha'aban, »aber ich kann ohne sie nicht leben. Wer würde mich denn sonst versorgen?«

»Sha'aban, du bist ein fauler Hund.« Eissa wandte sich zu Nayir. »Der kann sich noch nicht mal seinen Tee selber machen. Was können wir für dich tun, Bruder?«

»Ich bin hier mit einem Freund. Er kauft für seine Braut ein.«

Eissas Augenbrauen schossen in die Höhe. »Nun, dann will ich dir mal das Allerneueste zeigen, während du auf ihn wartest.« Er schlüpfte hinter die Kasse und holte eine Plastikhülle hervor, wie sie bei der chemischen Reinigung benutzt wird. Darunter sah Nayir die hässlichste Jacke der Welt, ein Ding aus Kunstleder, mit enger Taille und einem mit Fransen versehenen Saum. Die Stickerei auf der Brust erinnerte ihn an etwas.

»Cowboy«, sagte Eissa. »Das ist echte Ranch-Kleidung.«

Sha'aban sah Nayirs zweifelnde Miene und versetzte seinem Bruder einen Klaps auf den Arm. »Was hab ich dir gesagt? Die ist hässlich.«

»Die ist doch nicht hässlich!« Eissa hob die Plastikhülle an und befingerte begeistert die Fransen. »Sieh doch nur, die Qualität. Erst gestern hab ich eine verkauft. Du verstehst einfach nichts davon, Sha'aban.«

»Ich glaube, mir schwebt was anderes vor«, sagte Nayir.

Eissa legte die Cowboy-Jacke auf den Tisch und machte eine ausladende Handbewegung zu den Mänteln. »Bedien dich.«

Nayir stöberte wieder durch die Gestelle, hielt bei den Regenmänteln inne, prüfte das Material, bis er schließlich zu den Trenchcoats kam. Einer fiel ihm besonders auf – beige, leicht, klassischer Schnitt.

Eissa sah es und legte sich eine Hand auf den Bauch. »Sieh mal, Sha'aban, der Columbo-Mantel.«

»Will er so was haben?«

»Wie hast du dazu gesagt?«, fragte Nayir.

»Du weißt doch, Peter Falk.« Eissa tat so, als drückte er eine Pistole ab. »Peng, peng.« Er ballerte ein bisschen in die Luft, während Nayir in den Mantel schlüpfe. Eissa staunte. »*Ye-e-es! It's you! 100 percent man*!« Sie mussten alle lachen über den plötzlichen englischen Ausbruch.

Nahir ging zur Kasse und betrachtete sich im Spiegel. Der Mantel saß perfekt. Er steckte die Hand in die Tasche, die mit Satin gefüttert und mit ein paar Körnern Sand gefüllt war, die auf ewig unten in der Ecke festsitzen würden. Er knöpfte ihn zu, knöpfte ihn auf, schlug den Kragen hoch und fuhr mit den Händen über den Stoff, um die Falten zu glätten.

Othman kam herüber, ein Grinsen auf dem Gesicht. »Fündig geworden?«, fragte er.

Nayir drehte sich vom Spiegel weg. »Na ja, nicht gerade mein Stil.«

»Aber sicher doch.« Eissa schnaubte. »Haben wir heute etwa den ›Eissa ist blöd‹-Tag?«

»Er hat recht.« Sha'aban fuchtelte mit den Händen in Richtung Nayir. »Du bist Columbo!«

»Ach, ich weiß nicht.« Er zog den Mantel wieder aus.

»Nein!« Eissa packte den Mantel und hielt ihn an Nayirs Schultern. »Komm, das bist du! Ich meine, das ist einfach fantastisch. Ich habe es nicht gleich gesehen, aber so ist das mit überraschenden Dingen: Du bist überzeugt, nicht weil dir jemand gesagt hat, dass du überzeugt sein sollst. Du bist überzeugt, weil du das selber entdeckt hast.« Er kniff die Finger zusammen und stocherte in die Luft. »Ab jetzt ist das deiner. Das ist deine eigene heimliche Insel. Dein Amerika! Weißt du, ich hätte dich ja in *Armani Thug* gesteckt, vielleicht in *Moscow in Winter,* aber nicht in *Columbo*. Aber jetzt, wo ich es mit eigenen Augen gesehen habe, ist das für mich einfach eine Tatsache.« Eissa meinte es aufrichtig, und Sha'aban nickte, offenbar derart von der »Tatsache« überwältigt, dass ihm die Worte fehlten. Nayir blickte vom einen zum andern, verwundert, dass sie so ungewöhnlich aufgedreht waren.

»Ich hatte eigentlich nicht vor, einen Mantel zu kaufen.«

Eissa setzte eine ernste Miene auf. »Das ist schon in Ordnung. Ich weiß, du bist ein sparsamer Mann, aber ich mache dir einen guten Preis.«

Nayir zögerte. Es war lächerlich, einen Mantel zu kaufen. Was war das denn? Ein auffälliges Kleidungsstück, und war es nicht eine der größten Sünden, Gewänder mit Stolz zu tragen? In der Wüste konnte er ihn nicht anziehen. In der Stadt konnte er ihn auch nicht tragen, außer an den paar Tagen im Jahr, an denen die Temperatur unter 30 Grad fiel und man tatsächlich das Gefühl hatte, es sei kalt. Und war es nicht überhaupt ein Regenmantel? In

Dschidda regnete es einmal im Jahr für ungefähr fünf Minuten, wenn man Glück hatte. Aber er gefiel ihm, er wollte ihn haben. Außerdem hieß es im Koran, Kleider würden dem Menschen gegeben, um seine Scham zu bedecken, aber auch um ihn zu schmücken. Sich selbst zu schmücken, war keine Sünde. *Oh ihr Kinder Adams! Zieht euch für jede Gebetsstätte schön an … aber schweift nicht aus.*

Othman trat zu ihm. »Das ist ein schlichter Mantel. Ich finde, er passt dir.«

Nayir drehte sich wieder zögernd zum Spiegel. Othman hatte recht: Es war ein schlichter Mantel.

Othman legte seine eigenen Einkäufe auf den Tisch, ein halbes Dutzend Frauenjacken und -mäntel, von Leder bis Pelz. Nayir fiel auf, dass er auch einen Wüstenparka gekauft hatte. Othman zeigte ihm jedes einzelne Stück, das er für Fräulein Hijazi ausgesucht hatte, und gab zu jedem einen Kommentar ab. »Ich habe wirklich keine Ahnung, ob sie ihr passen werden.«

Nayir wollte fragen, ob das wirklich eine Rolle spielte, aber er behielt seine Gedanken für sich. Er staunte über die Auswahl. Wenn das irgendein Hinweis auf ihre Reisepläne war, dann würde das junge Paar seine Flitterwochen in der Antarktis verbringen.

»Du kaufst also den Columbo-Mantel?«, fragte Eissa.

»Ja«, murmelte Nayir. »Warum nicht.«

Die Brüder berechneten ihm fünfzig Rials, und während sie an der Kasse standen und darauf warteten, dass Eissa ihnen ihr Wechselgeld gab, brannte ihnen die Hitze auf den Kopf. Nayir sah sich nach dem nächsten Getränkekiosk um, aber was er erblickte, ließ sein Blut erstarren. Etwas weiter hinten stand eine Frau, allein. Ihr Gewand klaffte vorne auf, und darunter zeigte sich ein nackter, wohlgeformter Körper. Ihre Haut war hellbraun wie Karamelpudding und glänzte vor Schweiß im Neonlicht. Sie lächelte Nayir zu. Eine Sekunde später war sie in der Menge verschwunden.

Nayir schüttelte sich. Er versuchte, den Anblick mit einem anderen Bild zu verdrängen – Um-Tahsins blinde Augen, Samir, beim Abendessen rülpsend –, aber er konnte nur die Frau sehen, ihre glänzenden, leicht gespreizten Schenkel, ihre langen, starken Finger, mit denen sie sich zwischen den Beinen streichelte. Er blickte sich um, aber es war so schnell passiert, dass niemand sonst es bemerkt hatte. Ihm brannten die Wangen. Instinktiv versuchte er, seine Erektion zu bedecken. Hätte er ein Gewand getragen, hätte er sich vorbeugen können, aber bei dieser dämlichen Hose, die alles einzwängte, konnte er nicht einmal schieben und drücken.

»Was ist los?«, fragte Othman. »Ist dir schlecht?«

Nayir verzog sich in den Schatten hinter der Kasse und wedelte mit der Hand Richtung Menschenmenge. »Es hat sich gerade jemand unsittlich entblößt.«

Othman blickte sich um, entsetzt. »Ein Mann?«

»Nein, eine Frau.« Und während er das sagte, dachte er an den selbstgefälligen Blick in ihren Augen, die Eitelkeit und Selbstverliebtheit. Am liebsten hätte er die Polizei gerufen.

Othmans Entsetzen verwandelte sich allmählich in Belustigung. Er lachte. »Verzeihung.« Er wollte aufhören, doch je mehr er versuchte, das Lachen zu unterdrücken, desto lauter brach es aus ihm heraus. Nayir quälte sich ein Kichern ab.

»Verzeihung«, sagte Othman wieder und holte Luft.

»Kein Problem.«

Sie dankten den Brüdern und machten sich auf den Rückweg, drängten sich durch die Menge, die immer dichter wurde. Die Sonne war sengend heiß, und sie hielten an, um Limonade zu kaufen, aber als sie die Dosen aufgerissen hatten, war das Getränk schon warm. Sie tauchten wieder in die Menge ein, fanden die Spielzeugboutique und duckten sich unter die Girlanden. Als sie den Parkplatz erreichten, wurde Nayir noch einmal von dem Bild der Frau heimgesucht, wie sie sich zwischen den Beinen streichelte, und diesmal stieg in ihm noch größere Wut hoch. Er konnte einfach nicht glauben, was passiert war, und jetzt, da sie den Basar verließen, fand er, dass er die Polizei hätte rufen sollen.

Ebenso unvermittelt erschien Nouf vor seinem geistigen Auge. Nouf auf dem Tisch, wie das Laken von ihren Schenkeln rutschte, und auf einmal sackte sein Zorn in sich zusammen.

Othman schien sich auch gefangen zu haben. »Nimm es nicht persönlich«, sagte er. »Ich habe gehört, dass das hier ziemlich häufig vorkommt.«

»Du meinst das mit der Frau?«

»Ja.«

»Ach so.«

Othman spitzte die Lippen. »Überleg doch mal – all diese Leute, die Mäntel anprobieren. Was gibt es für eine bessere Tarnung für Exhibitionisten?«

»Sie suchen sich bestimmt ihre Opfer aus«, sagte Nayir, plötzlich erhitzt. »Wahrscheinlich haben sie es im Gespür, welche Männer am stärksten Anstoß nehmen.«

»Ist dir das schon mal passiert?«

»Nein.«

»Dann war es Zufall«, sagte Othman. »Aber ich denke schon, wenn Leute dich anschauen, dann sehen sie einen anständigen Mann.«

Nayir warf ihm einen skeptischen Blick zu. »So habe ich das nicht gemeint.«

»Bruder«, sagte Othman mit einem Lächeln, »ich würde dir nie Eitelkeit oder Stolz vorwerfen.«

Nayir nickte, ihm war unbehaglich zumute, und er fragte sich immer noch, ob er die Exhibitionistin irgendwie ermutigt hatte, ob sie geahnt hatte, dass er größeren Anstoß nehmen würde als die meisten anderen Männer, und ob sie ihm nachgestellt hatte wie der

Teufel. Oder war es ein Zeichen? Eine Warnung, dass er zu weit ging und sich, indem er einen Mantel kaufte, zu sehr der Eitelkeit hingab?

Während der ganzen Fahrt nach Hause dachte er über Eitelkeit nach, und als Gegenmittel gegen seine wachsende Beschämung sprach er das Gebet, das der Prophet Mohammed immer sprach, wenn er ein neues Kleidungsstück anlegte: *Oh Allah, Du seist immer gepreiset. Du hast mich in diesem gekleidet. Ich bitte Dich für das Gute, und das Gute, wofür es gemacht wurde, und ich suche Zuflucht bei Dir vor dem Bösen, das es birgt, und dem Bösen, wofür es geschaffen wurde. Gelobet sei Allah.*

Er sprach das Gebet zweimal, denn je mehr er den Mantel betrachtete, desto besser gefiel er ihm.

# 10

An jenem Nachmittag fuhr Nayir zum Bezirk Kilo Sieben und parkte auf dem Straßenabschnitt, den Othman ihm beschrieben hatte. Die Gegend war beinahe menschenleer, und die Sonne brannte auf die schmale nicht asphaltierte Straße, lag gleißend auf den Gebäuden und erzeugte ein so grelles Licht, dass man durch geschlossene Augenlider etwas zu erkennen meinte. An der Ecke saßen einige sudanesische Frauen auf gewebten Decken und verkauften Kürbiskerne in winzigen Plastiksäckchen, die weniger wogen als die Münze, die man zum Bezahlen brauchte.

Bevor er losging, zog er den Mantel an. Zuerst hatte er sich sehr unsicher darin gefühlt, aber er hatte ihn schon einmal im Supermarkt getragen und ein neues Gefühl von Autorität verspürt. Einen gewissen Stolz hatte er nicht verhehlen können, aber er erinnerte sich daran, dass das alles einem höheren Zweck diente und der Stolz schon früh genug wieder verschwinden würde. Das war immer schon so gewesen.

Er fand das Haus, das er suchte, aber als er an die Tür klopfte, wurde nicht aufgemacht. Das Klopfen hallte auf der anderen Seite wider, vielleicht in einem Hof. Er klopfte noch einmal, trat dann zurück und sah hinauf. Vom Dach spähte ein verschleiertes Gesicht zu ihm herunter.

Etwas später schwang die Tür auf, und ein junger Mann trat heraus, der kaum älter als zwanzig zu sein schien. Er hatte sich seit mehreren Tagen nicht rasiert und sah ungepflegt aus. Er trug ein zerknittertes weißes Oxfordhemd und eine weite Leinenhose. Wegen des gleißenden Lichts hatte Nayir Mühe, seinen Gesichtsausdruck zu erkennen.

»Ich suche Mohammed Ramdani«, sagte Nayir.

»Und wer sind Sie?« Die Stimme klang jugendlich und hoch.

»Ich bin Nayir ash-Sharqi. Wohnt Mohammed hier?«

»Wer hat Ihnen das gesagt?«

»Sind Sie Mohammed?«

Der Mann rührte sich nicht. »Was wollen Sie?«

»Ich will mit Ihnen über Nouf ash-Shrawi reden. Mir wurde gesagt, Sie waren ihr Begleiter.«

Das Gesicht des Mannes verzog sich vor Unbehagen. »Hat die Familie Sie geschickt?«

»Nein.«

»Sind Sie von der Polizei?«

»Nein, ich bin Detektiv.«

Mohammed blinzelte nervös, und nach einer langen, ernsthaften Musterung wich er zur Seite und bedeutete Nayir hereinzukommen.

Nayir trat ins Dämmerlicht eines Vorraums. An einem Haken hing ein Umhang, und an der Wand waren ein Dutzend Schuhe aufgereiht. Er bemerkte einen seltsamen, vertrauten Geruch. Tierdung.

»Halten Sie Tiere?«, fragte er.

»Nein.«

»Nichts? Auch keine Hühner?«

Mohammed sah verwirrt aus. »Nein. Wieso?«

»Ist nicht so wichtig.«

Mohammed geleitete Nayir durch einen schmalen Gang in ein Wohnzimmer. Über dem Türrahmen befand sich eine Khamsa-Hand, ein fünffingriges Schutzsymbol gegen den Bösen Blick.

In einer Ecke des Wohnzimmers lag ein Stapel abgewetzter

Kissen, und auf dem Boden waren drei Bambusmatten ausgebreitet. Mohammed bot seinem Gast die sauberste Matte an und rief nach jemandem, der eine Kanne Tee bringen sollte. Die beiden Männer ließen ich im Schneidersitz nieder.

Sie warteten schweigend. Die Fensterläden waren geschlossen, aber die Hitze drang trotzdem herein. In einem Zimmer begann ein Kind zu weinen.

Mohammed entspannte sich. Das geschah erstaunlich schnell. Nayir spürte, dass er Stille gewohnt war. Plötzlich schien ihm eine selbstverständliche Autorität anzuhaften. Kein Wunder, dass er als Begleiter arbeitete.

Ein Klopfen an der Tür, und Mohammed erhob sich und ging in den Flur. Nayir hörte eine Frauenstimme. »Wir haben keine Datteln mehr!«, flüsterte sie. »Ich habe bloß noch Eintopf. Das ist mir sehr peinlich! Soll ich ihn servieren?«

»Nein, Tee reicht, *hubibti*. Danke.« Mohammed kam rückwärts mit einem Teeservice ins Zimmer. Er stieß die Tür mit dem Fuß zu. »Meine Frau, Hend«, erklärte er mit einem nervösen Lächeln. Er nahm Platz, schenkte zwei fingerhutgroße Schalen voll, reichte die eine Nayir und stellte die andere vor sich auf dem Boden ab. Jetzt kreischte das Kind, aber Mohammed achtete nicht darauf.

Während Nayir an seinem Tee nippte, staunte er, wie beiläufig Mohammed von seiner Frau gesprochen hatte. Es wäre schon nicht nötig gewesen, zu erklären, wer sie war, aber Nayir auch noch ihren Namen zu nennen, war noch einmal etwas ganz anderes. Damit gehörte Mohammed voll und ganz in die Kategorie der jungen ungläubigen Möchtegerne. Vorbei die Zeiten, als man seine Frau »die Mutter von Mohammed junior« nannte, heute hatten Frauen Vornamen, Familiennamen, Arbeit und wer weiß noch was. Er fragte sich, wie viele Männer Noufs Namen kannten.

Nayir setzte seine Schale ab, und Mohammed schenkte nach. »Mein Beileid wegen Nouf«, sagte Nayir.

»Danke.«

»Ich weiß, wie es ist, einen Verlust zu erleiden.«

»Ich bin am Boden zerstört.« Mohammed fuhr sich durch die Haare.

Wieder stieg Nayir dieser seltsame Geruch von Dung in die Nase. »Wie lange arbeiten Sie schon für die Familie?«, fragte er.

»Seit meiner Kindheit. Mein Vater war ein Fahrer von Abu-Tahsin, als er in meinem Alter war.« Er schüttelte den Kopf. »Vater ist letztes Jahr gestorben.«

»Allah möge ihm Frieden schenken.«

»Danke.«

»War er gern bei der Familie?«, fragte Nayir.

»Ja. Die Shrawis haben ihn gut behandelt. Ich bin auf ihrem alten Anwesen aufgewachsen, wo sie wohnten, bevor sie auf die Insel zogen. Als sie umzogen, habe ich geheiratet und mir eine eigene Wohnung genommen.« Er wies auf die kahlen Wände. »So hässlich sie auch ist. Früher dachte ich, ich hätte mit auf die Insel gehen sollen, aber ich bin froh, dass ich es nicht getan habe.«

»Ach?« Nayir warf seinem Gastgeber einen Blick zu.

»Ich war nicht glücklich dort. Außer mit Nouf. Sie war anders.«

»Wie anders?«

Mohammed zuckte die Achseln. Er kniff die Augen zusammen. »Stehen Sie der Familie nahe?«

»Nur in offizieller Eigenschaft. Ich bin ihr Wüstenführer.«

»Ah. Ich glaube, ich habe schon mal von Ihnen gehört. Sie sind der Beduine.«

Nayir presste die Lippen aufeinander. »Die Familie hatte mich engagiert, Nouf zu suchen, nachdem sie weggelaufen war.«

Mohammed nickte nachdenklich. »Also bezahlt Sie jetzt niemand?«

»Nein.«

»Und warum sind Sie dann hier?«

»Ich glaube nicht, dass ihr Tod ein Unfall war.«

Mohammed wies auf Nayirs Mantel und lächelte leicht. »Der sieht auf jeden Fall überzeugend aus. Aber ich muss zugeben, ich dachte, sie hätte einen Unfall gehabt. Sicher, ihr Tod war tragisch, aber Mord kam mir nicht in den Sinn.«

»Mord?«

»Oh. Ich … Sind Sie nicht deswegen gekommen?«

Nayir musterte seinen Gastgeber. »Sie glauben also, sie wurde ermordet?«

»Nein, das habe ich nie geglaubt. Das heißt, ich glaube es nicht. Ich meine, ich habe bloß angenommen, dass Sie das meinten.«

»Nicht genau.«

Mohammed wischte sich den Schweiß von der Schläfe. »Weswegen sind Sie dann hier?«

Nayir hielt inne. »Erzählen Sie mir, was an dem Tag ihres Verschwindens passiert ist. Sie müssen sie doch an dem Tag gesehen haben.«

Er schüttelte den Kopf. »Sie rief mich an und sagte, sie bräuchte mich nicht.«

»War das normal?«

»Na ja, ich weiß nicht. Sie hat das ab und zu mal gemacht, wenn Sie das meinen.«

»Ihre Mutter hat gesagt, sie wollte ihre Hochzeitsschuhe umtauschen«, sagte Nayir. »Und Sie haben sie nicht ins Einkaufszentrum gefahren?«

»Nein.«

Nayir setzte sich vor. »Wie hat sie denn das Haus verlassen, wenn Sie sie nicht hingebracht haben?«

»Das weiß ich nicht genau. Wenn ich nicht da bin, dann geht sie normalerweise mit ihrer Mutter oder mit ihren Schwägerinnen und einem von deren Begleitern …« Mohammed öffnete die

Hände. »Hören Sie, ich habe Tahsin schon alles erzählt, was ich weiß. Das sind wir alles schon Dutzend Mal durchgegangen.«

»Ich würde es aber gern von Ihnen selbst hören. Wann wurde Ihnen klar, dass sie fortgelaufen war?«

Mohammed blinzelte den Schweiß aus seinen Augen. »Später am Abend rief mich ihre Mutter an. Ich habe ihr alles erzählt, was ich wusste. Ich bin sofort zu ihnen gefahren, aber ich konnte überhaupt nichts tun ...«

Nayir wartete, aber es kam nichts. »Was haben Sie an dem Tag gemacht?«

Mohammed zuckte zusammen. »Ich musste mit meiner Frau Besorgungen machen.«

»War sie mit Ihnen den ganzen Tag über zusammen?«

»Ja, und ihre Schwester war auch dabei.«

Nayir wusste, dass er eigentlich mit Mohammeds Frau und ihrer Schwester sprechen müsste, damit sie seine Geschichte bestätigten, aber es wäre ungehörig, mit ihnen zu reden. Er setzte seine Tasse ab. »Ich frage mich, was eine Frau wie Nouf veranlassen könnte, fortzulaufen. Das ist doch merkwürdig, oder? Sie hatte alles – Geld, eine gute Familie, einen Verlobten. Vielleicht können Sie mir helfen, daraus schlau zu werden. Sie haben sie gekannt.«

Mohammed wollte Nayir noch eine Tasse Tee einschenken, aber das Wasser war alle, es kamen nur Teeblätter heraus. Unvermittelt setzte er die Teekanne ab und drückte sich die Finger gegen die Augen. Es folgte ein langes Schweigen. Als er die Finger herunternahm, war sein Gesicht dunkelrot. »Bitte verzeihen Sie. Es war meine Aufgabe, sie zu beschützen.«

Nayir spürte den Schmerz seines Gastgebers, und er fragte sich, wie viel davon Zerknirschtheit über sein berufliches Versagen war.

»Hören Sie«, sagte Mohammed, »es ist doch klar, dass Nouf weglief, weil sie das Leben dort satt hatte.« Er zwang sich, Nayir anzusehen. »Vielleicht glauben Sie mir nicht, aber ich kann Ihnen sagen, dass sie nicht die Einzige war, die fortlaufen wollte. Den meisten der Mädchen geht es genauso. Sie finden es grässlich auf der Insel. Deswegen gehen sie ständig einkaufen oder fahren auf ihren Jet-Skis herum. *Yanni,* ich hätte nie gedacht, dass sie es tatsächlich tun würde. Jedenfalls nicht – nicht so.«

Nayir sah, dass Mohammed den Tränen nahe war. Er griff in seine Tasche und holte einen frischen Miswak heraus. »Haben Sie etwas dagegen, wenn ich ... ?«

»Nein, machen Sie ruhig.«

Mit dem Daumennagel kratzte Nayir die obersten zwei Zentimeter der Rinde ab und legte den Abfall auf das Teetablett. Er steckte sich den Miswak in den Mund. »Es heißt, dass in diesem Land Frauen leiden«, sagte er. »Aber soweit ich weiß, hat nur eine Frau so sehr gelitten, dass sie in die Wüste gelaufen und dort zu Tode gekommen ist. Was hat sie also so weit getrieben?«

Mohammed schluckte schwer. »Das weiß ich nicht.«

»Sie haben gesagt, sie sei anders. Was haben Sie damit gemeint?«

»Weiß ich nicht.« Mohammed atmete aus. »Ich wollte bloß sagen – sie war eben Nouf.« Er wusste nicht, wohin mit seinen Händen, und der Schweiß rann ihm in Strömen vom Gesicht, sein Kragen wurde feucht. Wieder folgte ein Schweigen, und Nayir musterte ihn.

»Wie lange haben Sie Nouf gekannt – sechzehn Jahre? Doch wohl lange genug, um einiges über sie zu wissen.«

»Ja, natürlich. Ich habe praktisch zur Familie gehört.«

Familie. Das Wort hing in der Luft. »Lange genug, um eine ... Beziehung zu ihr aufzubauen?« Nayir dachte an eine wirkliche Beziehung, unbelastet von allen hemmenden Bedingungen, die mit Verwandtschaft und Heirat verbunden sind. Wie leicht wäre es für Mohammed gewesen, sich in Nouf zu verlieben? Sie war hübsch.

Ein reiches Mädchen, das alles besaß, was ihm fehlte. Er hatte Nouf besser als sonst irgendjemand gekannt, und doch war sie eine verbotene Frucht. Mohammed gehörte nicht zur Familie. Er hatte keinerlei Aussicht auf Geld oder Ansehen.

Der Begleiter starrte heftig blinzelnd zu Boden. Seine Gesichtsfarbe war gespenstisch grau. »Ich habe mit ihrem Tod nichts zu tun«, sagte er.

»Da ist noch etwas anderes, was ich nicht verstehe«, sagte Nayir. »Wenn es stimmt, dass sie selbst von dem Anwesen weggefahren ist – wie hat sie denn fahren gelernt?«

Mohammed senkte den Blick. »Ich habe es ihr beigebracht. Das haben wir zum Spaß gemacht. Die anderen Mädchen tun es auch, sogar Zainab, und die ist erst sechs. Ich weiß, es ist verrückt, aber sie würden es sowieso tun, und da dachte ich, es wäre besser, wenn ich es ihnen beibringe und ihnen gleichzeitig ein paar Regeln erkläre. Sie müssen auf dem unbefestigten Weg hinter dem Haus üben, wo niemand sie sehen kann.«

»Na gut. Nehmen wir an, sie ist fortgelaufen. Sie hätte sich darauf vorbereiten müssen. Sie musste überlegen, wo sie hin wollte. Hatte sie Karten? Ein GPS-Gerät? Und wie konnte sie sich diese Sachen beschaffen? Hat sie sie gestohlen? Oder hat ihr jemand geholfen?«

»Ich war's nicht.«

»Warum nicht? Sie haben ihr auch das Fahren beigebracht, was viel gefährlicher ist als Stehlen. Und außerdem illegal.«

Mohammed sah erschrocken aus. »Ich weiß, aber es ist nicht –«

»Und wie hat sie das Kamel auf das Fahrzeug geschafft? Das ist nicht ohne, dazu ist ein bisschen Muskelkraft nötig. Jemand hat der Tochter des Kamelhüters einen Schlag auf den Kopf versetzt, aber das Mädchen ist viel größer als Nouf. Wie konnte Nouf sie bewusstlos schlagen? Ich glaube, ihr hat jemand geholfen, jemand, der wusste, dass sie fortlaufen wollte.«

»*Ya Allah, Allah, Bism'allah.*« Mohammed sah aus, als würde er gleich in Tränen ausbrechen.

»Und wie ist sie in die Wüste gekommen?«

Mohammed wiegte sich vor und zurück, die Hände verknotet in seinem Schoß. »Ich weiß es nicht.«

»Und ihr – ihr Zustand –«

»*Allah!* Ich würde sie niemals anrühren!«

»Aber irgendjemand hat sie angerührt. So wie ich das sehe, waren Sie der einzige Mann, mit dem sie regelmäßig Kontakt hatte.«

Mohammeds Schultern begannen zu beben. »Nein, nein. Hören Sie. Da war dieser Kerl. Eric. Eric Scarsberry. Ich habe sie immer zu ihm gebracht. Sie wollte nach Amerika, und er wollte ihr helfen.«

Nayir richtete sich auf. »Nach Amerika? Wie das?«

»Sie hat ihm eine Million Riyal gegeben. Er sollte sie in New York unterbringen, ihr eine Wohnung besorgen und eine Green Card. Ich weiß nichts weiter. Das hat sie immer gewollt. Sie wollte weg.«

Nayir starrte seinen Gastgeber an. Nouf wollte wirklich mit einem Amerikaner davonlaufen? Er war, trotz allem, überrascht. Wie war das möglich? Eine Frau durfte das Land nicht verlassen, wenn sie kein Ausreisevisum vorweisen konnte, das von ihrem Ehemann oder ihrem Vater unterschrieben war. Abu-Tahsin hätte ihr garantiert nicht erlaubt, irgendwohin zu reisen. Sie hätte einen Ehemann gebraucht, aber das konnte kein Amerikaner sein. Es war muslimischen Frauen verboten, einen Ungläubigen zu heiraten.

»Wie wollte sie das anstellen?«, fragte Nayir.

»Während ihrer Hochzeitsreise. Sie wollte mit Qazi nach New York.«

»Das ist ihr Verlobter?«

»Ja. Sie wollte ihn dann im Hotel sitzenlassen und sich irgendwo mit Eric treffen.«

»Sie wollte Qazi heiraten und dann mit einem Amerikaner durchbrennen?«

Mohammed hörte auf zu zittern und vergrub das Gesicht in den Händen. Er murmelte etwas.

»Wie bitte?«

Er ließ die Hände fallen. »Ich weiß, ich bin schuld. Ich hätte mich nie darauf einlassen sollen. Ich wusste, dass es unrecht war, aber sie wollte es so sehr ...«

»Was wollte sie?«, Nayir hielt die Luft an.

»Sie ... sie wollte in Amerika leben.« Als er Nayirs entsetzten Blick sah, fuhr er fort mit seinen Erklärungen. »Sie hatte irgendwann eine Sendung im Fernsehen gesehen über eine Frau, die in Afrika das Leben wilder Hunde erforschte. Sie wollte genauso wie diese Frau sein, obwohl die Frau mit diesen Hunden zusammenlebte – mit Hunden! Sie war schmutzig. Sie war seit drei Monaten in Afrika, aber sie liebte das Leben, das sie dort führte. Ich glaube, das hat Nouf mehr als alles andere beeindruckt, dass diese Frau wie ein Hund leben konnte und dabei so glücklich war. Jedenfalls glücklicher als Nouf.« Er schluckte laut. »Viele ihrer Schulfreundinnen sind schon mal in London oder New York gewesen. Es sind Kinder aus reichen Familien, genau wie Nouf, und die dürfen hin, wohin sie wollen. Aber Noufs Eltern hätten ihr nie erlaubt, das Land zu verlassen, vor allem nicht, um nach Amerika zu reisen! Sie wollte einfach nur die Schule beenden, dann Zoologie studieren und danach irgendwo in der Wildnis leben. Vielleicht in Afrika. Aber hier wäre das unmöglich gewesen, ihr Vater hätte es nicht erlaubt. Sie wollte das mehr als irgendetwas anderes in der Welt, und ich ... ich konnte es ihr einfach nicht abschlagen!« Jetzt flossen die Tränen. Nayir sah weg, doch Mohammeds unterdrücktes Schluchzen war ihm unangenehm.

»Es tut mir leid«, sagte er, unsicher, was er sonst sagen sollte.

Wütend wischte sich Mohammed über die Wange. »*Bism'allah*«, zischte er. »Ich fühle mich fast so, als hätte ich sie umgebracht.«

»Wie hat sie mit diesem Eric Kontakt gehalten?«, fragte Nayir.

»Sie haben sich in dem Einkaufszentrum an der Corniche getroffen. Ich weiß nicht, wo er gewohnt hat.«

»Sind Sie mitgegangen?«

»Ja.«

»Wann haben Sie Eric zum letzten Mal gesehen?«

»Etwa vor drei Wochen. Er hat ihr einen Schlüssel und die Adresse von seiner Wohnung in New York gegeben.«

»Von seiner Wohnung?«

»Ja.« Mohammed griff in die Tasche und holte einen dicken Schlüsselring hervor. »Das hier ist ein Ersatzschlüssel; sie hat ihn mir gegeben, für den Fall, dass sie ihren verliert oder etwas passiert. Sie wollte so lange dort bleiben, bis ihre eigene Wohnung fertig wäre.«

»Darf ich mir den Schlüssel mal ausleihen?«

»Sie werden doch nicht –«

»Ich werde ihn nicht der Familie zeigen.«

Mohammed löste ihn vom Schlüsselring und gab ihn Nayir. »Hören sie, Sie müssen mir glauben«, sagte er. »Ich werde schier wahnsinnig vor Schuldgefühlen. Ich hatte den Eindruck, dass Eric irgendwie mit ihrem Tod zu tun haben könnte, aber ich habe keine Ahnung, wo ich ihn finde. Ich weiß nicht, wo er wohnt, für welche Firma er arbeitet, ob er überhaupt noch im Land ist.« Ein wilder Ausdruck trat in seinen Blick.

Nayir wollte die nächste Frage nicht stellen, aber ihm blieb keine Wahl. »Glauben Sie, dass es ihr mit Eric so ernst war, dass sie ... ich meine ernst in dem Sinne, dass –«

»Dass sie mit ihm intim war?« Mohammed blickte angewidert oder empört oder beides. »Wenn ich sie zu den Treffen mit Eric begleitet habe«, sagte er und tippte sich auf das Jochbein, »habe ich sie nie aus den Augen gelassen. Er hat noch nicht einmal ihr Gesicht gesehen.«

Nayir war im Zweifel darüber, ob er die Wahrheit sagte. Sein Bauchgefühl sagte ja, selbst wenn es eher unwahrscheinlich war.

Mohammed ließ die Hand sinken. »Sie werden es der Familie sagen.«

»Nein, nein«, erwiderte Nayir. »Vorläufig behalte ich Ihr Geheimnis für mich. Aber eine Frage noch: Nouf ist drei Tage vor ihrer Hochzeit verschwunden. Wenn das stimmt, was Sie sagen, warum sollte sie dann ihren Plan aufgegeben haben und vor der Hochzeit weglaufen? Ohne Qazi konnte sie das Land doch nicht verlassen.«

»Eric muss ihr irgendeine Fluchtmöglichkeit versprochen haben. Ich weiß nicht welche, aber unmöglich wäre es nicht gewesen. Er kannte Leute im Hafen, er hatte sogar sein eigenes Boot! Er hätte sie rausschmuggeln können.«

»Hat sie davon gesprochen?«

»Nein.« Mohammed verfiel in nachdenkliches Schweigen. Er schloss die Augen. »Ich habe immer gedacht, wenn sie wirklich endgültig ginge, dann würde sie sich von mir verabschieden.«

Der tragische Ton verursachte Nayir ein Kratzen im Hals, aber er unterdrückte es. Immerhin war Mohammed ihr Komplize gewesen. Er hatte ihr geholfen, sich mit Eric zu treffen, und dann der Familie die Wahrheit verschwiegen. Genau betrachtet war er ein verdammt schlechter Begleiter.

Ein paar Details von Mohammeds Geschichte überzeugten ihn nicht. Warum wollte sie ausgerechnet in Amerika leben? Warum nicht in Europa? Oder Ägypten? In Kairo hätte sie viel von der Freiheit gehabt, die ihr auch Amerika bot, aber keine Verständigungsschwierigkeiten. Vielleicht war es zu nahe an zu Hause; es lag ja gleich auf der anderen Seite des Meeres. Und nach Ägypten zu gehen, war nicht so dramatisch wie nach Amerika, ins Land der

Ungläubigen. Offensichtlich wollte sie ihre Familie endgültig verlassen und mit einem Paukenschlag verschwinden. Amerika bedeutete nicht bloß eine Ohrfeige, es wäre ein KO-Schlag für eine fromme Familie wie die Shrawis gewesen.

Er merkte, dass er mit dem Miswak gegen seinen Handrücken trommelte, und ließ es sein.

»Ist Nouf jemals in den Männertrakt des Hauses gegangen – in die Schlafzimmer ihrer Brüder? In ihre Büros?«

»Nein. Wieso?«

»Sie haben sie nie in die Schlafzimmer der Männer gehen sehen?«

»Natürlich nicht. Was soll die Frage?«

»Hat sie jemals die Kleidung ihrer Brüder erwähnt? Eine Jacke vielleicht?«

Mohammed musste überlegen, schüttelte dann aber den Kopf. »Sie hat so gut wie nie über ihre Brüder geredet. Sie fühlte sich nicht wohl in deren Gegenwart. Sie gingen nicht gerade liebevoll mit ihr um.«

»Wie denn?«

»Eher distanziert.«

»Noch eine Frage«, sagte Nayir, als er Geräusche im Flur hörte. »War Nouf abergläubisch?«

Mohammed blickte skeptisch drein. »Nein, eigentlich nicht.«

»Das Kamel, das sie in die Wüste mitnahm, hatte ein Mal auf dem Bein – ein Schutzzeichen gegen den Bösen Blick. Warum hat sie wohl eine derartige Markierung gemacht?«

»Das weiß ich nicht«, erwiderte Mohammed. »Das kommt mir komisch vor.«

»Mir ist eine Khamsa-Hand über der Tür aufgefallen.« Nayir wies mit dem Arm in Richtung Flur. »Sind Sie abergläubisch?«

»Meine Frau hat sie dort angebracht.«

Plötzlich ging die Tür auf, und Mohammeds Frau kam mit

einem schlafenden Baby auf dem Arm herein. Sie trug ein Kopftuch, aber ihr Gesicht war unverhüllt, und sie zeigte ein strahlendes, verschmitztes Grinsen. Nayir sah weg, aber Mohammed erhob sich. Er küsste seine Frau auf die Wange, nahm das Baby und wendete sich um, um es ihm zu zeigen. Auch Nayir erhob sich.

»Meine Tochter«, sagte er stolz. »Sie macht einen Lärm wie ein Flugzeug, aber wenn sie schläft, können wir mit ihr angeben.«

Nayir streichelte dem Baby die Wange. »*Ism'allah, ism'allah.*«

Er hätte gerne Mohammeds Frau gebeten, das Alibi ihres Mannes zu bestätigen, aber er schämte sich schon wegen der Unschicklichkeit dieses Gedankens. Er hielt den Blick unverwandt auf das Baby gerichtet und fragte sich, ob Mohammeds Frau Nouf jemals kennengelernt hatte und was sie über die Angelegenheit dachte.

»Bitte bleiben Sie«, sagte die Frau. »Ich serviere jetzt das Abendessen.«

»Oh nein, danke vielmals.« Obwohl es das Paar verlegen machte, richtete Nayir seine Worte an Mohammed. Seine Frau schien Nayirs Unbehagen zu verstehen, und wortlos nahm sie das Baby auf den Arm und schlüpfte aus dem Zimmer.

Mohammed begleitete den Gast zur Haustür. »Geben Sie mir Bescheid, wenn Sie Eric finden«, sagte Nayir

Draußen auf der Straße stellte er fest, dass die sudanesischen Frauen nicht mehr da waren. Er steckte sich den Miswak in den Mund und ging zum Auto zurück, auf dem sich eine neue Staubschicht gebildet hatte. Er öffnete alle Türen, um die Hitze herauszulassen, und lehnte sich gegen den Kotflügel, verwirrt und verstört durch das völlig andere Bild, das er jetzt von Nouf gewonnen hatte. Die Tatsache, dass sie nach Amerika fortlaufen wollte, passte so gar nicht zu dem, was er zuvor geglaubt hatte: dass sie eine verstörte Braut gewesen sei, die einer arrangierten Heirat hatte entfliehen wollen. Obwohl er sich vorher schon gedacht hatte, dass sie ihrer Familie gegenüber unaufrichtig gewesen sei, war diese neue

Nouf in seiner Vorstellung eine rücksichtslose und hinterhältige Person, die einen Plan ausgeheckt hatte, um ihre Wünsche und Sehnsüchte zu befriedigen und dem Ansehen ihrer Familie zu schaden. Sie war nicht ängstlich, sie war ehrgeizig. Sie war bereit, ihre Familie vor den Kopf zu stoßen, vielleicht sogar ihren guten Ruf zu beschädigen, und wozu das alles? Um mit Hunden zu leben? Es fiel ihm schwer, sich damit abzufinden, und er erkannte, dass er sie bis jetzt immer nur als Opfer gesehen hatte.

Doch diese Sicht der Dinge barg andere Ungereimtheiten. Wenn Mohammed sie besser gekannt hatte als ihre Brüder und sie ihm so sehr vertraut hatte, warum hatte sie dann nicht zumindest versucht, sich von ihm zu verabschieden? Oder hatte sie auch Mohammed getäuscht?

Als Nayir in seinen Wagen stieg, machte ihm ein Gedanke ganz besonders zu schaffen: Es war seltsam, dass Mohammed alles in Bewegung gesetzt hatte, um Nouf zur Flucht zu verhelfen, aber nichts unternahm, um ihren Mörder zu finden.

# 11

Es gab viele Gründe, den Jachthafen zu lieben. Weil man morgens mit dem Geruch des Meeres und dem herrlichen Anblick des blauen Horizonts aufwachte. Weil man dort den Tag an der frischen Luft verbringen konnte, kühl von Wasser und Wind. Weil dort die Händler ihre Gebetsteppiche und Miswaks, Messingtöpfe und Sandalen aus China feilboten. Das silberfarbene Fahrzeug eines Imbissverkäufers stand immer vor dem Tor zum Jachthafen, und um Punkt sechs Uhr morgens strömte der Duft von frischer Pita, von Ful-Bohnen, in Knoblauch gekocht, und vom besten Kaffee der Welt aus den Wagenfenstern. Um Viertel nach sechs hob sich die Seitenwand des Lasters wie das Bein einer Mutterhündin, und dann drängten sich die Männer, die dort für ihr Frühstück Schlange gestanden hatten, und belagerten den Tresen des Verkäufers wie ein Wurf Welpen. Die Nachbarn hielten die Augen offen: Die Verbrechensrate lag bei null. Niemand stritt sich um Parkplätze. Nachts hatte das Schaukeln der Kabine die Wirkung eines magischen Wiegenliedes, vermittelte das Gefühl von Bewegung in der Bewegungslosigkeit. Aber vielleicht das Schönste am Jachthafen war das ständige Klatschen des Wassers gegen den Bootsrumpf und das sanfte Klopfen der Boote gegen die Stege, eine ständige Erinnerung, dass dies nicht das Gefängnis eines Hauses war und Nayir nur die Leine loszumachen und den Motor zu starten brauchte, um frei in einer abgeschiedenen Welt aus Meereswellen dahinzutreiben.

Und doch fragten sich alle, wie es dazu gekommen war, dass der leidenschaftliche Wüstenmann eine solche Liebe zum Meer entwickeln konnte. Er wusste darauf keine Antwort. Als Junge hatte er gelernt, die Wüste zu lieben, doch als Erwachsener sehnte er sich nach einer anderen Form der Wildnis. Auf dem Meer fand er eine eigentümliche Entsprechung zur sandigen Einöde. Da war das Gefühl von Unendlichkeit, Stille, verborgenem Leben und der Widerspruch von Eintönigkeit und Unsicherheit, der ihn herausforderte. Und es gab ihm die Möglichkeit, seinen Nachbarn zu entkommen. Sollte es ihm jemals zu mühsam werden, sich ihrer Beobachtung zu entziehen, ihren Fragen über seine Arbeit, seine Familie, seine Heiratsaussichten, dann könnte er einfach zu einem anderen Liegeplatz wechseln, und im Handumdrehen wären da neue Augen, die sich noch nicht trauten, ihn heimlich zu beobachten, die sittsam hinter ihren verhängten Bullaugen blieben. Seit er im Jachthafen wohnte, war er noch nicht einmal umgezogen, aber das Wissen, dass er es einfach tun könnte, verschaffte ihm ein enormes Freiheitsgefühl und machte es ihm um einiges erträglicher, Nachbarn zu haben.

An diesem Morgen stand er auf dem Landesteg und blickte hinauf zum westlichen Himmel, den Columbo-Mantel überm Arm. Er versuchte seine schlechte Laune zu vertreiben, indem er über das Gute in seinem Leben nachdachte, und er hätte in dieser Betrachtung versinken können, wäre da nicht sein Nachbar Majid gewesen.

»*Salaam!*«, rief Majid vom Liegeplatz gegenüber. Er stand am Bug und blickte neugierig zu Nayir.

»*Sabaah al-khayr.*« Wie er da einsam und allein mit einem Kleidungsstück überm Arm stand, das musste ja – wie er zu spät erkannte – einen Kommentar provozieren.

»Was gibt's Neues?«

»*Al-hamdullilah*«, erwiderte Nayir.

Majid war der andere frustrierte Junggeselle an diesem Anleger, und als solcher sowohl Trost als auch Warnung. Beide verband eine gewisse Abscheu vor dieser unangenehmen Gemeinsamkeit, die noch durch den Umstand verstärkt wurde, dass sie gleich groß und gleich alt waren, dass ihre Gesichtszüge sich auf unheimliche Weise ähnelten und sie beide von palästinensischer Abstammung waren. Der größte Unterschied zwischen ihnen bestand darin, dass Majid der jüngste Sohn einer sehr großen Familie war – die Zahl seiner Cousinen ging in die Dutzende – und es doch irgendwie geschafft hatte, nie zu heiraten. Er war ein pedantisch frommer Mensch, und anscheinend war keine Frau rechtschaffen genug, um sich seiner würdig zu erweisen.

Majid trat hinaus auf den Pier. »Geht's heute Morgen irgendwohin?«, fragte er.

»Ja, ich habe einige Dinge zu erledigen.«

»Was ist das denn? Hast du dir etwa einen Mantel gekauft?« Er zog den Ärmel lang und inspizierte die Knöpfe. »Ist das ein Regenmantel?« Er lächelte. »Jetzt verrat mir doch mal, wo du hingehst und wo es regnen könnte.«

»Ich geh nirgendwohin.«

Majid grinste. »Soll es etwa hier regnen?«

Sein gemeines Feixen bewies, dass Majid und er so verschieden waren wie Katze und Hund, eine beruhigende Tatsache. Dies war auch der Mann, der genau fünfmal am Tag seine Waschungen verrichtete und die zwanzig Meter zur Jachthafenmoschee hinunterschritt. Falls er auf seinem kurzen Weg, den vereinzelte Fußgänger kreuzten, eine Frau entdeckte (und damit seine Waschungen zunichte machte, weil er das Unsaubere gesehen hatte), brüllte er die Frau aus vollem Halse an, marschierte zu seinem Boot zurück, öffnete mit einem Knall die Kabinenluke und verrichtete unter heftigem Schaukeln und Spritzen seine Waschungen ein zweites Mal. Dann kam er wieder zum Vorschein, Körper und Seele gereinigt, spähte in beide Richtungen den Pier entlang, auf eine so unbeholfene Art und Weise, als hoffte er, doch irgendwo in der Ferne eine Frau zu entdecken, was nicht dasselbe wäre wie sie zu sehen. Und dann, wenn er keine erblickte, setzte er sich vorsorglich eine Sonnenbrille auf die Nase und marschierte den Pier hinunter. Nayir hatte nie erlebt, dass er zweimal einer Frau über den Weg lief, gewöhnlich reichte sein erster Ausbruch, um die Frauen – ganz zu schweigen von sämtlichen Vögeln – vom Gelände zu verjagen, und Majid schritt dann festen Schrittes zurück zur Moschee.

Er sah Majid in die Augen. Es war genau dieser kritische Blick, der ihn am meisten störte, aber er blieb stets höflich. »Und was gibt's Neues bei dir? Wie steht's mit der Arbeit?«

Majid zuckte die Achseln. »Wie immer. Und du – wie läuft's so in der Wüste?«

»Gut.« Nayir setzte sich in Bewegung und ging den Pier hinunter, dann rief er unvermittelt über die Schulter: »Einen schönen Tag noch.« Doch der herablassende Ton in Majids Frage wurmte ihn den ganzen Weg bis zum Auto.

Der Vormittag wurde nur noch schlimmer. Der Verkehr war grauenhaft. Er hielt bei einem Straßenverkäufer, um sich Kaffee und Eier zu holen, aber die Luft war derart abgasgeschwängert, dass er kaum atmen konnte, also ging er zu seinem Wagen zurück, vergaß alle seine Pläne für den Tag, wollte nur noch den hupenden Autos und dem Dieselgestank entfliehen. Aber es gab kein Entkommen, selbst als die Gebäude spärlicher wurden und neben der Schnellstraße nur noch Sandfelder lagen. Kurz entschlossen lenkte er auf den Seitenstreifen, schaltete auf Vierradantrieb und fuhr ohne Ziel in den Sand hinein. Als die Schnellstraße nur noch ein dünner Streifen am Horizont war, hielt er an und verzehrte sein Frühstück. Dann stieg er mit seinem Gebetsteppich aus und betete auf dem Sand.

Erst dann verflog seine Wut, und als er sein Gebet beendet hatte und im Schatten des Wagens saß, war er endlich in der Lage, die Ursache seiner Missstimmung genauer zu betrachten. Seit dem Gespräch mit Mohammed hatte sich eine weitere Irritation in ihm breitgemacht. Nouf hatte Vorbereitungen getroffen, um wegzulaufen. Nach Amerika. Sie war in der Wüste gestorben, aber ihre Flucht nach Amerika wäre eine andere Art von Tod gewesen. Dieser Umstand hatte in ihm das ungute Gefühl hervorgerufen. Dass Amerika für alles stand, was frei und aufregend war, dass es ein Ziel war, für das es sich lohnte, das eigene Leben auszulöschen, dass sein Land, seine Stadt, seine Wüste, sein Meer nicht der Stoff waren, der in den Träumen einer jungen Frau eine Rolle spielte.

ജ

Qazi as-Shrawi legte das Klemmbrett auf den Tisch und kam zum Fenster, um näher bei Nayir zu sein. Er hatte eine leise Stimme, und wegen des Lärms, der vom Warenlager zu ihnen heraufdrang, war er gezwungen, lauter zu reden, als ihm angenehm war.

Sie waren in Qazis Büro im Schuhlagerhaus seines Vaters. Es war ein Raum mit Glaswänden, von dem aus man einen Blick auf Reihen über Reihen von Kartons hatte, einige davon so hoch gestapelt, dass man sie nur mit einem Kran erreichen konnte.

Qazi war beinahe so groß wie Nayir, aber nur halb so breit. Er trug ein sauberes weißes Gewand und ein makellos gebügeltes Kopftuch, das von einem neuen schwarzen Igal aus Ziegenhaar festgehalten wurde. Wenn Qazi herumging, wurde ein Paar schäbiger alter Turnschuhe sichtbar, die unter dem Saum des Gewandes hervorlugten – seltsam, wenn man bedachte, dass sein Vater das größte Schuhimportunternehmen in Dschidda betrieb, das Qazi, sein ältester Sohn, eines Tages erben sollte. Doch die Schuhe sahen bequem aus und deuteten darauf hin, dass Qazi trotz seiner Eleganz und Kultiviertheit hart arbeitete.

»Ich habe sie nur einmal getroffen«, sagte er. »Und alle waren da – mein Onkel, meine Cousins, mein Vater. Es waren auch Diener im Raum. Sie durfte ihren Neqab nicht entfernen, also habe ich ihr Gesicht nicht gesehen.«

»Haben Sie mit ihr gesprochen?«, fragte Nayir.

»Ich habe sie gefragt, ob sie es aufregend findet, dass wir bald heiraten werden, und sie sagte ja. Das war's.«

»Klang sie aufgeregt?«

»Ich weiß nicht. Ich glaube, sie war nervös.« Qazi warf einen Blick hinunter auf seine Angestellten und wurde nachdenklich.

»Sie hatten also keine Ahnung, wie sie aussah?«, fragte Nayir.

»Na ja, ich habe ein Foto gesehen. Othman hat es mir gezeigt.«

»Wie sah sie aus?«

Qazi lächelte unsicher.

Seit er Qazi kennengelernt hatte, hatte Nayir das Gefühl, er müsse ihn beschützen. Er hatte etwas Behutsames, etwas Anmutiges. Er war wie eine Giraffe in der Savanne, die Ohren hochgestellt, um zu lauschen, ob Gefahr drohte, und wie eine Giraffe hatte er etwas merkwürdig Trauriges und Verletzliches.

Nayir schaute trübselig aus dem Fenster und überlegte, was Qazi wirklich veranlasst hatte, Nouf heiraten zu wollen. Druck von der Familie? Geld? Liebe? Er wirkte nicht wie ein Mann, der sich voreilig in eine Ehe stürzte, wenn nicht jedes Detail stimmte. Mit seinen klaren braunen Augen und seinem kantigen Kiefer war er erstaunlich gut aussehend. Nayir konnte sich vorstellen, dass die Frauen bei ihm Schlange standen. Es musste einen Grund gegeben haben, warum er Nouf gewählt hatte.

»Wissen Sie, was mit ihr passiert ist?«, fragte Qazi.

»Wie gesagt, die Sache wird noch untersucht.«

»Ich dachte, die Polizei geht davon aus, dass es ein Unfall gewesen ist«, flüsterte er.

»Tut sie auch.«

Ein Angestellter öffnete die Tür hinter ihnen und entschuldigte sich für die Störung, als er sie sah.

»Macht nichts, Da'du«, sagte Qazi. »Wir sind in ein paar Minuten fertig.«

»Ich wollte Sie nicht aufhalten«, sagte Nayir.

»Aber nicht doch.« Qazi hob die Hand. »Wollen Sie wirklich nicht noch eine Tasse Kaffee?«

»Nein, vielen Dank.«

»Dann nehmen Sie doch bitte Platz. Sie können ganz über meine Zeit verfügen.«

Nayir ging zum Tisch zurück, und Qazi gesellte sich zu ihm, schob das Klemmbrett beiseite und pflanzte die Ellbogen auf den Tisch, als wollte er sagen: *Na los, fragen Sie mich, was Sie wollen.*

»Bis auf das eine Mal haben Sie also nie mit Nouf gesprochen?«, fragte Nayir.

Qazi presste die Lippen zusammen und starrte auf die Tischplatte. Sein Blick besagte: *Das nehme ich zurück. Fragen Sie mich was anderes.*

»Heiraten – das ist eine weitreichende Entscheidung«, sagte Nayir. »Sie sind noch jung.«

»Ich bin neunzehn.«

»Wenn ich in Ihrem Alter geheiratet hätte, dann hätte ich alles über die Frau wissen wollen, bevor ich mich derart binde.« Qazis Gesicht zuckte. »Das ist eine Entscheidung fürs Leben. Ich hätte sichergehen wollen, dass ich das Richtige tue, und dann hätte ich mich noch mal versichert, vor allem, wenn ich das Mädchen nicht gut gekannt hätte.«

»Ich hab sie schon irgendwie gekannt«, sagte Qazi. »Wir haben früher zusammen gespielt, als wir Kinder waren.«

»Und wie war sie damals?«

Er zuckte die Achseln. »Ich mochte sie. Sie war schön.«

»Und weiter nichts.«

»Na ja«, sagte er und lächelte melancholisch. »Ich erinnere mich, dass sie mich einmal beim Fußballspielen besiegt hat, als wir klein waren. Das war zu Hause bei meinen Eltern. Ich glaube, sie war sechs damals. Jedenfalls hat sie mich auf den Beton niedergeworfen und angefangen, auf meiner Brust herumzuhämmern. Ich war völlig überrascht. Ich bin drei Jahre älter als sie. Ich wollte ihr nicht wehtun. Sie hat geschrien, sie würde mich umbringen, wenn ich sie noch einmal gewinnen ließe.« Er lachte. »Sie dachte, ich hätte sie absichtlich gewinnen lassen.«

»Und, war es so?«

»Nein, aber ich ließ sie in dem Glauben, bis sie mich wieder schlug, und –« Sein Lächeln erlosch. »Na ja, wir waren Kinder, aber die einzige Möglichkeit, mich zu schützen, bestand darin, in die Offensive zu gehen, sie zu Boden zu werfen und ihr eine runterzuhauen.« Er schüttelte den Kopf. »Ihre Nase hat geblutet. Ich kann's immer noch nicht glauben, dass ich das getan habe. Später hat sie mir gesagt, dass sie mir verziehen hätte.«

»Sie war also ein kräftiges Mädchen«, meinte Nayir. Qazi erwiderte nichts, also fuhr er fort. »Menschen verändern sich, wenn sie älter werden. An Ihrer Stelle wäre ich neugierig gewesen, was aus ihr geworden ist.«

Qazi kaute auf seiner Lippe.

»Hören Sie«, sagte Nayir, »die Familie hat mich nicht gebeten, zu Ihnen zu gehen. Ich wollte einfach mit Ihnen reden. Sie sind der Einzige, der mir helfen kann, sie zu verstehen. Ihre Brüder – na ja, die sind viel älter als sie. Die haben sie gar nicht so gut gekannt. Ich hatte gehofft, Sie könnten mir mehr erzählen.«

»Die haben Sie nicht zu mir geschickt?«

»Nein. Und ich werde auch nichts sagen. Das verspreche ich Ihnen.«

»Na gut«, sagte er leise. »Ich habe sie ein paar Mal angerufen.« Er blickte zu Nayir auf. »Es war nicht, was Sie denken.«

»Wie war sie so am Telefon?«

»Sie war – ich weiß nicht, sie klang nett.« Ein verschwiegener Ausdruck glitt über sein Gesicht, und es zeigte sich die Andeutung eines Lächelns. »Sie fragte mich, ob ich Hunde mag, und ich sagte ja. Sie wollte wissen, ob wir auf unserer Hochzeitsreise nach New York fahren würden. Ich musste es ihr versprechen.« Er lachte leise. »Zuerst machte ich mir deswegen Sorgen, weil sie so aufgeregt wirkte, aber sie erzählte, sie habe immer davon geträumt, einmal nach New York zu reisen, und ich sollte dabei sein, wenn es endlich so weit wäre.«

Nayir hoffte, dass seine Miene nicht verriet, wie sehr er litt. Es wurde ihm langsam ein bisschen zu viel – dieser groß gewachsene, fürsorgliche, aufmerksame junge Mann, der bereit war, nach New York zu reisen, ohne zu ahnen, dass seine Frau ihn dort verlassen wollte. Er konnte sie nicht umgebracht haben. Selbst wenn er Verdacht geschöpft hätte, dass er missbraucht werden sollte, schien das für Qazi ein zu schwaches Motiv zu sein.

»Worüber haben Sie sich sonst noch unterhalten?«, fragte Nayir.

»Hauptsächlich über New York – was wir unternehmen würden, wo wir wohnen würden. Sie fragte mich ständig, ob es in Ordnung sei, wenn sie dort unverschleiert herumlaufen und nur ihr Kopftuch tragen würde.«

»Und was haben Sie gesagt?«

»Ich habe gesagt, das sei in Ordnung. Ich wollte doch, dass sie auch etwas von New York sieht.«

Nayir blickte auf seinen Schoß hinab, um ein Zucken in seinem Gesicht zu verbergen. Er fand es grässlich, was sich hier abspielte. Er spürte, wie sein Zorn zurückkehrte, und alles Mitleid, das er ursprünglich für Nouf empfunden hatte, erwies sich jetzt als völlig umsonst. Er musste sich ins Gedächtnis zurückrufen, dass sie wahrscheinlich ermordet worden war, aber wenn sie irgendjemanden durch ihr Verhalten gedemütigt hatte, dann Qazi.

»Ich begreife, dass Sie sich von ihrer Schönheit angezogen fühlten. Aber warum wollten Sie sie heiraten?«, fragte Nayir. »Sie muss doch etwas Besonderes gehabt haben.«

Qazi lächelte sanft und beugte den Kopf. »Ja. Sie war schön, und das hat mich angezogen. Aber als ich sie besser kennenlernte, kam sie mir so glücklich vor.« Er sah auf. »Sie war die einzige meiner Cousinen, die so lachen konnte und die nicht ständig über schickliches Benehmen geredet hat. Sie hat über ihre Hunde geredet, über Spaziergänge am Strand und über ihre Begeisterung für den Jet-Ski. Aber sie war auch nicht die ganze Zeit albern, sie war einfach – genau richtig.« Er verzog das Gesicht und presste die Hände an den Mund. Nayir sah, dass der Verlust ihm sehr nahe-ging und er immer noch trauerte. Qazi kämpfte mit den Tränen, aber er entschuldigte sich und verschwand in einen Waschraum, der sich neben dem Büro befand. Es überraschte Nayir, so viel Traurigkeit bei ihm zu spüren. Immerhin hatte er sich nur ein paar Mal mit ihr am Telefon unterhalten, war ihr nur einmal begegnet, als sie einen Neqab trug, aber trotzdem musste sie ihm sehr ans Herz gewachsen sein oder zumindest die Vorstellung von ihr. Und warum auch nicht? Sie verbanden gemeinsame Kindheitserinnerungen. Sie war im Begriff, seine Frau zu werden. Er musste sie schon als seine Frau betrachtet haben.

Qazi kehrte nach einer Weile zurück, seine Augen waren noch stärker gerötet. Er setzte sich an den Tisch und entschuldigte sich für die Unterbrechung. Nayir ließ ihm etwas Zeit, bevor er seine nächste Frage stellte.

»Wann haben Sie das erfahren, von ihrem … Verhalten?«

Qazis Hände schienen unsicher zu werden, und er legte sie in den Schoß. »Mein Vater hat's mir bei der Beerdigung erzählt.«

»Aha. Reichlich spät. Und vorher haben Sie nichts geahnt?«

Qazi runzelte die Stirn. »Nein, natürlich nicht.«

»Können Sie mir sagen, wo Sie an dem Morgen waren, als sie verschwunden ist?«

»Ich war – ja, ich war zufälligerweise gerade dort.«

»Bei den Shrawis?«

»Ja. Ich musste einen Teil der Mitgift abliefern.« Mit einem nervösen Blick zu Nayir fügte er hinzu: »Ich war bloß eine Viertelstunde dort. Das kann Othman bezeugen.«

»Um wie viel Uhr war das?«

»Vor Mittag«, sagte er. »Sie glauben doch nicht etwa, dass ich irgendwas damit zu tun habe?«

»Und wo waren Sie danach?«

»Danach bin ich wieder hierher zurückgefahren. Aber vorher habe ich irgendwo Mittag gegessen und bin ein bisschen in der Gegend rumgefahren.« Er war jetzt angespannt und hielt die Arme starr vor der Brust verschränkt. »Ich habe nichts mit ihrer Flucht zu tun, das ist Ihnen hoffentlich klar.«

»Wie lange waren Sie unterwegs?«

»Etwa eine Stunde. Das mache ich jeden Tag zur Mittagszeit. Da können Sie alle fragen.«

»Also kann eigentlich niemand bestätigen, wo Sie in der Zeit waren, als Nouf verschwunden ist.«

Qazi seufzte und beugte sich wieder vor. »Nein«, sagte er. »Ich dachte, Sie wollten von mir mehr über Nouf erfahren.«

»Das will ich auch«, erwiderte Nayir sanft. Es tat ihm leid, dass er Qazi so unter Druck gesetzt hatte, aber der junge Mann war gut damit zurechtgekommen. »Sie müssen zugeben, Sie hatten durch Noufs unschickliches Benehmen am meisten zu verlieren. Wenn jemand dahintergekommen wäre, hätten man sagen können, dass Sie –«

Qazi schüttelte traurig den Kopf. »Und meine Antwort auf das Problem wäre gewesen, sie zu entführen? Das ist doch verrückt.«

Er sah Nayir direkt in die Augen. »Wenn ich sie nicht mehr hätte heiraten wollen, dann hätte ich die Hochzeit abgesagt. So einfach wäre das gewesen.«

Er hatte recht – es wäre einfach gewesen, alles abzublasen, und wenn jemand nach dem Grund gefragt hätte, dann hätte er ein Dutzend Ausreden anführen können. Er sei doch noch nicht bereit. Er habe es sich anders überlegt. Niemand hätte einem neunzehnjährigen Jungen sein Zögern übel genommen. Hätte Noufs Verlobter sie entführt, hätte er ein viel arroganterer, stolzerer Mann sein müssen, jemand, für den ihr Verhalten eine tiefe Kränkung bedeutet hätte. So ein Mann schien Qazi nicht zu sein.

## 12

Als Katya die Tür aufmachte, wurde sie von dem ohrenbetäubenden Kreischen des Mixers begrüßt. Mit einem Seufzer zog sie ihre Schuhe aus, wickelte ihr Kopftuch auf und legte ihr Gewand und ihre Tasche auf den Couchtisch. Einen Moment später hörte der Mixer auf.

»Ich bin wieder da!«, rief sie.

Ihr Vater erschien im Durchgang mit einem Getränk in einem eisgekühlten Glas.

»Ist das für mich?«

»Wenn du willst.«

Sie ließ sich auf das Sofa plumpsen und streckte ihre Hand aus – genau, fand sie, wie ein Küken im Nest. Ihr Vater kam näher und reichte ihr fürsorglich das Glas. »Wie war's bei der Arbeit?«

»Gut«, sagte sie. Er nickte und verschwand wieder in Richtung Küche. »Danke, Abi«, rief sie ihm hinterher.

»Othman hat heute Nachmittag angerufen.«

Mit dem kühlen Getränk zwischen den Händen wartete sie, dass Abu weitersprach, aber da er nichts sagte, stand sie auf und ging zum Kücheneingang. Er drehte den Wasserhahn auf und begann, das Geschirr abzuwaschen.

»Was hast du heute gemacht?«, fragte sie. Er antwortete nicht. Sie probierte zögernd das Getränk, das er für sie zubereitet hatte. Es schmeckte erdig, als hätte er Gras hineingetan, aber sie trank es mutig. »Und was gibt's zum Abendessen?«

Er zuckte mit den Achseln. »Der Kühlschrank ist so gut wie leer, aber wir haben noch ein paar Eier.«

Ihr Hunger war groß genug, um eine ganze Schachtel Eier zu vertilgen, aber wenn sie ihn bäte, sie zuzubereiten, würde er entgegnen: »Mach du das doch.«

Die Anstrengung ihrer langen Tage begann allmählich an ihr zu nagen. Als sie mit dieser Arbeit vor beinahe einem Jahr begonnen hatte, war sie so aufgeregt gewesen, überhaupt eine Arbeit zu haben, dass sie nie müde war, oder falls doch, dann war es eine angenehme Müdigkeit. Aber jetzt fühlte sie sich ausgelaugt. Sie war seit sechs Uhr morgens auf den Beinen, und sie hatte keine Energie mehr, auch noch einkaufen zu gehen oder eine Mahlzeit zuzubereiten. Sie wollte, dass Abu das für sie tat.

*Er ist doch pensioniert*, dachte sie mit einem Anflug von Verdrossenheit. *Er hat alle Zeit der Welt.* Aber er wirkte, als habe er nicht alle Energie der Welt. Irgendetwas störte ihn, und es war nicht nur Othman.

Nach dem Tod von Katyas Mutter – sie war an Krebs gestorben –, hatte er seine Arbeit in dem Chemiebetrieb an den Nagel gehängt und sich in seinem Rentnerdasein eingerichtet. Beinahe über Nacht war sein grau meliertes Haar vollkommen silbern geworden, seine scharfen schwarzen Augen blickten nicht mehr so eindringlich, und sein Körper, der früher außergewöhnlich kräftig und stattlich gewesen war, schien irgendwie verwelkt. Vielleicht lag es daran, dass er nicht mehr seine gut sitzenden Anzüge trug; er bewegte sich nur noch in seinem Hausgewand, in dem er immer schlampig aussah.

Ohne sein Einkommen hatten sie wenig Geld. Seine Rente reichte nicht, um die Kosten zu decken. Zum Glück waren sie bereits Eigentümer ihrer Zwei-Zimmer-Wohnung ohne Fahrstuhl in der Altstadt, aber in manchen Monaten schafften sie es nicht, die Rechnungen zu bezahlen, und als ihnen dann auch noch das Telefon abgestellt wurde, beschloss Katya, sich eine richtige Arbeit zu suchen.

Jahrelang hatte sie Oberschülerinnen Nachhilfeunterricht in Chemie gegeben. Alle ihre Schülerinnen kamen von der Mädchenschule gleich um die Ecke. Sie kamen paarweise, zusammen mit ihren Begleitern – gewöhnlich Brüder oder Cousins, die warteten, während Katya den Mädchen bei den Hausaufgaben half. Wenn die Mädchen gingen, hörte sie hin und wieder, wie ihre Begleiter sie aufzogen: »Wieso lernt ihr eigentlich Chemie? Kann man das fürs Kochen gebrauchen? Ihr denkt doch wohl nicht, dass ihr irgendwann einen Beruf haben werdet.« Die Bemerkungen kränkten sie ebenso sehr wie ihre Schülerinnen. Die Arbeit machte ihr Spaß – junge Mädchen dazu zu ermutigen, mehr zu werden als bloß gute Köchinnen, war ihr wichtig. Sie wurde anständig bezahlt, und die Nachhilfe konnte sie zu Hause erledigen. Doch hatte sie sich schon seit vielen Jahren nach einer Arbeit gesehnt, bei der sie ihre Fähigkeiten besser nutzen konnte.

Sie hatte an der König-Abdul-Aziz-Universität den Doktortitel in Molekularbiologie erworben, aber wie jede andere Frau in ihrem Studiengang – einem reinen Frauenzweig – hatte sie ihren Abschluss in dem bitteren Wissen gemacht, dass ihr herzlich wenig Zukunftschancen winkten, obwohl sie Enormes geleistet hatte. Es gab sehr wenige Stellen für Frauen, vor allem für gut ausgebildete Frauen. Es war Frauen nur gestattet, an Orten zu arbeiten, wo sie nicht mit Männern in Berührung kamen oder nur so selten, dass sie keine große Aufmerksamkeit auf sich zogen, und damit war ihr Einsatzbereich auf Mädchenschulen und Frauenkliniken beschränkt.

Direkt nach ihrem Abschluss hatte Katya eine Stelle als Lehrerin angenommen. Sie hielt es ein Jahr aus. Es war zu viel Arbeit für zu wenig Geld, und sie war einfach nicht motiviert genug. Sie zog die Ruhe eines Labors vor, wo sie nicht ständig mit Menschen zu tun hatte, wo sie die Aufregung des Entdeckens erleben konnte und die Befriedigung von Sauberkeit, Ordnung und Kontrolle. Man hätte meinen können, es gäbe genügend Arbeitsplätze mit solchen Bedingungen. Aber die wissenschaftlichen Stellen des Landes wurden immer zuerst mit Männern besetzt. Frustriert und zunehmend verbittert, schlug sie sich fast zwei Jahre lang mit Nachhilfe für Biologie und Chemie durch.

Nachdem ihre Mutter gestorben war, wurde das Geld knapp, und sie hatte keine andere Wahl, als sich einen besseren Job zu suchen. Als das kriminaltechnische Labor der Stadt eine Abteilung für Frauen eröffnete, bewarb sie sich. Sie wurde sofort genommen, man war von ihren Qualifikationen beeindruckt. Die Aussicht, in einem Labor zu arbeiten, begeisterte sie, aber ihr graute davor, es ihrem Vater zu erzählen. Es hatte ihm schon nicht gefallen, dass sie unterrichtete, und das war in einer rein weiblichen Umgebung gewesen. Das kriminaltechnische Labor war zwar nach Geschlechtern getrennt, aber es bestand doch die Möglichkeit, dass sie gelegentlich mit Männern in Berührung kam.

Sie hatte eine ungeheure Beklemmung verspürt, als sie ihm die Neuigkeit eröffnete. Sie saßen am Küchentisch, schlürften Tee und schälten Karotten. Der Kühlschrank war leer, der Herd funktionierte nicht, und sie waren beide niedergeschlagen. Als sie ihm von dem Angebot erzählte, richtete er sich mit einem Ruck auf und kniff die Augen zusammen. »Na komm, so arm sind wir auch wieder nicht«, sagte er.

Das hatte sie so tief getroffen, dass ihr nach Weinen zumute war. Eine Frau arbeiten zu lassen galt als ein Akt der Verzweiflung. Sie waren tief gesunken; jetzt waren sie bemitleidenswert. Doch ihre Enttäuschung war ihr offenbar anzusehen, denn Abu machte sofort einen Rückzieher.

»Moment«, sagte er. »Ist das etwas, was du wirklich machen willst?«

Sie nickte, traute sich nicht zu sprechen.

»Dann …«, es machte ihm Mühe, es auszusprechen, »nimm doch die Arbeit an. Vorläufig.« Er schenkte ihr ein trauriges Lächeln, als ihr die Tränen über die Wangen liefen. Sie wischte sie wütend weg. Es war ihr peinlich, vor ihrem Vater zu weinen. »Wenn's dir nicht gefällt«, fügte er hinzu, »kannst du ja immer noch kündigen.«

Sie nickte wieder, zutiefst erleichtert. Sie hatten zwar keine andere Wahl, aber sie war dennoch dankbar, dass er Größe zeigte und sich nicht darum scherte, was andere Leute über seine Tochter dachten. Zwar war die Vorstellung aufregend, in einer öffentlichen Einrichtung beschäftigt zu sein, aber es blieb trotzdem ein heimlicher Schmerz darüber, dass sie damit ihrer beider Armut dokumentierte und es ihren Vater irgendwie beschämte.

Danach war er vorsichtig. Er sagte ihr, er sei stolz darauf, dass sie Chemikerin sei und eine so gut bezahlte Stelle gefunden habe, aber sie hatte den Verdacht, dass er in seinem tiefsten Innern immer noch Beschämung verspürte. Das äußerte sich in seinem Widerstreben, das Problem der Hausarbeit anzugehen. Bevor sie morgens zur Arbeit ging, hielt er sie an der Tür auf und fragte: »Wer macht heute das Abendessen?«

Sie versprach ihm, trotzdem noch zu kochen. Sie würde auch die Hausarbeit erledigen, das Saubermachen, die Wäsche, das Einkaufen, so wie ihre Mutter es getan hatte, bevor sie starb. Es schien ihr ein akzeptabler Kompromiss zu sein, denn obwohl das Arrangement höchst ungerecht war, wollte sie Abu nicht zu viel auf einmal zumuten. Im Moment akzeptierte er ihre Berufstätigkeit, und das war genug.

Sie arbeitete, und sie genoss es. Wenn die ständige Gegenwart des Todes auch gewöhnungsbedürftig war, begeisterte sie doch die Vorstellung, bei der Aufklärung von Verbrechen zu helfen. Wie sie gehofft hatte, sah Abu im Verlauf des folgenden Jahres ein, dass sie nicht die Zeit und Energie hatte, alles alleine zu machen, und er war dazu übergegangen, ihr einiges abzunehmen. Jetzt machte er sauber und kümmerte sich um die Wäsche; er ging sogar einkaufen, aber er kochte nur, wenn er wirklich hungrig war, und in seinem Alter, mit vierundsechzig, war er selten hungrig. *Er hat den Appetit eines alten Mannes,* dachte sie oft, *und ich habe einen Appetit für zwei.*

Ihr war klar, dass er deprimiert war – wer wäre das nicht, wenn er seine Frau nach dreißig Jahren Ehe verloren hätte? –, aber sie hatte gehofft, dass er seine Trauer mit der Zeit überwinden würde, oder sie zumindest etwas erträglicher würde. Manchmal kam sie nach Hause, und dann stand ein ganzes Mahl für sie bereit – Lamm, Reis, Auberginen und Brot –, und an anderen Tagen war es wie heute, Eier im Kühlschrank und ein experimentelles Mixgetränk.

Sie umklammerte das Glas und holte tief Luft. »Ich musste den ganzen Tag an Noufs Fall denken.« Abu wandte sich zu ihr um. Spülschaum tropfte ihm vom Handgelenk. »Allmählich glaube ich auch, dass sie entführt wurde, wie Othman meint.«

Er zog die Augenbrauen hoch. Sie sah ihm an, dass er mit etwas kämpfte. »Ich frage mich, wie viel ihre Familie eigentlich weiß«, sagte er.

Sie zuckte die Achseln und stellte ihr Glas auf der Anrichte ab. »Othman hat mir alles erzählt, was er weiß.«

»Lass mich raten – das ist nicht viel.«

»Er trauert. Und außerdem ist er sehr eingespannt in seine Arbeit …« Sie ließ den Satz in der Luft hängen und gab mit einer Handbewegung zu verstehen, dass sie das alles schon einmal gesagt hatte. »Ich mach uns die Eier, aber ich will zuerst abwaschen.«

Sie verließ den Raum in der Hoffnung, damit seiner unvermeidlichen Kritik an Othman ein schnelles Ende zu bereiten. Abu missbilligte ihre Heiratspläne, aber er ging nicht so weit, dass er es ihr verboten hätte. Seine Verstimmung äußerte sich eher unterschwellig in ständigem Meckern und kleinlichen Mäkeleien an Othman und seiner Familie. Sie wusste, es ging ihm um sie, er befürchtete, Othman könnte sie nicht wirklich lieben oder es sich anders überlegen, die Hochzeit absagen und sie verlassen, weil er reich war und tun und lassen konnte, was er wollte. Vielleicht wollte Abu einfach nicht glauben, dass sie der Liebe eines reichen Mannes würdig war – sie, eine Frau aus der Mittelschicht, die eigentlich sowieso schon zu alt zum Heiraten war. Der Gedanke bereitete ihr Unbehagen, weil sie sich das manchmal selber fragte – liebte Othman sie wirklich? War er enttäuscht, dass sie schon achtundzwanzig war? Aber es fiel ihr nie schwer, in Othmans Gegenwart ihre Zweifel abzuschütteln, weil sie seine Zuneigung immer als aufrichtig empfand. Höchstwahrscheinlich lag die Ursache von Abus Skepsis bei ihm selbst und in seiner altmodischen Ansicht, eine Ehe sollte zwischen den Eltern des Paares ausgehandelt werden. Er war den Shrawis nicht ebenbürtig, sondern bloß ein zukünftiger Schwiegervater ohne besondere Bedeutung, dem seine Verhandlungsposition entzogen worden war, als Katya und Othman die Heirat selber beschlossen.

Sie hatte Othman über Aisha, ihre beste Freundin, kennengelernt, die einen Cousin von ihm geheiratet hatte und selbst mit den Shrawis entfernt verwandt war. Bei der Hochzeit feierten Männer und Frauen vollkommen getrennt, aber Katya und Othman waren zufällig beide gleichzeitig nach draußen geschlüpft, um sich dem höllischen Lärm des Festes mit über fünfhundert Gästen zu entziehen. Katya war auf einen schmalen Balkon des prächtigen Palastes hinausgeschlichen und dort auf Othman getroffen. Obwohl sie ihr Gesicht enthüllt hatte, wandte er sich nicht ab. Er begegnete ihrem Blick und lächelte – traurig, wie sie fand. Dann stellte er sich vor, erkundigte sich nach ihrem Namen und schüttelte ihr sogar die Hand. Seine Selbstbeherrschung, sein stilles Selbstbewusstsein gefielen ihr. Anfangs war sie nervös, unsicher, was sie von ihm halten sollte, aber sie kamen so natürlich ins Gespräch, als wären sie Verwandte, und sie unterhielten sich zwei Stunden lang, bis er gehen musste. Später war sie erstaunt, dass sie wie alte Freunde miteinander gelacht und sich gegenseitig Familiengeschichten erzählt hatten, über die keiner von beiden zuvor mit irgendjemandem gesprochen hatte.

Während der nächsten Monate kam es zu weiteren Treffen. Sie fuhren in seinem Auto herum, wo sie sich unterhalten konnten, ohne befürchten zu müssen, von der religiösen Polizei behelligt zu werden. Sie trafen sich auch in vollen Einkaufszentren, wo man dank der Klimaanlage bei angenehmer Temperatur herumschlendern konnte und die Wahrscheinlichkeit, in dem Gedränge entdeckt zu werden, äußerst gering war. Sie fand ihn auf eine herausfordernde Art attraktiv, aber nach einer Weile wurde ihr klar, dass er offenbar keinerlei erotische Absichten hegte. Er war so ein Mann, der einer Frau ins Gesicht sehen, ihr die Hand schütteln und sich vorstellen konnte, ohne davon erregt zu werden. Er war warmherzig und komisch, manchmal ein amüsanter Unterhalter, aber sie hatte den Verdacht, dass er tief in seinem Innern kalt war. Entsetzt gelangte sie zu einer schmerzlichen Erkenntnis: In einem modernen, aufgeklärten Mann wie Othman, der sich mit einer Frau in der Öffentlichkeit treffen konnte, ohne sie gleich für eine Hure zu halten, steckte vielleicht nicht genug Gefühl für eine leidenschaftliche Beziehung.

Aber als er eines Abends nach viermonatiger Bekanntschaft mit ihr zu einem entlegenen Abschnitt der Schnellstraße fuhr und sie endlich küsste, dachte sie, dass sie ihn vielleicht doch falsch eingeschätzt hatte. In ihm steckte durchaus Leidenschaft; er war nur ein Mann, der langsam und bedächtig vorging. Und sie mochte ihn mehr denn je. Einige Wochen später hielt er um ihre Hand an, und sie willigte ein.

Natürlich war es skandalös, dass sie sich in der Öffentlichkeit mit einem unverheirateten Mann getroffen hatte. Das erzählte sie Abu nie, auch nicht, nachdem sie ihm ihre Heiratspläne verkündet hatte. Sie erzählte ihm einfach, sie habe Othman bei der Hochzeit kennengelernt, er sei von ihr angetan gewesen und sie hätten ihre Freundschaft per Telefon vertieft. Sie merkte, dass Abu ihr kein Wort glaubte, aber sie brachte es nicht über sich, mit der Wahrheit herauszurücken. In mancher Hinsicht war Abu immer noch traditionell bis zur Schmerzgrenze, bestand darauf, dass sie sich verschleierte, wenn seine Freunde zu Besuch kamen (Freunde, die er seit vierzig Jahren kannte), und machte abfällige Bemerkungen über ihre beiden Cousinen, die ihre Ehemänner selbst ausgesucht hatten. Aber die Zeiten änderten sich, und ganz langsam veränderte sich Abu mit ihnen. Vielleicht war diese Abneigung gegen Othman nur ein letztes Aufbäumen für die Erhaltung der Tradition.

Manchmal vermutete sie jedoch, dass ihr Alter der wahre Grund war, warum er ihr die Heirat nicht rundweg verboten hatte: Nach Abus Ansicht – und nicht nur nach seiner – war achtundzwanzig viel zu alt. Sie konnte von Glück reden, dass sie einen Mann gefunden hatte, der nicht schon drei Frauen und sechzehn Kinder hatte.

Sie ging von der Küche ins Badezimmer und ließ die Tür halb offen. Sie drehte das Wasser auf, steckte die Haare hoch und wollte sich gerade über das Waschbecken beugen, als sie Abu in der Tür stehen sah.

»Tut mir wirklich leid, die Sache mit dem Mädchen«, sagte er, während er den Wäschekorb aufmachte und die Schmutzwäsche herausholte. »Du hast gesagt, sie war intelligent. Ich nehme an, sie hätte ein sehr schönes Leben vor sich gehabt.«

»Das glaube ich auch.« Katya wusch sich schnell die Hände.

»Wer, meinst du, hat sie entführt?«, fragte er.

»Keine Ahnung.«

»Keine Verdächtigen?«

»Noch nicht«, erwiderte sie. »Und es deutet einiges darauf hin, dass sie weggelaufen ist.«

»Du bist aber nicht dieser Meinung.«

Katya entgegnete nichts. Mit einem Stapel schmutziger Handtücher auf dem Arm lehnte Abu im Türrahmen. »Es muss mit ihrer Schwangerschaft zu tun haben. Aber ich frage mich: Wer wäre darüber am meisten entsetzt gewesen? Ihre Mutter? Ihr Vater? Ich glaube, Nouf selbst, meinst du nicht?«

Katya nickte. Die Frage rührte an eine lauernde Angst, die sie verspürte, seit sie wusste, dass Nouf schwanger war. Was, wenn die Schwangerschaft von einer Vergewaltigung herrührte? Und was, wenn die Entdeckung ihrer Schwangerschaft sie derart schockiert hatte, dass sie weggelaufen war? Katya hatte Nouf zwei Wochen vor ihrem Verschwinden zuletzt gesehen. Da war sie schon schwanger gewesen. Sie war nicht anders als sonst, aber vielleicht hatte sie ihre Verzweiflung nur verborgen.

Doch gab es an ihrem Körper keine Anzeichen für eine Vergewaltigung – keine Spuren von Abschürfungen oder Blutergüssen.

»Vielleicht hast du recht«, sagte Katya. »Nouf war bestimmt außer sich. Aber dass sie sich umbringen wollte, glaube ich nicht, und die Kratzer an ihrem Handgelenk bedeuten, dass sie, selbst wenn sie fortgelaufen ist, vorher mit jemandem gekämpft hat.«

»Du magst recht haben«, sagte Abu, »aber ich störe mich daran, wie diese Familie ihre Kinder erzieht. Das weißt du schon, also spare ich mir meine Worte, aber ich glaube, dass Nouf ein Opfer ihrer Erziehung geworden ist.«

»Wie meinst du das?«

»Ich glaube, sie wollte sich selbst bestrafen, mehr als es irgendjemand anderes wollte. Die Shrawis sind so extrem darauf bedacht, fromm zu wirken. Das müssen sie auch, davon leben sie schließlich. Sie nehmen von allen Geld im Namen Allahs, also müssen sie rechtschaffen sein und absolut unbescholten. Aber das erzeugt einen enormen Druck, vor allem für ein junges Mädchen mit einer rebellischen Veranlagung.«

Katya betrachtete die großen schwarzen Augen ihres Vaters. Er hatte recht: In gewisser Weise waren die Shrawis eine Hochdruckfamilie, aber sie war beeindruckt, wie richtig und klar er Nouf gerade eben beschrieben hatte. Dachte er das wirklich, fragte sie sich, dass Nouf ein ganz normales Mädchen mit einer »rebellischen Veranlagung« war? Das ließ sie geradezu sympathisch, ja sogar harmlos erscheinen. Dies sagte derselbe Mann, der sie in einer anderen Stimmung als eine ruchlose Göre oder als »schlechtes Beispiel für eine Frau« hätte bezeichnen können. Die Pensionierung schien ihn allmählich etwas weicher zu machen. Sie erinnerte sich, wie zornig er damals gewesen war, vor zwei Jahren, als er wochenlang damit beschäftigt war, eine Ehe für sie zu arrangieren, und dann von ihr zu hören bekam, dass sie den Mann gar nicht heiraten wollte. Einen ganzen Tag lang redete er nicht mit ihr, und dann brach seine Enttäuschung aus ihm hervor, eine vernichtende Tirade, in der er sie als »undankbares Geschöpf« bezeichnete und ihr prophezeite, sie würde als »nutzlose Frau« enden. Wie würde er sie wohl heute beschreiben?

»Vielleicht hast du recht«, sagte sie.

Eine Minute später, während sie sich das Gesicht abtrocknete, betrachtete sie ihren Vater, der traurig gebeugt in der Tür stand.

»Willst du uns nicht die Eier machen?«, fragte sie.

Er richtete sich grimmig auf, aber dann lächelt er. »Ich mach die Wäsche,« sagte er. »Du bist dran mit Kochen.«

In der Küche streifte sie ihren Verlobungsring ab und legte ihn behutsam auf das Fenstersims. Sie wusch das Geschirr ab, das Abu in der Spüle gelassen hatte, und überlegte, wie sie weiter mit ihm über Nouf reden konnte, ohne auf Othman zu sprechen zu kommen. Der Fall ließ sie allmählich nicht mehr los. Mit wem hatte Nouf gekämpft, bevor sie verschwand? War es dieselbe Person, die ihr den Schlag auf den Kopf versetzt hatte? Wieso hatten sie Dung auf ihrem Bein gefunden? Und Holzspäne in ihrer Kopfwunde? Da steckte eindeutig mehr dahinter, und Katya fühlte sich verpflichtet, die Tatsachen festzustellen, und wenn schon nicht, um einen Mord nachzuweisen, dann zumindest, um sich selbst zu überzeugen – und auch Othman –, dass es wirklich ein Unfall gewesen war.

Aber wie sehr sie sich auch anstrengte, bei jeglicher Mutmaßung über Nouf kam zwangsläufig auch Othman ins Spiel – und noch schlimmer, ihre Arbeit.

Einige Minuten später gesellte sich Abu zu ihr in die Küche. Er lehnte sich gegen die Anrichte und nahm ihr Getränk. »Hat's dir nicht geschmeckt?«

»Doch, es war lecker«, erwiderte sie. Sie merkte, dass sich seine Stimmung gebessert hatte, seit sie zur Tür hereingekommen war, er musste sich sehr einsam fühlen, wenn sie tagsüber außer Haus war. »Wie war dein Tag?«, fragte sie wieder.

Er zuckte die Achseln. »In Ordnung.« Er stellte sich neben sie an die Spüle. »Dieser Mitarbeiter von dir, belästigt der dich immer noch?« »Nein, alles in Ordnung«, sagte sie. Gemeint war Qasim, ein Labortechniker, der eines Tages ins Frauenlabor gekommen war und verlangt hatte, dass die Frauen Socken tragen sollten. Es gäbe zu viele nackte Knöchel für seinen Geschmack.

»Passiert das öfter, dass Männer einfach so bei euch hereinmarschieren?«, fragte Abu.

»Nein, nein, Abi. Überhaupt nicht. Mach dir keine Sorgen. Die Tür bekommt jetzt ein Schloss.«

»Also hast du nichts mit Männern zu tun?«

»Richtig.« Sogleich musste sie an Mamun und Nayir denken und bekam ein schlechtes Gewissen. Gut, sie war Männern begegnet, aber Mamun war ein brummiger alter Rechtsmediziner, und Nayir zählte irgendwie nicht. Er war ein Lakai der Shrawis, und wie Othman über ihn sprach, war er so etwas wie ein heiliger Beduinenführer. Alle paar Monate gingen er und Othman in die Wüste, um mit Mutter Natur Zwiesprache zu halten.

Sie warf einen Blick in den Kühlschrank – bis auf die Eier war er wirklich leer. Sie stellte eine Pfanne auf den Herd, entzündete das Gas und tat einen Spritzer Öl in die Pfanne. Schon bevor sie Nayir kennengelernt hatte, war sie durch Othmans Beschreibung neugierig geworden – rein und edel, eine romantische Beduinengestalt. Aber dann hatte er sich als ein wahrer Ayatollah erwiesen. Er konnte nicht mit ihr reden, ohne zu erröten, er weigerte sich, ihrem Blick zu begegnen, und dann wurde er sogar ohnmächtig, als er Noufs Leiche sah, als habe der Teufel persönlich ihm sein Antlitz offenbart. Nayir war einer von diesen Männern, die Frauen auf der Straße anhielten und ihnen vorwarfen, dass sie keine Handschuhe trugen oder ihr Gesicht noch hinter dem Neqab zu sehen war.

Nach der Begegnung mit Nayir hätte sie Othman umso mehr schätzen sollen, aber stattdessen waren ihr Zweifel gekommen. Kannte Othman seine Freunde wirklich so schlecht? Oder war Nayir in Othmans Gesellschaft ein anderer Mensch? Vielleicht war er wirklich ein spirituelles Vorbild, von dem sich Othman inspiriert fühlte. Auf gewisse Weise ärgerte sie sich darüber – sich nicht darum scheren zu müssen, ob die eigenen Freunde fromm und rechtschaffen waren, das war einer der vielen Vorteile des Mannseins.

Abu stand neben ihr, sie schwiegen, bis die Eier fertig waren. Geschickt ließ sie sie auf die Teller gleiten, stellte die Pfanne wieder auf den Herd und machte das Feuer aus. Abu deutete auf ihre Hände.

»Erinnert mich an deine Mutter«, sagte er. »Wie du mit der Pfanne hantierst.«

Ein plötzlicher Kloß im Hals hinderte sie daran, darauf zu antworten. Ihre Mutter war schon seit über zwei Jahren tot, aber Katya konnte immer noch nicht an sie denken, ohne von einer tiefen Trauer ergriffen zu werden. Wenn sie sich in diesen Tagen gestattete, in Gedanken bei ihrer Mutter zu verweilen, dann war sie bekümmert, dass sie bei ihrer Hochzeit nicht anwesend sein würde. Ihre Mutter hatte keine weiteren Kinder bekommen können und sich Enkelkinder gewünscht, so viele wie möglich. Sie glaubte daran, dass die Ehe das höchste Ziel einer Frau sein sollte, und Katyas Weigerung zu heiraten hatte sie zutiefst enttäuscht.

Sie sprachen nicht viel beim Essen, und als sie fertig waren, setzten sie sich in den Hof, der auf die Straße ging. Abu warf ihr einen leicht strafenden Blick zu, weil sie keinen Neqab trug, aber sie murmelte, sie sei zu müde, um noch mal ins Haus zu gehen.

Die Menschen, die tagsüber die Straße bevölkerten, waren verschwunden, die Karren der Sukhändler standen zusammengeklappt, und jetzt schlenderten die Bewohner des Viertels vorbei, manche winkten oder riefen Abu einen Gruß zu, andere mieden ihn aus Angst, Katya unverschleiert zu sehen. Sie zählte sie – die Männer, die einen Freund nicht grüßen wollten, weil sie dabei war, weil ein Blick auf ihr Gesicht so gefährlich gewesen wäre wie ein ungeschützter Blick in die Sonne. Sie kam auf insgesamt vier. Dann reichte es ihr, und sie ging hinein.

Sie zog sich in ihr Zimmer zurück und beschloss, Othman anzurufen. Sie wollte ihm erzählen, dass das Blut auf Noufs Handgelenk und die Hautpartikel unter ihren Fingernägeln nicht von ihr selbst stammten. Katya hatte es immer wieder verschoben, weil sie nicht wusste, wie sie es ihm beibringen sollte, dass Nouf sich gegen jemanden gewehrt hatte. Sie hatte ihm schon vom Tod und von der Schwangerschaft erzählen müssen. Sie wollte nicht, dass er sie ständig mit Schreckensnachrichten in Verbindung brachte. Neuerdings verstummte er jedes Mal, wenn sie Noufs Namen erwähnte. Sie wusste, wie sehr der Tod seiner Schwester ihn getroffen hatte und dass Othman seine Gefühle nur zögerlich zum Ausdruck bringen konnte, aber seine Wortkargheit bei diesem Thema irritierte sie. Sie vermutete, dass die ganze Sache ihm viel mehr zusetzte, als er je zugeben würde.

Er klang müde, als er antwortete, aber er entschuldigte sich und schob es auf anstrengende Besprechungen, die er den ganzen Tag lang gehabt habe. »Ich will dich sehen«, sagte er. »Hast du irgendwann diese Woche Zeit?«

Sie willigte erleichtert ein. Bei der Beerdigung hatten sie kurz miteinander gesprochen, aber sie hatten sich seitdem noch nicht wieder treffen können. Davor hatte er zwölf Tage in der Wüste verbracht, auf der Suche nach Nouf. In der Zeit war sie zu einem Zombie geworden; jede Nacht hatte sie aus Sorge um ihn wach gelegen.

Es dauerte eine Weile, bis sie den Mut gefasst hatte, ihm von dem Blut an Noufs Handgelenk und den Hautpartikeln zu erzählen. Er verstummte, wie sie erwartet hatte, und plötzlich hatte sie ein schlechtes Gewissen. *Damit hätte ich auch bis morgen warten können,* dachte sie. Nach einem langen Schweigen hörte sie ihn seufzen.

»Verzeihung«, sagte er. »Ich denke den ganzen Tag daran. Ich rechne es dir wirklich hoch an, dass du uns so sehr hilfst.«

»Keine Ursache.«

»Ich rechne es dir trotzdem hoch an.«

»Hast du eine Idee, mit wem sie gekämpft haben könnte?«

»Nein«, erwiderte er, »nicht die geringste.«

»Nur noch eines«, sagte sie, und dann lasse ich dich für heute Abend damit in Ruhe. Ich hätte gerne eine DNS-Probe von ihrem Begleiter. Könntest du vielleicht mit ihm reden?«

»Wieso brauchst du denn die DNS?«

»Ich glaube, wenn jemand sie entführt hat, dann er. Ich möchte gerne seine DNS mit dem Blut an ihren Handgelenken vergleichen.«

»Gute Idee«, sagte Othman. »Aber er mag mich nicht, weißt du. Es wäre vielleicht besser, wenn du mit Nayir sprechen würdest. Er will sich mit Mohammed unterhalten. Vielleicht hat er das schon getan. Ich geb dir mal seine Nummer.«

Katya wollte protestieren, aber sie notierte sich widerstrebend die Telefonnummer. Sie wollte Nayir nicht anrufen. Das war bestimmt so einer, der sich weigerte, mit einer Frau am Telefon zu sprechen. »Ich rufe ihn an«, sagte sie, »wenn du meinst, dass das in Ordnung ist.«

»Natürlich ist das in Ordnung. Er ist ein bisschen konservativ, aber wenn du ihm erläuterst, was du brauchst, dann wird er dir gerne helfen.«

Sie war überzeugt, dass er es nicht tun würde, aber sie würde es auf einen Versuch ankommen lassen.

»Wenn er nicht an sein Handy geht«, sagte Othman zögernd, »dann müsstest du ihn auf seinem Boot aufsuchen. Oder deinen Fahrer schicken.«

»Oh, das könnte ich nicht.«

»Glaub mir, das ist kein Problem. Ich vertraue dir.«

Es freute sie, dass Othman Vertrauen in ihren Anstand hatte, aber das war nicht das Problem. »Nayir wird erschrecken, wenn ich bei seinem Boot auftauche«, sagte sie. Er würde ihr Verhalten sehr unschicklich finden.

»Ich weiß, dass sich so etwas nicht gehört«, meinte Othman, »aber manchmal hat er sein Handy tagelang ausgeschaltet. Das kann sehr frustrierend sein, wenn man dringend mit ihm reden will.«

Katya sagte nichts.

»Geh einfach mit deinem Begleiter hin«, sagte Othman, »und trag auf jeden Fall deinen Neqab. Dann dürfte alles in Ordnung sein. Nayir ist wirklich ein Beduine im Umgang mit Frauen, aber er ist ein guter Mann. Er wird Verständnis haben.«

Sie wollte ihm erklären, wie schrecklich es für sie wäre, zu Nayirs Boot gehen zu müssen – sie fand es immer entwürdigend, wenn Männer sie ignorierten, wenn sie sich weigerten, ihrem Blick zu begegnen, und wenn sie so taten, als wäre sie eine Prostituierte, nur weil sie mal den Mund aufmachte –, doch Othman hielt so große Stücke auf Nayir, dass sie nicht schlecht über ihn reden wollte. »Ich rufe ihn an«, versicherte sie ihrem Verlobten.

ℬ𝒪

In jener Nacht träumte sie, sie würde Kekse backen, warme, köstliche Zuckerkekse, genau wie ihre Mutter sie immer gemacht hatte. Aber als sie zu essen begann, erschien ihre Mutter in der Küchentür und ermahnte sie, sich zurückzuhalten. Männer mögen keine dicken Frauen, sagte sie. Erst wenn sie ein paar Kinder bekommen haben, dürfen sie zunehmen, sonst denken die Männer, sie seien unbeherrscht. So ein rülpsendes Frauenzimmer, denken sie, wird sogar das Essen für die Kinder aufessen, und die sind dann dünn und mager und zurückgeblieben und eine Schande für ihren Vater. Was wäre sie dann für eine Mutter?

Im Traum musste sie weinen.

# ꕤ 13 ꕤ

Nachdem er den ganzen Vormittag lang ergebnislos nach Eric Scarsberry gesucht hatte, kehrte Nayir zum Jachthafen zurück. Er hatte drei Wohnanlagen aufgesucht, wo Amerikaner lebten, hatte aber nichts herausgefunden. Während er von einer Anlage zur nächsten fuhr, musste er immer wieder an Nouf denken, an das Gerücht, sie hätte einen amerikanischen Geliebten gehabt, und wie seine Männer die Geschichte ausgeschmückt hatten. Eines Abends beim Lagerfeuer hatten sie darüber fabuliert, was ein Mann wohl würde sagen müssen, um ein Mädchen wie Nouf zu verführen. »In Amerika kannst du einkaufen gehen, wann du willst«, und: »In Amerika kannst du dein eigenes Auto haben!« Am meisten in Erinnerung geblieben war ihm: »In Amerika kann sich ein Mann keine zweite Frau nehmen.«

Bei der Erwähnung einer zweiten Frau wurde er immer hellhörig. Er verstand, dass es etwas Erstrebenswertes war, die einzige Frau zu sein, und das wäre durchaus ein nachvollziehbarer Grund für Nouf, eine Saudi-Ehe abzulehnen. Auch er selbst lehnte die Vielehe ab. Nach dem Koran waren vier Ehefrauen erlaubt, aber nur unter der Voraussetzung, dass jede genau gleich behandelt wurde, was für Nayir nur eine andere Art war, die Polygamie zu verbieten, denn welcher Mann war schon in der Lage, vier Frauen völlig gleich zu behandeln? Ihnen jeden Tag die gleiche Aufmerksamkeit zu schenken, die gleiche Menge Geld, die gleiche Anzahl Kinder? Gleich viele Küsse? Gleich viel Sex? Ein Mann mit derartigem Stehvermögen hatte sonst nichts weiter zu tun. Wann fände er die Zeit zum Arbeiten? Zum Kindererziehen? Zum Beten? Es war bizarr, und doch sah er überall solche Familien, solche Ehemänner, die mit vier Frauen und zwanzig Kindern jonglierten. Er sah sie an der Corniche picknicken, mit ihren Kindern, die wie kleine Räuberbanden herumschwirrten, mit ihren Frauen, die sich kabbelten, während sie riesige Teppiche ausrollten und aufwändige Freiluftküchen aufstellten, mit Campingkochern und Dutzenden von Kühltaschen. Er saß oft auf einer Bank und beobachtete sie, betrachtete die Ehefrauen aus der Ferne, alle in Gewänder gehüllt und verschleiert, und versuchte festzustellen, ob der Ehemann sie auch wirklich alle gleich behandelte. In den meisten Fällen saß der Mann auf einem separaten Teppich mit anderen Männern, abseits vom Rummel. Wenn die Kinder sich ihm näherten, dann ängstlich. Die Frauen näherten sich nie, nur wenn sie Essen brachten. Wenigstens in einem waren sie alle gleich, dachte Nayir, sie wurden alle ignoriert.

Aber egal, wie oft er solchen Familien begegnete, egal, wie alltäglich der Anblick war, es wurmte ihn jedes Mal aufs Neue. Er fand es ungerecht, dass manche Männer vier Frauen haben konnten und andere keine.

Erschöpft von der Mittagshitze bog er mit seinem Jeep auf den Parkplatz des Jachthafens ein. Normalerweise parkte er im Schatten, auch wenn es nur ein einziger, wandernder Streifen war, der von einer alten Bruchbude geworfen wurde. Weil er schon länger als irgendjemand sonst am Jachthafen wohnte, ließen ihm seine Nachbarn den Platz immer frei. Gut, der Schatten währte nur eine Stunde lang, und sein Jeep war die älteste Schrottkarre auf dem Parkplatz, aber das gutnachbarliche Verhalten freute ihn. Doch heute hatte ein anderes Auto diesen begehrten Platz gestohlen. Es war ein schwarzer Toyota mit neuem Kennzeichen und einem Koran auf dem Armaturenbrett.

Er blieb einen Moment stehen und wunderte sich über das Auto. Vielleicht hatte er einen neuen Nachbarn. Vielleicht war es aber auch ein Geschäftsmann oder ein Wochenendsegler.

Das alte Holz knarrte unter seinem Gewicht, als er den wackligen Landesteg entlangging, und die schaukelnden Boote passten sich seinem Rhythmus an. Er suchte mit dem Blick die Reihen nach dem Boot des neuen Nachbarn ab, entdeckte aber stattdessen eine Frau an seinem Landeplatz. Er konnte nicht feststellen, wer es war; sie trug ein schwarzes Gewand und ein Kopftuch mit einem Neqab. Nur ihre Augen waren zu sehen.

Als sie Nayir bemerkte, machte sie einen geraden Rücken, und er wusste sofort, dass es Fräulein Hijazi war. Er kannte keine anderen Frauen. Was wollte sie hier? Er wäre beinahe über einen Haufen Seile gestolpert. Als er näher kam, erkannte er auch ihre Augen und die Form ihrer Schultern. Sie wartete, dass er sie ansprach.

»Fräulein Hijazi«, sagte er.

»Herr Sharqi«, erwiderte sie und streckte ihm demonstrativ nicht die Hand entgegen. Sie starrte auf Nayirs Mantel, ließ ihren Blick zweimal an ihm hinauf- und hinunterwandern, sagte aber nichts.

»*Ahlan wa'sahlan*«, begrüßte er sie, unsicher, was er tun sollte. Wenn die Nachbarn sie sahen, würde es Gerüchte geben – wer weiß, vielleicht rief irgendjemand sogar die religiöse Polizei –, aber er konnte sie nirgends verstecken; es gab kein Versteck, und sie auf das Boot zu bitten, war undenkbar. Dann könnte er sie auch gleich in sein Bett bitten. Allein schon neben ihr zu stehen bereitete ihm Gewissensbisse.

»Wo ist Othman?«, fragte er mit einem Blick zu Majids Boot.

»In einer Besprechung.«

»Weiß er, dass Sie hier sind?«

»Ja, er hat mir die Adresse gegeben.«

»Tatsächlich?«

Es tut mir leid«, sagte sie, »ich habe versucht, Sie anzurufen, aber Ihr Handy war aus.«

Er holte das Telefon aus der Tasche. Es war abgeschaltet. »Haben Sie keinen Begleiter?«

»Ich habe einen Fahrer.« Ihre Stimme verriet leichte Verärgerung.

»Wo ist er?«

»Vertritt sich die Beine.«

Er entgegnete nichts. Sie senkte den Blick. »Ich bin hier nicht aus Gründen, die es anzuzweifeln gilt, Herr Sharqi. Mein Begleiter kennt mich seit meiner Kindheit. Er vertraut mir.«

Er hörte einen Schlag in einem Boot. Das reichte ihm, um zur Tat zu schreiten. »Kommen Sie«, sagte er und dirigierte sie den Landesteg entlang. »Mein Boot ist da drüben.«

Aus vierzig Meter Entfernung sah die *Fatima* prachtvoll aus. Es war eine Catalina-Jacht, dreißig Meter lang, mit einem leuchtend roten Hauptsegel und einem marineblauen Klüversegel, die beide fest um ihre Masten gerollt waren. Als sie näher kamen, wurde Nayir peinlich bewusst, wie schmutzig der Hafen war. Auf dem Wasser schwammen abgerissene Zeitschriftenseiten und anderer Müll herum. Er geleitete Fräulein Hijazi die Seitenrampe hinunter, sprang aufs obere Deck und bot ihr seine Hand an, aber sie ignorierte ihn und stieg graziös aufs Boot.

»*Tfaddalu*«, sagte er, zum Eingang der Kabine deutend. Auf das Boot springen war eine Sache, die wacklige Treppe hinunterklettern eine ganz andere. Er stieg hinunter und drehte sich um, um Fräulein Hijazi zu helfen, aber er wollte sie nicht berühren oder den Eindruck erwecken, er wollte ihr unters Gewand gucken, und so wandte er sich ab.

Sie stieg anmutig die Treppe hinab.

»Setzen Sie sich«, sagte er und wies auf das kleine Sofa gegenüber. Er sammelte schnell einen Haufen Navigationskarten ein, die dort herumlagen, und warf sie ins Schlafzimmer, aber als er wiederkam, entdeckte er zu seinem Entsetzen auf dem Sofa etwas, das wie ein trockenes Stück Kot aussah. Es dauerte einen Moment, bis er erkannte, dass es eine alte Zigarre war, die zweifellos sein guter Freund Azim dort zurückgelassen hatte. Er stopfte sie schnell in die Tasche.

»*Tfaddalu.* Nehmen Sie Platz.« Er zeigte erneut auf das Sofa. Keine anständige Frau würde ihn derart überfallen. Wer weiß, was passieren würde, wenn die Nachbarn sie gesehen hatten? *Ya'allah,* dafür konnten sie verhaftet werden. Sie ließ sich behutsam auf das Sofa nieder. Es sah aus, als hielte sie den Atem an.

»Stimmt irgendwas nicht?«, fragte er.

Sie schwieg.

Er fühlte sich verantwortlich für ihr Unbehagen, war aber auch froh darüber – es bedeutete, dass sie zumindest begriff, dass sie ungelegen kam und ihre Anwesenheit unziemlich war. Er besann sich seiner Manieren und bot ihr von der Kochnische aus Kaffee, Gebäck und Datteln an, was sie alles höflich ablehnte. Er machte trotzdem Kaffee und probierte gleich auch noch eine seiner Datteln. Sie war ungenießbar zäh. Er spuckte sie diskret in die Spüle und schmiss den Rest in den Müll.

Er brachte den Kaffee zum Tisch, schenkte ihr eine Tasse ein und ging wieder in die Küche, sodass er aus sicherer Distanz mit ihr reden konnte. »Sie haben mir nicht erzählt, dass Sie die Familie kennen«, sagte er.

»Ich wollte nicht, dass der Pathologe erfährt, dass ich mit den Shrawis bekannt bin«, entgegnete sie. »Er hat nur nach einem Vorwand gesucht, mich von dem Fall abzuziehen.«

Nayir kam sich dämlich vor, dass er nicht selber daran gedacht hatte.

»Ich bin hier rein dienstlich, Herr Sharqi. Ich hoffe, das ist Ihnen klar.«

Obwohl sie die Bemerkung in schicklichem Ton ausgesprochen hatte, musste er doch kurz überlegen, warum Fräulein Hijazi sonst noch hätte kommen können. Es war, in gewisser Weise, ein Vorwurf: *Du hast schmutzige Gedanken.* Kurz wallte Empörung in ihm auf.

»Ich habe die Proben schon analysiert«, sagte er.

»Welche Proben?«

»Der Privatdetektiv hat mir eine Erdprobe von ihrer Kopfwunde überlassen. Es sieht so aus, als hätte sie den Schlag nicht in der Wüste bekommen. Der Sand aus ihrer Wunde hatte eine dunkle rotgelbe Farbe und war mit Lehm vermischt. Es gab keine Übereinstimmung mit dem Sand im Wadi.«

»Gut.« Sie nickte. »Ich habe noch keine Zeit gehabt, diese Proben zu analysieren.« Sie wirkte nervös, zupfte mit den Fingern am Saum ihres Ärmels. »Othman hat mir gesagt, dass Sie von ihrer Schwangerschaft wissen.«

Er nickte, aber da sie ihn nicht ansah, musste er »ja« sagen.

»Ich hatte gehofft, Sie könnten mir helfen, einige DNS-Proben zu bekommen«, sagte sie. »Um festzustellen, wer der Vater des Kindes ist.« Sie hielt den Blick auf den Boden gerichtet und er den seinen auf den Herd. »Ich brauche sie von allen«, fuhr sie fort. »Ich brauche Proben von ihrem Verlobten, ihren Cousins, ihrem Begleiter, von jedem Mann, der im Haus gewesen ist. Ich würde sie gerne mit einigen Hautzellen und Blutspuren vergleichen, die ich unter ihren Fingernägeln und an den Handgelenken gefunden habe. Derjenige, der das Kind gezeugt hat, hatte wahrscheinlich das stärkste Motiv, sie zu entführen.«

»Können Sie die DNS der Brüder nicht selbst besorgen?«

Sie wirkte überrascht, und plötzlich begriff er, was seine Frage beinhaltete. Er spürte, wie Schamesröte sein Gesicht überflutete.

Fräulein Hijazi war sichtlich verunsichert und saß eine ganze

Minute lang in angespanntem Schweigen da. Schließlich atmete sie aus. »Was machen Sie heute?«

Er sah sich um. »Wie meinen Sie das?«

»Haben Sie für heute Nachmittag schon etwas vor?«

»Ja, ich habe zu tun. Und Sie? Ich dachte, Sie arbeiten.«

»Ich habe mir den Nachmittag freigenommen«, erwiderte sie. »Haben Sie schon mit dem Begleiter gesprochen?«

*Erzählt Othman ihr eigentlich alles?*, fragte er sich.

»Herr Sharqi.« Sie richtete sich auf. »Mir ist klar, dass ich Sie in Verlegenheit bringe –«

»Nein, überhaupt nicht«, log er.

»Doch, aber ich tue es für Nouf. Hier geht es nicht um Sie oder mich. Hier geht es um eine Frau, die gestorben ist und die jemanden braucht, der die Wahrheit herausfindet. Sie sind der Einzige, dem Othman vertraut, der Einzige, auf den er zählen kann.«

Nayir verschränkte die Arme und schwieg, aber die Vorstellung, dass Othman ihm vertraute, stimmte ihn etwas versöhnlich.

»Ich frage Sie nur, weil ich gehofft hatte, Sie könnten mir mehr über diesen Begleiter erzählen. Er scheint mir der Hauptverdächtige zu sein.«

»Das glaube ich nicht.« Er gab ihr eine knappe Zusammenfassung von dem, was Mohammed ihm über Eric Scarsberry erzählt hatte. »Ich war heute Vormittag unterwegs und habe Erics Wohnung gesucht. Sie wird irgendwo in einer amerikanischen Wohnanlage sein. Ich weiß von mehreren hier in der Gegend. Drei habe ich schon überprüft, aber ich habe noch nicht die richtige gefunden.«

Sie schwieg für einen Moment. »Ich möchte Sie gern begleiten«, sagte sie schließlich und stand auf.

»Nein, nein, nein. Das schaffe ich schon alleine. Lassen Sie ruhig, gehen Sie mal –«

»Sie brauchen mich nicht zu fahren«, sagte sie. »Ich habe meinen eigenen Fahrer, falls Sie mir lieber folgen wollen.«

Er zögerte. Ein Teil von ihm rebellierte dagegen, die Verlobte seines Freundes zu begleiten – und dann auch noch zu einer amerikanischen Wohnanlage! –, aber er wusste, dass sie recht hatte: Sie taten dies für Nouf, und letztendlich war es das, was Othman wollte. Trotzdem, es gab keinen triftigen Grund, warum sie unbedingt mitkommen musste, es sei denn, dass sie stur war oder Othman beeindrucken wollte. Der großzügigere Teil von ihm vermutete, dass sie sich wirklich um der Sache willen in diesen Fall hineinkniete. Es war für sie riskant, die Spur der Beweismittel in einem Fall weiterzuverfolgen, der bereits als Unfalltod deklariert worden war. Sie handelte wahrscheinlich gegen die Anweisung ihrer Chefin, setzte vielleicht sogar ihre Position aufs Spiel. Widerstrebend musste er zugeben, dass er bewunderte, mit welcher Hartnäckigkeit und Zielstrebigkeit sie nach der Wahrheit suchte.

»Na gut«, sagte er. »Da Sie Ihren eigenen Wagen haben.«

# ☙ 14 ❧

Während er Fräulein Hijazis Toyota folgte, fragte Nayir sich, aus was für einer Familie sie wohl kam, die ihr erlaubte, in einem Umfeld zu arbeiten, in dem auch Männer tätig waren. Sie mussten westlich angehaucht sein. Er konnte sich ihren Vater gut vorstellen, in einem Geschäftsanzug, fließend Englisch sprechend. Und ihre Mutter war vielleicht eine jener Frauen, die Briefe an den König und die Minister schrieben und sich über die frauenfeindlichen Gesetze beschwerten. (Warum dürfen wir nicht Auto fahren? Warum dürfen wie nicht ohne Erlaubnis unserer Männer nach Mekka gehen?) Aber es fiel ihm schwer, sich vorzustellen, dass die Shrawis Umgang mit einer derart verwestlichten Familie pflegten. Noch unbegreiflicher war es ihm, dass Fräulein Hijazi in die Familie hineinheiratete. Wie konnte Othman es dulden, dass sie arbeiten ging, nicht nur, weil das Umgang mit Männern bedeutete, sondern weil damit auch ihre ärmlichen Verhältnisse offengelegt wurden. Darüber war die Familie vielleicht nicht besonders glücklich.

Sie erreichten das Tor der amerikanischen Wohnanlage. Linker Hand stand auf einem neonblauen Schild »Club Jed« in verschnörkelter, dem Arabischen nachempfundener Schrift. Ein Sicherheitsbeamter ging auf den Toyota zu und sprach einige Minuten lang mit dem Fahrer. Schließlich winkte er sie durch und gab auch Nayir ein Zeichen, dass er durchfahren könne.

Innerhalb der Anlage veränderte sich die Umgebung. Die meisten Häuser waren im saudischen Stil gebaut, helle Stuckgebäude mit verzierten Fensterläden und flachen Dächern, doch die Vorgärten waren seltsam amerikanisch, zeigten sich in einer ungewöhnlichen Blütenpracht, wie er sie noch nicht gesehen hatte. Hier lebten Amerikaner wie auch andere Angehörige westlicher Firmen, die sich für zwei oder drei Jahre verpflichtet hatten, in Saudi-Arabien zu arbeiten. Die meisten kamen, weil die Arbeit gut bezahlt und das Einkommen steuerfrei war; einige Firmen bezahlten ihren Mitarbeitern sogar ein- oder zweimal im Jahr den Flug nach Amerika. Es herrschte großer Bedarf an ausländischen Arbeitskräften – es gab eine Menge Saudis, die reich genug waren, um nicht selber arbeiten zu müssen, und die sowieso dachten, dass Arbeit unter ihrer Würde sei –, doch obwohl es notwendig war, Amerikaner zu beschäftigen, nahm er es ihnen übel, dass sie hierherkamen und ihre eigene kleine Welt errichteten, ihre eigenen privaten Bezirke, in denen sie so lebten, als wären sie noch in Amerika.

Nayir fuhr die Schachbrettstraßen entlang und folgte Fräulein Hijazis Wagen zu einem Parkplatz, auf dem Pick-ups und Geländewagen dicht bei dicht standen. Sie stiegen aus ihren Autos. Rechts war ein Gehweg, der einen kleinen Hang hinaufführte.

»Dem Sicherheitsbeamten zufolge ist das ein Klub«, sagte sie und deutete auf ein Gebäude oben auf dem Hügel. Das Gebäude sah zwar gedrungen und schmuddelig aus, aber es hatte eine Marmorbalustrade, die ihm etwas Vornehmes gab. »Wir können uns hier nach Eric erkundigen.«

»Ist das ein Frauenklub?«, fragte er.

»Ein Klub für alle. Eine Bar.«

»Eine Bar?« Selbst innerhalb der Wohnanlagen war Alkohol verboten.

»Natürlich ohne Alkohol«, versicherte sie ihm. »Kommen Sie, schauen wir mal rein. Vielleicht finden wir ihn dort, oder wenigstens jemanden, der ihn kennt.«

»Kommt Ihr Begleiter nicht mit?«, fragte Nayir.

Sie zögerte. »Dazu besteht keine Notwendigkeit. Nicht solange Sie bei mir sind«, sagte sie, obwohl in ihrer Stimme etwas mitklang wie: *Es sei denn, ich habe mich in Ihnen geirrt.*

Der Klub war leer bis auf ein paar müde wirkende Gäste, die verstreut herumsaßen. Trübe Deckenlampen warfen ein glasiges Licht auf die Tische. Durch die Stille und die eigentümliche Art, wie die Beleuchtung die Körper der Gäste in Hell und Dunkel zweiteilte, wirkte der Raum bedrückend, man kam sich vor wie im Ersatzteillager eines Wachsfigurenkabinetts. In der Luft lag ein schaler Geruch. Sie kamen an einem Tisch vorbei, an dem drei Frauen saßen und sich unterhielten. Eine Frau lächelte ihm zu, aber er sah weg.

Fräulein Hijazi wirkte verhalten, vielleicht etwas nervös. Mit einer beiläufigen Bewegung entfernte sie ihren Neqab. Nayir bemühte sich, ihr Gesicht nicht anzusehen, aber es gelang ihm nicht: Es leuchtete wie der Mond. Er sah, dass sie hübsch war, auf eine ganz eigene Art – die Nase war etwas lang, ihre Lippen ein wenig schief. Wenn sie nur einen Funken Schicklichkeit in sich hatte, dann würde sie ihren Schleier vor all diesen Fremden wieder herunterlassen, aber ihm fiel auf, dass niemand sie anstarrte.

An der Bar war keiner, also gingen sie durch eine gläserne Schiebetür hinaus in einen Patio. Dort standen einige eiserne Cafétische herum. Es gab hier auch einen schmalen Rasenstreifen, unidentifizierbare Grünpflanzen und – welch unerhörter Luxus – ein Schwimmbecken. Das Wasser reflektierte ein kühles Aqua-Licht, die Luft stank nach Chlor.

Neben dem Becken lagen zwei Frauen und sonnten sich. Nayir konnte sie kaum übersehen, und so kniff er die Augen zusammen und hob eine Hand an die Augen, als würde ihn die Sonne blenden. In der Ecke saß ein braun gebrannter, runzliger Mann in einem Liegestuhl. Er schlürfte Eiswasser und las die Zeitung, die er vor sich auf dem Tisch liegen hatte.

Nayir folgte seinem Instinkt, ging auf den Mann zu und fragte ihn nach Eric Scarsberry.

»Sie meinen Scarberry«, sagte der Mann. »Ja, ich kenne ihn. Er wohnt hier.«

»Wissen Sie seine Adresse?«, fragte Nayir. »Wir untersuchen eine Straftat und möchten ihm gerne ein paar Fragen stellen.«

»Sicher. Er wohnt am Peachtree.« Der Mann nannte ihnen die Hausnummer und wies ihnen den Weg. »Ich hab ihn seit einiger Zeit nicht mehr gesehen. Ist er in Schwierigkeiten?«

»Nein, aber er kann uns vielleicht helfen.« Nayir sah, dass Fräulein Hijazi an der Tür stehen geblieben war. Ihr Neqab war wieder vor ihrem Gesicht.

Nayir dankte dem Mann und entschuldigte sich. Er ging zu Fräulein Hijazi zurück. »Ich hab die Adresse«, sagte er. »Sie können hier warten, wenn Sie wollen.«

Ohne darauf zu antworten, folgte sie ihm, als er um das Becken herumging und einen sehr grünen Rasen überquerte. Das Gras fühlte sich wie Gummi an. Sie kamen zu einem weißen Zaun, gingen mit eingezogenem Kopf unter einer Laube hindurch und traten auf den Bürgersteig einer ruhigen Wohnstraße.

»Der Mann hat gesagt, es ginge hier lang«, sagte Nayir, nach links zeigend. Sie bogen in eine Seitenstraße ein. Nayir wischte sich den Schweiß aus dem Nacken. Fräulein Hijazi wirkte jetzt ruhiger, schlenderte entspannt neben ihm her, scheinbar gänzlich unbekümmert, dass sie mit Nayir alleine war. Vielleicht kam das von der amerikanischen Atmosphäre um sie herum, dass sie so locker wirkte. Er jedoch war immer noch angespannt.

»Eins habe ich mich gefragt«, sagte sie. »Wie kommt es, dass Sie Nouf nie mit in die Wüste genommen haben?«

»Ihr Vater war dagegen. Er dachte, es wäre zu gefährlich.«

»Wäre es zu gefährlich gewesen?«

Ein Luftzug wehte ihm ihren Geruch in die Nase. Sie roch warm und sauber, und als ihr Duft durch ihn hindurchströmte, begann es in seinem ganzen Körper zu kribbeln. Sie hatte es wohl auch gemerkt, denn er spürte ihre plötzliche Verlegenheit; sie zog sich auf einmal zurück und wusste nicht, wohin mit den Händen.

»Bei mir wäre sie sicher gewesen«, sagte er. Er schaute sich um. Das war keine Saudi-Straße, hier gab es keine religiöse Polizei, niemanden, der sie anhalten und einen Ehenachweis verlangen konnte, und doch spürte er die Haut in seinem Nacken prickeln.

Sie fanden das Straßenschild und bogen links in einen Gebäudekomplex ein, der strahlend weiß leuchtete. Es war hier sehr still, und das Klacken ihrer Schritte auf dem Bürgersteig veranlasste sie, auf das Gras überzuwechseln.

Apartment 229-B verbarg sich hinter einer hohen Steinmauer. Hennaranken drückten sich in die Risse, und eine einsame Eidechse klammerte sich an die Mauer, ihr Leib starr wie Stein. Sie duckten sich durch eine weitere Laube hindurch. Es war ein Doppelhaus, und auf beiden Seiten war es ruhig. Das Apartment rechts hatte einen kleinen Hinterhof, auf dem ein merkwürdiges Sammelsurium von Dingen verstreut lag: ein Baseball, ein Plastik-Schwimmbecken, ein zerschlagener Teller. Sie näherten sich dem Apartment auf der linken Seite. Durch eine gläserne Schiebetür sahen sie einen leeren Raum. Nayir klopfte, aber es tat sich nichts, er drückte gegen die Tür, und sie öffnete sich.

Sie traten ein. In einer Ecke standen ein brauner Lehnstuhl und ein 12-Zoll-Fernseher auf einem Kasten.

»Hier stinkt's«, bemerkte er. »Was ist das für ein Geruch?«

»Ein Tier.« Sie schnüffelte. »Vielleicht ein Haustier?«

Schweigend wanderten sie von einem Zimmer zum andern. Es gab wenig zu sehen. Das einzige Zimmer, das bewohnt aussah, war das Schlafzimmer. Herumliegende Wäsche; zerknitterte Laken; oben auf einem Kleiderschrank ein Haufen leerer Wasserflaschen. Es hingen keine Bilder an den Wänden.

»Ich muss sagen«, flüsterte Fräulein Hijazi, »Hinweise auf eine Frau im Haus sehe ich hier nicht.«

Sie gingen weiter zum Arbeitszimmer, wo ein flüchtiger Blick auf den Schreibtisch ergab, dass die Unterlagen Eric Scarberry gehörten. Eine Lohnbescheinigung, ein Versicherungsformular. Keine Bücher, kein Computer, kein Hinweis, dass er hier mehr als ein paar Nachmittagsstunden verbracht hatte, um seine Rechnungen zu bezahlen.

»Glauben Sie, es ist schon jemand vor uns hier gewesen?«, fragte sie.

»Nein. Wahrscheinlich hat er den Saustall hier selber angerichtet.«

Sie zogen weiter zur Küche, wo hauptsächlich Picknickteller und Plastikbesteck herumlagen. Der Mülleimer war leer, und im Kühlschrank, in den sie kurz hineinspähten, fanden sie einen Teller mit verschimmeltem Käse und eine Packung Milch, die seit einem Monat abgelaufen war. Fräulein Hijazi ging ins Wohnzimmer.

Bei einem letzten Blick auf die Küche bemerkte Nayir ein Buch, das zwischen Kühlschrank und Schrank klemmte. Er zog es heraus. *1001 Rezepte aus Arabien,* herausgegeben von den American Ladies of Jeddah. Beim Durchblättern bemerkte er ein paar Fettflecke. Irgendjemand hatte es benutzt, aber nach dem Staub zu urteilen, war das schon ein Sultansalter her.

»Ich hab gefunden, wo der Geruch herkommt«, rief Fräulein Hijazi.

Er ging ins Wohnzimmer. Sie hockte vor einem Vogelkäfig, der auf dem Couchtisch stand. Der Vogel war verendet. Nach der Größe zu urteilen war es ein Papagei. Die Wasserschale war leer.

Nayir inspizierte die Futterschale und stellte fest, dass alle Körner aufgefressen waren, nur ihre Hülsen waren übrig geblieben.

»Sieht so aus, als wäre der schon länger tot«, sagte er. »Merkwürdig, dass ein so schlampiger Typ sich einen Vogel hält.«

»Das ist der letzte Schrei bei den Amerikanern. Die Vögel sollen vor einem chemischen Angriff warnen. Sie sterben zuerst.«

Er blickte sich um. »Haben Sie irgendwo eine Gasmaske gesehen?«

Sie runzelte die Stirn.

Er zwängte seine Hand durch die Käfigtür und zog einen Teil der Zeitung heraus, mit der der Käfigboden ausgelegt war. Er schüttelte den Kot weg und drehte die Seite um. Es war die Titelseite der *Arab News,* und das Datum lag einen ganzen Monat vor Noufs Verschwinden.

Er legte die Zeitung weg. »Eric muss schon abgehauen sein, bevor sie verschwand.«

Sie warf einen Blick auf die Zeitung. »Na ja, vielleicht war er danach noch einmal hier und hat bloß vergessen, die Zeitung auszuwechseln. Ihm scheint nicht viel an seiner Wohnung zu liegen.«

Fräulein Hijazi schob den Papagei auf die Zeitung und trug ihn ins Badezimmer. Nayir starrte auf den Käfig und fragte sich, ob Eric das gleiche Schicksal wie sein Vogel erlitten hatte. Wie dem auch sei, sie mussten ihn irgendwie aufspüren.

# ✧ 15 ✧

Ihr Fahrer wartete auf sie, als sie zum Parkplatz zurückkehrten. Nayir hatte gedacht, er wäre verärgert oder gelangweilt oder gar einem Hitzschlag erlegen, aber er saß im Auto und las in aller Ruhe im Koran. Der Toyota stand da mit laufendem Motor. Die Klimaanlage war offenbar voll aufgedreht, denn als Nayir die Hintertür für Fräulein Hijazi aufhielt, wehte ihm ein Schwall kalter Luft entgegen. Er begann sofort zu frösteln. Sie stieg nicht gleich ein. Sie schien es nicht eilig zu haben, sich zu verabschieden, und es überraschte ihn, dass er jetzt einen etwas anderen Eindruck von ihr hatte als zuvor. Sie war nicht gerade schamhaft, aber auch nicht ganz und gar dreist. Sie bewegte sich irgendwie dazwischen, veränderte sich ständig, wie eine Luftspiegelung. Als er sich wieder ins Bewusstsein rief, dass sie Othmans Verlobte war, fiel in seinem Kopf eine Schranke, und er forderte sie mit einer Handbewegung auf einzusteigen.

»Ich wollte noch etwas erledigen, bevor ich wieder zu meiner Arbeit gehe«, sagte sie. »Mein Fahrer hat eine andere Verpflichtung, und deswegen muss er mich absetzen, aber ich glaube, das kann ich nicht gut alleine machen.«

»Worum geht's?«

»Um-Tahsin hat mir erzählt, Nouf hätte eine Brille bestellt, bevor sie weglief. Sie wollte einen der Diener zum Optiker schicken, um sie abzuholen, aber ich habe ihr angeboten, vorbeizugehen. Ich dachte, es würde sie freuen, wenn ich es tue. Sicherlich möchte sie die Brille gern haben.«

Es kam Nayir schrecklich traurig vor, dass Um-Tahsin eine Brille haben wollte, die Nouf getragen hätte, wenn sie noch am Leben wäre.

»Ich kann Sie begleiten«, sagte er.

Sie nickte dankbar und stieg ein.

Während er dem Toyota Richtung Innenstadt folgte, redete Nayir sich ein, dass er Othman einen Gefallen tat, wenn er seine Verlobte begleitete. Aber eigentlich ging es nicht darum, das wusste er genau, sondern er beging die Sünde des *zina*, da er sich in der Gesellschaft einer unverheirateten Frau befand, und er sündigte gegen einen Freund, der ihm vertraute.

Selbst wenn ihre Begegnung höchst ungehörig war, bot sie doch eine gute Gelegenheit. Katya könnte ihm vielleicht etwas über Nouf erzählen, was er sonst nie erfahren würde – etwas, das nicht einmal Othman wusste. Sie könnte auch etwas über die Autopsie berichten, was der Pathologe wegen der Geheimhaltung vielleicht verschwiegen hatte. Und, wenn er ehrlich war, dann wollte er sie begleiten. Warum, das wusste er nicht genau.

Als der Toyota in einer belebten Straße an den Rand fuhr, tat er es ihm gleich und hielt hinter ihm. Er stieg aus und sah sich schnell um, ob nicht irgendwo religiöse Polizei zu sehen war. In der näheren Umgebung waren ein paar Männer, aber sie kamen ihm nicht verdächtig vor. Sie waren nur ein paar Straßenzüge von der Rechtsmedizin entfernt.

Fräulein Hijazi blickte ihrem davonfahrenden Wagen hinterher. »Ich glaube, wir müssen da lang«, sagte sie und kramte in ihrer Tasche. Es war eine riesige Tasche, und sie brauchte ein paar Minuten, um all die kleineren Fächer zu durchwühlen, die Schlüssel, die Kalender, einen Haufen Kleingeld. Verärgert schlug sie den Neqab hoch und setzte ihre Suche fort. In dem Bemühen, nicht ihr Gesicht anzustarren, richtete er seinen Blick auf die Tasche und sah ein Aufladegerät für ein Handy, einen Gebetszeitplan, einen Ersatzneqab und, welche Überraschung: ein Fläschchen Nagellack.

»Sie lackieren sich die Nägel?«, platzte es aus ihm heraus.

Sie sah ihn an, wodurch er gezwungen war, den Blick abzuwenden. Sie kramte weiter.

In dem Moment spürte Nayir eine Hand auf der Schulter. Er wirbelte herum.

»Entschuldigen Sie«, sagte der Mann. Er fixierte Nayir mit starrem Blick und wies mit dem Kopf zu Fräulein Hijazi. »Im Namen Allahs und Allahs Friede sei mit Ihnen. Mein Herr, verzeihen Sie, aber Ihre Frau ist nicht ordentlich verschleiert.«

Für eine Sekunde packte Nayir die Panik, aber dann musterte er den Mann mit kühlem Blick. Er war glatt rasiert, trug kurzes Haar, eine Hose mit Bügelfalten und ein Halstuch, das mit den neunundneunzig Namen Allahs bedruckt war. Er sah viel zu westlich aus, um von der religiösen Polizei zu sein, doch die schwarzen Augen des Mannes hinter seiner dicken Brille loderten in selbstgerechter Empörung.

Nayir runzelte die Stirn. »Sehen Sie etwa meine Frau an?«, fragte er. Der Mann wollte etwas entgegnen, doch Nayir schnitt ihm das Wort ab. »Sie ist meine Frau«, fuhr er ihn an. »Was haben Sie für einen Grund, Sie so anzustarren!«

Der Mann wich einen Schritt zurück. »Verzeihung, Bruder, aber Sie verstehen, es ist eine Frage des Anstands.«

»Das ist keine Ausrede.« Nayir ging mit bedrohlich zusammengekniffenen Augen auf ihn zu. »Kümmern Sie sich lieber um Ihre eigene Frau, falls Sie eine haben.«

Der Mann wandte sich errötend um und verschwand schnell hinter der nächsten Ecke. Jetzt wurde Nayir von Schuldgefühlen übermannt, und er bat schnell um Vergebung für die Sünde der Lüge. Es wäre nicht passiert, wenn er nicht ohnehin schon die

Sünde des *zina* begangen hätte. Er drehte sich um und sah, dass Fräulein Hijazi ihren Neqab heruntergezogen hatte.

»Ist er weg?«, flüsterte sie.

»Ja.« Er legte eine Hand auf die Brust, um seinen Herzschlag zu beruhigen. »Ja, er ist weg.«

»War er von der religiösen Polizei?«

»Nein. Bürgerwehr.«

»Woher wissen Sie das?«, fragte sie.

»Er war nicht traditionell gekleidet.«

»Ah.« In ihrem Blick zeigte sich Erleichterung. Sie hielt eine kleine Geschäftskarte hoch. »Ich hab sie gefunden.«

»*Al-hamdullilah.*« Er nahm ihr die Karte aus der Hand, las die Adresse und ging los.

ଡ଼

Dr. Ahed Jahiz war einmal der beste Optiker Ägyptens gewesen. Sein Geschäft, ursprünglich ein winziges Lädchen in einer Gasse in der Kairoer Innenstadt, war im Verlauf von jahrelanger beständiger und harter Arbeit und vollständiger Hingabe an die Kunst der Optik zu einem zweistöckigen, glasverkleideten Emporium erblüht. Er hatte seine eigenen Apparate, um die Augen zu untersuchen, Gläser zu schleifen und Gestelle zu bearbeiten. Er verkaufte Bifokalbrillen mit italienischem Gestell, die mehr kosteten als ein durchschnittliches Automobil. Er bot sogar ein Stipendienprogramm an, mit dem Burschen vom Lande zu den besten Optikerausbildungsstätten Europas geschickt wurden, vorausgesetzt, sie arbeiteten nach ihrer Rückkehr für ihn.

Doch als sich der militante Islamismus wie ein Haufen Sandflöhe in der muslimischen Welt ausbreitete, wurde Kairo, diese liederliche, chaotische Schwester, Ziel häufiger Gewaltausbrüche, die unter anderem dazu führten, dass eines Tages ein Chevrolet durch die Schaufenster von Jahiz & Co. raste und zwölf Kunden, fünf Angestellte und drei deutsche Touristen in die Luft und zur Hölle jagte.

Als Dr. Jahiz, der gerade in Mali unterwegs war und eine Lkw-Ladung ausgedienter Lesebrillen an die ewig Armen verteilte, nach Kairo zurückkehrte, fand er sein Haus in Trümmern vor. Das Ergebnis seines Lebenswerks war über drei Straßenzüge verstreut (man fand sogar Brillengestelle im Nil). Menschen waren zu Tode gekommen. Gute Moslems waren zornig; schlechte Moslems waren rachsüchtig, und Jahiz beschloss, dass es Zeit wäre, woanders einen Neuanfang zu machen. Er kassierte die Versicherung und machte sich auf den Weg nach Saudi-Arabien, Heimat des Propheten – Friede sei mit ihm – und Heimat der heiligsten Stadt des Islam, ein Land, das sich, wie er hoffte, nicht als so kurzsichtig erweisen würde wie sein gesegnetes Ägypten.

Aber wenn Kairo kurzsichtig war, dann war Saudi-Arabien augenlos. Jahiz hatte angenommen, die reichste Bevökerung im islamischen Nahen Osten würde sein Können und sein Engagement zu schätzen wissen, seine großartige Vision eines optischen Imperiums, das irgendwann einmal jeden auch noch so kleinen Makel im menschlichen Auge richten und heilen könnte, doch er irrte sich. Saudis gingen, wie er erfahren musste, zu saudischen Optikern. Vielleicht glaubten sie, nur saudische Optiker wüssten, dass die Saudis die besten Augen der Welt hatten. Wenige Saudis trugen eine Brille. Es war nie modisch gewesen und würde es auch nie werden. Brille tragen war, wie er entdeckte, ein heikles Thema, da jeder Beduine auf Gottes schöner Erde sich viel auf seine überragende Fähigkeit zugute hielt, alles zu sehen, auf jede Entfernung, in jedem Lebensalter. Wenn auch die große Zeit der Beduinen längst vergangen war und die sesshaften Saudis viele ihrer Bräuche mit ihrer Wüstenvergangenheit abgelegt hatten – alle fünf Minuten auszuspucken, bei Nacht zu reisen, ihre Säuglinge mit Kamelurin zu reinigen –, hatten sie sich noch nicht von der irrigen Vorstellung getrennt, dass sie alle mit Adleraugen gesegnet wären.

Darum blieb sein Geschäft bestenfalls ein dürftiges Imperium, und obwohl Jahir nie seine fromme Achtung vor der Wissenschaft des Auges verlor, spürte er doch, dass seine Begeisterung allmählich schrumpfte wie Geburtstagsballons nach dem Fest. Er begann die Jahre zu spüren. Er war ungeduldig und neigte zu Ausbrüchen. Das Schlimmste war, dass er seine Kundschaft verachtete. Sie waren lächerlich – was konnte man sonst über eine wohlhabende Gesellschaft sagen, die mit Vorsatz die Hälfte ihrer Bevölkerung verschleierte und so tat, als könnte die andere Hälfte durch Backsteine hindurchsehen?

An diesem Vormittag beschäftigte sich Jahir damit, die Calvin-Klein-Sonnenbrillen zu putzen, die im Schaukasten in der Nähe des Schaufensters lagen. Sonnenbrillen waren seine begehrteste Ware – wöchentlich kam eine neue Lieferung. Sie bewahrten ihn vor dem Bankrott und davor, sein armseliges Leben Allah, dem Seher aller Dinge, zu übereignen.

Fräulein Hijazi und Nayir betraten das Geschäft, blieben am Rand des großen Perserteppichs stehen und begrüßten Jahiz, der seinen Lappen einsteckte und sich erhob, um sie zu bedienen, wobei er sie mit der förmlichen Begrüßung segnete, wie alle seine Kunden: *Möge Allahs Friede und ewige Barmherzigkeit mit euch sein.* Nayir erklärte ihm ihr Anliegen, und Jahiz ging mit einem Seufzer ins Lager, um die bestellte Brille herauszusuchen.

»Eine Fassung Sophia Loren, Größe 12, violette Einlage, Messingrand. Klare Kunststoffgläser, ungeschliffen.«

Nayir runzelte die Stirn. »Ungeschliffen?«

»So steht es hier.« Mit zitternder Hand zeigte Jahiz auf das Formular. »Sie kam letzten Monat vorbei und wollte eine Brille mit ungeschliffenen Gläsern haben.«

»Ungeschliffen?« Nayir rieb sich das Kinn und warf einen zweifelnden Blick zu Fräulein Hijazi. »Wirklich?«

Sie gab nicht zu erkennen, dass sie ihn gehört hatte. Ihr Neqab war heruntergelassen, und ihre Hände hatte sie in die Ärmel ihres Gewandes gesteckt.

»Na gut«, sagte Nayir. »Wenn es da so steht.«

»Bitte sagen Sie Ihrer Frau, sie möchte sich an den Tisch dort setzen.«

»Die Brille ist nicht für sie«, sagte Nayir. »Die ist für eine Freundin, die verstorben ist.«

»Oh.« Jahiz' Schultern sackten herunter. »Das tut mir leid zu hören.«

»Danke.« Jahiz steckte die Brille in ein festes Lederetui und reichte es Nayir.

»Ich sehe, dass Sie die Augen zusammenkneifen«, sagte Jahiz. »Sagen Sie, verbringen Sie viel Zeit in der Wüste?«

»Äh … ja.« Nayir war verblüfft.

»Sie wissen, mein Herr, dass es in der Wüste sehr hell ist. Der Sand erzeugt eine starke Lichtreflexion, die sehr schädlich für die Augen sein kann. Reinigen Sie sie regelmäßig?«

»Die Augen?«

»Ja, die Augen müssen jede Woche gereinigt werden, vor allem wenn Sie oft in der Wüste sind. Dieser ganze Sand gelangt in die Augen, er reizt die Innenränder, er verursacht Blutungen, Schwellungen und schließlich Entzündungen. Er kann sogar zu ernsten Erkrankungen führen. Haben Sie Mühe, Straßenschilder zu lesen?«

»Nein … na ja, vielleicht manchmal, nachts.«

»Als Erstes verliert man die Nachtsicht. Ich glaube, es wäre in Ihrem eigenen Interesse, wenn Sie mal nachsehen ließen, nur um sich zu vergewissern, dass alles in Ordnung ist.«

»Ach nein«, erwiderte Nayir. »Ich habe vorzügliche Augen.«

»Ja«, flötete Jahiz, »natürlich. Aber manchmal kann der Staub die Augen belasten, und man weiß nie, wie sich das auswirkt. Ich habe die besten Geräte. Erstklassige Apparate, aus Europa importiert. Wir könnten die Untersuchung gleich jetzt machen, wenn Sie wollen. Es dauert keine halbe Stunde.«

Nayir warf einen Blick zu Fräulein Hijazi, die so tat, als würde sie aus dem Fenster sehen. »Ich habe jetzt zu tun.«

»Dann können wir vielleicht einen Termin vereinbaren?«

Nayir lehnte dankend ab, doch Jahiz blieb hartnäckig. Schließlich bot er ihm einen Rabatt auf eine Gucci-Sonnenbrille an, die gerade aus Rom eingetroffen war. »Wissen Sie«, sagte er und wedelte mit den Händen vor seinen Augen, »manchmal müssen sich selbst Falken vom überwältigenden Anblick der Welt erholen.«

Nayir zögerte. »Ich trage keine Sonnenbrille«, sagte er.

Jahiz stieß einen entnervten Seufzer aus. Nayir bezahlte Noufs Brille, dankte Jahiz wieder und begleitete Fräulein Hijazi aus dem Geschäft hinaus. Sie blieben auf dem Bürgersteig stehen.

»Warum wollte sie eine ungeschliffene Brille haben?«, fragte er.

»Vielleicht zum Angeben?«

Er nickte unsicher und reichte ihr die Brille. »Hier«, sagte er. »Nehmen Sie sie mit.«

Sie nahm die Brille, schien aber in Gedanken versunken. Einen verlegenen Moment lang stand Nayir da und versuchte, sie nicht anzusehen, unsicher, wie er sich verabschieden sollte.

»Danke, Nayir«, sagte sie. »Ich kann von hier allein zu Fuß zu meiner Arbeit laufen.«

Er war so überrascht, sie seinen Namen aussprechen zu hören, dass sein Aufwiedersehen zu spät kam. Da hatte sie sich schon umgedreht und hörte ihn nicht mehr. Verwirrt ging er zu seinem Wagen zurück.

# ∞ 16 ∞

Auf einem Pappschild am Eingang stand: ZUTRITT NUR FÜR FRAUEN. Die Türen waren weit geöffnet, und es herrschte ein reges Kommen und Gehen – zumeist Frauen, alle unverschleiert und lächelnd. Zwei arabische Männer schritten munter in den Raum. Beide trugen westliche Anzüge und plauderten auf Englisch, aber einer hatte eine Gebetskette zwischen den Fingern.

Nayir knöpfte seinen Mantel zu und folgte ihnen hinein.

Der Konferenzsaal des Hotels war riesig. Dicke Teppiche, schwere Vorhänge und die Anwesenheit so vieler Menschen hatten eine dämpfende Wirkung, schluckten laute Stimmen und das gackernde Gelächter, das anscheinend ein Markenzeichen amerikanischer Gruppen war. Doch trotz der Menschenmenge herrschte spürbar Aufbruchstimmung. Indonesische Pagen räumten die Überreste von den Bankett-Tischen ab, während die Gäste noch herumschlenderten und sich offenbar nur ungern von diesem vergnüglichen Ort trennten. Im Vorbeigehen zog Nayir ein paar unbekümmerte Blicke auf sich.

Mitten durch den Raum schlängelte sich ein Basar. Er bestand aus drei Dutzend Tischen mit selbstgebastelten Geschenken, Künstlerbedarf, Büchern, Gebäck und Kinderkleidung. Nayir steuerte auf einen Tisch mit Büchern zu. Er nahm ein Exemplar in die Hand: *Ein Jahr in Saudi-Arabien überleben: Ein Leitfaden für ausländische Ehefrauen,* und ein weiteres: *Sticken wie eine Beduinin: (Originalmuster für Macramé, Sticken und Weben!).* Dies musste das Treffen der American Ladies of Jeddah sein. Er überflog die anderen Büchertische, musterte die Damen, die dahinter saßen, aus den Augenwinkeln und war gerade im Begriff, nach einem Kochbuch zu fragen, das *1001 Rezepte aus Arabien* hieß, als ihm ein bestimmter Stand ins Auge fiel. Dort wurde Kunsthandwerk aus Papier ausgestellt, und er nahm sich zwischen den anderen Ständen unscheinbar aus, wie eine Mahnung, dass man manchmal auf der Suche nach dem Naheliegenden auf das Unvermutete stieß.

Aus der Tiefe seiner Tasche holte Nayir den gelb gemusterten Storch heraus, den er in der Tüte mit Noufs persönlichen Gegenständen gefunden hatte. Er verbarg den beschädigten Vogel in seiner Faust und näherte sich dem Tisch, dankbar, dass dort viele andere Leute herumstanden, die von seiner massigen männlichen Erscheinung ablenkten.

Die Frau am Stand war eine winzige Person in T-Shirt und Jeans und saß auf einem hohen, zierlichen Stuhl. Sie war in ihre Arbeit vertieft. Nayirs erster Schock bestand darin, eine Frau aus dieser Nähe zu sehen, der zweite, eine Frau unverschleiert zu sehen, die Weiß trug, enge Kleidung und anscheinend keine Unterwäsche. Sofort senkte er seinen Blick auf ihre Hände. Sie waren geschickt und schnell. Mit einer Schere, die eher zu einer Maus passte, schnitt die Frau winzige Quadrate aus einem roten Blatt Papier. Dann warf er doch einen schnellen Blick auf ihr Gesicht: grüne Augen, warme, rötliche Wangen, trockene Falten in den Mund- und Augenwinkeln, seltsam bei so einer elfengleichen, jugendlichen Frau.

Ihre Kunst lag vor ihr ausgebreitet: und der Humor, der darin sichtbar wurde, verriet noch mehr von ihr. Aus zart gefärbtem Papier hatte sie eine beduinische Teekanne geschaffen, die heilige Ka'aba, ein Kamel, einige Schafe und eine sehr romantische Wüstenszene. Daneben saß ein dicker Prinz auf einem Thron, auf seinem Schoß ein Tablett voller Origami-Hamburger. Eine weitere Szene stellte einen Mann auf einem Gebetsteppich dar: »Immer in Richtung Mekka beten!« Neben ihm war eine Sprechblase zu sehen, denn er rief gerade in sein Handy: »Ich bin es satt, dass diese Ungläubigen unsere Kultur beschmutzen!« Aber das Schlimmste von allem war eine Kette aus Origami-Männern in weißen Gewändern, die sich an den Händen hielten wie Papierpuppen. Sie hatten angedeutete Gesichter, und sie lächelten lasziv. Auf einem Schild unter ihren Füßen stand: »Männer machen mehr Spaß.«

Er fragte sich, ob sie ihre eigene Kultur auch so auf die Schippe nahm.

Die anderen Gäste waren weitergezogen, sodass er jetzt alleine dort stand und ihr Werk betrachtete, versunken in tiefes Schweigen, das ihm plötzlich undurchdringlich schien. Sie hielt im Schneiden inne.

Er zwang sich, sie anzuschauen. Es war in Ordnung, dieses Gesicht. Es lud dazu ein, betrachtet zu werden. Das war bei Amerikanern so.

»Das ist Ihre Arbeit«, sagte er schließlich in ihrer Sprache, die er von Samirs Freunden und von seinen eigenen Begegnungen mit ausländischen Wüstentouristen aufgeschnappt hatte. Er war sich nicht sicher, ob es eine Frage war oder eine Feststellung, bis sie ihm einen Blick zuwarf und antwortete.

»Jap.«

Der Origami-Storch war jetzt eine zerknüllte Kugel in seiner verschwitzten Faust. Er legte den Storch auf den Tisch und versuchte, ihn geradezubiegen.

Die Frau beugte sich vor, nahm den Vogel und betrachtete ihn, während sie den Falz glättete.

»Ein Liebesvogel«, sagte sie. »Für Fruchtbarkeit. Sieht aus wie einer von meinen. Wo haben Sie ihn her?«

»Kennen Sie einen Mann namens Eric Scarberry?«

Sie ließ den Blick auf seinem Mantel ruhen. »Jap. Ganz gut sogar. Und wer will das wissen?«

»Ich.«

Sie sah, dass es ihm ernst war, und stieß ein aufreizendes, prickelndes Lachen aus. »Na schön.«

Er verspürte den plötzlichen Drang, seine Neugier zu befriedigen: sie nach ihrem Namen zu fragen, warum sie hier war, ob sie verheiratet war, Kinder hatte, ob die alle so aussahen wie sie, blond und burschikos? Was machte sie in Saudi-Arabien, eine Frau wie sie, eigentlich keine richtige Frau, sondern fast ein Mann? War man in Amerika, so im Allgemeinen, peinlich berührt von Frauen, die sich verhielten wie sie, oder war das normal? Aber er sagte nur: »Wissen Sie, dass Eric verschwunden ist?«

Sie legte die Schere auf den Tisch und kaute nachdenklich auf ihrer Unterlippe. »Sind Sie von der Polizei?«

»Nein.«

»Was dann?«

»Ein Detektiv.«

»Ein Polizeidetektiv?«

»Nein, ich stelle nur Nachforschungen für einen Freund an.«

Sie nickte, überlegte und warf ihm dann ein schelmisches Lächeln zu. »Dann müssen Sie mir aber den Mantel da erklären.«

Er betrachtete ihre Hände. »Wie wär's damit: Wenn Sie meine Frage beantworten, dann beantworte ich Ihre. Ich möchte gerne wissen, ob Sie mir helfen können, Eric zu finden.«

Er wagte einen weiteren Blick auf ihr Gesicht, direkt in die Augen, und stellte fest, dass sie ihn nicht lange ansehen konnte. Sie nahm ihre Schere und schnippelte weiter, immer noch auf ihrer Lippe kauend. Als sie wieder aufblickte, war es so, als hätte sie sich innerlich verschleiert.

»Das ist nicht fair«, sagte sie. »Ihre Frage zu beantworten, bedeutet etwas anderes, als meine Frage zu beantworten.«

»Woher wollen Sie das wissen?«

Sie beäugte ihn. »Na gut, dann sind Sie aber als Erster dran.«

»Nur wenn Sie mir versprechen, nicht zu lachen«, sagte er.

Sie lächelte, ein lebhaftes Zucken.«Okay, versprochen.«

»Na gut. Ich habe mir den Mantel gekauft, weil ich einen ... *Talisman* haben wollte?«

»Einen Talisman.«

»Etwas, das mir hilft, wenn ...« Er sah zur Decke, unfähig zu beschreiben, was er nicht einmal sich selbst bewusst gemacht hatte.

Sie legte ihre Schere weg, beugte sich über den Tisch und streckte ihm die Hand entgegen. »Ich bin Juliet«, sagte sie. »Und Sie?«

Er starrte auf die Hand, betrachtete sie, dann legte er seine darüber mit der gleichen Behutsamkeit, mit der er den Storch angefasst hatte. »Nayir ash-Sharqi.«

»Freut mich, Sie kennenzulernen.« Ihr Lächeln war warm, neugierig, nicht mehr so erotisch.

»Ich habe Eric den Storch geschenkt«, erklärte sie. »Letztes Jahr. Normalerweise mache ich keine Störche – die sind so klischeehaft –, aber so was passiert eben, wenn man verliebt ist. Sie wischte sich die Papierschnipsel vom Schoß und erhob sich. »Aber ich wollte wirklich Babys von ihm haben. Eine Menge Babys. So an die zehn. Oder zwanzig.« Ihr Blick hatte etwas Trauriges. »Ich bin jetzt zu alt für zwanzig, aber zehn könnte ich noch schaffen, wenn ich mich beeile.«

Nayir lächelte höflich.

»Und eigentlich weiß ich gar nicht, wo Eric zurzeit steckt«, sagte sie forsch. »Wir haben uns aus den Augen verloren, nachdem er Schluss gemacht hat. Er hat früher im Club Jed gewohnt, aber ich habe gehört, er sei bei seinem Jungen eingezogen –« Sie erstarrte und warf einen Blick zu Nayir. »Beantwortet das Ihre Frage?«

»Ja, vielen Dank.«

Nayir sah weg und bemerkte die beiden Männer, die vorher hereingekommen waren, Araber in George-Bush-Anzügen. Sie unterhielten sich mit einer blonden Amerikanerin in einem knappen Kleid, das ebenso gut ein Untergewand hätte sein können. Es war eindeutig, dass die Frau die Aufmerksamkeit genoss, und die beiden Männer, etwas verlegen, probierten, wie weit sie gehen konnten. Die Amerikanerinnen auf die Probe stellen. Eine kulturelle Studie. Plötzlich schämte er sich für sich selbst, für sein Vergnügen, mit einer Frau zu reden, die er noch keine zehn Minuten kannte und die sich ebenso gut mit den Männern in den Anzügen hätte abgeben können. Sie war in einem absurden Maße frei, eine Miss »Ich-schenk-Ihnen-zehn-Kinder und übrigens, wie heißen Sie eigentlich?«

»Sie wissen also nicht, wo ich Eric finden kann?«, sagte er.

Sie antwortete nicht.

»Sind Sie denn gar nicht neugierig –«, begann er und wies auf den Storch.

»Nein.« Sie setzte sich auf. »Ich glaube, das könnte ich nicht verkraften.« Eine abwehrende Geste. Eine alte Wunde, doch so empfindlich wie eine überreife Feige.

Nayir nahm den Storch vom Tisch. »Nun, die Frau, die ihn hatte, ist jetzt tot.«

Juliet blickte auf. »Wer?«

»Sie heißt Nouf ash-Shrawi. Haben Sie sie gekannt?«

Sie schaute ihm weiter in die Augen. »Nein.«

»Sie ist in der Wüste gestorben. Vorige Woche. Sie hatte den Vogel dabei, als sie starb, aber er war in einem besseren Zustand. Ich habe ihn aus Versehen zerdrückt.«

»Und Sie glauben, Eric hat's getan. Sie umgebracht?«

Nayir zuckte die Achseln. »Eric hat sie vielleicht gekannt. Ich suche ihn bloß.«

Sie starrte ausdruckslos auf den Boden, wie es schien, mit zwiespältigen Gefühlen beschäftigt. »Ich bin sicher, er hat nichts mit ihrem Tod zu tun.« Sie lachte nervös. »Wenn Sie wegen eines Sexualverbrechens hinter ihm her sind, dann sind Sie hinter dem falschen Mann her, glauben Sie mir.«

»Ich muss ihm nur ein paar Fragen stellen«, sagte er.

»Sie wollen ihn doch nicht etwa verhaften, oder?«

Er schüttelte den Kopf. »Dazu bin ich nicht befugt.«

Sie begann an ihrem Nagel zu kauen.

»Hören Sie, wenn er unschuldig ist, dann werde ich es beweisen, dass er unschuldig ist. Ich nehme einfach eine Probe von seiner DNS, und er ist entlastet. Kein Problem.«

»Wie haben Sie mich überhaupt gefunden?«, fragte sie.

Er erzählte ihr von dem Kochbuch in seiner Küche. Sie wirkte misstrauisch, als er Erics Wohnung erwähnte, aber dann trat ein resignierter Ausdruck auf ihr Gesicht.

Sie räumte still ihre Sachen zusammen. Legte sie flach zusammen, steckte sie in Plastikhüllen und ordnete sie in eine Mappe ein. Andere packte sie in Kästchen – die kleinen Szenen, den Cadillac. Er verspürte den Drang, ihr zur Hand zu gehen, wagte es aber nicht.

»Eric wohnt nicht mehr in der Wohnanlage«, sagte sie. »Er hat die Wohnung behalten, aber er ist nie da. Er lebt in der Altstadt bei einem Freund.«

Nayir spürte eine unangenehme Betonung auf dem Wort Freund. »Und wo wohnt dieser Freund?«

Sie gab ihm eine Adresse. Nayir dankte ihr, aber sie war jetzt in Gedanken vertieft und brachte nur eine fahrige Antwort zustande.

»Sagen Sie ihm nur nicht, dass Sie die Adresse von mir haben«, sagt sie. »Und tun Sie ihm nichts. Ich vertraue darauf, dass Sie ihn mit Respekt behandeln.«

»Natürlich«, sagte Nayir und meinte es auch.

# 17

Ein Mann öffnete die riesige Tür aus Walnussholz. Er war vielleicht Mitte vierzig, hatte ergrauendes blondes Haar und wache blaue Augen. Er musterte Nayir von Kopf bis Fuß.

»Kann ich Ihnen helfen?«

»Ich suche Eric Scarberry.«

»Das bin ich.«

»Meine Name ist Nayir ash-Sharqi. Ich bin ein Freund der Shrawis. Ich würde mich gerne mal mit Ihnen unterhalten, wenn es Ihnen recht ist.«

Eric schien zu zögern, trat aber zur Seite. »Nun, ein Freund der Shrawis ist auch mein Freund. Bitte kommen Sie rein.« Nayir betrat einen kühlen Vorraum.

»Worum geht's?«

»Um den Tod von Nouf ash-Shrawi.«

Eric nickte ernst und führte Nayir durch einen eleganten Flur in ein riesiges Wohnzimmer in der Mitte des Hauses. Breite Zedernbalken stützten eine majestätische Decke. Der dunkle Boden bildete einen Kontrast zu den weißen Sofas und Stühlen, und ein schräges Oberlicht ließ etwas Sonnenlicht herein. Das Zimmer hätte einen gastlichen Eindruck machen können, wären da nicht die Bücher gewesen, Tausende von Büchern, alle so staubig und zerfleddert, als wären sie in die Wüste und wieder zurück geschleppt worden. Sie drängten sich an den Wänden, stapelten sich auf Tischen und Stühlen, auf dem Boden, und verströmten einen muffigen Geruch. So hoch waren sie aufgetürmt, dass es aussah, als könnte alles jeden Moment in sich zusammenstürzen.

»Nehmen Sie Platz«, sagte Eric. »Ich bin gleich wieder da.«

Nayir warf einen Blick auf die Bücher. Archäologische Fachliteratur, ausnahmslos. Noch nie hatte er so viele auf einmal gesehen. Während er zwischen den Dokumenten der Besessenheit eines Mannes für »alles Tote« umherstapfte, knarrten die Dielenbretter bedenklich unter seinem Gewicht.

Er bemerkte einen Innenhof und trat durch eine Verandatür in eine kühle Grotte, die von Zitronenbäumen und Palmen beschattet wurde. Der Boden schimmerte von dem leuchtenden Blau mittelalterlicher Fliesen, die in der Mitte des Hofes anstiegen und einen runden Springbrunnen bildeten. Nayir tauchte seine Hände ins Wasser und kühlte sich den Nacken. Wie viel Flüssigkeit mochte jeden Tag verdunsten? Zig Liter, dachte er. Nur die Superreichen konnten sich eine derartige Verschwendung leisten. Er wischte sich den Nacken mit dem Ärmel ab und sah sich um. Die meisten Wohnungen im osmanischen Stil in der Altstadt gehörten Mitgliedern der königlichen Familie und Dschiddas Elite. Die wenigen, die auf den freien Markt kamen, kosteten Millionen. Doch diese, so schien es, gehörte einem Amerikaner oder war von ihm gemietet worden.

Nayir erinnerte sich, wie Juliet von Erics »Freund« gesprochen hatte, und er fragte sich, ob Eric homosexuell war. Das erschien ihm unmöglich und töricht – ein homosexueller Amerikaner, der in Saudi-Arabien lebte. Wusste Eric, dass in dem Königreich homosexuelle Männer gegen religiöse Gesetze verstießen und dafür hingerichtet wurden? Nayirs Wüstenfreund Azim zufolge gab es reichlich homosexuelle Männer in der Gegend um die Corniche, aber sie verhielten sich diskret, und die Behörden neigten dazu, sie in Ruhe zu lassen. Wenn die Polizei homosexuelle Straftäter verhaften und ein Exempel an ihnen statuieren wollte, dann machte sie Jagd auf Ausländer.

Eric erschien in der Tür und lehnte sich gegen den Rahmen, so geschmeidig wie eine Frau. Nayir hielt den Blick auf ein Mosaik gerichtet, das auf der südlichen Mauer eine geometrische Symphonie bildete, während er Eric aus seiner Lieblingsperspektive musterte, aus den Augenwinkeln. Er trug eine khakifarbene Hose und ein weißes Leinenhemd. Seine Haare, zurückgekämmt wie Segel in der Brise, glänzten trotz des schummrigen Lichts, und diese Andeutung von Ungeduld, die in seiner lässigen Haltung zu spüren war, erzeugte bei Nayir ein Gefühl des Unwohlseins.

»Tee?«, fragte Eric. »Oder Kaffee?«

Nayir sah ihn an. Er hatte Mühe, diesen vornehmen Eric mit dem anderen in Einklang zu bringen, jenem Eric, der in einem engen Loch im Club Jed hauste, nie seine Rechnungen bezahlte und einen Vogel durch schiere Vernachlässigung umbrachte. »Gerne etwas Tee, danke.«

Eric nickte und verschwand. Nayir fand, er passte überhaupt nicht zu Juliet. Sie war zwar viel zu offen und respektlos zu ihm gewesen, aber sie hatte doch etwas Unverfälschtes und Liebenswertes an sich gehabt. Nayir kannte nicht viele Amerikaner, aber er erkannte einen Schakal, wenn er einen sah.

Nayir ging wieder ins Wohnzimmer, gerade als Eric mit einem Krug Eistee und zwei Gläsern hereinkam. Er stellte sie auf den Couchtisch und forderte Nayir auf, in einem Sessel Platz zu nehmen, der aussah, als würde er alle Annehmlichkeiten einer fleischfressenden Pflanze bieten. Eric ging wieder in die Küche. Nayir hockte sich vorsichtig auf den Rand des Sessels und beobachtete erstaunt, wie Eric eine große Platte auftrug, beladen mit Fleisch, Bohnenpaste, Brot, Spinatpasteten, die sich wie Rosen entfalteten, gegrillten Paprikaschoten und Auberginen, die wie Blätter angeordnet waren.

Eric schenkte ein, setzte sich in den Sessel gegenüber und lud Nayir mit einer beiläufigen Geste ein, sich zu bedienen.

Nayir war die Bewirtung eher unangenehm. Es wäre zwar peinlich und unhöflich gewesen, dankend abzulehnen, aber er hätte es gerne getan, nur um zu sehen, wie Eric darauf reagierte. Dann zwang er sich, doch ein wenig zu essen.

»Es ist eine Maxime von mir, Gäste wie Könige zu behandeln«, sagte Eric mit seiner dunklen, tiefen Stimme. »Das ist etwas, was ich an diesem Land liebe.«

»Sie sind Archäologe?«

»Nein. Ich bin Research Analyst in der Ölbranche. Mein Hausgenosse ist der Archäologe.« Er wies auf die Bücher.

»Das ist eine merkwürdige Kombination.«

»Nun, wir haben die Wüste gemeinsam.«

»Wo arbeiten Sie denn genau?«, fragte Nayir.

»Hauptsächlich in den Bergen. Im Arabischen Schild. Es gibt da verschiedene Standorte.«

Nayir erinnerte sich, dass auf der Beduinenkarte eine mögliche Bohrstelle nicht weit von dem Wadi eingezeichnet war. »Ich würde gerne genau wissen, wo die sich befinden, wenn Sie nichts dagegen haben.«

Eric zögerte. »Warum?«

»Nouf wurde in der Wüste unweit einer Ölbohranlage gefunden.«

»Sie denken, ich habe was damit zu tun?«

»Haben Sie?«

»Natürlich nicht!«

Nayir musterte ihn und kam zu dem Ergebnis, dass seine Empörung aufrichtig war. »Woher kennen Sie die Shrawis?«, fragte er.

»Die haben früher die Forschungsarbeiten meines Hausgenossen finanziert. Es sind sehr großzügige Spender.«

»Haben Sie auf diesem Weg Nouf kennengelernt?«

Falls die Frage Eric erschreckte, zeigte sich das nur in einer winzigen Andeutung von Unbehagen. »So gut kannte ich sie eigentlich gar nicht.«

»Ich weiß aus zuverlässiger Quelle, dass Sie ihr geholfen haben, ihre Flucht nach New York vorzubereiten.«

Eric legte sein Brot auf den Tisch. Sein Mund wirkte verkniffen. »Ich habe keine Ahnung, wovon Sie da reden.«

»Meines Wissens haben Sie sich mit Nouf auf der Corniche getroffen, um über die Bedingungen Ihrer Abmachung zu sprechen.«

Eric setzte sich auf, aber Nayir sah, dass seine Hände zitterten. »Hören Sie – Herr Sharqi, oder wie Sie heißen. Sind Sie von der Polizei?«

»Ich bin hier im Auftrag der Familie.«

»Gut, na schön. Dann will ich Ihnen zur Beruhigung der Familie Folgendes sagen: Es ist nicht meine Gewohnheit, jungen Mädchen aus mächtigen Familien den Hof zu machen. Wenn Ihnen ihr Tod suspekt ist, dann schlage ich vor, dass Sie sich mal ihr Leben näher ansehen, insbesondere das ihrer Familie, da sie wahrscheinlich kein anderes kannte.«

»Meiner Quelle zufolge traf sie sich mit Ihnen an verschiedenen Plätzen in der Stadt, um ihre Zukunft in New York vorzubereiten. Sie wollten ihr ein Visum besorgen, eine Wohnung, vielleicht auch eine Zulassung für eine Universität – alles, was sie brauchte.«

»Und das können Sie natürlich beweisen?«

Nayir griff in seine Tasche und zog den Origami-Storch heraus. »Haben Sie das hier schon mal gesehen?«

»Von denen habe ich schon Dutzende gesehen.«

Nayir setzte den Storch auf den Tisch. »Den haben Sie Nouf gegeben.«

Eric schnaubte. »Ich nehme an, das können Sie beweisen?«

Unbeirrt griff Nayir ein weiteres Mal in seine Tasche und zog den Schlüssel heraus, den Mohammed ihm überlassen hatte. »Und der hier? Kommt der Ihnen bekannt vor?«

Eric erbleichte.

»Das ist ein Schlüssel zu Ihrer Wohnung in New York. Sie haben Nouf auch diesen Schlüssel gegeben und ihr gesagt, sie könne für ein paar Tage dort unterkommen, bis ihre eigene Wohnung fertig sei.« Eric schwieg, und so fuhr Nayir fort. »Ich glaube, Sie haben ihr geholfen. Sie brauchte jemanden, der ihr neues Leben vorbereitete, und sie brauchte einen Amerikaner. Ihnen gefiel wahrscheinlich die Vorstellung, diesem armen Mädchen zur Flucht zu verhelfen. Da war Geld für Sie drin. Wahrscheinlich eine Menge Geld. Wer weiß, vielleicht gefiel sie Ihnen sogar? Sie war jung und hübsch. Es war der perfekte Plan – bis Sie entdeckt haben, dass sie schwanger war.«

Eric schnaubte ungläubig, aber Nayir ignorierte es. »Das hätte Ärger für Sie bedeutet, stimmt's? Sogar in Amerika. Plötzlich war sie eine Belastung, und Sie mussten sie loswerden.«

»Ich habe nichts dergleichen getan.« Eric stand auf. »Ich glaube, wir sind hier fertig.«

»Wenn Sie die Finanzierung Ihres Hausgenossen nicht gefährden wollen«, knurrte Nayir, »dann tun Sie gut daran, sich wieder hinzusetzen.«

Widerwillig sackte Eric zurück in seinen Sessel. Er verschränkte die Arme und wartete.

»Nouf wurde wahrscheinlich entführt und in die Wüste gebracht. Ich schätze, dass eine Ihrer Bohrstellen nicht allzu weit von der Stelle entfernt ist, wo sie aufgefunden wurde, womit Sie der perfekte Verdächtige sind.«

Eric erwiderte nichts.

»Sie können jetzt entweder mit der Wahrheit rausrücken und mir vertrauen, dass ich diskret damit umgehe, oder ich gehe mit der ganzen Geschichte zur Familie«, sagte Nayir. »Ich bin sicher, sie brennen darauf, alles zu erfahren, selbst wenn das ihre Beziehung zu Ihrem – Hausgenossen? – ruiniert.«

»Also gut.« Eric atmete mit einem hörbaren Zittern aus. »Ich habe ihr geholfen. Sie hatte niemanden, und ich war ihre einzige Verbindung zur Freiheit. Aber mit ihrem Tod habe ich wirklich nichts zu tun. Warum sollte ich sie umbringen? Sie war kurz davor, mir beinahe eine halbe Million Dollar zu bezahlen.« Er warf seinem Gast einen fragenden Blick zu. »Jetzt stehe ich mit leeren Händen da.«

»Sie haben sich also diese ganze Mühe gemacht, ihr zu helfen, und sie hat Ihnen bisher nichts dafür gegeben? Nicht einmal eine Vorauszahlung?«

»Nein – doch, doch, sie hat mir etwas Geld für das Apartment und die Anmeldung zum Studium gegeben. Aber das war nicht viel.«

»Eine Million Rial«, sagte Nayir. »Das finden Sie nicht viel?« Mohammed hatte gesagt, es sei eine Million Rial gewesen. Nayir war gewillt einzuräumen, dass der Betrag vielleicht nicht ganz so hoch war, doch Eric blickte verlegen drein.

»Sie hat Sie also bezahlt«, sagte Nayir. »Nicht eine halbe Million. Eine Million. Das ist eine ordentliche Stange Geld, aber trotzdem, das bringt Sie in eine prekäre Lage. Sagen Sie, hat sie es sich vielleicht anders überlegt und das Geld zurückverlangt?«

Eric setzte eine spöttische Miene auf.

»Natürlich hätten Sie es ihr nicht zurückgeben müssen«, fuhr Nayir fort, »da Sie wahrscheinlich keinen schriftlichen Vertrag hatten und niemand außer Noufs Begleiter von dem Plan wusste. Aber Nouf hätte damit drohen können, ihren Brüdern von Ihnen zu erzählen. Sie hätte sich eine Geschichte ausdenken können, dass Sie ihr das Geld gestohlen haben. Dann hätte Noufs Wort gegen Ihres gestanden, und wem hätte man eher geglaubt – ihr, oder Ihnen?« Die unangenehme Betonung auf dem Wort »Ihnen«

bewirkte, dass Eric noch nervöser wurde. Er bemühte sich, unbeirrt dreinzublicken, aber als er sprach, bebte seine Stimme.

»Verzeihung, aber so war es nicht. Es stimmt, sie hätte das alles erzählen können, aber das wollte sie nicht.«

Nayir suchte in seinen Augen nach Anzeichen dafür, dass er log. Er schien Angst zu haben, erwischt zu werden, ob wegen seiner Geldgeschäfte oder weil er einen Mord begangen hatte, das ließ sich schwer sagen.

»Wie viel hat sie Ihnen bezahlt?«, fragte Nayir.

»Eine halbe Million.«

»Und wie?«

»In bar. Aber hauptsächlich in Gold. Wie die meisten Frauen in diesem Land. So legen sie gern ihr persönliches Vermögen an. In Ketten gelegt, wenn Sie so wollen.«

»Wie kommt ein Mädchen an solche Beträge?«

»Ach, kommen Sie. Ihre Familie ist reich. Irgendjemand – ich weiß nicht wer – hat ihr eine große Summe für ihre Hochzeit gegeben, und der Rest hat ihr wahrscheinlich schon vorher gehört.«

Nayir fragte sich, von wem sie das Geld wohl hatte und ob man entdeckt hatte, dass es nicht für die Hochzeit ausgegeben wurde.

»Wann haben Sie sie zum letzten Mal gesehen?«, fragte er.

»Zwei Tage, bevor sie verschwunden ist. Und ich schwöre Ihnen, ich habe sie nicht angerührt. Ich habe nicht einmal gewusst, dass sie schwanger war.«

»Was ist bei Ihrer letzten Begegnung passiert?«

»Nichts.« Erics Stimme war fest. »Wir sind noch einmal die Einzelheiten durchgegangen. Ich habe ihr den Schlüssel gegeben.«

»Es sollte also alles weiterlaufen wie geplant?«

»Ja. Es war alles in Ordnung.«

Nayir kämpfte gegen eine heftige Abneigung, die er diesem Mann gegenüber verspürte, aber das hieß noch nicht, dass er schuldig war. Er wischte sich die Hände an einer Serviette ab. »Wo waren Sie an dem Tag, als sie verschwunden ist?«

»Ich war hier, in Dschidda.«

»Haben Sie an dem Tag gearbeitet?«

»Höchstwahrscheinlich.«

»Kann das irgendjemand bestätigen?«

»Ja.«

»Dann brauche ich Ihre Büronummer. Aber zunächst, wenn Sie tatsächlich unschuldig sind, wie Sie behaupten, haben Sie sicherlich nichts dagegen, mir eine Probe Ihrer DNS zu überlassen?« Seine Bitte zeigte nicht gleich eine Wirkung. Eric saß steif in seinem Sessel und starrte Nayir neugierig an.

»Natürlich können Sie meine DNS haben«, sagte er schließlich.

Nayir bemühte sich um eine lockere Haltung, aber ihm wurde immer unbehaglicher. Er versuchte dahinterzukommen, warum ihm Eric so unsympathisch war. Er hatte etwas Eingebildetes und auch Snobistisches. Eric war genau der Typ des bösen Amerikaners, des gierigen Mannes, der nach Saudi-Arabien kommt und für Geld alles tut, ungeheuren Schaden in der Gesellschaft anrichtet – in diesem Fall bei einem unschuldigen jungen Mädchen – und dabei anscheinend völlig ahnungslos ist, wie sehr er das Leben der Menschen um ihn herum ruiniert. Selbst wenn Eric, so dachte Nayir, Nouf eigenhändig umgebracht hatte, dann hätte er vielleicht Angst, erwischt zu werden, aber bereuen würde er seine Tat nicht.

Eric setzte ein unangenehmes Lächeln auf. »Und wie hätten Sie es gern?«

»Ein Haar«, murmelte Nayir und angelte in seiner Tasche nach einer Tüte. Eric riss sich ein paar Haare aus.

»Und der Storch?«, fragte Nayir, nahm ihn vom Tisch und hielt ihn hoch.

»Ich hab ihn ihr gegeben«, erklärte Eric. »Es war unser Vertrag.«

»Ein Storch?«

»Ein Versprechen auf eine fruchtbare Zukunft.« Eric winkte müde ab, als wisse er, dass es keine fruchtbare Zukunft gab. »Wie Sie schon gesagt haben: Wir konnten keinen richtigen Vertrag unterschreiben. Es war zu riskant, dass er in die falschen Hände geriet.«

»Natürlich«, erwiderte Nayir. Erics blasierte Geste störte ihn. Sie deutete an, dass Nouf so töricht gewesen war zu glauben, ihre Träume würden sich irgendwann erfüllen.

»Wie haben Sie sie kennengelernt?«, fragte Nayir. »Ich kann mir nicht vorstellen, dass die Familie Sie mit ihrer Tochter bekannt gemacht hat.«

»Hat sie auch nicht.« Eric schien sich nicht an Nayirs Worten zu stoßen. »Das war Zufall. Mein Hausgenosse und ich waren eines Nachmittags bei den Shrawis zu Besuch. Wir machten gerade einen Spaziergang am Strand, und wer kommt da auf einem leuchtend gelben Jet-Ski herangebraust? Dieses wunderschöne junge Mädchen. Sie war natürlich ganz züchtig, als sie uns sah, hat sich einen Schal übers Haar geworfen und ums Gesicht gewickelt. Ken – das ist mein Hausgenosse – sagte irgendwas Höfliches. Sie war nervös, einfach so mit uns zu reden, aber sie fragte uns, ob wir Amerikaner seien, und wir haben ja gesagt. Dann war sie plötzlich weg. Wir vermuteten, dass sie uns für schmutzige Ungläubige hielt, aber als wir das Haus verließen, kam ein Diener hinter uns her und bat uns um unsere Telefonnummer. Wie sich herausstellte, war das ihr Begleiter, und sie hatte ihn losgeschickt, damit er uns abfing, ohne dass ihre Brüder es merkten.«

»Und Sie haben ihm Ihre Nummer gegeben?«

»Warum nicht? Wir hatten doch keine Ahnung, was sie wollte, aber –«, Eric wog seine nächsten Worte behutsam ab, »ich ging davon aus, dass kein – wie soll ich sagen? – unmoralisches Ansinnen im Spiel war.«

Nayir hatte den Eindruck, dass genau das Erics erster Gedanke gewesen war, Nouf unmoralische Absichten zu unterstellen. Gemeinerweise vermutete er, Eric sei enttäuscht gewesen, dass sie stattdessen etwas Geschäftliches von ihm wollte. Nayir erkannte, dass er ungerecht war.

»Noch etwas«, sagte Nayir. »Als Sie bei den Shrawis waren, sind Sie jemals in anderen Räumen als in den Salons gewesen? Vielleicht in den Schlafzimmern der Männer?«

»Nein«, erwiderte Eric zögernd. Er war beleidigt, was sich in seinem versteinerten Gesichtsausdruck äußerte und in der Röte, die sein Gesicht bis zum Hals überzog. Nayir war verwundert, bis ihm aufging, dass die Frage etwas Sexuelles unterstellte.

»Ich wollte damit nur sagen ...« Er hatte nach Othmans verschwundener Jacke fragen wollen, aber da er jetzt aus dem Konzept gebracht war, beschloss er, die Sache fallen zu lassen. Er erhob sich verlegen. »Ach, lassen wir's.«

Eric wirkte erleichtert, dass er endlich ging. Nayir dankte ihm und verließ das Haus.

Die Luft draußen war kühl wie die Nacht in der Wüste. Er atmete tief ein und schlüpfte in seinen Mantel, der nach dem Haus roch. Er hatte Eric für das Essen gedankt, aber jetzt richtete er einen noch viel größeren Dank an Allah für die Freiheit einer Straße, für das Recht, sich zu entfernen.

Es war noch früh am Abend, als er Mohammeds Haus erreichte. Der Begleiter war daheim und gab bereitwillig eine Probe seiner Haare ab. Nayir tütete sie ein und ging damit direkt zur Rechtsmedizin. Er machte sich nicht die Mühe, Fräulein Hijazi aufzusuchen, sondern hinterließ die Proben einfach in einer Papiertüte auf dem Tisch. Der Sicherheitsbeamte versprach, sie ihr zu geben. Seine Frage, ob er eine Nachricht hinterlassen wolle, verneinte Nayir.

ℬ

Er tat das, was er immer tat, wenn er eine Denkpause einlegen musste. Er fuhr im Auto herum. Was hätte er sonst tun sollen, andere Möglichkeiten boten sich ihm kaum. In Saudi-Arabien gab es keine Bars, keine Nachtklubs, keine Discos oder Kinos. Es gab natürlich heimliche Vergnügungsstätten in den Häusern der Elite und bestimmter Mitglieder der königlichen Familie, wo man ein Glas Wein trinken oder Whisky kaufen konnte. Es gab sogar Bordelle, Privatresidenzen, wo Männer Prostituierte finden konnten – alles Nicht-Musliminnen, da es *haram* war, mit einer muslimischen Hure zu schlafen. Aber von einem gab es mehr als genug: Benzin. Das war so spottbillig, dass er er so viel fahren konnte, wie er wollte. Und das tat er, ebenso wie Millionen anderer gelangweilter Männer.

In der Stadt gab es keine großen Kreuzungen, nur Kreisverkehr. Sie hatten Ausfahrten in zehn, zwanzig verschiedene Richtungen. In der Mitte eines jeden Kreisverkehrs stand eine Skulptur, eine Ablenkung für die Fahrer mit ihren gewaltigen Ausmaßen und den manchmal verstörenden Formen. Riesige beduinische Kaffeekannen, fliegende Autos, in einen Betonklotz eingegossen, Körperteile – eine Faust, ein Riesenfuß. Die meisten der vierhundert Skulpturen der Stadt reichten vom Abstrakten bis zum Konkreten, manchmal auf idiotische Weise, aber keine stellte eine vollständige menschliche Gestalt dar.

Nayir verbrachte viel Zeit damit, Kreisverkehre zu suchen und den Skulpturen Spitznamen zu geben. Die Angewohnheit hatte er von Azim übernommen – Azim, der vor sieben Wochen zum Begräbnis einer Tante nach Palästina gefahren und seitdem verschollen war. Nayir fuhr in den ersten Kreisverkehr hinter der Medina Road, dem mit dem riesigen Fahrrad in der Mitte, dessen Lenkstange dreimal so hoch war wie ein Mann. (Er nannte es »Made in China«.) Er fuhr zweimal im Kreis und bog Richtung Osten ab, fädelte sich durch den nächsten Kreisverkehr, den mit dem allerersten Saudia-Jet (»Gott schütze Amerika für die Technologie der Ungläubigen«), bis er die verstopften Fahrstreifen erreichte, die rund um mathematische Werkzeuge führten – Stechzirkel und Kubus, überspannt von einem Winkelmesser von der Größe einer auf den Kopf gestellten Boeing. Er fuhr langsam im Kreis, betrachtete die Skulptur von jeder Seite, aber ihm fiel kein witziger Name ein. »Arabische Erfindungen«? »Was wir taten, als wir noch wichtige Dinge taten«? Was hatten die überhaupt getan? Er hatte es vergessen.

Er hatte keine Energie mehr, aber es war ihm unmöglich, den Kreisverkehr zu verlassen. Es fuhren zu viele Autos um ihn herum. Schlagartig überkam ihn Panik, als er sich vorstellte, dass er für immer und ewig hier im Kreis würden fahren müssen. Verzweifelt schob er sich nach rechts, und nach mehrmaligem Hupen gelang es ihm auszubrechen.

Von einem plötzlichen Drang ergriffen, der Stadt zu entfliehen, setzte er seine ganze Aufmerksamkeit daran, die Corniche zu erreichen. Dort hätte er achtzig Kilometer Freiheit. Er würde an der Küste entlangfahren, raus aus der Stadt, und sich die Sterne ansehen. Vielleicht würde er am Strand übernachten. Manchmal dachte er daran, aus der Stadt fortzuziehen, in einem kleinen Häuschen zu leben, das näher an der Wüste war, aber in der Stadt hatte er seine Beziehungen, dort fand er neue Kunden und hielt Kontakt mit den alten. Er konnte seinen Onkel nicht alleinlassen – vor allem jetzt nicht, da Samir älter wurde. Außerdem lebte es sich auf dem Boot beinahe so wie in der Wildnis; er ging häufig segeln, und auf dem Wasser entspannte er sich.

Er beschloss, heute nicht zum Boot zurückzukehren; er würde sich irgendwo abseits der Straße ein ruhiges Plätzchen suchen. Allein schon die Vorstellung, so nahe an der Wüste zu sein, ganz allein, verschaffte ihm Seelenfrieden, und mit plötzlicher neuer Energie schaltete er das Radio ein. Er suchte Radio Dschidda und lauschte einem Imam, der sich über den richtigen Umgang mit Frauen ausließ. Für gewöhnlich mochte er das aufgeregte Geschrei nicht, aber heute Abend fand er es seltsam beruhigend. »Berühren«, knurrte der Imam, »das ist das Unzuchttreiben der Hand. Ihr habt Frauen, die *na-mehram* sind, nicht anzusehen, es steht euch gar nicht zu, Frauen anzusehen, die nicht zu eurer Familie gehören, denn das ist Unzuchttreiben des Auges.«

Er dachte an Fräulein Hijazi, und er erinnerte sich an ihren Spaziergang durch die amerikanische Wohnanlage. In einem Augenblick der Verlegenheit, als er in seinem Bauch ein fürchterliches Flattern verspürte, war da etwas in ihren Augen gewesen – war es Bewunderung? Welchen Grund hätte sie, ihn zu bewundern? Er stellte sich vor, wie Othman über ihn redete und das Bild eines – was? – beschrieb. Eines frommen Moslems? Eines Mannes, der fünfmal am Tag betete, jedes Jahr einen Hadsch machte, seine barmherzige *zakat* entrichtete und sich in allem korrekt verhielt? Er bezweifelte, dass eine Frau wie sie davon beeindruckt wäre. Vielleicht war er für sie der heldenhafte Wüstenführer. Ein Mann, der einen Schakal erlegen konnte.

Er kam an den Blackpool-Lampen vorbei, Straßenlaternen im viktorianischen Stil, aus England importiert, die zwischen den Palmen und den Sanddünen völlig deplatziert wirkten. Seine Aufmerksamkeit richtete sich auf die Gebäude, die Bienenwabenmoscheen, die am Autofenster vorbeiflitzten, und dazwischen die Patriot-Raketen, bedrohlich wie Wespen. Plötzlich wurde die Landschaft wieder öder – lange, leere Felder, unterbrochen von hässlichen Gebäudekomplexen, die in der Dämmerung verlassen wirkten –, und seine Gedanken gingen wieder zu Eric. Was sah eine Frau wie Juliet in einem Mann wie ihm? Er war zu alt für sie, zu affektiert und hochnäsig. Hatten sie miteinander geschlafen? Eine plötzliche Erinnerung an Nouf blitzte in ihm auf, aber er schüttelte den Kopf, um das Bild zu vertreiben.

Warum wollte Eric einem Mädchen wie Nouf helfen? Für sexuelle Gefälligkeiten? Weil er es für seine moralische Pflicht hielt? Nayir hatte den Verdacht, dass sein wahres Motiv Gier war. Es schien Eric nicht schlecht zu gehen, nach dem Haus zu urteilen, in dem er wohnte. Und doch konnte Nayir sich seine Unsicherheit vorstellen – es war das Haus seines »Hausgenossen«; Eric war dort in gewissem Sinn ein Gast. Er hatte die Wohnung in der amerikanischen Anlage behalten. Vielleicht war sein Arrangement mit Nouf seine Art, sich abzusichern, für den Fall, dass sein Hausgenosse ihn irgendwann rausschmeißen sollte.

Nayir überkam plötzlich das schlechte Gewissen: Er hatte das Versprechen gebrochen, das er Mohammed gegeben hatte. Zwar hatte er Mohammeds Namen nicht erwähnt, aber wer sonst kannte Noufs Geheimnis?

»Und selbst die Stimme!« Das Radio riss ihn aus seinen Gedanken. »Ihre sanften Laute können die Lippen zur Unzucht treiben, die Zähne, ja sogar den Atem, mit dem wir Allah preisen!« Nayir fragte sich, wie Noufs Stimme wohl geklungen haben mochte. Hatte sie sich, wie es manche Frauen taten, Münzen in den Mund gesteckt, um ihren verführerischen Klang zu dämpfen? Hatte sie durch einen Neqab hindurch gesprochen, oder war sie so modern gewesen, Eric ihr Gesicht zu zeigen? Eric war Amerikaner, und Amerikaner hatten die Angewohnheit, Regeln zu verletzen; wenn man mit ihnen redete, schien es manchmal unversehens in Ordnung zu sein, sich so zu verhalten wie sie. Nayir hatte das an sich selbst beobachtet, als er mit Juliet sprach und ihr direkt ins Gesicht geschaut hatte. Und wahrscheinlich hatte auch die rebellische Nouf, die sogar bereit war, ihren Verlobten zu verlassen, Eric ihr Gesicht gezeigt. Wahrscheinlich hatte sie ihm die Hand geschüttelt und ihm direkt in die Augen gesehen, um zu beweisen, dass sie sich wie eine Amerikanerin benehmen konnte.

Die Stimme des Imam, greisenhaft und durchdringend, störte

ihn jetzt beim Fahren, also schaltete er das Radio aus, kurbelte das Fenster herunter und ließ sich die Nachtluft um die Ohren wehen. Er versuchte, sich an den Klang von Fräulein Hijazis Stimme zu erinnern. Für eine so forsche Frau sprach sie mit erstaunlicher Sanftheit. Vielleicht bemühte sie sich, ihren Worten die Schärfe zu nehmen, züchtig zu erscheinen, obwohl sie es gar nicht war. Ihre Stimme war nicht besonders wohlklingend oder einschmeichelnd gewesen, und er beschloss, dass er keine Schande auf sich geladen hatte, indem er ihr zugehört hatte.

Ein wichtigerer Gedanke schob sich allmählich in sein Bewusstsein. Eric wusste wahrscheinlich nichts über Othmans Jacke, und selbst wenn, warum hätte er sie stehlen sollen? Eine lächerliche Vorstellung. Zweifellos hatte er sein eigenes GPS-Gerät und seine eigenen Karten. Nayir kam sich töricht vor, dass er ihn überhaupt danach hatte fragen wollen. Jetzt war ihm klar, dass er gehofft hatte, vor etwas die Augen verschließen zu können, vor dem sich jetzt nicht mehr die Augen verschließen ließen: vor der Tatsache, dass ein Bewohner des Anwesens Nouf entführt hatte. Die Möglichkeit hatte er von Anfang an in Betracht gezogen. Samir hatte es gesagt; alle Beweise, die neu hinzugekommen waren, deuteten darauf hin; und trotzdem wollte er es nicht wahrhaben.

Was würde als Nächstes passieren? Fräulein Hijazi würde die Proben analysieren, aber ob sie ihn wohl anrief? Oder würde sie das Richtige tun und zuerst mit Othman sprechen? Falls die Proben die Identität des Vaters enthüllten, dann würde er Fräulein Hijazi wahrscheinlich nicht wiedersehen. Es wäre eine Erleichterung, sich nicht mehr ständig Sorgen um sein Verhalten machen zu müssen, aber tatsächlich fühlte er sich gar nicht erleichtert.

Als er sich wieder der Außenwelt zuwandte, stellte er fest, dass er eine Skulptur umkreiste, der er bisher keine besondere Aufmerksamkeit geschenkt hatte. Es war eine grobe Abstraktion, eine hohe Stahlstange, die wie eine Wirbelsäule gekerbt war. Sie war in der Mitte durchgebrochen, und der obere Teil hing über der Straße, eindeutig mit künstlerischer Absicht. Zwei Worte fielen ihm ein, die er nicht vertreiben konnte. *Viagra bitte.* Und plötzlich riss er das Steuer herum, schnitt durch den Verkehr und raste in eine dunkle Straße, in der er mit quietschenden Reifen anhielt.

Er war in eine Sackgasse geraten.

# ∞ 18 ∞

Es war die schlimmste Zeit des Tages, Mittag, grell, schwül und stickig, das Land versengt von einer Sonne, die den Himmel vollständig einzunehmen schien. Eine dampfende, kaum einzuatmende Luft ergoss sich wie flüssige Lava über alles, kräuselte sich vor Hitze, erzeugte schmerzhafte Lichtbrechungen und verursachte Trugbilder, die ein ganzes Heer in die Irre führen könnten, in den allerheißesten Bezirk der Hölle. Katya wartete an der üblichen Stelle hinter dem Gebäude der Rechtsmedizin auf Ahmad, doch während der fünf Minuten, die sie dort stand, schmolzen die Sohlen ihrer neuen Sandalen und klebten wie warmer Kaugummi am Gehsteig fest.

Als Ahmad in dem Toyota vorfuhr, sah er sie auf den Zehen herumtanzen wie ein Fakir, der versucht, ein Bett glühender Kohlen zu überqueren, und er stürzte aus dem Wagen. Er riss Streifen von seiner kostbaren Zeitung ab, legte sie hintereinander aus und prüfte mit seinem nackten Fuß, ob sie ausreichend isolierten, damit Katya sicher zum Auto gelangte. In der Nähe stand ein Passant, ein Jemenit in einem langen grauen Gewand mit einem Jackett darüber. Er eilte herbei, um zu helfen, zerriss seine eigene Zeitung und verwünschte die Hitze mit solch starken Worten, dass Ahmad lächeln musste, was selten vorkam. Die Gesten des Fremden hatten etwas so Freundliches, dass Katya das Gefühl hatte, es wäre in Ordnung, ihm direkt zu danken, und als sie es tat, lächelte er breit und verneigte sich tief.

Für solche Tage, an denen das Berühren der Autotür Verbrennungen dritten Grades verursachte und das Führen des Lenkrads grimmige Entschlossenheit erforderte, hatte Ahmad einen Küchenhandschuh in seinem Handschuhfach. Er hatte den Handschuh jetzt bei sich – einen großen blauen Kunstfaserhandschuh aus einem Material, das im russischen Raumfahrtprogramm entwickelt worden war – und öffnete Katya damit behutsam die Tür, warnte sie aber, ja nicht den Rahmen oder die Scheibe zu berühren.

Der Jemenit lachte über den Handschuh. »Der sieht aus, als könnte man damit ein Lamm auf die Welt holen.«

Ahmad lächelte ein wenig. »Er hat meiner Frau gehört«, sagte er. »Ich fürchte, sie hat ihn nur benutzt, um einen Lammbraten aus dem Ofen zu holen.«

»Oh.« Der Jemenit hob wissend die Augenbrauen. »Das tut mir leid«, sagte er.

Katya hatte plötzlich das Gefühl, als hätte dieses kurze Gespräch in einer anderen Welt stattgefunden. Es war nicht so ungewöhnlich, dass ein so beiläufiger Austausch von Bemerkungen direkt die Fruchtbarkeit einer Frau thematisierte, aber sie fragte sich, wie viele Gespräche dieser Art sie im Laufe der Jahre schon gehört hatte, ohne zu begreifen, was sie eigentlich sollten.

Sie stieg in den Toyota. Ahmad hatte den Motor angelassen, und die Klimaanlage lief auf Hochtouren. An besonders heißen Tagen hielt er auch einen Stapel Handtücher in einer mit Eis gefüllten Kühlbox bereit, und eines lag jetzt ausgebreitet über dem Rücksitz. Doch trotz dieser Luxusbehandlung hatte die Hitze in den fünf Minuten, die Katya auf ihn gewartet hatte, ihren gesamten Körper durchdrungen, und die verhältnismäßige kühle Temperatur im Auto konnte die Schweißflut nicht stoppen, sondern, wie es schien, lediglich etwas einzudämmen.

Sie hielten beim ersten Schuhgeschäft, das sie finden konnten.

Ahmad stieg aus, um ihr ein Paar Sandalen zu kaufen, und kam zweimal wieder, um wegen des Preises und der Größe nachzufragen. Die Sandalen, für die er sich schließlich entschied, waren flach und robust und hatten Riemen mit Klettverschluss. Es waren wohl die hässlichsten Schuhe, die sie je getragen hatte, aber vermutlich würden sie selbst eine Reise zur Sonne überstehen. Sie zog sie dankbar an.

Auf den Schnellstraßen herrschte dichter Verkehr. Es war Mittagszeit, jeder machte Mittagspause, aber niemand wollte die angenehme Kühle seines Autos verlassen. Sie brauchten beinahe eine Stunde, um aus der Stadt herauszukommen, und als sie schließlich die Straße zum Shrawi-Anwesen erreichten, lehnte Katya sich in den Sitz zurück und schloss die Augen.

Sie fühlte sich erschöpft. In der letzten Woche war sie jeden Tag früh zur Arbeit gegangen, aber jedes Mal war auch Salwa schon da, die ihr sämtliche Arbeit aufhalste, sodass Katya durch ihr frühes Erscheinen noch mehr Pflichten aufgebürdet bekam. Gerade hatte sie die Spurenuntersuchung in einem Fall ehelicher Gewalt durchzuführen. Eine Frau hatte ihren Mann getötet, indem sie sein Bett in Brand setzte. Katya wusste wenig über die Ehefrau, aber sie vermutete, dass dieser Fall so lag wie die meisten anderen Fälle ehelicher Gewalt: Die Frau hatte um ihr Leben gefürchtet.

Katya wünschte sich, sie wäre stärker in die Untersuchung eingebunden – zumindest hätte sie gern mehr über die Morde erfahren –, aber ihre Aufgabe war es, Beweismittel zu analysieren, nicht nach ihnen zu suchen. Bei den meisten Fällen konnte sie von Glück reden, wenn sie überhaupt etwas über das Motiv des Mörders erfuhr. Der Abteilungsleiter versprach ständig, dass irgendwann auch Frauen Untersuchungen leiten dürften. Schließlich gab es auch weibliche Verdächtige, und sollten die nicht von Frauen verhört werden? Aber es gab immer wieder Ausreden, um sie eingesperrt zu halten. Der Abteilung fehlten finanzielle Mittel. Der Staat genehmigte es nicht. Zurzeit waren alle Augen auf die neue Einheit weiblicher Polizisten gerichtet, die vor kurzem zu ihrem ersten Einsatz in der Öffentlichkeit geschickt worden war. Die Polizistinnen leisteten nichts Bemerkenswertes, aber was konnte man auch von einer Gruppe Frauen erwarten, die weder Auto noch Fahrrad fahren durfte, die nicht einmal die Befugnis hatte, einen Mann auf der Straße anzuhalten?

Der Wagen tuckerte sanft, und Katya öffnete die Augen. Rechter Hand glitzerte das Rote Meer in einem strahlenden Blau, und sie verspürte plötzlich den überwältigenden Drang, anzuhalten, hinunter zum Strand zu laufen und ins Wasser zu springen, mitsamt Abaya und allem. »Könnten wir mal kurz halten?«, fragte sie.

Ahmad zuckte nervös die Achseln. »Um zwei habe ich einen anderen Termin in der Stadt.«

Katya sah auf ihre Uhr. Sie hatten nicht genug Zeit. *Immerzu warten,* dachte sie. Und dann: *Warten worauf?* Auf einen freien Tag. Auf einen Tag, an dem die Temperatur unter 38 Grad lag. Auf einen Tag, an dem ihr Vater gut gelaunt genug war, um mit ihr zum Strand zu fahren. Bevor sie Othman kennenlernte, hatte sie jahrelang auf einen Mann gewartet, der mit ihr zum Strand führe. Er würde sie zur Arbeit fahren und sie beim Einkaufen begleiten. Und jetzt eine neue Wendung: Sie hatte einen Verlobten, aber sie wartete auf die Ehe. Sie hatten immer noch keinen neuen Termin für die Hochzeit festgelegt.

Ahmad öffnete die Kühlbox auf dem Beifahrersitz und holte eine eiskalte Flasche Wasser heraus. Er reichte sie ihr nach hinten. Sie klappte den Neqab hoch, sodass ihr Lächeln sichtbar wurde. »Danke, Ahmad.«

»Haben Sie irgendwas Neues über den Tod der kleinen Shrawi erfahren?«, fragte er.

Sie warf einen Blick auf seine Augen, die sie im Rückspiegel sah, und versuchte festzustellen, ob ihr Vater ihm aufgetragen hatte, sie auszufragen. »Ein bisschen was«, sagte sie. »Aber nichts Schlüssiges.«

»Ich habe mich nur gefragt, ob Sie der Familie irgendwelche Neuigkeiten bringen.«

»Nein, das ist nur ein Besuch.« Sicherlich fragte er sich, warum sie dafür nicht bis nach der Arbeit gewartet hatte, aber am Abend wären die Männer auch von der Arbeit zurück, und die Wahrscheinlichkeit war groß, dass die Frauen dann zu tun hätten. »Ich habe sie seit der Beerdigung nicht mehr gesehen«, erklärte sie. »Ich will mich nur vergewissern, wie es ihnen geht.«

Ahmad nickte und schien zufriedengestellt, doch Katya verfluchte sich, dass sie gelogen hatte. Natürlich wollte sie sich erkundigen, wie es den Frauen ging, aber insgeheim hatte sie etwas ganz anderes vor.

Im Verlauf der letzten Tage hatte sie klären können, dass die DNS von der Haut unter Noufs Fingernägeln mit der DNS des Kindsvaters übereinstimmte. Also hatte Nouf den Vater vor ihrem Tod noch gesehen. Vielleicht hatte sie ihm eröffnet, dass sie von ihm schwanger war, und er war entsetzt gewesen. Sie waren handgreiflich geworden …

Doch ab dem Punkt konnte die Geschichte in alle möglichen Richtungen gehen. War es zum Kampf gekommen, weil er sich wegen der Schwangerschaft schämte? Weil er verheiratet war und keine zweite Frau haben wollte? Oder weil er wusste, dass sie mit einem anderen Mann verlobt war? Er hätte Nouf nicht heiraten müssen. Sie wäre ja bald mit Qazi zusammen gewesen. Sie hätte so tun können, als sei das Kind von Qazi – natürlich nicht, wenn der Vater einer anderen Rasse angehörte. In dem Fall hätte es vielleicht blonde Haare gehabt. Oder es wäre dunkelhäutig oder asiatisch. Und wenn sie Qazi gar nicht heiraten wollte? Wenn sie den Vater des Kindes heiraten wollte, der sich aber weigerte? Das hätte genug Verzweiflung auslösen können, um sie fortzutreiben. Ein

Kampf würde die Haut unter ihren Nägeln und die Kratzer auf ihren Armen erklären, aber nicht die Kopfverletzung. Die hatte sie nicht umgebracht, war aber schwer genug, um ihr das Bewusstsein zu rauben. Hätte sie überhaupt weglaufen können, nachdem sie einen solchen Schlag erlitten hatte?

Und wenn Qazi der Vater war? Wäre er böse geworden? Wahrscheinlich nicht. Sie wollten bald heiraten, was machte es da aus?

Trotz ihres Bemühens, gerecht zu bleiben, überschattete ein Szenarium alle anderen. Wenn Nouf nun dem Vater des Kindes von ihrem Plan erzählt hatte, nach Amerika zu ziehen, und der Vater des Kindes versucht hatte, sie daran zu hindern? Darüber wäre jeder Mann in Zorn geraten – auch Qazi. Hätte sie es ihm erzählt?

Katya stieß einen verzweifelten Seufzer aus. Sie hatte Nouf nicht näher gekannt. Meistens waren sie sich im Salon der Frauen begegnet, einem offiziellen und etwas förmlichen Raum. Bei einigen Gelegenheiten hatte sie mit Nouf auch privat gesprochen, genug, um zu erkennen, dass sie lebhafter war als die meisten ihrer Schwestern. Sie lachte gern und sprach aufgeregt über ihre persischen Windhunde. Einmal gestand sie ihr, dass sie Hunde mehr liebe als Kinder und dass sie sich irgendwann mal eine ganze Hundefamilie wünsche.

Doch wie die anderen Frauen in der Familie legte Nouf manchmal eine seltsame Zurückhaltung an den Tag, verstummte mitten im Gespräch, oft gerade dann, wenn sie im Begriff gewesen war, sich zu öffnen. Katya wusste nie, wie sie diese Momente einschätzen sollte – gewöhnlich gingen sie einem höflichen Abschiednehmen voraus, bei dem Nouf sich damit entschuldigte, dass sie noch etwas zu tun hätte. Katya kam sich dann immer etwas stehen gelassen vor. Sie hatte sich zu Nouf hingezogen gefühlt, vielleicht weil sie Othmans Lieblingsschwester war. Katya hatte nie eine

Schwester gehabt, und sie sehnte sich danach, an Noufs Alltag teilzunehmen, nur einmal in ihr Schlafzimmer treten zu dürfen, die Bücher zu sehen, die sie las, ihren Schmuck, ihre Bilder oder ihre Lieblingsplüschtiere. War sie unordentlich? In was für einem Bett schlief sie? Welche Farbe hatte ihr Zimmer? Hatte sie ihre eigene Dienerin? In ihrem Schlafzimmer wäre Nouf entspannter gewesen, und sie hatte gehofft, dass die Schranken der Verlegenheit oder des Anstandes fielen und sie sie besser kennenlernen würde, wenn sie erst einmal mit Othman verheiratet war.

Als sie auf die Brücke einbogen, die zur Insel führte, krampfte sich ihre Kehle zusammen. Sie war von Anfang an begierig gewesen, mit den Frauen zu reden, sie zu fragen, was sie über Noufs Leben wussten. Doch seit jenem schrecklichen Morgen in der Rechtsmedizin, an dem sie den Leichnam identifizieren musste, war es ihr unmöglich gewesen, dass Thema anzusprechen, ohne gegen eine Mauer aus Schweigen und Tränen zu stoßen. Hoffentlich war inzwischen genug Zeit vergangen.

Ahmad ließ die vorderen Fenster herunter, sodass eine kühle Brise hereinströmte. Sie befanden sich jetzt über dem Wasser, und das Haus kam gerade in Sicht. Sie fand es immer wieder erregend, wie sich die weißen Mauern des Gebäudes in der Ferne erhoben, und sie stellte sich vor, eines Tages dort zu Hause zu sein. Das heißt, wenn sie sich heute nicht zum ungebetenen Gast machte.

ꝏ

Sie hatte mit den Frauen genügend Zeit verbracht, um zu wissen, dass sie in dem Salon buchstäblich lebten. Sie kochten nicht, machten weder den Abwasch noch die Wäsche, kümmerten sich um nichts anderes als um ihre Besucher, ihre Gebete und ihr eigenes Wohlergehen. Die kleineren Kinder spielten in entfernt gelegenen Räumen mit zwei philippinischen Kindermädchen, während die Mütter und die älteren Kinder den größten Teil ihres Lebens in dem klimatisierten Salon verbrachten, einem weißen, hell erleuchteten Raum mit kissenübersäten Sofas, abgeschirmten Fenstern, einem Fernseher und Schriften aus dem Koran an den Wänden. Von der Fensterreihe am anderen Ende des Raumes sah man auf die Familienmoschee. Auf der gegenüberliegenden Seite führte eine Doppeltür zu einem von einer hohen Mauer umgebenen Garten, in dem ein Springbrunnen sprudelte, der geradezu aus der felsigen Mauer herauszuwachsen schien. An einer Pergola, die Sessel und Bänke beschattete, rankte Wein, und eine Reihe ordentlich aufgereihter Töpfe mit Zitronenbäumen verlieh der Luft einen frischen Duft, doch trotz Springbrunnen und Schatten war es oft zu heiß, um draußen zu sitzen, sodass die Frauen lieber im Salon blieben.

Nusra war in ständiger Bewegung, kam immer mit neuem Besuch herein und verschwand dann wieder, um sich um ihren Haushalt zu kümmern. Die Frauen ihrer Söhne hielten sich oft mit ihren Cousinen oder Freundinnen in dem Raum auf. Als Nouf noch lebte, hatten sie und ihre jüngere Schwester Abir die meiste Zeit dort verbracht. Die Dienerinnen waren nie lange weg, sie waren immer zur Stelle, um die Kaffeekannen aufzufüllen, die Schalen zu entfernen und sie durch frische zu ersetzen. Abir ärgerte die Hausmädchen, indem sie sich an den Kaffeetisch setzte und mit den Speisen spielte, während die Dienerinnen dabeistanden und nicht wussten, ob sie eingreifen sollten oder nicht.

Katya hatte einige Zeit gebraucht, um sich mit den Namen ihrer zukünftigen Verwandtschaft vertraut zu machen, wobei half, dass sie immer dieselben Plätze besetzten. Es gab vier Sofas, die zu einem Quadrat angeordnet waren. Die Schwägerinnen belegten die Seitensofas, Fahads Frau Zahra saß links, neben ihr gewöhnlich ihre Schwester Fatima, die sich entweder die Haare kämmte, ihre Fingernägel inspizierte oder ein Buch las. Das rechte Sofa war für Nusra und ihre jüngeren Töchter reserviert. Und Tahsins Frau Fadilah hatte das mittlere Sofa immer ganz für sich allein. Als Katya an diesem Nachmittag in den Raum trat, hob sie ihren Neqab und erwiderte die zahlreichen Begrüßungen, die an sie gerichtet wurden. An der allgemeinen Schweigsamkeit merkte sie, dass gerade kein Gespräch im Gange gewesen war. Als sich alle Blicke auf sie hefteten, malte sie sich aus, wie es wäre, wenn sie über den Saum ihres Gewandes oder über Abir stolperte, bevor sie die Sicherheit eines Sofas erreichte. Mit vorsichtigen Schritten steuerte sie ein Sofa an und fand einen Platz neben Zahra. Sie war dankbar, dass gerade Kaffee serviert wurde. So hatten ihre Hände etwas zu tun. Sie sah sich um und stellte fest, dass über den Fernsehschirm in der Ecke wie üblich stumme Bilder von Mekka flackerten.

»Arbeitest du heute nicht?«, fragte Zahra.

»Ich hab mir den Nachmittag freigenommen«, erwiderte Katya.

»Das wirst du noch viel öfter tun, wenn du erst mal verheiratet bist«, bemerkte Zahra mit einem Augenzwinkern.

Katya antwortete mit einem kleinen Lächeln, aber niemand sagte etwas. Sie konnte nicht feststellen, ob Zahras Bemerkung die anderen verlegen gemacht hatte oder ob sie erwarteten, dass sie etwas Scherzhaftes darauf entgegnete. Ihr fiel nichts ein.

»Nun, Fräulein Zukünftige des Kleinen Othman«, sagte Fadilah, »hast du schon ein Kleid ausgesucht?«

Katya betrachtete ihre zukünftige Schwägerin. Fadilah, Tahsins Frau, ähnelte ihrem Mann in Aussehen und Benehmen derart, dass sie wie eine Parodie von ihm wirkte. Sie hatten beide das gleiche runde Gesicht mit Hängebacken und wulstigen Lippen, die gleichen trägen Augen. Sie trugen beide gut geschneiderte, makellose Gewänder und pflegten auf eine wachsame und gebieterische

Art dazusitzen und die restliche Gesellschaft zu betrachten, als hielten sie Hof.

Sie hatte sich nach dem Hochzeitskleid erkundigt, aber Katya hatte bisher keines gefunden, das ihr auch nur annähernd gefiel. Tatsache war, dass jedes Kleid, das zu ihrem Stil passte, ihr entweder zu langweilig oder zu billig vorkam. Natürlich war es ihre Hochzeit, aber sie empfand das tiefe Bedürfnis, es ihrer zukünftigen Verwandtschaft recht zu machen oder sie zumindest nicht zu enttäuschen. Einige Wochen zuvor hatte Nusra eine spezielle Schneiderin ins Haus bestellt. Die Frau war mit zwanzig verschiedenen Kleidern erschienen, aber sie waren zu knallig bunt und extravagant gewesen, ausstaffiert mit Pailletten und byzantinischer Stickerei, Gold-Lamé und Bordüren, mit schweren Schichten von Satin und Spitze. Einige hatten Korsetts aus echten Walfischknochen und andere monströse Reifröcke, in denen sie sich wie eine kugelrunde Statue vorkam, die von aller Welt angestarrt würde. Am schlimmsten waren die grauenhaften Farben – Senfgelb und Schreiendrosa, Chiligrün und ein gefährliches, schmerzhaftes Orange. Sie wollte Nusra erklären, dass die Kleider zu knallig waren, aber sie wollte sie auch nicht kränken oder undankbar erscheinen. Katya hätte eine sanfte Tamarindenfarbe vorgezogen oder das schlichte Rot einer Beduinendecke.

Als Katya sämtliche Kleider abgelehnt hatte, entschuldigte sich Nusra. »Wer bin ich denn, um eine Schneiderin zu empfehlen«, scherzte sie und wies auf ihre blinden Augen. Katya erklärte entschuldigend, sie brauche noch etwas Zeit, um darüber nachzudenken, was sie wirklich wollte.

»Ich hab mich immer noch nicht entschieden«, sagte sie jetzt zu Fadilah. »Ich hatte gehofft, etwas Schlichtes und Elegantes zu finden.«

Fadilah rutschte etwas unbeholfen herum, was so viel bedeutete wie ein Räuspern. »Meine Schwester ist Schneiderin«, sagte sie. »Sag mir, welche Farbe du magst, und ich lasse dir ein Kleid nähen.«

Katya konnte sich nichts Schlimmeres vorstellen, als ein Kleid zu tragen, das von Fadilahs Schwester geschneidert worden war, einer Frau, der sie noch nie begegnet war. Aber an der Art, wie die anderen Frauen sie ansahen, merkte sie, dass es ein Angebot war, das Fadilah nicht jeden Tag machte und das man gewiss nicht ablehnen konnte.

»Vielen Dank«, erwiderte Katya, »aber ich habe an diesem Wochenende schon einen Termin mit einer Schneiderin. Sie ist eine alte Freundin meiner Mutter. Aber ich komme gern auf dein Angebot zurück.«

Fadilah wirkte leicht verunsichert – vielleicht spürte sie, dass es eine Lüge war –, aber sie nickte gnädig, und dann erstarb die Unterhaltung.

Während die Spannung sich in einer der langen Schweigepausen entlud, die sich oft über den Raum senkten, kam sich Katya immer mehr wie eine Versagerin vor. Sie war nicht interessant genug, um bei diesen Frauen irgendeine Anteilnahme zu wecken. Verzweifelt überlegte sie, wie sie das Eis brechen könnte, um das Thema Nouf anzusprechen, ohne dass es peinlich war, aber sie hatte jetzt eine Blockade im Kopf. Alles wurde nur noch schlimmer, als die Tür aufging und die junge Huda hereintrat. Sie war eine Shrawi-Cousine, die aus Dhahran zu Besuch gekommen war, um den Hadsch zu machen. In den zwei Jahren, die sie jetzt schon hier im Haus war, hatte sie den Hadsch ein Dutzend Mal gemacht. Weit davon entfernt, ihres Langzeitbesuches überdrüssig zu sein, sprachen die Shrawi-Frauen von ihr in den höchsten Tönen, nannten sie die größte Pilgerin der Welt und die rechte Hand Allahs, während Huda, die ewig Bescheidene, nie aufhörte, ihnen zu danken, dass sie ihr die Tür nach Mekka geöffnet hätten.

Hudas Ankunft verursachte einige Unruhe, denn Muruj sprang

auf, um sie zu begrüßen. Huda verkündete mit einem leichten Lächeln, es sei Zeit zum Gebet, und im selben Moment drang der Ruf von der Moschee in den Raum. Er ertönte vom hinteren Fenster, das auf eine tief abfallende Felsmauer ging. Am Fuß der Mauer befand sich die Familienmoschee. Ihre Lautsprecher waren auf der ganzen Insel postiert, aber zwei der größten waren nach oben auf den Salon der Frauen gerichtet, sodass fünfmal am Tag der Raum mit solch seligem Singsang erfüllt wurde, dass eine Unterhaltung unmöglich war. Huda und Muruj gingen in ein benachbartes Badezimmer, um ihre Waschungen zu verrichten, während die anderen Schwestern und Schwägerinnen still auf ihren Plätzen sitzen blieben, die Blicke der anderen meidend, etwas verlegen, übergangen worden zu sein, doch unternahmen sie keinen Versuch, am Gebet teilzunehmen.

Katya wartete auch ab. Es war nicht das erste Mal, dass sie in dieser Lage war. Wäre Nusra da gewesen oder wäre Besuch im Raum, der nicht zur Familie gehörte, dann hätten alle gebetet, aber wenn nur die jüngeren Frauen da waren, dann tat jede, was sie wollte.

Katya musterte schweigend die anderen Frauen. Ein Großteil des Unbehagens, das sie in ihrer Gegenwart empfand, kam von ihrer Steifheit. Bis jetzt hatte ihre ganze Beziehung zu ihnen in einem eleganten Reigen aus So-tun-als-Ob bestanden, einem förmlichen »Danke« und »nichts zu danken« und vielen *Alhamdullilahs.* Aber sie würde sehr viel Zeit mit diesen Frauen verbringen, ohne dass Othman dabei war. Sie hatte nie vorgehabt, einen Mann wegen seiner Mutter oder seinen Schwestern zu heiraten, aber ihre Freundinnen machten das so. Der Ehemann war nicht so wichtig. Er war sowieso nie zu Hause, und wenn der Haushalt groß genug war, dann würde man ihn auch nicht sehen, wenn er da war. Nein, wenn man heiratete, dann heiratete man eine Schwiegermutter, Schwägerinnen und Nichten. Katya redete sich ständig ein, dass sie einander noch schätzen lernen würden, dass der Kontakt herzlicher werden würde, zumindest erträglicher, aber sie hatte so wenig gemein mit diesen Frauen. Sie gehörte – und da hatte ihr Vater vielleicht recht – zu sehr zur Mittelschicht. Dies hier war so anders als bei ihr zu Hause, wo Abu den ganzen Tag in der Küche zubrachte, kochte, rauchte, Zeitung las und fernsah. Diese Familie kochte nie oder las Zeitung. Das taten die Diener für sie. Othman hatte ihr eine Wohnung in der Stadt versprochen, aber er würde von ihr erwarten, dass sie die Familie oft besuchte. Sie würde ihren Urlaub hier verleben, ihren Vater hierher bringen, sogar ihre Kinder, irgendwann. Sie würde mehr Zeit in diesem Raum verbringen, als sie sich jemals vorstellen konnte.

Jetzt fragte sie sich, wie Nouf wohl über diese Frauen gedacht hatte. Nouf, die unter Hunden leben, nach Amerika ziehen, studieren und vor der Ehe Sex haben wollte, wie war sie mit Frauen wie Huda und Muruj zurechtgekommen? Es musste schwierig für sie gewesen sein, als Huda bei ihnen einzog – sie war ein Jahr jünger als Nouf, aber zehnmal so fromm, ein Kind, wie eine strenggläubige Mutter es sich wünschte. Oder war Hudas Anwesenheit ein Segen gewesen, eine Ablenkung, die es Nouf ermöglichte, unauffällig ihre Pläne zu verfolgen?

Auf dem Boden gegenüber von Katya saß Abir mit einem abweisenden Gesichtsausdruck. Sie sah Nouf derart ähnlich, dass sie Zwillinge hätten sein können. Sie hatte ein schlichtes schwarzes Hausgewand an, und ihre Hände waren in einer unbewussten Geste der Sittsamkeit in ihrem Schoß gefaltet. Sie hatte etwas Mürrisches an sich, das Nouf nicht gehabt hatte oder das sie zumindest besser hatte verbergen können. Am meisten ähnelte Abir ihrer toten Schwester nicht hinsichtlich des Temperaments, sondern ihrer Stellung. Sie war jung und heiratsfähig. Die Familie blickte mit einer gewissen Spannung auf diese Mädchen: Wie würden sie sich verhalten? Wen würden sie heiraten?

Doch während die Frauen Nouf wie eine Erwachsene behandelt hatten, war Abir noch das Kind, mit dem die Mutter schimpfte, weil es mit dem Speisetablett herumgespielt hatte. Im Moment beäugte sie das Badezimmer, vielleicht, weil sie sich verpflichtet fühlte, sich ihrer Schwester und ihrer Cousine anzuschließen, vielleicht aber auch, weil sie sie aus unerklärlichen Gründen verachtete.

Muruj und Huda erschienen wieder, gingen zum Eckfenster, entrollten zwei der Teppiche, die dort übereinanderlagen, und begannen mit ihrem Gebet. Katya beobachtete sie von hinten und dachte dabei, wie seltsam es war, dass Huda zu Besuch gekommen und nie wieder fortgegangen war. Die Familie hatte sie praktisch adoptiert, genauso wie sie Othman Jahre zuvor adoptiert hatte, obwohl seine Geschichte viel dramatischer war als Hudas. Katya erinnerte sich, dass es mit das Erste war, was er von sich erzählt hatte.

Die Shrawis hatten Othmans Vater eigentlich nicht gekannt, aber sie wussten, dass er Hussein hieß und er ein Gastarbeiter aus dem Süden des Irak war. Er war wegen der Arbeit nach Saudi-Arabien gekommen, aber keine sechs Monate später zahlte ihm die Baufirma, die ihn angeworben hatte, plötzlich keinen Lohn mehr. Ohne die Unterstützung der Firma konnte er seine Arbeitserlaubnis nicht erneuern, aber er hatte auch nicht genug Geld, um in den Irak zurückzukehren. Binnen eines Monats war es so weit gekommen, dass er zusammen mit seinem sechsjährigen Sohn auf den Straßen Dschiddas betteln gehen musste.

Eines Tages sah Abu-Tahsin sie auf dem Weg zur Arbeit durch das Fenster seiner Limousine und wies den Fahrer an anzuhalten. Er brachte Hussein und seinen Sohn zu einem der Auffangheime der Familie und sorgte dafür, dass sie Essen und frische Kleidung bekamen. Er schickte Othman auf die örtliche Grundschule und half Hussein dabei, seine Arbeitsgenehmigung zu erneuern. Er gab ihnen genug Bargeld, um ein paar Tage über die Runden zu kommen, und überließ sie dann ihrem Schicksal.

Doch zwei Tage später, als er in der Stadt auf der Suche nach Arbeit unterwegs war, erlitt Hussein einen Hitzschlag und starb noch in derselben Nacht.

Abu-Tahsin empfand so viel Mitleid mit dem Jungen, dass er sofort die Adoptionspapiere aufsetzen ließ. Katya fragte sich oft, was ihn zu diesem Entschluss veranlasst hatte. Er war nicht gerade überstürzt – das Adoptionsverfahren hatte eineinhalb Jahre gedauert –, aber es war eine Entscheidung, die später nicht widerrufen werden konnte: Sie band Othman auf Lebenszeit an die Familie. Und doch schien die Entscheidung in einem kurzen Augenblick gefallen zu sein. Was sah Abu-Tahsin in dem Jungen, das ihm so das Herz rührte? Wieso war Othman anders als irgendein anderes Waisenkind? Jedenfalls, sinnierte Katya, erzählte die Geschichte eine Menge über Abu-Tahsin, über das seltene Zusammentreffen von spontanem Mitgefühl und dauerhafter Großherzigkeit.

Nachdem die Gebete geendet hatten und die Frauen auf ihre Plätze zurückgekehrt waren, äußerte Muruj den Wunsch, etwas Obst zu essen, und die Frauen traten in Aktion. Zahra ergriff das Telefon und rief die Diener. Huda stellte die leere Kaffeekanne und die gebrauchten Tassen aufs Tablett. Abir zupfte gelangweilt Fussel vom Sofa. Katya fragte sich, ob Noufs Tod sie eigentlich berührt hatte. Sie wirkten so ruhig wie immer.

Zahra beendete ihr Gespräch und wandte sich zu Katya. »Du wirkst müde«, sagte sie. Die anderen Frauen plauderten, und Katya fühlte sich jetzt selbstbewusst genug, eine ehrliche Antwort zu geben.

»Ich bin auch müde«, sagte sie. »Es ist traurig, ohne Nouf hier zu sein.«

Die Erwähnung von Nouf ließ die anderen Gespräche stocken. Sogar Abir wachte aus ihrem Tagtraum auf.

»Es ist traurig«, sagte Zahra mit leiser Stimme. Die Gespräche gingen weiter, doch jetzt ohne Begeisterung. »Ich habe mich gefragt«, fuhr sie fort, »ob du nach der Hochzeit deine Arbeit aufgeben wirst?«

Wieder entstand eine Gesprächspause, und die anderen wandten sich Katya zu, neugierig, ihre Antwort zu hören. Sie zuckte die Achseln. »Das habe ich noch nicht mit Othman besprochen«, sagte sie.

»Aber ihr werdet doch sicher Kinder haben wollen.«

»Ja, natürlich.« Sie wurde rot. Sie wusste, was als Nächstes käme, was Zahra sagen würde, wenn sie mit ihr unter vier Augen spräche: Fang mal lieber an, Kinder zu kriegen, bevor du zu alt wirst. Vielleicht bist du schon zu alt! Was zählt es schon, arbeiten gehen zu dürfen, verglichen mit eigenen Kindern?

Doch stattdessen lächelte Zahra und nickte. »Mögest du so viele Kinder haben wie Um-Tahsin.«

»Danke«, sagte Katya, und sie überlegte, ob ihr nächster Gedanke vielleicht als geschmacklos empfunden wurde. »Wie geht es Nusra? Ich kann mir vorstellen, wie grauenhaft es sein muss, ein Kind zu verlieren.«

»Das Schlimmste auf der Welt«, stimmte Zahra zu.

Es gab einen Moment respektvollen Schweigens. Katya konnte es kaum erwarten, mit ihrer nächsten Frage herauszuplatzen: *Glaubst du, sie ist weggelaufen?* Aber es war Hudas leise Stimme, die die Stille brach.

»Allah vergib ihr. Sie hätte es besser wissen müssen.«

Niemand wusste so recht, was man darauf entgegnen sollte. Katya beobachtete die Frauen, die alle auf ihre Hände starrten. »Es ist so seltsam«, sagte sie. »Bis jetzt hatte ich immer gedacht, sie sei entführt worden.«

Muruj schniefte laut und setzte sich aufrecht hin. »Nein.« Sie sah Katya direkt an, Verachtung im Blick. »Ich will euch sagen, was passiert ist. Meine Schwester hatte einen Kopf, der voller Hirngespinste steckte. Schon als kleines Kind!« Ihre Stimme war unangenehm schrill geworden. Die anderen Frauen stimmten zu. Fadilah nickte unmerklich, und Abir atmete geräuschvoll aus, als wollte sie sagen: *Das wissen wir doch schon längst!*

»Sie ist aus dem beschämendsten Grund weggelaufen«, sagte Muruj. »Wegen einem Mann! Wahrscheinlich ein Junge, den sie im Einkaufszentrum kennengelernt hatte. Oder – Allah steh uns bei – durch ihren Fahrer. Sie hat sich verliebt oder sich eingebildet, sie sei verliebt, und als sie fortlief, um sich mit ihm zu treffen, hat er sie sitzenlassen. Er hat sie da draußen in der Wüste alleingelassen, wo sie elendig gestorben ist.«

Fadilah funkelte Katya an, und ihr Blick schien zu sagen: *Warum hast du das bloß angesprochen?*

»Diesen Fahrer sollte man entlassen!«, schimpfte Muruj.

»Wenn du so sicher bist«, meinte Katya sanft, »sollte die Familie dann nicht versuchen herauszufinden, wer dieser Junge ist?«

»Wie man es auch betrachtet«, fuhr Muruj in sturem Ton fort, »es ist die alte Geschichte. Er hat sie verletzt, und dann hat er sie verlassen. Das blüht einem, wenn man keinen Heiratsvertrag hat. Nouf wäre nicht das erste Mädchen, das diese bittere Lektion lernen musste.«

»Ja«, murmelte Zahra. »Wir versuchen herauszufinden, wer es war. Ist Tahsin nicht gerade –?« Sie blickte zu Fadilah hinüber, die eine Hand hob, um anzuzeigen, dass sie auch darüber nicht reden wollte und eindeutig zutiefst missbilligte, in welcher Richtung das Gespräch verlief.

Angesichts der Verachtung von Fadilah und Muruj musste Katya ihren ganzen Mut zusammennehmen, um die nächste Frage zu stellen. »Hat also niemand eine Ahnung, wer es gewesen sein könnte?«

Niemand entgegnete etwas darauf, doch Huda und Muruj

tauschten einen bedeutungsvollen Blick, was Huda veranlasste, die Augen zu schließen und sich in eine Reihe geflüsterter Gebete zu flüchten.

»Wer immer meiner Schwester dies angetan hat, wird im Himmel vor seinen Richter treten«, stellte Muruj geradeheraus fest. Und damit wich alle Verachtung aus ihrer Miene, und sie setzte sich mit einem traurigen, besiegten Ausdruck, der irgendwie ehrlicher wirkte als das ganze Getöse, das ihm vorausgegangen war.

Nur Abir hielt den Blick auf Katya gerichet, doch gerade als Katya ihn erwiderte, wurde an die Tür geklopft, und Abir sprang auf, um zu öffnen. Drei fremde Frauen betraten den Raum.

Katya spürte, wie sie der Mut verließ. An die Fortsetzung eines vertraulichen Gesprächs war jetzt nicht mehr zu denken. Die Neuankömmlinge waren offensichtlich Gäste. Niemand erkannte sie, als sie sich ihrer Neqabs entledigten, und sie begrüßten verlegen die Gesellschaft. Eine der Frauen stellte sich vor, erklärte, ihr Mann sei gekommen, um eine Schenkung zu machen. Die anderen beiden blieben glücklich anonym, doch Katya vermutete, dass ihre Männer auch hier zu Besuch waren. Sie waren sehr gut gekleidet. Ihre Ehemänner mussten sehr wohlhabend sein. Die Handtaschen der Frauen waren von Gucci, über ihren hochhackigen Schuhen ließen sie gewagt viel Knöchel sehen, ihre Gewänder waren aus Seide und so elegant geschnitten, dass sie die wohlgeformten Körper darunter andeuteten. Eine Frau hatte sogar künstliche Fingernägel, die leuchtend rot glänzten. Verglichen mit diesen modischen Offenbarungen sahen die Shrawi-Frauen so aus, als seien sie gerade aus der Wüste hereingestapft. Sie waren nicht geschminkt, trugen keine Seidengewänder oder hochhackige Schuhe, und sie lackierten sich ganz bestimmt nie die Fingernägel. Abir starrte auf die Hände der Frauen, aber ihre Miene war undurchdringlich. War sie beleidigt? Empört? Neidisch? Bevor die Tür wieder zuging, schlüpfte Abir aus dem Raum.

Muruj forderte die Frauen auf, sich zu setzen, und Katya sprang auf, bot ihren Platz an und wehrte höflich die Proteste ab. Sie nutzte die Gelegenheit, sich mit der Erklärung zu verabschieden, sie müsse zurück zur Arbeit. Fadilah warf ihr einen merkwürdigen Blick zu, und erst als Katya zur Tür hinaus und schon ein gutes Stück im Flur war, begriff sie warum. Sie hatte bereits gesagt, sie hätte sich den Nachmittag freigenommen. Sie errötete bei dem Gedanken, wie frech sie gelogen hatte.

☙

Am linken Ende des Flurs war der Ausgang, der ausschließlich von Frauen benutzt wurde, und links lag das gesamte unerforschte Reich des Frauentrakts – ihre Schlafzimmer, Badezimmer, Küchen und Handarbeitszimmer. Katya war einmal dort gewesen, bei einem kurzen Rundgang mit Nusra, aber seit ihrem ersten Besuch im Haus hatte sie ihn nicht mehr betreten. Wahrscheinlich war Abir dorthin gegangen.

Jetzt war hier niemand zu sehen. Katya wandte sich nach rechts und ging auf Zehenspitzen den Korridor entlang, die Ohren gespitzt. Würde sie das Kratzen eines Bleistiftes hören? Die gedämpften Klänge von Rock-Musik aus einem Kopfhörer? Hörte Abir überhaupt Musik? Was anderes konnte Katya sich nicht vorstellen – ihr eigenes Leben als Teenager, plus Technik.

Sie schaute in ein leeres Badezimmer. Ein paar Meter weiter stieß sie auf eine Reihe von Türen. Sie ging durch die erste und trat in eine Diele, einen schachtelartigen Raum mit einem winzigen quadratischen Tisch in einer Ecke. Darauf lag ein Exemplar des Heiligen Korans.

Sie klopfte sanft an die Schlafzimmertür. Niemand antwortete, also schob sie sie auf und spähte hinein. Das Erste, was sie sah, waren blaue Holzbuchstaben an der Wand, die den Namen NOUF bildeten. Sie warf einen Blick zurück in den Flur, um sich zu vergewissern, dass niemand sie gesehen hatte, und dann schlüpfte sie hinein.

Es war ein geräumiges Zimmer. Den Boden bedeckte ein hellblauer Teppich, blau wie ein Meer, auf dem die verschiedenen Möbelstücke herumschwammen. Ein weißes Himmelbett schwebte zwischen zwei passenden Nachttischen. Die Wände waren glatt und weiß, ungeschmückt bis auf die Holzbuchstaben. Doch auf einem Frisiertisch standen einige Familienfotos in verzierten Goldrahmen. Zwei Palmen in Töpfen neben der Badezimmertür sahen ziemlich echt aus. Wie Treibgut in einem Hafen waren alle kleineren Gegenstände des Zimmers, die herumliegenden Schuhe, Plüschtiere und Schmuckkästchen, in einer Ecke aufgehäuft.

Es gab keine Fenster, doch zwei Oberlichter ließen Licht herein. Neben dem Bett eine Lampe, ein kleiner Lesetisch, aus dessen Schublade eine Zeitschrift herauslugte. Katya näherte sich dem Bett. Die Herzmuster-Stickerei auf den Kopfkissen und die weichen weißen Baumwolllaken wirkten rührend jungfräulich. Das luftig-leichte Moskitonetz verstärkte den Eindruck, dass dieses Bett etwas Unschuldiges, Reines und Schutzbedürftiges beherbergt hatte. Sie öffnete die Schublade des Lesetischchens und nahm die Zeitschrift heraus. Sie war bei einem Artikel aufgeschlagen, der die Überschrift trug: »Die siebenundsiebzig Worte der Liebe.«

Es gab Türen auf allen Seiten des Zimmers. Sie waren geschlossen. Katya ging zu jeder und überprüfte die Klinken, aber keine hatte ein Schloss. Es konnte jederzeit jemand hereinkommen, aus jeder Richtung. Nouf musste sich hier ausgeliefert gefühlt haben – und doch so entspannt, dass sie einen Artikel wie diesen offen herumliegen ließ. Ihre Eltern hätten ihre Lektüre wahrscheinlich nur gebilligt, wenn der Titel gelautet hätte: »Die siebenundsiebzig

Worte für Allah«. Katya setzte sich auf das Bett und warf einen Blick auf den Artikel. Vielleicht konnte eine Jugendliche, die eine blinde Mutter hatte, machen, was sie wollte.

Sie hörte ein Geräusch, und eine der Türen schwang auf. Katya sprang auf und stopfte die Zeitschrift in ihre Handtasche, irgendeiner idiotischen Eingebung folgend. Sie bereute es sofort – jetzt war sie eine Diebin.

Abir stand in der Tür. »Was machen Sie denn hier?«

»Ich, äh … Entschuldigung. Eigentlich habe ich dich gesucht, und stattdessen bin ich hier gelandet.« Sie wies auf das Zimmer.

Abir senkte den Blick und sah die Zeitschrift, die in Katyas Tasche gestopft war. »Wieso haben Sie mich gesucht?«

»Na ja, ich hab mich im Wohnzimmer gelangweilt, und als ich dich gehen sah, hab ich gedacht …« Sie zuckte die Achseln.

Abir beäugte sie, so wie jeder Jugendliche einen Erwachsenen beäugt, der vorgibt, ihn zu verstehen, unsicher, ob dieses Verstehen aufrichtig ist, und doch Angst hat, dass es das nicht ist, und sich in beiden Fällen abgestoßen fühlt. Katya begegnete ihrem Blick. Sie trug ein Kopftuch – sie musste gerade gebetet haben – und hielt ein Exemplar des Korans geöffnet an die Brust gedrückt. Abir war genauso alt wie Huda.

»Welche Sure liest du gerade?«, fragte Katya.

Abir senkte das Buch, schlug es zu und legte es auf den Nachttisch. Sie setzte sich etwas unbeholfen aufs Bett. »Ich habe nur versucht zu lesen.«

Katya spürte, wie sich eine bedrückende Stimmung in das Zimmer schlich. Sie warf einen Blick auf die Fotos, die auf dem Frisiertisch aufgereiht standen, und stellte fest, dass Abir auf keinem zu sehen war. Es waren vier Rahmen. Zwei enthielten Bilder von Abu-Tahsin und Nusra, eines war ein Foto von Nouf beim Geburtstagsfest einer jüngeren Schwester; sie schnitt einen Kuchen auf und lächelte glücklich. Das letzte Foto war ein Bild von zwei fröhlich hechelnden Persischen Windhunden. »Es tut mir leid wegen deiner Schwester«, sagte sie.

Abir reagierte nicht.

»Ihr habt euch sicher sehr nahegestanden«, bohrte Katya.

Abir steckte ihre Hände nervös unter ihre Schenkel. »Sie haben ihre Leiche gesehen, oder?«

Katya setzte sich vorsichtig neben sie aufs Bett. »Ja.«

»Dann wissen Sie auch, wie sie gestorben ist?«

»Ja«, erwiderte sie und blickte auf ihre Hände hinab. Sie hatte eine Ahnung, wo dieses Gespräch hinführte. »Sie ist ertrunken.«

Abir schlug die Hand vor den Mund. »Oh.«

»Es tut mir leid.« Katya sah, dass sie es nicht gewusst hatte. Waren ihre Eltern der Meinung, sie sei zu jung, um die Wahrheit zu erfahren? Was zählte die Schande, ertrunken zu sein, wenn die Ausrichtung von Noufs Leichnam bei der Beerdigung praktisch allen deutlich gemacht hatte, dass das Verbrechen der Unzucht begangen worden war, was doch viel schlimmer war? Oder hatte Abir das nicht bemerkt? Trotzdem, Katya war beinahe erleichtert festzustellen, dass sie nicht das einzige Opfer der Geheimnistuerei in der Familie war.

Abirs Hände zitterten, und es sah aus, als versuchte sie, nicht zu weinen. »Die sagen uns nichts. Ich weiß, dass sie weggelaufen ist. Sie hat sich in der Wüste verirrt und ist gestorben, aber ich weiß keine Einzelheiten. Und ich muss sie unbedingt erfahren. Ich mache mir solche Sorgen, dass –« Sie ballte ihre Fäuste und stieß sie sich in den Schoß. »Ich stelle mir immer vor, dass ... was ist wenn ... was ist, wenn es gar kein Unfall war? Was ist, wenn sie weggelaufen ist und nie wiederkommen wollte? Vielleicht wollte sie ...«

»Du meinst, ob sie sich umgebracht hat?«, bot Katya an.

Abir nickte, und Tränen kullerten ihr über die Wangen. »Es ist eine schreckliche Vorstellung, dass ihre Seele in der Hölle sein könnte. Sie war meine Schwester.« Ihre Stimme bebte, und sie begann zu weinen. Katya widerstand dem Drang, den Arm um das Mädchen zu legen; sie spürte, dass die Geste nicht willkommen wäre.

»Ich weiß nicht genau, was passiert ist«, sagte sie, »aber ich bin mir ziemlich sicher, dass sie sich nicht umgebracht hat.«

Abir schluckte und warf ihr einen Blick zu.

»Sie hat einen Schlag auf den Kopf bekommen«, sagte Katya. »Daran ist sie nicht gestorben, aber vielleicht wurde sie davon bewusstlos, und als die Wasserflut kam, war sie schutzlos.«

Abir erbleichte. »Aber ich verstehe nicht. Wer hat sie niedergeschlagen? War jemand bei ihr?«

»Das weiß ich nicht.« Katya zögerte. »Hör zu, Abir, fällt dir irgendein Grund ein, warum sie weggelaufen sein könnte?«

Abir schüttelte den Kopf. »Ich wusste nur, dass sie wegen ihrer Hochzeit nervös war.«

»Warum?«

Sie zuckte die Achseln. »Sie kannte Qazi nicht sehr gut.«

»Hat sie je davon gesprochen, dass sie von hier fortgehen wollte?«

»Nein. Nur manchmal im Scherz.« Abir wischte sich wieder die Augen. »Ist sie denn fortgelaufen?«

Katya zögerte. »Das weiß ich nicht.«

Abir schien ihre Fassung zurückzugewinnen. Sie setzte sich auf, und ihre Schultern hörten auf zu zittern. Sie wischte sich die Nase an ihrem Ärmel ab.

Es entstand ein verlegenes Schweigen, doch Katya ließ sich nicht beirren. »Es tut mir leid, dass ich dir so viele Fragen zu Nouf gestellt habe. Ich wollte dich nicht aufregen. Ich weiß, das bringt sie nicht zurück.«

Abir nickte.

»Ich wünschte, ich hätte die Chance gehabt, sie besser kennenzulernen«, sagte Katya.

Abir erhob sich mit steifen Bewegungen und ging auf eine Tür in der Ecke zu. Sie machte sie auf, knipste das Licht an und winkte Katya zu sich.

Es war ein riesiger begehbarer Schrank, vollgestopft mit Kleidung – auf Gestellen, an Bügeln, in Plastikschubladen gestapelt, Kleidung in Koffern und auf den bis zur Decke reichenden Regalen. Schuhgestelle waren mit Schuhen gefüllt. Alles war sauber und gebügelt. Katya trat staunend in den Schrank.

»Oooh«, flüsterte sie. »War sie immer so gut organisiert?«

»Nein, nein. Nach der Beerdigung hat meine Mutter dafür gesorgt, dass alles ordentlich aussieht.«

Katya scheute sich davor, irgendetwas zu berühren, doch Abir holte ein paar Sachen heraus und zeigte sie ihr. Es war eine bunte Mischung, eine Nadelstreifenjacke hing neben einem sirenenroten Negligee. Ein aufreizendes Ballkleid mit Pailletten neben einem flauschigen rosafarbenen Mohairpullover mit Zopfmuster und einer rosafarbenen Lederhose. Shorts und T-Shirts waren auf einem Regal gestapelt, und die Unterwäsche sah lächerlich knapp aus, Spitzenschlüpfer und durchsichtige BHs. Zum ersten Mal hatte Katya das Gefühl, dass sie hier etwas von der Persönlichkeit wahrnahm, die sie draußen in dem Zimmer zu finden gehofft hatte. Dieser luxuriöse Kleiderschrank – wahrscheinlich Kleidung im Wert von Hunderttausenden von Rial – war eine Traumwelt, in der Nouf tatsächlich ein Männerjackett ebenso tragen konnte wie ein Paar Shorts. Es gab natürlich auch Jeans und Dutzende schwarzer Röcke und blauer durchgeknöpfter Hemden, dem Anschein nach Privatschuluniformen. Doch gleich daneben hing ein üppiger bodenlanger Mantel aus dem allerweichsten weißen Pelz.

Katya hielt bei dem Mantel inne. Sie wurde plötzlich von einem heftigen Sehnen ergriffen, Sehnsucht nach einem Mantel wie diesem und nach einer Welt, in der sie ihn tragen könnte. Es war ein Mantel, wie ihn ihre Namensgeberin getragen haben könnte. An dem Bügel daneben hingen zwei Handschuhe, ein Muff, ein Schal und eine große Pelzmütze. Sie grub die Finger in die pelzige Fülle. Es fühlte sich kühl und weich an, und für den Bruchteil einer Sekunde war sie Nouf, die da in dem Schrank stand, über Zeit und Raum hinausgreifend, um einen zugefrorenen See zu berühren oder den Gipfel eines Eisbergs.

Als sie sich umwandte, hielt ihr Abir ein festliches Gewand hin, das eine knallrosa Farbe hatte. Der Unterrock war so breit, dass das Kleid beinahe von selber stehen konnte. Katya erkannte, was es war.

»Ihr Hochzeitskleid?«

»Ja.«

»Sehr extravagant.« Katya sah sich um. »Moment mal, was davon ist eigentlich ihre Mitgift?«

»Alles auf dieser Seite, und etwa ein Drittel davon.« Abir zeigte auf alles, was in dem Schrank interessant war. Katya betrachtete erneut den Pelzmantel und war jetzt etwas enttäuscht. Nicht Nouf hatte diese Kleidungsstücke gekauft, sondern Qazi. Was von Noufs ursprünglichen Besitztümern übrig blieb, waren ein paar Mäntel, eine Jeans, etliche T-Shirts und ein Dutzend Hauskleider.

Katya deutete auf die Mitgift. »Ich dachte, sie selbst hätte das alles ausgesucht.«

Abir schüttelte den Kopf. »Sie konnte Rosa nicht ausstehen.«

Qazi hatte natürlich keine Ahnung gehabt. Hat er die Sachen in der Annahme gekauft, dass alle Frauen Rosa mochten? Oder war es das, was er wollte: eine Frau, die dazu passte? Katya dachte an ihre eigene Mitgift. Othman war immer noch damit beschäftigt, sie zusammenzustellen, aber sie hoffte, er würde auf solche Sachen verzichten, aufreizende Stücke, deren einziger Sinn darin bestand, aus der Trägerin eine Person zu machen, die sie niemals sein würde.

Sie merkte, dass Abir gehen wollte. Katya folgte ihr zurück in das Schlafzimmer. Abirs Miene war jetzt kühl und förmlich. Sie nahm ihren Koran.

»Ich gehe jetzt mal lieber«, sagte sie.

»Ja, natürlich.«

Nach einem Moment verlegenen Schweigens wandte Abir sich um. »Es tut mir leid«, sagte Katya. »Es war nicht meine Absicht, dich aufzuregen.«

Abir blickte zurück und schüttelte den Kopf, als wollte sie sagen: *Es ist nicht deine Schuld.* Mit einem sanften Rascheln ihres Gewandes verschwand sie.

# ∞ 19 ∞

Katya spähte in das Labor hinein. Es war Mittagspause, und sie hatte sich für eine Viertelstunde zu den anderen Frauen im Aufenthaltsraum der Damen gesellt und sich dann entschuldigt, sie müsse austreten. Sie schlüpfte unbemerkt zurück ins Labor. Die Männer verbrachten ihre Mittagspause gewöhnlich auswärts, und das Gebäude war weitgehend menschenleer.

Sie setzte sich an ihren Arbeitstisch. Während der letzten beiden Tage hatte sie heimlich die DNS-Proben vorbereitet, hatte die variable DNS extrahiert und sie mit einer Pufferlösung aus Polymerase und Primern gemischt. Am Morgen hatte sie die Proben in den Thermocycler getan. Das Gerät brauchte immer ein paar Stunden für die Aufarbeitung der Proben, und sie musste genau in dem Moment zur Stelle sein, wenn sie fertig waren, um zu verhindern, dass jemand anders sie aus Versehen herausnahm.

Es gab zwei Proben, eine von Eric Scarberry und die andere von Noufs Begleiter Mohammed. Sie sah zu, wie das Gerät mit einem Surren in seinen letzten Zyklus schaltete, und warf einen schnellen Blick hinter sich zur Tür.

Sie schaffte es gerade noch, die Ausdrucke mit den Profilen in ihre Tasche zu tun und die Spuren ihrer Arbeit zu beseitigen, bevor Maddawi ins Labor zurückkam, gefolgt von Bassma. Die Frauen setzten sich wieder an die Arbeit, ohne sich daran zu stören, dass Katya bereits da war. Sie wirkten fröhlich und setzten ihr Geplauder von der Mittagspause fort.

Erleichtert machte sich Katya an die Blutproben von einem anderen Fall, die sie am Morgen vorbereitet hatte. Sie warf einen Blick auf ihre Tasche. Sie hatte keine Zeit gehabt, sich die Ausdrucke anzusehen, und das beschäftigte sie jetzt. Stimmte eine DNS mit der von Noufs Kind überein? Um die Frage beantworten zu können, musste sie warten, bis sie zu Hause war.

ꕤ

Am Abend war sie sehr fahrig. Abu bemerkte, dass etwas nicht stimmte, aber als er sich erkundigte, log sie und sagte, sie brüte wohl gerade eine Erkältung aus. Während des ganzen Abendessens musste sie an Othman denken und fragte sich, wie sie ihm beibringen sollte, was sie entdeckt hatte.

Nach dem Essen rief sie Ahmad an, und eine halbe Stunde später stand er vor der Tür. Abu bat ihn herein, und die beiden Männer unterhielten sich, während Katya in ihr Zimmer ging, ihren Umhang und ihr Kopftuch anlegte und ihren Neqab richtete.

Etwas später klopfte Abu an ihre Tür. »Katya.« Er klang zornig.

Sie kam vollkommen verschleiert heraus. »Ich muss noch einmal weg.«

»Das weiß ich. Ahmad hat es mir erzählt. Wo gehst du hin?«

»Ich muss mich kurz mit Othman treffen. Es geht um seine Schwester.«

Abu musterte sie ungehalten. »Wieso kannst du ihn nicht einfach anrufen?«

»Es geht um etwas, das ich ihm nicht am Telefon mitteilen möchte.« Sie sah ihren Vater flehend an, doch der blickte nur noch finsterer drein, und er hätte ihr verboten zu gehen, wäre Ahmad nicht im Flur aufgetaucht.

»Sind Sie so weit?«, fragte Ahmad. »Bringen wir das schnell über die Bühne.«

Katya hätte ihn am liebsten geküsst. Er wusste immer ganz genau, was er sagen musste.

Abu wandte sich zu seinem Freund. »Behalte sie gut im Auge«, sagte er knurrig. Katya spürte seinen Blick in ihrem Rücken auf dem ganzen Weg zur Tür. Ahmad nickte, bemüht, möglichst ernst dreinzuschauen, und begleitete sie hinunter zum wartenden Wagen.

Während sie durch die Altstadt fuhren, starrte Katya untätig durchs Fenster auf die Suks, die bereits für den Abend dichtmachten, und auf die aus Korallen von den Riffen im Roten Meer erbauten Häuser. Sie verspürte den Drang, aus dem Fenster zu greifen und eines zu berühren, seine raue Oberfläche unter ihren Fingern zu spüren, etwas zu tun, das sie davon erlöste, immerzu über andere Menschen nachzudenken. Über Abu. Über Nouf. Über Nayir. Über Salwa und Abdul-Aziz. Über Othman.

Als sie auf den Parkplatz vom Kindervergnügungspark fuhren, wartete Othman schon auf sie. Er war in seinem silbergrauen Porsche gekommen, das Verdeck war offen. Er trug ein blaues Oberhemd, und sein Haar, dicht, lockig und schwarz, war kürzer als letztes Mal. Der Anblick seines Profils, seiner langen Arme, und die Art, wie er die Hand übers Lenkrad gelegt hatte, ließen ihr den Atem stocken. Der Vergnügungspark schloss für die Nacht, und die Lichter gingen eins nach dem andern aus, erst am Riesenrad, dann an der Achterbahn, dann bei den kleineren Attraktionen. Katya bat Ahmad, erst neben Othmans Wagen zu parken, wenn die Lichter vollständig erloschen waren. Im Dunkeln war die Gefahr, bemerkt zu werden geringer – und zwei Wagen auf einem leeren Parkplatz, in einem von ihnen eine Frau, das war ohnehin schon verdächtig. Nachts war kaum religiöse Polizei unterwegs, doch Katya war unruhig.

»Ihr Vater möchte, dass er das Verdeck zumacht«, bemerkte Ahmad. »Aber natürlich nicht, wenn Sie auf der Schnellstraße unterwegs sind.«

Sie lächelte ihn an und stieg aus.

Als sie in den Porsche stieg, drückte Othman auf einen Knopf, und das Verdeck schloss sich über ihnen. Seine Augen waren feucht, als hätte er geweint, aber sie vermutete, dass er bloß müde war. Er umfasste ihre Hand und küsste sie. »Ich bin so froh, dich wiederzusehen.«

Sie verspürte ein Flattern im Bauch. »Ich habe dich vermisst«, sagte sie und fasste den Mut, sich hinüberzulehnen und ihm einen Kuss auf die Wange zu geben. Es war ihr immer etwas peinlich. *Das wird entspannter,* sagte sie sich, *wenn Ahmad nicht mehr zusieht.*

Er legte ihr die Hand ans Gesicht.

»Ist alles in Ordnung mit dir?«, fragte sie und strich ihm übers Haar.

»Ja.«

»Deine Frisur gefällt mir.«

Er lächelte. »Hast du Lust, ein bisschen herumzufahren?«

»Ja.«

Er küsste sie auf die Stirn, ließ ihre Hand los und startete den Wagen. Sie verließen den Parkplatz. Othman behielt den Rückspiegel im Auge, um sich zu vergewissern, dass Ahmad ihnen folgte. Sie schwiegen während der Fahrt, das tiefe Brummen des Motors füllte den Fahrraum. Jetzt da sie wieder mit ihm zusammen war, empfand sie liebevolle Zuneigung für ihn. Sie wusste nicht mehr, warum sie an ihm gezweifelt hatte, und vermutete, dass ihr eigener Stress die Ursache gewesen war. Hinzu kam, dass sie die letzten Tage keine Gelegenheit gefunden hatten, miteinander zu sprechen. Eine Angst regte sich in ihr, dass sich ihre Loyalität als zerbrechlich erweisen könnte, die jetzt nur durch seine Anwesenheit, seine sicheren Hände, seine melancholischen Augen, seinen beruhigenden Moschusduft intakt erschien.

Zwanzig Minuten später hielten sie an einem dunklen Strand

südlich der Stadt. Es gab hier eine Reihe von Privatstränden. Dieser hatte, wie die anderen, hohe Steinmauern auf drei Seiten und ein kleines Metalltor in einer Ecke. Sie gingen hinein und machten die Tür hinter sich zu. Durch das Türgitter sahen sie Ahmad in seinem Wagen, das Gesicht schwach erleuchtet von dem flackernden Licht seines tragbaren DVD-Players.

»Was sieht er sich an?«, fragte Othman.

»Raubkopien von *Hour el-Ayn*.«

»Was ist das?«

Sie war überrascht, dass er noch nie von den *Schönen Jungfrauen* gehört hatte. »Das ist eine Fernsehserie über das Attentat auf die amerikanische Wohnanlage.«

»Und die heißt *Hour el-Ayn*?«

»Es erzählt die Geschichte der Leute, die dabei getötet wurden, und die ihrer Angreifer. Wahrscheinlich waren auch einige Jungfrauen darunter.«

Othman schüttelte lächelnd den Kopf und führte sie über den Strand. In der Nähe des Wassers stand eine Umkleidekabine, deren Tür mit einer Kette verschlossen war.

»Ist das der Familienstrand?«, fragte sie.

»Ja, aber ich war schon seit Jahren nicht mehr hier. Wir haben jetzt Strände auf der Insel.«

»Es ist wunderschön.« Sie war schon an verschiedenen Privatstränden gewesen, aber bei denen hatten die Schutzmauern immer so weit ins Wasser hineingereicht, dass ein Fremder nur schwimmend dorthin gelangen konnte. An diesem Strand endeten die Mauern jedoch zwei Meter vor der Wasserlinie, und obwohl Katya von den benachbarten Enklaven keinerlei Lebenszeichen hörte, traute sie sich nicht, ihre Abaya auszuziehen, denn der Mond warf ein grelles Licht auf das Wasser. Othman schlug vor, sich in den Sand zu setzen.

Sie saßen so dicht nebeneinander, dass sich ihre Beine berührten. Er stützte die Arme auf die Knie und blickte hinaus aufs Wasser. Sie spürte, dass er sich danach sehnte, baden zu gehen. Als er merkte, dass sie ihn ansah, senkte er den Kopf.

»Möchtest du ins Wasser?«, fragte sie.

»Nein. Nein, ich bin zu erschöpft.«

»Meinetwegen brauchst du dich nicht zurückzuhalten.«

Er seufzte. »Ist schon gut. Ich bin wirklich erschöpft«, sagte er. »Ich hatte den ganzen Tag lang Besprechungen. Immer diese Besprechungen! Wenn ich doch von all dem mal weg könnte.«

»Kannst du dir nicht einen Tag freinehmen?«

»Diese Woche nicht. Solange mein Vater noch im Krankenhaus ist, arbeiten wir alle doppelt so viel.« Er schüttelte den Kopf. »Ich weiß nicht, was wir tun werden, wenn – Allah vergib mir – wenn der Tag kommt, an dem er dahinscheidet.«

Bei der Erwähnung seines Vaters musste sie wieder an Nouf und die DNS-Proben denken. Sie wollte nicht mit der Tür ins Haus fallen, also ließ sie Othman erst mal reden. Das Beste war, ihm eine Weile zuzuhören, um abzuschätzen, in welcher Verfassung er sich befand. Othman ließ sich noch weiter über seine Arbeit aus, über einen ihrer Spender, der es sich zur Gewohnheit gemacht hatte, die Verwendung jeder Spende seiner Familie zu hinterfragen, egal wie klein sie war. Sie hörte ihm zu, lachte an den passenden Stellen, aber in ihrem Kopf fand ein ganz anderes Gespräch statt. *Wenn er über Nouf redet, wird er immer so traurig. Ich habe Angst, ihn zu verärgern. Ich sollte keine Angst haben! Wenn diese Ehe funktionieren soll, dann müssen wir offen miteinander reden können. Er sollte begreifen, wie wichtig das ist. Aber ich verstehe seine Trauer …*

»Du wirkst, als wärst du mit den Gedanken woanders«, sagte er schließlich. Es war kein Vorwurf, sondern eine objektive Beobachtung. Sie war erleichtert.

»Verzeihung. Ich musste auch gerade an meine Arbeit denken.« Ihr fiel auf, dass er ihre Hand betrachtete. Geistesabwesend ergriff er sie und streichelte ihre Finger. »Ich habe gestern deine Schwester Abir gesehen.«

Er lächelte. »Das habe ich gehört.« Seine Finger zeichneten Spiralen und Linien in ihrer Handfläche. Sie brauchte eine Weile, bis sie begriff, dass er eine Botschaft schrieb. Sie buchstabierte:

W-I-L-L-S-T … D-U … B-A-L-D … H-E-I-R-A-T-E-N? Sie ergriff seine Hand und antworte mit ihrer Botschaft.

J-A.

Er drückte ihre Hand. »Und was beschäftigt dich so bei deiner Arbeit?«

»Ach, meine Chefin. Das Übliche«, sagte sie. »Aber eigentlich konnte ich heute sogar etwas an Noufs Fall arbeiten.«

Er zuckte so unmerklich zusammen, dass es ihr fast entgangen wäre. »Ah.«

»Es tut mir leid, dass ich dir nicht schon früher etwas mitteilen konnte. Es ist nur so, dass – na ja, das meiste musste ich inoffiziell erledigen.«

»Ich hoffe, du tust nichts, was deine Stelle gefährdet?« Er runzelte die Stirn.

»Eigentlich nicht.« Sie sah, dass er ihr nicht glaubte. »Ich habe es schnell zwischendurch erledigt.«

Es folgte ein verlegenes Schweigen. Er ließ ihre Hand los und atmete aus, wobei er sich durch die Haare fuhr. »*Ya Allah.* Daran habe ich vorher nie gedacht …«

»Nein«, sagte sie, »mach dir keine Sorgen.«

»Nein, nein, ich sollte mich entschuldigen! Es tut mir leid. Ich kam nicht drauf, dass du dafür … na … herumschleichen und Dinge verstecken must. Das tust du doch, oder?«

Sie konnte es nicht abstreiten.

»Ich bin so ein Idiot! Katya –« Wieder ergriff er ihre Hand, jetzt fester. »Es tut mir aufrichtig leid.«

»Du brauchst dich nicht zu entschuldigen. Ich mach das doch

freiwillig.« Sie drückte seine Hand. »Wirklich, es ist kein Problem. Ich habe nur versucht, die DNS des Kindsvaters zu bestimmen«, sagte sie leise. »Ich hatte gehofft, dass sie mit der ihres Begleiters übereinstimmt.«

Sein Griff wurde plötzlich schwach. »Und? Stimmt sie überein?«

»Nein.« Sie wollte ihm von Eric erzählen, aber das schien jetzt zu viel auf einmal zu sein. Sie war plötzlich sicher, dass er nichts von Eric wusste. Wie konnte sie ihm erklären, was Nayir ihr erzählt hatte? Dass Nouf Vorkehrungen getroffen hatte, um nach New York zu ziehen? Dass sie sich mit einem Amerikaner traf? Das wäre eine gefährliche Enthüllung, vor allem wenn Eric noch Verbindung mit der Familie hatte. *Nein,* dachte sie, *ich kann es jetzt nicht sagen.*

»Gibt es noch andere Verdächtige?«

Sie knirschte mit den Zähnen.

»Nein, warte«, sagte er. »Das brauchst du nicht zu beantworten. Es tut mir leid. Das ist ja eigentlich gar nicht deine Aufgabe. Es ist wirklich egoistisch von mir, dir das alles aufzuhalsen.«

»Nein, bitte entschuldige dich nicht dauernd.«

»Katya.« Seine Stimme klang plötzlich scharf. »So sehr ich deinen Einsatz für meine Schwester schätze, aber ich finde, du solltest an deine Stelle denken.«

Sie fühlte sich beschämt.

»Ich meine, nicht jede Frau hat den Mut, zu arbeiten«, sagte er. »Ich weiß, ich habe das schon mal gesagt, aber ich bin wirklich stolz auf dich. Ich möchte auf keinen Fall, dass du irgendetwas tust, was deine Arbeit gefährdet.«

»Vertrau mir«, erwiderte sie. »Ich bin sehr vorsichtig.«

Nach einer verlegenen Pause nickte er, aber sie spürte, dass er sich innerlich verschloss. Da war ein Ausdruck in seinen Augen, der sie an Nouf erinnerte, ihren Ausdruck, kurz bevor sie sich zurückzog.

Wieder schwiegen beide. Er umfasste seine Beine. Das Schweigen, seinen Rückzug empfand sie als Ablehnung. Sie versuchte sich einzureden, dass es nicht gegen sie gerichtet war, dass er trauerte und dies eben seine Art zu trauern war, aber die Stimmung war so düster, dass sie die Luft vergiftete, und sie hatte das Gefühl, dass sie sich nie davon erholen würden.

»Es tut mir leid«, sagte sie.

Er schien wie aus einem Traum aufzuwachen. »Du brauchst dich nicht zu entschuldigen. Aber hör zu. Ich weiß es sehr zu schätzen, was du getan hast und dass Nouf dir so wichtig ist. Das hast du mir wirklich bewiesen. Ich weiß, wie wichtig dir das alles ist. Aber was geschehen ist, ist geschehen. Überlege, was dich dein Einsatz kosten könnte. Du kannst sie nicht zurückholen.« Er sah sie an. »Ich finde, jetzt ist es genug.«

Sie war derart vor den Kopf gestoßen, dass sie zunächst keine Worte fand. »Was ist genug?«, fragte sie schließlich.

»Das hier ... diese ganze Arbeit, die du da machst. Ich rechne dir das hoch an, wirklich. Ich will herausfinden, was mit ihr passiert ist. Aber das hier ist gefährlich. Diese Geschichte mit dem Kind – ich glaube, das alles würde nur noch mehr Schmerz verursachen. Was wird passieren, wenn du herausfindest, wer der Vater des Kindes ist? Wir wollen niemanden bestrafen; wir wollen nicht noch mehr Leid.«

Katya dachte, er würde gleich in Tränen ausbrechen, und sie begriff, wie schwierig es für ihn war, ständig seine Gefühle zu unterdrücken.

»Ich weiß, du hast eine harte Zeit gehabt«, sagte sie. »Ich will dir wirklich nicht noch mehr Kummer bereiten. Aber ich glaube, dass derjenige, der das Kind gezeugt hat, auch etwas mit ihrem Verschwinden zu tun haben könnte.«

»Das ist schon möglich«, sagte er, die Finger in den Sand gekrallt. »Und dann? Dann wird jemand bestraft, weil er sich verliebt hat? Weil er gegen die Regeln verstoßen hat?« Seine Stimme war höher geworden. Sie wartete, ließ ihm Zeit, sich in der Stille zu beruhigen. »Meine Familie versucht gerade, sich damit abzufinden, dass sie schwanger war. Irgendwelche weiteren skandalösen Neuigkeiten könnten sich katastrophal auswirken. Und du gefährdest dabei auch noch deine Stelle.«

»Es tut mir leid«, sagte sie. »Vielleicht stecke ich meine Nase ja in Dinge, die ...«

»Nein, überhaupt nicht.«

»Aber der Vater des Kindes hat ihr möglicherweise etwas angetan, und wäre es dir nicht lieber, wenn du wüsstest, wer es ist?«

»Wenn meine Familie beschlossen hat, dass Noufs Tod ein Unfall war, dann ist es jetzt erst mal so, wie es ist.« Er hob eine Hand, um ihrem Protest zuvorzukommen. »Erst mal, habe ich gesagt. Wenn du bei dieser Geschichte erwischt wirst, dann werde ich dir nicht verzeihen können, dass du deine Karriere aufs Spiel gesetzt hast.«

Sie sah weg, kämpfte gegen einen Aufruhr von Gefühlen an. Sie wollte ihm sagen, dass er sich verdächtig machte, dass er es ihr sagen sollte, wenn er wüsste, wer der Vater war, wenn er jemanden schützte.

»Bitte ruinier dir nicht dein Leben.« Othman nahm ihr Kinn und drehte es sanft zu sich herum. »Nouf ist tot«, sagte er, »aber du nicht.«

Sie nickte und verstand, was er sagen wollte, wenn auch nicht alles, so doch wenigstens, was ihn dazu antrieb. Er küsste sie sanft und stubste zart gegen ihre Wange, doch anstatt sich wieder zurückzuziehen, küsste er sie weiter mit wachsender Leidenschaft. Sie spürte eine Flamme von Erregung, als seine Hand um ihre Taille glitt, aber dann hörten sie hinter sich ein Geräusch – es klang, als hätte Ahmad seine Scheibe heruntergekurbelt; die Geräusche von seinem DVD-Spieler wurden plötzlich lauter –, und sie verstanden es beide als eine Warnung: *Das reicht jetzt.* Othman zog seine Hand zurück und setzte sich auf.

Othmans Worte beunruhigten sie. Glaubte er wirklich, dass sie diese Nachforschungen betrieb, um ihm etwas zu beweisen? Warum machte er sich solche Sorgen, dass sie ihre Stelle verlieren könnte? Sie sollte sich Sorgen machen. Und wenn sie sich nach der Heirat entschließen würde, ihre Arbeit aufzugeben? Irgendwann wollte sie wahrscheinlich Kinder haben. Würde er ihr verzeihen, wenn sie ihren Beruf aufgab? Würde er es verstehen? Plötzlich war ihr klar, dass sie noch nie über Kinder gesprochen hatten – zumindest nicht oft genug – und das beunruhigte sie sehr.

Sie verspürte einen schleichenden Zweifel. Es überraschte sie, dass er sich wegen ihrer Arbeit so aufgeregt hatte. Er redete nicht gern über Nouf, das wusste sie, und jedes Mal, wenn sie von ihr sprach, hatte er sich zurückgezogen. Im Vergleich zu früheren Gelegenheiten war der heutige Abend geradezu ein befreiender Redestrom für ihn gewesen. Irgendetwas hatte diese Offenheit ausgelöst, aber sie wollte nicht länger darüber mutmaßen, was es gewesen war. Es war spät, und sie war des Ratens müde.

# ꟾ 20 ꟾ

Er lag unter ihr. Ihre langen schwarzen Haare fielen ihm über Brust und Gesicht und kitzelten seine Wangen. Es war kühl in dem Zimmer, aber dort, wo ihre Haut seine berührte, spürte er eine angenehme Wärme. Schon hundertmal hatte er von dieser Frau geträumt, aber nie ihr Gesicht gesehen. Ihr Haar, lange schwarze Kaskaden, verdeckte alles, aber immer wenn er nach oben griff, um es zurückzustreichen, entzog sie sich ihm. Es fühlte sich an, als wäre sein Hingreifen vielmehr ein Wegstoßen, und je mehr Kraft er aufwandte, desto schneller verschwand sie. Aus dem Traum lernte er, dass er sie nur festhalten konnte, wenn er sie nicht länger begehrte, wenn er es nicht weiter versuchte und es zuließ, dass ihre Haare ihn in Dunkelheit hüllten, dass ihr Körper ihn mit Sinnlichkeit verzauberte. Irgendwann würde er ihr Gesicht sehen, doch bis dahin konnte er sich an dem Gewicht ihres Körpers erfreuen, an der Weichheit ihrer Haut.

Nayir schlug die Augen auf und dachte, er befände sich immer noch in seinem Traum. Sein Geschlecht pochte, und irgendetwas kitzelte ihn an den Wangen, aber das Boot schaukelte hin und her, und ihm wurde klar, dass oben an Deck jemand war. Ein Geklapper an der Tür. Er schob das Laken weg und stand hastig auf. Oben an der Treppe stand Fräulein Hijazi, die den Saum ihres Gewandes mit der Hand festhielt. »Nayir?« rief sie. »Sind Sie da?«

Er stolperte ins Badezimmer.

»Nayir? Entschuldigen Sie, aber ich muss unbedingt mit Ihnen reden. Ich habe versucht, Sie anzurufen, aber Ihr Handy war wieder ausgeschaltet.« Es folgte ein verlegenes Schweigen. »Darf ich für einen Moment hereinkommen?«

Er schloss die Badezimmertür und rieb sich das Gesicht. Es war einige Tage her, dass er Fräulein Hijazi das letzte Mal gesehen hatte, und er hatte sich bemüht, nicht an sie zu denken.

»Ich komme runter«, kündigte sie an. Er meinte, ein Stocken in ihrer Stimme zu bemerken. Er linste durch die Badezimmertür und sah sie die Treppe hinabsteigen. Er bekam kurz ihren Fußknöchel zu sehen und machte die Tür wieder zu.

»Verzeihen Sie die Störung«, rief sie. »Ihr Nachbar hat herübergeschaut.«

»Und da sind Sie hier hereingekommen?«, fragte er.

»Ich habe ihm gesagt, ich sei Ihre Schwester.«

»O nein!«

»Mir blieb nichts anderes übrig. Hören Sie, Nayir, ich habe versucht, Sie anzurufen. Warum schalten Sie Ihr Handy nicht ein?«

»Ich habe zu tun. Weiß Othman, dass Sie hier sind?«

»Es ist wichtig. Ich habe die DNS von den Proben bekommen, die Sie für mich hinterlegt haben. Ich konnte sie jetzt endlich analysieren, und weder Eric noch Mohammed sind der Vater von Noufs Kind.«

Er drehte das Wasser auf, immer noch verärgert und noch nicht wach genug, um zu verarbeiten, was sie gerade gesagt hatte. Das Wasser war lauwarm. Stattdessen starrte er in den Spiegel; er sah erschöpft aus. Wann war er eigentlich eingeschlafen? Die ganze Nacht über hatte er Anrufe erledigt und Wüstenkarten studiert, auf der Suche nach Erics Forschungsanlage.

»Haben Sie mich verstanden, Nayir?« Sie hörte sich atemlos an. »Der Vater muss jemand anders sein.«

Er riss sich zusammen, griff sich ein Hausgewand und zog es

über. Er öffnete die Tür nur so weit, dass er durchschlüpfen konnte, huschte ins Schlafzimmer und machte die Tür hinter sich zu. Aus dem Augenwinkel hatte er gesehen, dass sie ihm den Rücken zukehrte, und er war dankbar dafür. Er streifte das Gewand ab, schnappte sich eine Hose vom Boden und ein Hemd, das er auf dem Bett fand; beides ziemlich zerknittert, aber er zog es trotzdem an.

»Das heißt, es muss da noch einen Mann geben«, rief sie.

Einige Augenblicke später kam er aus dem Schlafzimmer heraus und traf sie in der Küche an. »Nun, ich bin's jedenfalls nicht.«

Ihr entfuhr ein Lachen, und sie hielt sich die Hand vor den Mund, der sich hinter dem Neqab befand.

Er runzelte die Stirn.

»Verzeihung«, sagte sie.

»Sie sollten nicht hier sein«, sagte er unwirsch. »Sie wissen doch, dass es ein *Zina*-Vergehen ist. Haben Sie Othman Bescheid gesagt, dass Sie vorhatten, hierherzukommen?«

»Nein, aber –«

»Und wieso sind Sie nicht bei der Arbeit?«

»Ich habe mir den Vormittag freigenommen. Es tut mir leid, Sie so zu überfallen.« Sie klang aufrichtig. Er sah weg. Obwohl sie einen Neqab trug, sah er ihr trotzdem nicht gerne in die Augen. »Ich brauche Ihre Hilfe«, sagte sie.

»Wobei?«

»Ich möchte mir einen Ort anschauen, der womöglich etwas mit Noufs Tod zu tun hat.«

»Was brauchen Sie mich dafür? Sie haben doch einen Fahrer. Und einen Verlobten.«

Sie erwiderte nichts. Sie drehte sich zum Fenster und verschränkte die Arme, wobei sie ihre Ellbogen umfasste. Nayir wartete und wurde von Sekunde zu Sekunde verkrampfter.

»Othman will nicht, dass ich mit dem Fall weitermache«, sagte sie mit unsicherer Stimme. »Wir haben darüber gesprochen, und er hat gesagt, ich gefährde meine Stelle.«

Nayir ließ sich langsam auf das Sofa nieder und sah sich nach seinen Schuhen um. »Und, stimmt das?«

»Eigentlich nicht … na ja, vielleicht ein bisschen. Aber ich bin sehr vorsichtig, und außerdem geht's doch um Nouf. Es geht um seine Schwester. Man sollte doch meinen, dass er dankbar für jeden Hinweis wäre, den er bekommen kann.«

Nayir war gespalten. Er wollte ihr sagen, dass es keinen Sinn hatte, sich bei ihm über Othman zu beklagen; er war Othmans Freund, und daran würde sich nichts ändern. Er konnte ihr Gesicht hinter dem Neqab nicht sehen, aber ihr Blick war beredt genug, um zu zeigen, dass sie unglücklich war. Othman oder nicht, er verspürte einen Hauch von Anteilnahme.

»Ich weiß, dass Othman herausfinden will, was Nouf zugestoßen ist«, sagte er behutsam, und vermied es, seinen nächsten Gedanken auszusprechen: *Vielleicht will er nur nicht, dass Sie etwas damit zu tun haben.* Vielleicht war Othman jetzt endlich nicht mehr einverstanden damit, dass sie einen Beruf ausübte, dass sie bei diesem Fall so forsch vorgegangen war. Er fragte sich, ob sie Othman erzählt hatte, dass sie zusammen zu der Wohnung und zum Optiker gegangen waren.

»Was meinen Sie, warum hat er Sie gebeten, sich nicht mehr mit dem Fall zu befassen?«, fragte er.

Sie seufzte. »Keine Ahnung. Er schien irgendwie Probleme damit zu haben.«

»Haben Sie ihm erzählt, dass ich mit Ihnen in Erics Wohnung gewesen bin?«

»Ich habe ihm erzählt, dass wir einige gemeinsame Nachforschungen angestellt haben«, sagte sie. »Aber das weiß er schon seit einigen Tagen. Erst gestern Abend hat er sich so aufgeregt. Es regt ihn immer so auf, wenn ich von Nouf anfange. Gestern Abend habe ich ihm von der DNS erzählt. Ich glaube, es regt ihn besonders auf, über Noufs Schwangerschaft zu sprechen, und diesmal wurde er richtig böse. Er hat gesagt, er würde sich Sorgen um mich machen. Ich habe ihm geantwortet, er solle sich keine Sorgen machen, aber er hat darauf bestanden, dass ich mit der Untersuchung aufhöre. Wenn nicht, so hat er gesagt, dann würde er mir nie verzeihen, dass ich meine Karriere aufs Spiel gesetzt hätte.«

Das überraschte Nayir, denn obwohl er Othmans Widerwillen verstand, war dies offenkundig mehr als bloßer Widerwillen. Es war verdächtig. Und noch etwas anderes stimmte nicht: Othman machte sich Sorgen, sie könnte ihre Stelle verlieren. War ihm das wirklich wichtig?

Sie schien auf eine Antwort von ihm zu warten. Einerseits fühlte er sich geschmeichelt, aber andererseits wusste er nicht, was es für Folgen hätte, wenn er seine Meinung äußerte. Er stand auf, öffnete den Schrank und nahm seinen Mantel heraus.

»Ich habe keine Erklärung für Othmans Verhalten«, sagte er.

»Aber finden Sie es denn nicht auch eigenartig?«

Er entgegnete nichts. Vielleicht wusste Othman etwas über Noufs Verschwinden und wollte nicht, dass Fräulein Hijazi davon erfuhr. Das bedeutete noch nicht, dass er schuldig war.

»Sie denken, er vertraut mir nicht«, sagte sie.

»Das habe ich nicht behauptet.«

»Aber Ihr Gesichtsausdruck.«

Obwohl es ihn verlegen machte, war er beeindruckt, dass sie es bemerkt hatte. Ihre Arme waren immer noch trotzig gekreuzt, und er erinnerte sich an ihr hartnäckiges Schweigen in der Rechtsmedizin. *Sie wird ihre Nachforschungen nicht einstellen,* dachte er. *Nicht einmal Othman zuliebe.* Und er verspürte die gleiche Mischung aus Empörung und widerwilligem Respekt wie damals. Sie verhielt sich widerspenstig, aber er konnte ihre Gründe nicht missbilligen.

»Ich werde mit ihm reden«, sagte Nayir. »Das wollen Sie doch, oder?«

Sie drehte sich zu ihm um, und er sah schnell weg. »Ja, wenn es geht. Aber wichtiger ist mir jetzt …« Sie drehte sich wieder zum Fenster um, »zu wissen, ob Sie weiter bei der Sache mitmachen.«

Er zögerte. »Ich will herausbekommen, was mit ihr passiert ist. Und Othman geht es, glaube ich, genauso, egal was er sagt.«

Sie wirkte erleichtert und löste ihre Arme aus der Verschränkung. »Kommen Sie dann gleich mit? Es ist wichtig. Ich brauche Ihren Sachverstand.«

Wieder zögerte er.

»Spuren suchen«, sagte sie, als wäre damit alles erklärt.

Nach einer Pause nickte er. »Gleich. Ich will nur noch mein Morgengebet verrichten.«

ꕥ

Fräulein Hijazi sagte ihm, sie würden dem Zoo einen Besuch abstatten. Der seltsame Geruch in Erics Apartment hatte sie veranlasst, wieder über den Dung an Noufs Handgelenk nachzudenken. Es war nicht sehr viel, aber er klebte so fest an ihrer Haut, dass nicht einmal die Flut ihn weggewaschen hatte. Nayir hatte ihr von Samirs Entdeckung erzählt, dass der Dung Toxine enthielt. Erst gestern war Fräulein Hijazi der Gedanke gekommen, wo man den Dung vergifteter Tiere finden könnte, als sie einen Artikel über die beklagenswerten Lebensbedingungen von Affen in Dschiddas kleinem Zoo gelesen hatte. Dorthin wollte sie fahren.

So folgte Nayir nun ein weiteres Mal ihrem Toyota, bog von der Schnellstraße ab und fuhr landeinwärts, eine trostlose Straße entlang, die ein graues Sandfeld durchschnitt. Mit jedem Kilometer wuchs sein schlechtes Gewissen. Jetzt handelten sie wirklich hinter Othmans Rücken. Er redete sich ein, Othman würde ihre

Gründe gutheißen, egal was er Fräulein Hijazi am Abend zuvor gesagt hatte, aber tief in seinem Herzen spürte Nayir die Wahrheit: Als sie ihn gebeten hatte, sie zum Zoo zu begleiten, war er nur allzu bereit gewesen.

Sie hatte also Othman erzählt, dass sie gemeinsam Erics Wohnung durchsucht hatten, aber Othman hatte sich nicht weiter darüber aufgeregt. Natürlich gab es auch keinen Grund dazu – er vertraute Nayir in solchen Dingen. Aber Nayir wurde klar, dass es dieselbe Art Vertrauen war, die ein König einem Eunuchen entgegenbringt. Er war schlimmer als ein Eunuch; ihm fehlte kein Körperteil, ihm fehlte etwas anderes, ein verborgener Keim, der ihn zum Mann machte. Er dachte daran, wie Othman auf dem Jackenbasar gelacht hatte; er hatte gelacht, weil Nayir der letzte Mensch auf der Welt war, der den Körper einer Frau sehen sollte. Es war beinahe so, als hätte sich jemand vor einem Ayatollah unzüchtig entblößt. Je mehr er darüber nachdachte, umso größere Abscheu empfand er gegenüber sich selbst, Abscheu, dass er überhaupt über all das nachdachte.

Jetzt ging es einen breiten, steilen Hang hinauf. Staub flog an den Scheiben vorbei und nahm ihm die Sicht, aber als er den Kamm erreichte, öffnete sich das Panorama. Unter ihm lag ein Dutzend weißgetünchter Häuser über die Talflanke versprengt, und darüber markierte eine verrostete Stacheldrahtrolle die Westgrenze des mittlerweile stillgelegten Zoos.

Nayir kurbelte das Fenster herunter und holte tief Atem. Es war kein Kameldung; den Geruch kannte er. Das war eindeutig Zoogeruch. Er musste zugeben, es war scharfsinnig von Fräulein Hijazi gewesen, hierher zu fahren.

Sie parkten neben einem Kinderspielplatz, der aussah, als sei er seit Jahrzehnten nicht mehr benutzt worden. Er stieg aus und sah, dass Fräulein Hijazi etwas aus dem Kofferraum des Toyotas hievte, das wie ein Werkzeugkoffer aussah. Ihr Begleiter sprang um sie herum, ging ihr aber nicht gleich tatkräftig zur Hand, schließlich nahm er ihr aber doch das Gepäckstück ab und machte den Kofferraum zu.

»Danke, Ahmad«, sagte sie, eine Spur verärgert. »Ich denke, wir brauchen nicht lange.«

Zusammen mit Nayir näherte sie sich dem alten Eingang, einem Kassenhäuschen aus Metall im Schatten einer Palme. Daneben befand sich ein Schild, auf dem stand: *Kinder dürfen entweder von ihrem Vater oder ihrer Mutter begleitet werden, aber nicht von beiden Eltern. Jungs, die älter als 10 sind, gelten als Erwachsene.* Zusätzlich gab es verschiedene Öffnungszeiten für Männer, Frauen, Kinder und Schulgruppen, damit sich die Geschlechter nicht begegneten.

Der Fahrer saß wieder in seinem klimatisierten Wagen. Seine allzu lässige Art, Fräulein Hijazi mit einem Mann herumlaufen zu lassen, der nicht zur Familie gehörte, empörte Nayir, obwohl es schon mehrmals passiert war. Auch Ahmad ging davon aus, dass er keine Bedrohung darstellte. Er war vertrauenswürdig, aber das war kein Trost.

Das Drehkreuz klemmte, und so kletterte Nayir drüber und wollte auch Fräulein Hijazi helfen, aber sie reichte ihm den Werkzeugkoffer und überwand das Hindernis ohne seine Hilfe.

»Sie wissen, ich kann das hier auch alleine erledigen«, sagte er. Sie funkelte ihn an. Er errötete. Dann nahm sie ihm schnell den Koffer aus der Hand.

Sie gingen eine von Palmen gesäumte Allee hinunter, die an Gebäuden und leeren Käfigen, an verschlammten Springbrunnen und zerbrochenen Bänken entlangführte.

»Nouf hatte Tierdung an ihrem Handgelenk«, sagte sie.

»Ihr Begleiter hatte an seinen Schuhen auch Tierdung«, erwiderte Nayir, der sich an den Geruch von Mohammeds Schuhen erinnerte.

»Ach, das haben Sie mir gar nicht gesagt.« Als sie sah, dass er nicht vorhatte, darauf zu antworten, fuhr sie fort. »Warum wären Sie an Mohammeds Stelle zum Zoo gegangen? Um jemanden zu suchen? Sich mit jemandem zu treffen?« Sie traten in den Schatten eines Gebäudes.

»Die eigentliche Frage ist doch«, sagte Nayir, »warum wären Sie an Noufs Stelle zum Zoo gegangen?«

Sie warf ihm einen nervösen Blick zu. »Vielleicht, um einen Mann zu treffen?«

Eine wohltuende Kühle umfing sie, als sie unter einer Reihe Palmen entlanggingen, von denen man auf ein ehemaliges Serengeti-Gehege blickte. Ein paar Tierknochen lagen in den tiefen Gräben zwischen den Käfigen und den Besucherplattformen – dünne Bruchstücke von Giraffenhälsen, der Schädel einer Großkatze. Löwen. Die Hitze hatte sie alle umgebracht.

Nein, dachte Nayir, die Saudis haben sie alle umgebracht mit ihrem Ehrgeiz, einen Freilichtzoo im ungastlichsten Klima der Welt zu errichten. Sie bauten den Zoo, importierten die Tiere, aber die Besucher blieben aus. Warum hätten sie auch kommen sollen? Wer wollte schon durch die sengende Hitze laufen und sich einen Haufen leidender Tiere ansehen? Bestimmt keine Saudis, die bekannt dafür waren, verächtlich auf alles herabzublicken, was sich in der Nahrungskette unter ihnen befand. Hatte es nur am Missmanagement gelegen oder an fehlenden Geldern? Oder an fachlichem Versagen?

Er spürte einen leichten Luftzug unter seinem Mantel, als sie das Reptilienhaus betraten. Hier waren die Knochen interessanter. Er sah lange Wirbelsäulenteile zwischen größeren Überresten, als hätte eine Schlange ihren Käfiggenossen gefressen und ihn gänzlich verschlungen, bevor sie selber starb. Hätten die Schlangen vielleicht überlebt, wenn die Wärter sie freigelassen hätten? Es ging das Gerücht, dass sie die harmlosen Tiere in eine Tierhandlung gebracht und die gefährlichen in den Käfigen ihrem Schicksal überlassen hätten.

Sie schlichen wieder hinaus auf die Allee, vorbei an Krokodilkäfigen und alten Affengehegen, die mit vertrockneten Kletterpflanzen bedeckt waren. In der Ferne erhob sich ein Berggipfel, eine Matterhorn-Imitation, die zweifellos einst von Ziegen bevölkert war.

»Sehen wir da mal nach«, schlug sie vor. Er murmelte eine Antwort.

Das Matterhorn lag still da wie ein Grab, und sie näherten sich langsam. Es war nicht so hoch, wie es von weitem den Anschein gehabt hatte, vielleicht zehn Meter. Am Boden wuchsen blühende Pflanzen.

»Ich glaube, das ist Oleander«, sagte er.

»Ja«, erwiderte sie. »Seltsam, dass der hier wächst. Ist der nicht giftig?« Sie gingen durch die Büsche, kletterten über den niedrigen Zaun, der den Berg umgab, und überquerten ein schmales Grasfeld, das jetzt völlig vertrocknet war und dessen Vertiefungen mit Sand aufgefüllt waren. Sie stellte ihren Arbeitskoffer ab, öffnete ihn und holte eine Tüte heraus, um eine Probe von dem Oleander und der Erde am Stamm zu nehmen. Während sie beschäftigt war, machte Nayir eine Runde um den Berg. Die Hülle war aus grünem und braunem Gips, die Spitze weiß gestrichen, damit sie wie Schnee aussah. Am unteren Rand entdeckte er eine Tür. Mit sanfter Gewalt zog er sie auf und spähte hinein.

Es war ein Hohlraum. Durch verschiedene Risse im Gips fiel Licht von draußen herein, sodass Nayir den Sandboden und weiße Wände sowie eine zusammengeknäulte Decke in einer Ecke erkennen konnte. Die Luft war feucht und stickig. Nayir betrachtete den Boden. Gleich hinter der Tür sah er breite Spuren im Sand, als hätte jemand dort vor kurzem gefegt. Die Spur führte nach draußen und verlief sich im Gras. Es waren keine Fußabdrücke zu sehen.

»Irgendwas gefunden?«, frage sie.

»Ein Versteck«, sagte er.

Sie betrat den Raum. »Das riecht hier nach …« sie sah Nayir zögernd an, »… Sex.«

»Ich weiß«, sagte er und verfluchte sich im Stillen für die Lüge. Er trat hinein und drückte sich den Ärmel an die Nase. In seinem Kopf schrillten Alarmglocken: Woher konnte sie das wissen? Vielleicht gehörte es zu ihrer Arbeit, so etwas zu erkennen, aber wie wurde es einem beigebracht? Eine weitere Alarmglocke schrillte und machte ihn darauf aufmerksam, dass sie sich hier in einem sehr kleinen, intimen Raum befanden. In dem es nach Sex roch. Er trat wieder nach draußen.

Sie folgte ihm mit der Decke. Vorsichtig entfaltete sie sie, hob sie hoch und betrachtete die Oberfläche. »Da ist vielleicht noch was Brauchbares drauf.«

Er ging wieder in den Berg hinein, knipste seine Stiftlampe an und leuchtete damit den Boden ab, hielt einmal bei einem kleinen Kieselstein inne, fuhr dann aber fort. Sie steckte ihren Kopf herein.

»Noch irgendwas?«, fragte sie.

Er schüttelte den Kopf. »Der Boden ist recht glatt, angesichts dessen, was sich hier abgespielt hat. Jemand hat hier aufgeräumt.« Er versicherte sich ein letztes Mal, dass da nichts weiter war, und verließ den Berg.

»Ich nehme diese Decke mal mit«, sagte sie. »Mit etwas Glück sind da noch ein paar Hautzellen drauf.«

Nayir machte die Tür an der Seite des Matterhorns zu. »Es ist auch gut möglich, dass das gar nichts mit unserem Fall zu tun hat.« Er erhaschte ein Lächeln in ihren Augen. »Was?«

»Sie haben gesagt ›mit unserem Fall‹.«

»Ich habe gesagt ›mit Ihrem Fall‹.«

Schmunzelnd ging sie zu ihrem Werkzeugkoffer zurück, worin sie eine Tüte fand, die groß genug für die Decke war. In der folgenden halben Stunde suchten sie noch den Rasen um den Berg ab, aber ohne Ergebnis. Als sie fertig waren, verließen sie die Alpenlandschaft, gingen an einer langen Reihe von Vogelkäfigen entlang und dann einen schmalen Pfad hinunter, der zum Grenzzaun führte. Der Zaun war oben mit Stacheldraht gesichert, aber das Tor war nicht abgeschlossen. Sie verließen den Zoo und stiegen einen sehr steilen Hang hinunter in das Tal, das südlich des Zoos lag. Die Luft erhitzte sich schnell, und beiden brach jetzt der Schweiß aus.

»Ich muss alles wissen, was Sie bis jetzt herausgefunden haben«, sagte sie. »Gibt es noch irgendetwas, was Sie mir nicht gesagt haben? Wir kommen besser voran, wenn wir beide alle Fakten kennen.«

»Ich habe es wirklich so gemeint: Das hier ist Ihr Fall.«

»In Ordnung. Gibt's noch irgendetwas, das Sie mir nicht erzählt haben?«

»Habe ich Ihnen von den Streifen auf dem Bein des Kamels erzählt?«

»Nein.« Nicht ohne Verlegenheit erklärte er ihr, was er an dem Kamel entdeckt hatte. Sie ging vor ihm, stolperte gelegentlich, wenn der Hang zu abschüssig wurde.

»Ich habe das immer für Aberglauben gehalten«, sagte sie, »diese Geschichte mit dem Bösen Blick. Ehrlich gesagt finde ich das lächerlich.«

Er entgegnete nichts.

»Und ich glaube, Nouf hätte das auch so gesehen«, sagte sie. »So gut kannte ich sie eigentlich gar nicht, aber die paar Male, die ich mit ihr gesprochen habe, kam sie mir sehr vernünftig vor. Ich glaube wirklich nicht, dass sie an Geister und Dschinnen und so ein Zeug geglaubt hat.«

»Und von wem stammt Ihrer Meinung nach das Zeichen auf dem Bein des Kamels?«

Sie zuckte die Achseln. »Wer war mit ihr zusammen in der Wüste? Wer hätte mit ihr zusammen sein können? Jeder hat ein Alibi. Ihre gesamte Familie war zu Hause. Othman hat mir erzählt, ihr Begleiter sei mit seiner Frau einkaufen gewesen. Und was ist mit Eric?«

»Sein Alibi stimmt. Ich habe gestern Abend noch ein paar Anrufe gemacht. Er war damals den ganzen Tag lang bei der Arbeit.«

Sie blieben am Fuß des Hanges stehen. »Damit steht also fest, es gibt noch eine dritte Person, jemand, von dem wir noch nichts wissen.«

Sie kamen zu einer kreisförmigen Stelle. Sie markierte das Ende einer Zufahrtsstraße, die, wie er vermutete, zur Hauptstraße zurückführte. Nayir fiel sogleich die dunkle gelbrote Färbung des Bodens auf. Er kratzte daran herum und spürte den harten Lehm.

»Ich habe Ihnen doch erzählt, dass mein Onkel den Schmutz aus Noufs Kopfwunde analysiert hat«, sagte er. »Ich glaube, hier gibt es eine Übereinstimmung.«

Katya tütete eine Probe ein. »Das heißt, den Schlag könnte sie hier erhalten haben.«

Nayir wandte sich zu einer Reihe struppiger Palmen, deren Zweige dicht genug waren, um etwas Schatten zu spenden. Hinter den Bäumen befand sich ein dichtes Gestrüpp von Büschen. Es war ein trister, gottverlassener Ort; nicht einmal der Wind bewegte die Blätter. Doch in dem Sand unter den Palmen waren Reifenspuren sichtbar. Er ging zu den Rändern der Lichtung und betrachtete sie.

»Laufen Sie nicht auf dem Sand herum«, sagte er.

Sie stellte ihren Koffer bei den Büschen ab und sah sich um. Nayir folgte einer Reihe von Fußspuren entlang der Straße. Er versuchte, sie mit Mutlaqs Augen zu sehen, aber da waren Dutzende von Spuren, und er konnte sie nicht auseinanderhalten. Wie es schien, war die Zufahrtsstraße ziemlich befahren. Fußspuren führten in alle Richtungen, weg von den Reifenspuren.

Eine Reifenspur endete mitten auf der Lichtung. Vorsichtig, um nichts zu verwischen, folgte Nayir dem Abdruck der Reifen bis zum Ende des Wegs, wo das Fahrzeug anscheinend eine scharfe Kehrtwende gemacht hatte und zurückgefahren war. Und dort, am hintersten Rand der Lichtung, bemerkte er ein metallisches Glitzern in den Büschen. Er ging näher und fand eine Blechdose, die halb im Sand vergraben war. Er hob sie enttäuscht auf.

»Nayir?« Fräulein Hijazis Stimme klang belegt. Sie kniete im Sand in der Nähe der Büsche. »Sehen Sie sich das mal an.« Er ließ die Dose fallen, ging zu ihr. Sie hatte einen zerdrückten rosaroten Gegenstand freigelegt. Es war ein Schuh. Ein hochhackiger Schuh, platt gequetscht von einem Autoreifen.

»Das ist ihr zweiter Schuh«, sagte er. Er kniete nieder und half ihr, ihn aus dem Boden herauszulösen. »Sie muss ihn verloren haben.«

»Aber das hätte ihr doch auffallen müssen. Sie wäre bestimmt zurückgekommen, um ihn zu suchen.«

Nayir nickte. »Ich glaube nicht, dass sie ihn absichtlich hier liegen gelassen hat.«

»Es sei denn, sie wollte einen Hinweis hinterlassen ...«, flüsterte Fräulein Hijazi. »Das könnte bedeuten, dass sie entführt wurde.«

Beide waren erregt, denn sie waren möglicherweise auf etwas Wichtiges gestoßen. Nayir hätte jetzt gerne mit ihr darüber geredet, wo man Noufs Leiche gefunden hatte und dass Othmans Jacke verschwunden war, was auf irgendjemanden vom Anwesen hindeutete, aber er war sich unschlüssig, ob er das tatsächlich aussprechen sollte, weil es zuallererst Othman belastete.

Er untersuchte den Boden. »Irgendein Anzeichen von Blut?«, fragte er. »Man hat ihr auf den Kopf geschlagen. Das muss stark geblutet haben.«

»Aber das Blut könnte von ihrem Kopftuch und ihrem Gewand aufgesogen worden sein.«, antwortete Fräulein Hijazi. »Aber hier …«, sie deutete auf die Straße. »Es sieht so aus, als habe hier jemand gefegt. Wenn hier Blut war, hat jemand es weggewischt.«

»Es sieht aus wie Schleifspuren«, sagte er. »Und wenn sie doch hier niedergeschlagen wurde? Sie ist hingefallen, ihr Entführer musste sie aufheben und ins Auto schleppen.« Er folgte den Schleifspuren, die in Reifenspuren übergingen. »Wenn es so war, müsste hier doch Blut zu finden sein?«

»Ich sehe nichts«, sagte Fräulen Hijazi, »aber ich werde ein paar Proben fürs Labor mitnehmen.«

Sie erhob sich und ging zu ihrem Werkzeugkoffer. Sie steckte den Schuh sehr vorsichtig in eine Plastiktüte und behielt sie noch einen Moment lang in der Hand. »Komisch, dass sie die Schuhe dabei hatte«, sagte sie nachdenklich.

»Ja, warum hat sie sie nicht einfach im Wagen gelassen?«

»Vielleicht dachte sie, es wäre zu heiß und sie würden beschädigt werden?«

»Die Leute lassen sogar ihren Koran im Auto liegen«, sagte er. »Außerdem hätte sie ja im Schatten parken können.« Nayir suchte weiter nach Blutspuren.

»Vielleicht hat sie die Schuhe ja im Auto gelassen«, sagte Fräulein Hijazi, »Jemand hat sie aus dem Auto gezerrt, und der Schuh ist dabei herausgefallen.«

Er schaute hoch. »Der andere Schuh – wie hat man den gefunden?«

»Was meinen Sie?«

»Haben Sie gesehen, ob sie ihn in einer Tasche hatte?«

»Nein, sie hatte keine Tasche bei sich.«

»Dann muss der Schuh in einer Tasche ihres Gewandes gesteckt haben«, sagte er. »Sonst wäre er nicht in der Nähe der Leiche gefunden worden. Die Flut war so stark, dass sie ihr sogar die Schuhe, die sie anhatte, weggerissen hat.«

»Ja«, sagte sie sorgenvoll.

Sie legte den Schuh in den Koffer und wischte sich den Schmutz vom Gewand. »Nehmen wir mal an, Nouf kam in den Zoo, weil sie sich mit jemandem treffen wollte, dem sie genug vertraute, um mit ihm allein zu sein. Aber wie ist sie hierhergekommen? Mit dem Pick-up? Sie muss bis hierher gefahren sein und hat gewartet.«

»Warum hat sie nicht auf dem Parkplatz geparkt?«, fragte er.

»Wahrscheinlich aus Vorsicht. Sie war eine Frau, und selbst wenn sie Männerkleidung getragen hat, hätte jemand die Umrisse ihres Körpers erkennen können. Derjenige, mit dem sie sich treffen wollte, kam mit seinem eigenen Auto, und sie sind beide ausgestiegen. Dort.« Sie zeigte auf die Fußabdrücke um die Reifenspuren herum. »Diese Fußabdrücke sind alle ziemlich klein. Es sieht so aus, als wäre die Person, mit der sie sich traf, nicht sehr groß gewesen.« Sie holte ein Maßband aus dem Koffer und maß die Fußabdrücke aus.

Nayir wanderte umher. »Die Abdrücke könnten alle von denselben Schuhen stammen.«

»Sie haben nicht alle dasselbe Muster, aber sie sind ähnlich.« Sie blickte auf. »Alle Größe sechsunddreißig. Aber sie sehen nach Männerschuhen aus.« Er gab ihr den zerdrückten Stöckelschuh. Sie nahm Maß und sah Nayir betrübt an. »Auch sechsunddreißig.«

»Aber wenn sie die Schuhe umtauschen wollte, dann haben sie wahrscheinlich nicht gepasst.«

»Vielleicht hat sie gelogen«, sagte Katya.

»Ich habe den Schuh, den sie in der Wüste bei sich hatte«, sagte Nayir. »Er ist auf meinem Boot. Ich werde ihn heute Abend ausmessen. Was ist mit dem Kamel? Es sieht fast so aus, als hätte der Entführer es mitgebracht –« Er hielt inne, denn der Rest war klar: Wenn der Entführer das Kamel mitgebracht hatte, dann musste er auf dem Gelände der Shrawis gewesen sein. Und er musste sich dort so gut auskennen, dass er unbemerkt ein Kamel und einen Pick-up stehlen konnte.

Fräulein Hijazi schaute zweifelnd. »Wir wissen aber nicht, ob das Kamel wirklich hier war.«

»Ich kann mir nicht vorstellen, dass jemand Nouf entführt hat und dann mit ihr im Wagen zum Anwesen zurückgefahren ist, um das Kamel zu stehlen.«

»Das stimmt.« Katya nahm eine Hand voll Glasröhrchen aus ihrem Koffer.

»Wir wissen einfach nicht, in welcher Beziehung Nouf zu ihrem Entführer stand. Vielleicht hat sie selbst das Kamel hergebracht ... als Teil einer Abmachung, die die beiden hatten. Wer weiß?« Sie klang atemlos. Auf dem Boden kniend, kratzte sie an zwei Stellen Erde ab und füllte sie in die Glasröhrchen. »Vielleicht wollte sie weglaufen, und jemand hat versucht, sie aufzuhalten. Wenn sie hier niedergeschlagen wurde, hätte sie nach dem Kampf immer noch davonlaufen können. Vielleicht konnte sie weg, war aber desorientiert. Das wäre eine Erklärung dafür, warum sie den Schuh verloren hat und später dann das Kamel.«

»Das wäre möglich«, sagte er, »würde aber nicht den verschwundenen Pick-up erklären. Sie haben ihn noch immer nicht gefunden. Wenn sie selbst in die Wüste gefahren ist, hätte sich der Wagen in der Nähe des Wadis finden müssen.«

»Jemand könnte den Wagen in der Wüste gestohlen haben.«

Er unterließ es, anzuführen, dass dies extrem unwahrscheinlich war. Es wäre besser, nicht länger über den Pick-up zu spekulieren, denn es gab keine Beweise. Er beobachtete, wie sie die Proben in den Koffer packte.

»Aber wenn jemand sie hier getroffen und überwältigt hat, dann müsste doch ein Wagen noch hier sein. Wo ist er?«, fragte er.

»Vielleicht hat der Entführer ihn erst mal hiergelassen«, sagte sie, »und ist später zurückgekommen, um ihn wegzufahren.«

Das hörte sich wenig überzeugend an, aber er ging nicht darauf ein. »Woher kannte sie bloß diesen Ort?«

»Müsste ihr Begleiter nicht Bescheid wissen?« Sie erhob sich wieder. »Von dem Zoo hat er nichts gesagt, oder?«

»Nein«, erwiderte Nayir. Er wanderte wieder auf dem Gelände umher und untersuchte die Spuren.

Sie machte ihren Koffer zu. »Es gibt zwar Beweise, dass verschiedene Leute hier waren«, sagte sie, »aber es ist nicht gesagt, dass sie eine Verbindung zu Nouf hatten. Ich glaube, Sie müssen Mohammed noch einmal einen Besuch abstatten. Er kann uns bestimmt sagen, woher sie diesen Ort kannte und ob sie öfter hierherkam. Vielleicht kann er uns auch erklären, was es mit den Schuhen auf sich hat.«

»Ich hab ihn schon danach gefragt.«

»Aber überlegen Sie doch – Nouf hatte die Schuhe bei sich. Vielleicht wollte sie sie tatsächlich umtauschen. Dazu hätte sie Mohammed gebraucht, und möglicherweise hat sie deshalb die Schuhe mit hierher gebracht. Sie wollte Mohammed treffen.« Sie schaute Nayir kämpferisch an.

»Ich glaube, man muss sich Mohammed noch mal vornehmen. Ich komme mit.«

»Nein«, sagte er mit Nachdruck.

»Doch.«

»Ich sagte nein.« An ihrem Blick sah er, dass er es nur noch schlimmer machte. »Es wäre besser, wenn ich allein ginge«, sagte er in sanfterem Ton. »Er vertraut mir, und ich habe das Gefühl, er will mir etwas beichten, was er bestimmt nicht tun wird, wenn Sie dabei sind.«

Sie gab ihm widerwillig recht. Einen Moment lang standen sie sich gegenüber, zu verschwitzt und müde, um etwas zu sagen. Die Sonne brannte, und die Luft war schwer von Staub. In der Ferne hörten sie den zornigen Schrei eines Vogels. Nayir merkte plötzlich, dass er ihren Neqab anstarrte. In diesem Moment wollte er ihrem Blick nicht ausweichen. Jetzt war es für ihn in Ordnung, ihre Augen zu betrachten, zuzusehen, wie sich ihre Hände bewegten, die Umrisse ihres Körpers durch das Gewand hindurch auszumachen. Der Stoff war dünn, und in der Sonne konnte er beinahe hindurchsehen. Sie hatte wohlgeformte Arme und schmale Hüften. Für einen kurzen Moment gab er sich der Fantasie hin, sie wäre nicht Othmans Verlobte, sondern einfach eine Frau, die er kennengelernt hatte. Er fragte sich, ob sie auch Fantasien über ihn hatte, und er suchte in ihren Augen nach einem Hinweis, aber sie musterte ihn eher misstrauisch.

»Ich werde Othman hiervon erzählen müssen«, sagte sie.

Sein Herz machte einen Sprung. »Wovon?«

»Von dem Schuh.«

Er zerbarst beinahe vor Erleichterung. *Allah vergib mir meine sündigen Gedanken.*

»So was können wir nicht vor ihm verheimlichen«, fügte sie hinzu.

»Ich sag's ihm, wenn Sie wollen.«

Sie wandte sich um und blinzelte ins Sonnenlicht. »Das wäre vielleicht besser. Sagen Sie ihm einfach, es sei Ihre Idee gewesen. Am besten erwähnen Sie mich gar nicht.«

»Das kann ich nicht.«

Sie drehte sich wieder zu ihm um. »Ja, Sie haben recht. Ich möchte nicht, dass Sie meinetwegen lügen.« Sie rieb sich die Stirn. »Ich bin Ihnen sehr dankbar, dass Sie mit mir hierhergekommen sind. Hoffentlich belastet das nicht Ihr Verhältnis zu Othman. Ich möchte nicht, dass es meinetwegen zu Problemen zwischen Ihnen kommt.«

*Zu spät,* dachte er. »Machen Sie sich keine Sorgen.«

Sie beugte sich vor und packte ihren Koffer um. »Er spricht viel von Ihnen, wissen Sie. Sie sind für ihn wie ein Held.«

Er wusste nicht, was er sagen sollte.

»Vielleicht wäre es das Beste«, sagte sie, »wenn wir beide Othman erzählen, was wir heute hier gefunden haben. Es wäre wichtig, dass er es auch von Ihnen hört.«

Er nickte. Mit einem erschöpften Seufzer schloss Fräulein Hijazi den Koffer, erhob sich und drehte sich um. »Ich habe noch anderthalb Stunden, bis ich wieder auf der Arbeit sein muss. Wir sollten besprechen, was wir sagen wollen. Ahmad muss bald weg. Würden Sie mich zum Mittagessen begleiten?«

Ihm fielen zehn Gründe ein, das abzulehnen, aber er konnte den Wunsch, der in seiner Brust aufstieg, nicht zurückdrängen. Aus Prinzip runzelte er erst mal die Stirn. »Ich wüsste nicht, wie das möglich sein soll.«

»Ich weiß da was«, sagte sie, »folgen Sie mir einfach.«

# 21

Nayir stieg aus dem Wagen aus und trat in eine Hitze hinein, die sich gefährlich anfühlte. Ihm wurde beinahe schlecht von der feuchten Luft und dem Industriegestank. Sie hatten auf den beiden letzten freien Plätzen auf einer winzigen Freifläche bei al-Barad geparkt. Der Parkplatz, der von hohen Gebäuden umgeben war, lag zwar halb im Schatten, aber das wirkte sich kaum kühlend aus. Die Nachmittagssonne verzerrte alles wie eine Wüstenspiegelung, die Autos, den Bürgersteig, die Reklametafeln. Ein einsamer, versiegter Springbrunnen am Zugang zu einer Gasse schien die Hitze in Wellen auszuspeien. Nur die Gebäude boten Schutz, massige Kalksteinkonstruktionen, die üppig verziert waren mit Gitterwerk und Fensterläden, um die Hitze abzuhalten.

Eine Frau huschte vorbei, eilte über den Parkplatz und bog in eine Gasse ein. Nayir verspürte einen leichten Anflug von Besorgnis, wie immer, wenn er eine Frau alleine auf der Straße sah. Sie war in Hast, blickte sich ständig um, um sich zu vergewissern, dass ihr niemand folgte. Wie schafften sie das bloß, fragte er sich, mit bedecktem Gesicht so schnell zu laufen? Sie schlüpfte in die Gasse und verlangsamte ihre Schritte. Vielleicht hatte sie es nur so eilig, um der Hitze zu entfliehen.

Er ging hinüber zu Fräulein Hijazis Auto, und als er es erreichte, war sein Hemd bereits klatschnass, die Hosenbeine klebten ihm an den Knöcheln. Hätte er doch ein Gewand getragen, dachte er.

Sie holte gerade ihren Arbeitskoffer aus dem Wagen und verabschiedete sich von Ahmad. Der Fahrer warf Nayir einen strengen Blick zu, bevor er einstieg und davonfuhr. Der Blick enthielt eine Warnung, die Dame ja respektvoll zu behandeln, aber auch eine Spur von Solidarität.

»Geben Sie mir den mal«, sagte Nayir und wies auf den Koffer.

»Danke, es geht schon.« Sie zog los, zielstrebig eine Gasse hinunter. Er folgte ihr verlegen. Er kam sich wie ein Kind vor, aber sie wusste den Weg, und so konnte er schlecht vor ihr gehen. Er wäre gern neben ihr gelaufen, aber das war auch nicht richtig. Er stellte sich vor, Othman würde sie zusammen sehen. Selbst Ehemänner und Ehefrauen gingen nicht nebeneinander; die Frau ging hinter dem Mann, als ein Zeichen des Respekts.

Er holte sie ein, gerade als sie aus der Gasse herauskamen. Sie bog nach rechts und wurde langsamer, sah sich um, wobei sie mit jeder Änderung der Blickrichtung den ganzen Kopf drehte, da der Neqab ihr Gesichtsfeld einschränkte. »Es muss irgendwo hier sein«, sagte sie.

»Wo gehen wir denn hin?«

»Zu einem Familienbuffet, wo man mit einer unverheirateten Frau Mittag essen kann.«

Er hatte von solchen Lokalen gehört – Cafés, wo Frauen und Männer zusammen essen konnten. Es war zwar ein Familienrestaurant, aber es wurde von Frauen nicht erwartet, dass sie sich das Gesicht verschleierten, nur ihr Haar musste bedeckt sein. Das Besondere war, dass Frauen alleine zu Mittag essen konnten, doch Männer hatten auch Zugang, sofern sie in weiblicher Gesellschaft waren. Nayir hatte gehört, dass Männer philippinische Mädchen engagierten, nur um Zugang zu diesen »Familiencafés« zu bekommen. Wenn sie erst einmal drin waren, konnten sie mit jeder Frau flirten, die sich dort befand. Genau genommen waren es Abschlepplokale, in denen man eine Frau einfach ansprechen konnte, und er hoffte inständig, dass das hier nicht zu dieser Sorte gehörte. Wie sollte er das jemals Othman gegenüber rechtfertigen?

Während sie an Schaufensterauslagen mit Parfüms und Schmuck vorbeigingen, begannen seine Hände zu schwitzen. Er kam sich dämlich vor, nach einem Café zu suchen, das die Behörden wahrscheinlich gleich nach der Eröffnung wieder geschlossen hatten. Aber nach ein paar weiteren Schritten entdeckten sie ein Metallschild über einem Türeingang: *Big Mix – Familien willkommen!*

»Das ist es«, sagte sie und versuchte, sich ihre Aufregung nicht anmerken zu lassen. Er blieb stehen. »Ich glaube nicht, dass das hier –«

»Keine Sorge«, sagte sie etwas belustigt. »Es ist nicht, was Sie denken.« Bevor er etwas erwidern konnte, ging sie durch den Eingang und erklomm die ersten Stufen einer schmalen Holztreppe. Er folgte ihr, unsicher, ob sie ihn nicht in eine Falle lockte. Er stellte sich ein Szenario vor: Sie war zu der Überzeugung gekommen, er sei einsam, zu schüchtern, um von sich aus eine Frau kennenzulernen, und dazu hatte er noch das Pech, keine Familie zu haben, die eine Ehe für ihn arrangieren konnte. So hatte sie den Plan ersonnen, ihn hierher zu schleppen, in der Hoffnung, dass es bei irgendeiner funken würde. Sie ahnte ja nicht, wie sehr sie sich irrte.

Oben angekommen, betraten sie einen Vorraum mit gläsernen Wänden. »Eine Freundin von mir war hier schon mal«, erklärte sie. »Sie sagt, das Essen sei hervorragend.« Ein Oberkellner begrüßte sie und bat sie in den Speisesaal.

Der Saal war ein riesiges Atrium, das von einer Glaskuppel überdacht war und in dessen Mitte ein Springbrunnen plätscherte. Sonnenlicht drang durch geschliffene Fensterscheiben und sprenkelte die blauen Teppiche und die Glasplatten der Esstische in der Mitte des Saales. Dahinter führte eine prunkvolle Treppe zu separaten Bereichen, die mit kleinen und größeren Tischen ausgestattet und mit Topfpflanzen abgeschirmt waren. Der Kellner hatte ihnen gesagt, sie könnten sitzen, wo sie wollten, und so führte Fräulein Hijazi ihn ganz nach oben, wo ein Tisch für zwei geradezu auf sie zu warten schien. Nayir ließ den Blick schnell durch den Raum schweifen. Es gab einige Männer unter den Gästen, aber sie waren weit genug weg und mit Essen beschäftigt.

Fräulein Hijazi stellte ihren Werkzeugkoffer ab, nahm Platz und hob ihren Neqab. Da ihm nichts anderes übrig blieb, setzte er sich ihr gegenüber und fragte sich, wie er mit ihrem enthüllten Gesicht vor Augen das Mittagessen würde durchstehen können. Aber sie sah ihn nicht an, sondern starrte zu den anderen Gästen hinüber – Männer, Kinder, Frauen mit Gesichtern. »Ich kann es kaum glauben«, sagte sie. »Ich wollte schon so lange hierherkommen, nur um zu sehen, ob es das wirklich gibt.«

Auch Nayir nahm alles auf, sorgfältig darauf achtend, nicht die unverhüllten Frauengesichter zu betrachten. Stattdessen konzentrierte er sich auf die Männer. Es schien keinen einzigen Junggesellen in der Menge zu geben, alle Männer saßen mit Ehefrauen und Kindern zusammen. Sie wirkten glücklich und entspannt, und es schien sie nicht zu stören, dass das Gesicht ihrer Frau in der Öffentlichkeit enthüllt war. Er wagte einen schnellen Blick auf ein oder zwei Frauen und sah, dass sie sich sittsam verhielten. Die meisten trugen Gewänder und Kopftücher und schenkten ihre ganze Aufmerksamkeit ihren Familien. Er war erleichtert und überrascht, dass ein so modernes Restaurant wie dieses mit anständigen Menschen gefüllt war, die sich geziemend aufführten.

Aus den Augenwinkeln bemerkte er, dass Fräulein Hijazi grinste. Sie hatte über das Besteck gestaunt und den Kronleuchter bewundert, und er erkannte erfreut, dass sie bei all ihrer Unabhängigkeit in mancher Hinsicht immer noch eine behütete Frau war.

Es war das allererste Mal, dass er mit einer Frau in einem Restaurant saß. Ein Meilenstein, aber zu stark mit Schuldgefühlen befrachtet, als dass er es richtig genießen konnte. Er steckte eine

Hand in die Tasche und berührte seinen Misyar, die Pseudo-Heiratsurkunde. Er würde Fräulein Hijazis Namen in das Kästchen eintragen müssen, falls sie erwischt wurden, und auch das kam ihm wie ein Vergehen vor.

»Und, wie finden Sie es?«, fragte sie.

Er zog seine Hand zurück. »Es gefällt mir.«

»Hier ist es schön kühl«, sagte sie. »Nicht kalt, wie in so vielen Geschäften. Und das Beste ist«, sie erhob sich, »man kann sich sogar selber was zu essen holen.«

»Ich komme gleich nach.«

Sie warf ihm einen irritierten Blick zu, machte sich aber auf den Weg zum Buffet. Als sie fort war, holte er den Misyar hervor und suchte in seiner Tasche nach einem Stift. Er hatte sich immer vorgestellt, der Einsatz des Misyars würde ein denkwürdiges Ereignis sein, und jetzt geschah es ohne Vorbereitung und noch dazu mit einer Frau, die für ihn vollkommen unerreichbar war. Es kam ihm wie eine Sünde vor, ihren Namen in das Feld einzutragen. So hatte er sich das nicht vorgestellt.

Er faltete den Misyar zusammen, steckte ihn wieder in die Tasche und ging hinunter zum Buffet.

Etliche Minuten lang erkundete er das atemberaubende Angebot: eine Vielfalt an Obst und Gebäck, warme belegte Brote, Fleisch auf Spießen, Gemüse, Reis, Joghurt und Eiskrem. Zehn verschiedene Teesorten. Kaffee – schwarz oder amerikanisch. Heiße Schokolade. Eis – Eis! – kübelweise in jeder Auslage. Als sie schließlich zu ihrem Tisch zurückkehrten, war Katya ganz aufgekratzt vor Aufregung.

»Ich könnte jeden Tag hierherkommen«, sagte sie, schlug ihre Serviette auf und nahm ihre Gabel. Nayir versuchte, sie sich hier mit Othman vorzustellen. Sie war so glücklich, dass es vielleicht auch ihn anstecken könnte. Vielleicht war es das, was er so an ihr mochte – diese unbekümmerte Art, mit der sie jede düstere Stimmung vertreiben konnte. Nayir stellte sich vor, wie die beiden Jahre später hierherkämen, ihre kleinen Kinder am Tisch um sich herum, und er fragte sich, ob sie dann wohl immer noch so glücklich wäre wie jetzt?

Er wagte einen Blick auf ihr Gesicht, und er sah eine kindliche Aufregung in ihren Augen. Er stellte sich vor, diese Freude wäre von Dauer. Sie lächelte, nicht direkt ihm ins Gesicht, doch in Erwiderung seiner Aufmerksamkeit, und irgendwie ließ er ihre Zukunft zu seiner eigenen werden. Er saß mit ihr am Tisch, umgeben von seinen Kindern, er selbst der Empfänger dieses großzügigen Lächelns. Es erregte ihn, und es erstickte ihn. *Allah vergib mir. Ich bin ein sündiger, egoistischer Mann. Das würde nicht passieren, wenn ich eine Frau hätte.*

»Ich glaube, wir können jetzt davon ausgehen, dass sie entführt wurde«, sagte Fräulein Hijazi, wieder zum Thema Nouf zurückkehrend.

»Möglich.«

»Aber wer hat es getan?« Sie nahm einen Bissen. »Vielleicht sollten wir die Angelegenheit aus folgendem Blickwinkel betrachten: Was hat Nouf so Empörendes getan? Sie ist schwanger geworden. Wer wäre darüber am unglücklichsten?«

»Ihr Familie, falls sie es wusste.«

»Nehmen wir an, sie wusste Bescheid«, sagte sie. »Qazi hätte in ihrer Hochzeitsnacht entdeckt, dass sie keine Jungfrau mehr war. Er hätte sich von ihr scheiden lassen. Vielleicht hat also die Familie sie hinaus in die Wüste gebracht, um sich die Schande zu ersparen, wenn ihr Zustand öffentlich bekannt geworden wäre.«

»Das ist unwahrscheinlich«, sagte Nayir.

»Das wäre nicht ganz ein Ehrenmord«, fuhr Fräulein Hijazi fort, »es wäre eine Ehrenentführung, aber sie übernehmen nicht die Verantwortung dafür. Wenn sie es so hindrehen, als wäre Nouf fortgelaufen, dann wäre alles ihre eigene Schuld, und man würde vermuten, sie selbst hätte aus irgendeinem Grund der Hochzeit entfliehen wollen.« Sie verstummte und kaute.

»Aber wie konnten sie sicher sein, ohne sie zu töten?«, fragte er. »Immerhin bestand die Möglichkeit, dass sie wieder zurückfände, und was dann?«

»Sie haben recht.«

Ihre Spekulation verursachte ihm ein unbehagliches Gefühl. Sie schien es zu bemerken, denn sie aß eine Weile schweigend weiter. Nayir hatte die Theorie der »Ehrenentführung« in die Wüste auch schon in Betracht gezogen und mit seinem Onkel Samir besprochen, aber wenn er sich den Ablauf vorzustellen versuchte, kam ihm alles lächerlich vor, Schmierentheater, in dem ein paar geschniegelte Herren aus der Oberschicht versuchten, ein Kamel auf einen Pick-up zu bugsieren, ohne sich ihre kostbaren Stiefeletten schmutzig zu machen; in dem es ihnen gelang, ihrer Schwester eins mit einer Eisenstange überzuziehen und sie hinaus in die Wüste zu schleppen, ohne ihre Designer-Hemden mit Blut zu beflecken. Er traute es ihnen nicht zu, ihre Schwester zu ermorden, vor allem nicht der »Ehre« wegen.

»Nayir«, sagte sie, »wie denken Sie wirklich über diesen Fall?«

Ihre Frage kam unerwartet, und er war sich nicht sicher, was er darauf sagen sollte.

»Na kommen Sie. Stört Sie denn nicht irgendwas daran?«

»Schon.« Er brauchte einen Moment, um seine Gedanken zu ordnen. »Nouf wollte Qazi nur heiraten, um das Land verlassen zu können. Das stört mich. Sie wollte ihn auf ihrer Hochzeitsreise verlassen.«

Ihr Lächeln verschwand. »Ich weiß, das ist schrecklich. Sie muss verzweifelt gewesen sein.«

»Können Sie sich vorstellen, was passiert wäre, wenn sie wirklich ihren Mann sitzengelassen hätte und mit irgend so einem Amerikaner davongelaufen wäre? Ihre Familie wäre durchgedreht.

Wer weiß, was sie mit Mohammed gemacht hätten? Zumindest hätte er seine Arbeit verloren. Wahrscheinlich hätten sie jemanden beauftragt, Nouf zu suchen und heimzubringen. Meinen Sie nicht, dass er das gewusst hat? Meinen Sie nicht, dass Nouf das gewusst hat?«

Fräulein Hijazi nickte. »Es hat den Anschein, als sei sie ihrem Begleiter wichtiger gewesen als er sich selbst.«

»Oder er hatte irgendeinen Vorteil davon.«

»Und wenn sie ihm nur leid getan hat?«

»Warum?«, fragte er. »Sie hatte alles. Ihre Familie ließ sie auf einem Jet-Ski herumfahren. Sie gaben ihr einen Begleiter, damit sie einkaufen gehen konnte. Und ich weiß, dass sie auch eigenes Geld hatte.«

Sie gab deutlich zu erkennen, dass sie seiner Einschätzung nicht beipflichten konnte. »Aber das, was sie wirklich wollte, konnte sie nicht tun! Von der Idee, sie auf die Universität zu schicken, haben sie anscheinend nicht viel gehalten, und ich bezweifle, ob sie es gebilligt hätten, dass sie einen Beruf ausübte – vor allem, wenn sie mit Tieren gearbeitet hätte. Sie haben wirklich keine Ahnung davon, wie? Nouf hatte nur das, was ihr Vater ihr gestattete.«

Er wischte sich das Gesicht mit der Serviette ab. »Die meisten Menschen wären froh, wenn sie auch nur die Hälfte davon hätten.«

»Aber die meisten Menschen wären auch nicht glücklich.« Sie sprach leise, und er erkannte die Veränderung in ihrer Redeweise. Je leiser die Stimme, umso nachdrücklicher die Aussage. Er wappnete sich.

»Stellen Sie sich mal vor, es wäre Ihnen verboten, in die Wüste zu gehen«, sagte sie. »Sie könnten nicht einmal das Haus ohne Erlaubnis verlassen. Sie hätten Geld und Besitz, aber wenn Sie etwas tun wollten, dann wäre Ihnen das verboten. Das Einzige, was Sie machen könnten, wäre heiraten und Kinder kriegen.«

Nayir wollte ihr sagen, dass er genau das wollte, aber das tat hier nichts zur Sache.

»Ich glaube nicht, dass man sie zur Heirat gezwungen hätte«, sagte er, bemüht, sich nicht allzu sehr zu erregen. »Sie hat sich dafür entschieden, das Ehe-Arrangement zu akzeptieren.«

»Aber das spielt keine Rolle«, erwiderte sie. »Wenn sie nicht geheiratet hätte, hätte sie sich trotzdem nicht ihre Träume erfüllen können. Sie durfte sich nur die Träume erfüllen, die die Familie für sie träumte – nämlich eine gute Tochter und Ehefrau zu sein.«

»Und das hat sie so zornig gemacht, dass sie weglaufen wollte?«

Fräulein Hijazi hatte aufgehört zu essen und stocherte jetzt auf ihrem Teller herum. »Wahrscheinlich schon.«

»Besonders gemein ist, dass sie vorhatte, ihren Verlobten sitzenzulassen. Das war wohl ihre Art, ihren Eltern ins Gesicht zu spucken.«

Sie entgegnete nichts.

»Anstatt einfach das Land zu verlassen«, fuhr er fort, »wollte sie auch noch ihren Verlobten in die ganze Sache mit hineinziehen. Es war ihr egal, ob sie ihm das Herz brach. Es war ihr egal, dass sie ihre Eltern enttäuschte. Sie hätte das Land einfach so verlassen können, wissen Sie. Genug Geld hatte sie. Sie hätte jemanden dafür bezahlen können, sie nach Ägypten zu schmuggeln. Das hätte sie in weniger als einem Tag erledigen können.« Er merkte, dass er seinem Zorn freien Lauf ließ, und er hielt inne und holte Luft. »Was sie da geplant hat, kommt mir grausam vor.«

Fräulein Hijazi nickte mit gesenkten Augen. »Sie haben recht. Sie hätte auf andere Weise fliehen können.« Sie starrte auf ihr Wasserglas. Sie schwiegen beide eine Weile, und ihre Sprachlosigkeit verstörte ihn. Das Schweigen schien sich wie ein Schleier über den gesamten Saal zu legen.

Allmählich setzten sie ihre Mahlzeit fort. Seine Aufmerksamkeit wanderte zu ihren Händen, und er sah plötzlich vor sich, wie sie Othmans Wange streichelten. Wieder packte ihn ein heftiges Schuldgefühl.

Er sah sich nach den anderen Gästen um, Männer wie er selbst. Menschen handelten nur nach außen hin anständig; im Innern waren sie wahrscheinlich alle wie er, sehnten sich nach Dingen, nach denen sie sich nicht sehnen sollten. Er schämte sich dafür, dass er ihre Hände bewunderte. Männer und Frauen waren nun einmal nicht dazu bestimmt, Freunde zu sein. Ging es nicht darum in all den Vorschriften und Gesetzen? Dass Männer und Frauen unterschiedliche Plätze in der Welt hatten? Das war nicht vom Menschen ersonnen, es war Gottes Botschaft, und es war die Grundlage für Weltanschauungen und Rechtssysteme. Wie kam er dazu, das infrage zu stellen? So etwas tat nur ein Ungläubiger.

Fräulein Hijazi schien seinen Stimmungsumschwung zu spüren. Ihr Blick wanderte nervös über sein Gesicht. »Tut Ihnen Nouf denn kein bisschen leid?«, fragte sie.

Er nickte. »Doch, schon. Aber das macht ihr Vorhaben nicht weniger verwerflich. Würden Sie so etwas jemals tun? Einen Mann heiraten, nur um an ein Ausreisevisum zu kommen?«

»Das weiß ich nicht.«

»Na kommen Sie, all diese aufwändigen Vorkehrungen treffen, um … um auf die Universität gehen zu können? Hier gibt's schließlich auch Universitäten für Frauen.«

Sie kämpfte mit ihren nächsten Worten. »Ich würde einen Mann heiraten, wenn ich dann alle Freiheiten hätte, die ich haben will. Wenn ich Nouf gewesen wäre, dann hätte ich vielleicht genauso gehandelt.«

Nayir fragte sich, ob sie genau das tat – ob sie Othman heiratete, damit sie all die Freiheiten bekam, die Nouf gehabt hatte, das Geld, die Begleiter und die Möglichkeit zu verschwenderischen Einkaufstouren. Er fragte sich auch, ob es ihr dann genauso ginge wie Nouf, unzufrieden mit ihrem Wohlstand, nach immer größeren Freiheiten lechzend, ohne sich um ihre Familie oder ihren Mann zu kümmern, nur noch um sich selbst und ihre eigenen unersättlichen Bedürfnisse kreisend. Das waren sie also, erkannte er jetzt, Noufs Bedürfnisse.

»Sie könnten sich auch irren«, sagte sie. »Vielleicht hat Nouf wirklich jemanden geliebt. Vielleicht hat sie den Vater ihres Kindes geliebt und wollte einfach mit ihm zusammen sein.«

»Glauben Sie?«

»Wissen Sie, nach Amerika gehen zu wollen, bedeutet doch nur, dass sie wie amerikanische Mädchen leben wollte. Es bedeutet nicht, dass sie eine Hure war.«

»Aber –«, stotterte er, »sie war doch schwanger.«

»Vielleicht von einem Mann, den sie wirklich geliebt hat.«

»Na gut, vielleicht war sie verliebt«, gab er zu, »und ist nicht weggelaufen, um auf die Universität gehen zu können. Aber wenn das stimmt, dann fühlte sie sich vielleicht gar nicht so unterdrückt, wie Sie es gerne darstellen. Vielleicht wollte sie doch bloß Ehefrau und Mutter sein.«

Die Erkenntnis schien sie zu erstaunen. Sie war von ihrer eigenen Widersprüchlichkeit überrascht. »Nun«, sagte sie, »nur weil eine Frau Ehefrau und Mutter sein will, heißt das noch lange nicht, dass sie bereit ist, ihren Traum von einem Beruf aufzugeben.« Sie sah ihn trotzig an. Ganz kurz trafen sich ihre Blicke, aber er spürte die Bitte um Verständnis, und auf einmal kam ihm ihr Trotz vor wie ein unbeholfener Versuch, ihre Verletzlichkeit zu verbergen, die ihm bis jetzt entgangen war. Als er das erkannte, überkam ihn der plötzliche Drang, sie zu beschützen.

»Ist es das, was Sie wollen?«, fragte er, den Blick abwendend. »Eine Ehefrau sein und einen Beruf haben?«

»Ja«, sagte sie. »Das ist es, was ich will.«

»Und wenn Ihr Mann das nicht will?«, fragte er.

»Ich will einen Mann, der Achtung vor meiner Arbeit hat.«

Er zögerte, bevor er die nächste Frage stellte. »Und wenn nicht? Wenn er Ihnen erst erzählt, dass es ihm gefällt, und es sich dann, wenn Sie erst einmal verheiratet sind, anders überlegt? Wenn er sagt, dass Sie zu Hause bleiben und sich um die Kinder kümmern sollen?«

Sie warf ihm einen vorsichtigen Blick zu. »Vielleicht will ich das auch, wenn ich erst einmal Kinder habe. Ich möchte die Wahlfreiheit haben.«

Es schien sie nicht zu stören, dass er über Othman sprach. Stattdessen wandte sie sich wieder ihrem Essen zu, und Nayir verstummte und gab sich hässlichen Gedanken hin. Othman tat das, was jeder Verlobte tat: Er versprach seiner Verlobten alles, was sie wollte. Einen Mantel. Eine Arbeitsstelle. Ein luxuriöses Zuhause. Nayir hoffte, er selbst sei nicht wie alle anderen. Seine Freunde hatten ihm oft von den Täuschungen berichtet, die sie sich für ihre Ehefrauen ausgedacht hatten: die kleinen Lügen, die Bestechungen, die Entschuldigungen, die Ausreden. Es machte ihn nervös, wie sie von ihren Ehefrauen sprachen. Die blöde Gans, immer eine große Klappe. Und: Ich mach ihr einfach noch ein Kind, dann hat sie was zu tun. Oder: Ich leg mir eine zweite Frau zu. Mal sehen, was sie dazu sagt! Wenn es zutraf, wie seine Freunde ihre Ehefrauen beschrieben, dann taten sie den lieben langen Tag nichts anderes, als sich zu beklagen. Sie fühlten sich zu Hause eingesperrt. Sie waren langweilig und nervtötend. Wenn ihre Ehemänner nach Hause kamen, dann wurden sie unablässig bombardiert mit allen Geschützen, die zur Verfügung standen: mit Bitten und Flehen, mit köstlichen Mahlzeiten, mit Versprechen auf sexuelle Gefälligkeiten im Gegenzug für einen Ausflug, für etwas Geld, für eine Einkaufstour, für ein Picknick, für eine Reise. Manche Ehefrauen klagten nicht, sie waren glücklich mit ihrem Leben, aber es gab so viele schlechte Ehen, so viele, dass die Chancen, selber so zu enden, äußerst hoch standen. Doch waren die Männer, die sich am heftigsten über ihre Ehe beklagten, nicht diejenigen, die er bewunderte. Ihr ständiges Lügen und Herumlavieren hatte ihm schon lange missfallen. Aber jetzt klagte sogar Othman, und die Enttäuschung schien vorprogrammiert.

Vielleicht wollte er ja gar nicht heiraten, vielleicht war sein Junggesellendasein doch seine Wahl. Allerdings überraschte ihn, dass ein einziger Blick auf Fräulein Hijazis Gesicht genügte, um seinen ganzen inneren Aufruhr zu besänftigen. Sie mampfte vor sich hin, von ihren Gedanken beschwingt. Er hatte den Wunsch, sie zu fragen, woran sie dachte, noch tiefer in sie zu dringen, auch wenn schon der nächste Anfall von Schuldgefühlen lauerte. *Allah, es wäre schön, sie fragen zu dürfen. Nur dieses eine Mal, und sich keine Gedanken machen zu müssen, was es bedeutet. Diese Wahl möchte ich haben.*

»Die Möglichkeit der Wahl«, sagte er, selbst überrascht, seine Stimme zu hören.

»Ja, Wahlfreiheit«, erwiderte sie und schenkte ihm ein dankbares Lächeln. »Ich glaube, etwas anderes wollte Nouf gar nicht.«

»Hat sie gedacht, dass Amerika ihr mehr Wahlfreiheit bieten würde?«

Sie zuckte die Achseln. Sie konnten in aller Ruhe weiterspekulieren, bis sie beide tot umfielen, und kämen doch der Wahrheit keinen Deut näher. Der Gedanke, dass vielleicht niemand die Wahrheit kannte, stimmte Nayir traurig. Was wenn der Vater des Kindes sie nicht liebte oder nicht gewusst hatte, dass sie schwanger war, oder es ihm egal war?

»Sie haben mir nie gesagt, ob es irgendwelche Spuren von … weiterer Gewaltanwendung gab – an dem Leichnam, meine ich.«

Sie hielt beim Essen inne. »Nein, keinerlei Anzeichen, dass sie vergewaltigt wurde.«

»Warum haben Sie das nicht in der Rechtsmedizin gesagt?«

»Ich dachte, Sie würden sie verurteilen«, sagte sie und warf ihm einen nervösen Blick zu.

Er nickte, erstaunt, dass er ihren Beweggrund richtig eingeschätzt hatte.

»Gibt es sonst noch irgendetwas, das Sie mir nicht erzählt haben, weil Sie dachten, ich könnte es missbilligen?«

Sie zögerte. »Im Moment fällt mir nichts ein.«

Das Zögern kränkte ihn. Sie hielt ihn für kalt und streng, aber er war ein von Vernunft geleiteter Mann, aufmerksam und anständig. Wenn es den Eindruck erweckte, dass er zu hart urteilte, dann kam das nur von seinem Glauben an die Tugenden der Tradition. Es kränkte ihn auch, dass sie sich zurückzuziehen schien.

»Sie denken, ich urteile zu hart«, sagte er, »aber erzählen Sie mir nicht, dass Sie kein Vertrauen in dieses System hätten. Ich bin überzeugt, Sie haben welches. Es ist dazu da, Frauen zu beschützen. All die Vorschriften, in denen Sittsamkeit gefordert wird, das Tragen des Schleiers, züchtiges Verhalten und Enthaltsamkeit vor der Ehe – zielen die denn nicht darauf ab, gerade so etwas zu verhindern?

»Ja ...«, sagte sie. »Theoretisch bin ich Ihrer Meinung. Aber Sie müssen zugeben, dass dieselben Vorschriften manchmal die Erniedrigung erst verursachen, die sie am meisten fürchten.« Sie war jetzt nervös. Sie konnte ihre Hände nicht still halten, faltete sie verlegen und ließ sie in den Schoß fallen. »Und das ist, glaube ich, mit Nouf passiert.«

Sie sah doch nicht auf ihn herab. Sie fürchtete sein Urteil. Ihr schien also etwas daran zu liegen, was er dachte. Schuldgefühle überwältigten ihn, und er wollte sich entschuldigen, wollte etwas zurücknehmen – nichts von seinen Worten, sondern von der Strenge und Kälte, mit der er sie ausgesprochen hatte.

»Es tut mir leid«, sagte er.

Sie sah auf.

»Sie haben recht«, sagte er. »Nichts ist vollkommen – weder das System noch die Vorschriften.«

Sie war sprachlos. Sie nickte. Er spürte, dass sie die Entschuldigung verstand. Aber einen Moment später sah sie ihn an. »Und Sie? Gibt es irgendetwas zu diesem Fall, das Sie mir noch nicht erzählt haben?«

»Da ist noch was«, setzte er an und hörte selbst die Nervosität in seiner Stimme. »Es könnte wichtig sein.« Sein Unbehagen abwehrend, erzählte er ihr von dem Wadi und von Othmans Jacke. Fräulein Hijazi hörte ruhig zu, doch als er geendet hatte, runzelte sie die Stirn.

»Wie lange wissen Sie das schon?«

»Ach«, sagte er fahrig. »Seit ein paar Tagen? Das weiß ich nicht mehr so genau.«

Sie musterte ihn, offenkundig gekränkt. Er fühlte sich schrecklich.

»Sie brauchen nichts vor mir zu verheimlichen«, sagte sie. »Ich tue das hier, weil ich glaube, dass ich mit der Wahrheit fertig werde. Das ist mir wichtig.«

Nayir erkannte, dass sie recht hatte. Ihr Ehrgeiz galt der Untersuchung, nicht ihren eigenen Belangen. Sie handelte gegen Othmans Wünsche, setzte möglicherweise ihre Stelle aufs Spiel und opferte Zeit und Energie, für die es keine Entschädigung gab außer der Wahrheit. Er kam sich unendlich dämlich vor, und kurz blitzte in ihm der Gedanke auf, dass Leute, die so dämlich waren, nicht Detektiv spielen sollten.

Sie aßen schweigend zu Ende. Sie schien mit ihren Gedanken beschäftigt, und er wollte wissen, was sie dachte, selbst während er um Allahs Gnade für seine Sünde flehte. *Vergib mir hierfür. Ich darf doch auch meine Sünden haben, oder nicht? Aber dies sind gefährliche Sünden. Vergib mir.*

Nachdem er die Rechnung beglichen hatte, begleitete er sie zurück zur Rechtsmedizin, wo sie sich verlegen verabschiedeten. Erst als sie sich getrennt hatten, ging ihm auf, dass sie gar nicht besprochen hatten, was sie Othman sagen wollten.

# 22

Als Ahmad auf die Insel fuhr, spürte Katya, wie die Erschöpfung des Tages sie einholte. Ahmad hielt vor dem Fraueneingang des Gebäudes, aber sie machte keine Anstalten, auszusteigen. »Soll ich Sie doch lieber nach Hause fahren?«, fragte er.

Es war nicht nur dieser eine Tag, es war der ganze Monat. Seit Noufs Verschwinden war sie völlig außer sich, versuchte aber, so weiterzumachen, als hätte sich nichts verändert, obwohl sich alles verändert hatte. Ihre Gefühle für die Familie hatten sich zu einem düsteren Geflecht von Verdächtigungen verwoben. Zweifel und Sorgen plagten sie unablässig, eine Quelle fortwährender Ruhelosigkeit. Wenn Nouf keine geflohene Braut war, dann wusste irgendjemand aus der Familie ganz genau, was wirklich geschehen war. Katyas Gedanken kehrten zurück zu dem Menschen, den sie gut genug zu kennen meinte, um ihn beurteilen zu können: Othman, der anscheinend seiner Schwester am nächsten gestanden hatte. Das Spektrum der Möglichkeiten fächerte sich in ihren Gedanken auf: Er hatte Nouf entführt, sie in die Wüste gelockt und dann eine aufwändige Täuschung inszeniert. Er hatte jemanden angeheuert, der sie entführte. Er hatte erfahren, dass sie schwanger war, und hatte mit ihr zusammen den Plan ausgeheckt, sie für eine Weile verschwinden zu lassen. Beweise? Was waren Beweise. Alles konnte manipuliert sein – der Schlamm, die fehlende Jacke, der Schuh. Hätte Othman die Entführung inszeniert, hätte er an alles gedacht. Aber das einzige

Beweisstück, das nicht lügen konnte, war hier, zum Greifen nahe.

»Kati?«

»Verzeihung. Nein, ich will noch nicht zurück. Ich muss noch etwas holen, aber das dürfte nicht so lange dauern.« Sie machte die Tür auf und stieg aus. Ahmad stieg ebenfalls aus, um ihr den Arbeitskoffer aus dem Kofferraum zu reichen und ihr einen seiner unvergleichlich teilnahmsvollen Blicke zu schenken. »Danke, Ahmad.« Sie nahm ein paar Tüten und Wattestäbchen aus dem Koffer und ließ den Rest zurück. »Ich bin gleich wieder da.«

Noufs jüngere Schwester Jannah begrüßte sie an der Tür. Sie lächelte schüchtern und führte Katya in den Damensalon, wo Nusra mit einer Gruppe Frauen saß und Tee trank. Katya erkannte ein paar von Othmans Tanten, doch Zahra und Fadilah waren nicht anwesend.

»Katya.« Nusra lächelte und erhob sich, um sie zu begrüßen. Etwas befangen von Nusras glasigem Blick und ihrer unheimlichen Fähigkeit, Menschen sofort zu erkennen, begrüßte Katya sie verlegen und bemühte sich, einen Platz für ihre Hände zu finden. Die Frauen betrachteten sie nachsichtig, dachten zweifellos, was für ein Trottel Othman doch war, eine so alte Frau zu heiraten. Mit ihren achtundzwanzig Jahren war sie ein paar Jahre älter als die Jüngsten von ihnen, aber sie sah viel besser aus als sie. Sie waren grau und faltig, die meisten von ihnen dickleibig, denn sie saßen den ganzen Tag untätig auf Sofas herum. Das Fett hing ihnen lagenweise von Hüften und Armen; sie sahen selbst wie Sofas aus. Katya senkte den Blick, ein wenig beschämt von ihren Gedanken.

Nusra führte sie in den Kreis und bot ihr Tee an, den sie nicht ablehnen konnte. Sie setzte sich schweigend auf die Kante eines Sofas, und schließlich sprach eine der Frauen sie an. »Sag, Katya, bist du schon ganz aufgeregt wegen deiner Hochzeit?«

Einen kurzen Augenblick irritierte sie die Frage, denn sie barg unheilvolle Möglichkeiten: Was wäre, wenn sie nein sagte? Was meinte sie überhaupt mit aufgeregt? Wegen der Aussicht auf Geld? Auf Sex? Oder meinte sie die Hochzeit selbst, das Essen, den Pomp? Sie wäre entsetzt, wenn sie die Wahrheit zu hören bekäme: dass sie nicht aufgeregt war. Die Aufregung war durch Noufs Tod und Othmans Reaktion auf die Ereignisse gedämpft worden. Das alles hätte zu keinem unpassenderen Zeitpunkt geschehen können, und sie bekam allmählich Zweifel, ob die Hochzeit überhaupt in den nächsten Monaten stattfinden sollte. Othman brauchte Zeit zum Trauern; er sollte nicht gezwungen sein, jetzt zu feiern. Aber das konnte sie nicht aussprechen, die Frauen würden sie für verrückt halten. Eine Frau in ihrem Alter sollte froh sein, dass sie noch einen Mann abbekam.

»Ja«, erwiderte Katya. »Ich bin sehr aufgeregt.«

»Es muss hart für dich sein, so kurz nach dieser Tragödie?«

»Nun ...« Katya sah den Frauen ins Gesicht, allesamt schauten skeptisch. »Ja, Noufs Tod lastet schwer auf uns. Es ist für alle schwierig.«

»Denk jetzt nicht dran«, sagte Nusra. »Es ist geschehen. Es gibt noch genug Zeit zum Trauern, wenn du älter bist. Jetzt erblüht dein Leben.« Sie öffnete ihre Hände wie eine Blüte. »Sei glücklich darüber.«

Katya lächelte und errötete. »Vielen Dank.«

Langsam schweiften die Blicke der Frauen wieder ab, zurück zur unsichtbaren Mitte des Kreises, und sie setzen ihre vorherigen Gespräche über ihre Kinder und Enkel fort, tauchten ein in den endlosen Strom von Kleinigkeiten und Problemen, die alle Mütter plagten. Katya lehnte sich auf dem Sofa zurück mit dem Gefühl, sie hätte gerade eine Prüfung überstanden. Ihre Gedanken kehrten zurück zu den vielen unbeantwortbaren Fragen, und ihr wurde klar, dass all die Dinge, die ihr wesentlich waren – Beweise, Tatorte, komplizierte Motive –, diesen Frauen wahrscheinlich niemals wichtig wären, und umgekehrt verhielt es sich genauso.

Sie dachte an ihr Mittagessen mit Nayir, wie umsichtig er mit ihr umgegangen war, und sie staunte, wie sehr sich ihre Meinung über ihn veränderte hatte. Anstatt wie ein intoleranter, selbstgerechter Ayatollah wirkte er jetzt wie einer jener Männer, die, im Bewusstsein ihrer körperlichen Kraft, eine maskuline Würde entwickeln, die, zumindest in Nayirs Fall, auch eine Würde der Persönlichkeit war. Sie konnte jetzt gut verstehen, warum Othman ihn so schätzte. Er war nicht überheblich; er war großherzig, aufmerksam, klug und zuverlässig. Und im Moment war er der einzige Mensch, dem sie Informationen über Noufs Fall anvertrauen konnte.

Eine Dienerin kam mit einer Schale voll Dattelkeksen herein, und eine der Tanten probierte gleich einen und lachte entzückt. »Ich muss immer wieder staunen. Die schmecken köstlich!«, säuselte sie.

Früher einmal hatte Katya den Lebensstil dieser Familie anziehend gefunden, aber je besser sie die Frauen kennenlernte, umso klarer wurde ihr, dass sie nicht so werden wollte wie sie: engstirnig und langweilig, von den lächerlichen Kleinigkeiten ihres leichten Lebens gefangen genommen. Bis jetzt schienen sie zu akzeptieren, dass Katya berufstätig war, und eine der Tanten hatte sich sogar nach ihrer Arbeit erkundigt, hatte dann aber das Interesse verloren und war bald wieder zum Thema Kinder übergegangen. Katya rief sich ins Bewusstsein, dass sie all das hier für Othman tat. Sie stellte sich vor, dass er sie gerade deswegen so mochte, weil sie anders war als die Frauen in seiner Familie.

»Du siehst nicht gut aus«, sagte eine der älteren Tanten.

»Mir geht's gut.« Katya setzte sich auf. »Ich bin nur etwas müde.«

»Hoffentlich sind es nicht die Nerven«, meinte eine andere.

»Ach wo.« Sie stellte ihre Teetasse auf den Tisch und wandte sich zu Nusra. »Es tut mir leid, dass ich euch gerade jetzt besuche, wo ich so energielos bin. Aber ich wollte sehen, wie es dir geht.«

Nusra, die das höfliche Geplauder sonst so geschickt beherrschte, presste die Lippen zusammen und nickte ernst.

»Oh, Verzeihung«, sagte Katya, als sie spürte, dass sie wohl einen Fauxpas begangen hatte, wenn sie auch nicht wusste, worin er bestand.

»Ich nehme es dir nicht übel, dass du nur kurz bleibst«, sagte Nusra, »aber ich möchte dich nicht so erschöpft wieder in die Welt hinausschicken. Ruhe dich hier ein wenig aus. Ich lass dich von einer Dienerin in ein freies Zimmer bringen.«

»Ach, das macht doch zu viele Umstände.«

»Ganz und gar nicht.« Nusra erhob sich und schnipste mit den Fingern zu der Dienerin, die an der Tür stand.

»Bitte mach dir nicht so viel Mühe«, bat Katya.

»Unsinn. Aaliyah, bring Katya zu einem der freien Schlafzimmer und sorg dafür, dass sie alles hat, was sie braucht.«

»Ja, *Sayeeda*.«

Katya seufzte. »Danke, Um-Tahsin.«

»Keine Ursache.« Nusra fasste sie an der Hand und wies sie zur Tür.

Dankbar folgte Katya der Dienerin in den Flur und zog hinter sich die Tür zu. »Hör mal«, sagte sie. »Ich würde gern meinen Umhang aufhängen, wenn das geht.«

»Natürlich. Geben Sie ihn mir.« Die Dienerin streckte die Hand aus.

»Nein, nein. Ich mach das lieber selber. Dann weiß ich gleich, wo er ist, wenn ich wieder gehen will.«

»Ja, hier entlang, bitte.«

Die Dienerin führte sie den Flur entlang zum Männereingang. Von der Diele führte eine kleine Tür zu einem Garderobenraum. Die Dienerin machte Licht, und es wurden Dutzende von Umhängen und Schals sichtbar, die an Bügeln hingen. Die Dienerin wollte Katya aus dem Umhang helfen.

»Danke«, sagte Katya, »ich kann das schon selber. Aber eines könntest du für mich tun: mir ein Glas Wasser bringen.« Sie beugte sich näher zu ihr und flüsterte: »Ich muss ein Aspirin nehmen.«

»Ach. Ja, natürlich.« Die Dienerin lächelte zart, machte eine kleine Verbeugung und verließ den Raum.

Sowie sie fort war, machte Katya die Tür zu und schloss sie ab. Sie warf ihr Gewand auf den Boden und sah sich um. Die Umhänge der Männer hingen auf der einen Seite, die der Frauen auf der anderen. Sie ging hinüber zur Männerseite.

Auf allen vieren untersuchte sie den Boden nach Haaren. Sie fand eine Menge und tütete schnell alles ein. Es spielte keine Rolle, wem die Haare gehörten, sie wollte einfach eine Sammlung von allen Männern, die sich im Haus befanden oder es in letzter Zeit besucht hatten, einschließlich der Dienerschaft.

Weder Mohammed noch Eric hatten Noufs Kind gezeugt. Es gab keine anderen Fährten. Die Haarsammlung vom Boden des Garderobenraumes war noch am vielversprechendsten. Sie lieferte ihr zwar weder einen Namen noch ein Gesicht, würde aber erweisen, ob der Mann im Haus gewesen war, und wenn sie das beweisen konnte, dann konnte sie Othman über die Besucher ausfragen, die in den letzten paar Monaten ins Haus gekommen waren.

Sie erhob sich und schaute sich die aufgehängten Gewänder an. Bis jetzt hatte sie jeden Verdacht, einer der Brüder könnte der Vater von Noufs Kind sein, geflissentlich verdrängt. Es war schrecklich, sich das vorzustellen, aber sie durfte ihre schlimmsten Befürchtungen nicht einfach ignorieren, nur weil sie ihr nicht gefielen. Sie wusste zwar nicht, was die Männer der Familie zu Hause trugen, aber sie erkannte ihre Umhänge und Schals sofort. Tahsin gehörte der makellos weiße Umhang mit der protzigen Goldborte; Fahad trug einen aus schmucklosem alten Stoff, und Othmans Gewand war blassblau. Sie nahm die ersten beiden und suchte sie rasch nach Haaren ab. Ihre Funde steckte sie in Tüten, die sie beschriftete. Als Othmans Mantel an die Reihe kam, ließ eine plötzliche Befangenheit sie zögern. War das ein Verrat an ihrer Loyalität ihm gegenüber, oder befürchtete sie, er habe tatsächlich etwas damit zu tun?

*Es ist doch ganz einfach,* dachte sie. Die DNS würde seine Unschuld beweisen. Sie nahm die Haare von seinem Umhang und ließ sie in die Tüte gleiten.

Nachdem sie alles hastig in ihrer Tasche verstaut hatte, schnappte sie sich ihren Umhang und schloss die Tür auf. Die Diele war leer. Ohne über die Konsequenzen nachzudenken, eilte sie zum Ausgang. Aber in dem Moment hörte sie eine Stimme hinter sich.

»Katya?«

Sie erstarrte, drehte sich um und sah Nusra, die an der Tür zum Garderobenraum stand.

»Katya, was machst du hier?«

Für den Bruchteil einer Sekunde überlegte Katya, ob sie sich als jemand anders ausgeben sollte. Aber Nusra würde nicht darauf hereinfallen.

»Es tut mir leid, Um-Tahsin, ich hab mich hier etwas verlaufen.«

»Wo ist Aliyah? Sie sollte dich doch in ein Zimmer bringen.« Ihr Ton war leise und fragend.

Katya fühlte sich genötigt, ihr Verhalten zu erklären. »Es tut mir wirklich leid. Ich wollte nur für eine Weile weg aus dem Salon. Ich fühle mich da manchmal sehr eingeschüchtert.«

Nach einer Schweigepause streckte Nusra ihr den Arm entgegen. »Das verstehe ich«, sagte sie. »Es muss schwer für dich sein. Aber du brauchst dir keine Sorgen zu machen. Wir verurteilen dich nicht.«

Katya war erleichtert. Aber im selben Moment ging die Haustür auf, und sie hörten Männerstimmen. Katya riss den Zipfel ihres Kopftuchs aus dem Kragen und hielt ihn sich vors Gesicht, sodass nur noch ihre Augen zu sehen waren. Othman kam mit einem Begleiter herein. Er warf ihr einen flüchtigen Blick zu und wandte sich an seine Mutter.

»*Ay, ummi?*«

Nusra lächelte und breitete die Arme vor ihm aus. Er gab ihr einen Kuss auf die Stirn und stellte ihr seinen Begleiter vor. Katya stand wie erstarrt da. Langsam ging ihr auf, dass Othman sie nicht erkannt hatte, sie wahrscheinlich für eine Dienerin hielt. Sie beobachtete ihn mit funkelndem Blick, sicher, dass er es nicht wagen würde, ihr in die Augen zu sehen, nicht vor seiner Mutter. Erkannte er etwa ihre Augen nicht, oder die Hand, die das Tuch hielt, oder zumindest die Tasche über ihrer Schulter? Er würdigte sie keines zweiten Blicks. Sie wollte sich darüber freuen, dass er nicht der Typ Mann war, der eine fremde Frau ansah, aber es gelang ihr nicht. Sie beobachtete ihn, als sähe sie ihn zum ersten Mal. Er war netter, weicher, jungenhafter in Gegenwart seiner Mutter. Er war so offen, wie er sich ihr gegenüber nie gezeigt hatte, und das versetzte ihr einen Stich. Nusra hatte sich auch verwandelt. Ihre Stimme war höher, ihr Gesicht voller Ergebenheit. Doch am erstaunlichsten war die Veränderung ihrer Gesten. Sie wurden unbeholfen und tastend, so als wäre sie erst seit kurzem blind und ganz und gar abhängig von ihrem Sohn.

Katya wartete darauf, dass Nusra etwas sagte: *Schau mal, Katya ist da* oder *Erkennst du denn deine Verlobte nicht?* Doch stattdessen begleitete sie Othman und seinen Freund zum Salon der Männer, ließ Katya erstarrt in der Diele zurück, ihr Herz verwirrt und ihre Seele zermartert von der Frage, wer blinder war, Nusra oder ihr Sohn.

Sie waren fort. Sie wandte sich abrupt um und marschierte auf die Tür zu, inständig hoffend, dass niemand sie beobachtete. Ihr

Kopf war leicht, doch ihr Körper fühlte sich wie ein Amboss an. Ein finsteres Gefühl begann in ihr zu brodeln, Entsetzen, Traurigkeit, der Drang, laut zu lachen, bis die Tränen kamen. Sobald sie den Wagen erreicht hatte, brach alles aus ihr heraus.

Ahmad sprang auf, legte den Arm um sie und hielt sie fest, ließ sie sich an seiner Schulter ausweinen, während er wie gewohnt schwieg. Als sie fertig war, wischte er ihr mit seinem Shemagh die Tränen weg und half ihr beim Einsteigen.

ᴕ

Der Couchtisch war groß genug für das Beweismaterial, und sie legte es sorgfältig nebeneinander aus: die Schmutzproben von Noufs Handgelenk und vom Zoo; alle DNS-Proben und die dazugehörenden chemischen Spurenanalysen, auf weißem Papier ausgedruckt. Bevor sie sich hinsetzte, zog sie ihr Lieblingshausgewand an, machte sich einen starken Kaffee und steckte sich die Haare hoch. Sie war bereit für die Arbeit. Bewaffnet mit Stift und Papier ging sie daran, das Beweismaterial zu katalogisieren, um ein exakteres Bild von den Ereignissen um Noufs Tod zu zeichnen.

Die Erde vom Zoo stimmte hundertprozentig mit der an Noufs Hand überein; beide Proben enthielten Spuren von Oleandertoxinen. Auch wenn sich kein Blut darin fand, hieß das doch, dass Nouf – und nicht bloß ihr Schuh – vor ihrem Verschwinden im Zoo gewesen war.

Die Decke, die sie im Zoo gefunden hatten, war interessanter: Auf ihr fand sie Hautzellen von zwei Menschen: von Nouf und vom Vater des Kindes. Vollständige Übereinstimmung. Nouf hatte also Geschlechtsverkehr im Zoo gehabt, aber nicht mit Mohammed oder Eric …

Sie wandte sich den DNS-Proben zu, die sie bei den Shrawis gesammelt hatte. Da die Zeit drängte, hatte sie das Material etwas leichtsinnig während ihrer normalen Arbeitszeit aufbereitet. Salwa und zwei andere Kolleginnen waren mit Fieber zu Hause geblieben, und so hatte sie nur eineinhalb Tage gebraucht, um die Analysen durchzuführen. Am Nachmittag war sie fertig geworden und hatte die Ausdrucke mit den Ergebnissen in ihre Tasche gestopft, ohne sie sich anzusehen. Doch selbst, als sie wieder zu Hause war und in Ruhe zu Abend aß – Abu war fort, um mit Freunden Karten zu spielen –, hatte sie sich nicht überwinden können, einen Blick darauf zu werfen. Die Papiere lagen auf dem Tisch und brannten ein Loch hinein.

Sie stellte die Kaffeetasse ab und nahm den Stapel Papiere zur Hand. Sechsunddreißig verschiedene Haare, fünfundzwanzig stammten von Männern. Eines davon musste ihr doch die Antwort liefern, die sie suchte.

# 23

Nayir erwachte von den Geräuschen der Bootsleute. Getrappel von Schritten auf dem Pier. Bootsmotoren wurden angeworfen, Befehle erteilt. Flaschen klapperten in metallenen Kühlern mit klirrendem Eis. Wochenendstimmung. In der gelegentlichen Stille hörte er das vertraute Flappen des Segels gegen den Mast, was starken Wind und einen perfekten Tag auf dem Meer versprach.

Er freute sich aufs Segeln, machte Kaffee, lehnte sich gedankenverloren gegen den Herd und betrachtete seine Umgebung. In der Kabine herrschte Unordnung. Der Wassertank war fast leer, und seine monatliche Liegegebühr war seit zwei Tagen überfällig. Er hatte keine sauberen Kleider mehr. Aber das Schlimmste von allem war, dass sich seine Gedanken in einer solchen Verwirrung befanden, dass er nicht mehr wusste, warum er noch einmal mit Noufs Begleiter sprechen sollte oder was genau er und Fräulein Hijazi im Zoo entdeckt hatten. Er vergaß seinen Kaffee, vollzog seine Waschungen in der Spüle, nahm seinen Gebetsteppich und ging an Deck, um zu beten.

Er verbrachte den Vormittag damit, die Kabine aufzuräumen, Wäsche zu waschen und seine Schulden zu bezahlen. Die frische Brise machte das Eingesperrtsein erträglich, und beim Aufräumen fanden seine Gedanken ihre Ordnung zurück. Die Beweismittel, die er während der letzten Wochen gesammelt hatte, fügten sich zusammen. Nur eine Frage nagte an ihm: Warum hatte Nouf ihre Stöckelschuhe in die Taschen ihres Gewands gesteckt?

Dazu musste er zunächst klären, wann sie das weiße Gewand angezogen hatte. Sie musste sich umgezogen haben, bevor sie in den Pick-up gestiegen war. In einem schwarzen Gewand wäre die Gefahr zu groß gewesen, auf der Schnellstraße angehalten zu werden. Aber wenn sie die Insel mit einem Pick-up verlassen hatte, warum hatte sie die Schuhe dann nicht einfach auf den Sitz neben sich gelegt?

Vielleicht war sie auf der Insel in einem weißen Gewand herumgeschlichen und wollte nicht mit den Schuhen in der Hand entdeckt werden. Nayir nahm ihre Sachen aus der Plastiktüte und breitete sie auf dem Sofa aus. Das weiße Gewand hatte Taschen, in die sie die Schuhe hätte stecken können, doch der Absatz hätte hervorgeschaut und das Material war so dünn, dass das intensive Rosa durchgeschienen hätte. Warum hatte sie sie nicht einfach in eine Plastiktüte gesteckt? Und warum hatte sie sie überhaupt mit in den Zoo genommen? Die Schuhe ergaben keinen Sinn. Mehr als alles andere sprachen sie dafür, dass sie weggelaufen war – er konnte sich einfach nicht vorstellen, dass der Entführer sich die Mühe gemacht hatte, sie in ihre Taschen zu stopfen.

ꙮ

An diesem Tag fuhr Nayir wieder zu Kilo Sieben. Als er bei Mohammeds Haus vorfuhr, am Anfang der Gasse, legten die sudanesischen Verkäuferinnen gerade ihre Decken zusammen. Er manövrierte den Jeep an eine schattige Stelle und stieg aus. Sein Schatten auf der Straße war kurz und zeigte nach Südwesten. Bald würde das Zuhr-Gebet beginnen. Er ging rasch zu Mohammeds Haus, in der Hoffnung, ihn dort anzutreffen.

Mohammed machte ihm so schnell auf, als hätte er gerade hinter der Tür gestanden, um das Haus zu verlassen. Er trug eine schicke moderne Hose und ein blaues Satinhemd. Als er Nayirs Blick begegnete, wurde er verlegen.

»*Marhaba,* Mohammed.«

»Ich wollte gerade weg.«

»Jetzt ist nichts anderes geöffnet als die Moschee. Sie sind doch ein gläubiger Mann, oder?«

»Ja.« Mohammed schluckte. »Natürlich.«

»Dann gehen wir doch zusammen beten, ja?« Nayir setzte sich in Bewegung. Widerstrebend schloss Mohammed die Tür ab und folgte ihm.

»Ich habe Eric gefunden«, sagte Nayir.

»Was hat er gesagt?«

»Er gehört nicht mehr zum Kreis der Verdächtigen, vorläufig.«

»Aha.« Mohammed wirkte nervös. Der Ruf des Muezzins erschallte, und Nayir folgte dem Klang, führte seinen Begleiter durch schmale Gassen, in denen Verkäufer Metallgitter herunterzogen und Ladenlichter ausmachten.

Die Moschee lag zwischen einem Barbierladen und einem baufälligen Wohnblock, die beide den Eindruck erweckten, als seien sie vor langer Zeit in einen tiefen Schlummer versunken. Männer strömten schweigend in die Moschee, wischten sich den Schweiß von den Augenbrauen. Nayir und Mohammed entledigten sich ihres Schuhwerks und traten ein. Sie schoben sich durch die Menge, um das Wasserbecken zu erreichen, wobei sie ihre Versionen des *Niyyah* murmelten. Am Becken staute sich die Menge, sodass sie warten mussten.

Als sie schließlich davorstanden, ließ Mohammed Nayir zuerst seine Hände ins Wasser tauchen – vielleicht eine Geste des Respekts, das war für Nayir nicht eindeutig zu erkennen. Andere Männer standen in der Nähe, in Gedanken versunken. Sie begannen schweigend mit ihren Waschungen.

Als Nayir sich vorbeugte, um sich das Gesicht zu waschen, sagte er: »Ich war beim Zoo.«

Mohammed hielt kurz inne.

»Ich habe den zweiten rosa Schuh dort gefunden«, fuhr er fort. Mohammed schwieg noch immer. Nayir tunkte die Finger ins Wasser und fuhr sich über die Ohren. »Ich habe auch das Versteck im Berg gefunden.« Mohammeds Hände zitterten. Die Provokation hatte funktioniert. Als sie den Gebetsraum betraten, war Mohammeds Miene düster.

Das Gebet vermochte Nayirs Gedanken nicht zu beruhigen. Er fühlte sich schuldig, weil er sich nicht angemessen in das Ritual versenken konnte. Aber egal, dachte er, Allah würde Verständnis haben. Er unterdrückte ein Stöhnen, als er mit dem Kopf den Boden berührte. Das Gebet war ein beschwerliches Geschäft für die Ungelenkigen und Großen. Neben ihm erklang laut Mohammeds Stimme: »Vergib mir mit Deiner Vergebung und hab Gnade mit mir. Gewiss bist Du der Vergeber, der Gnadenvolle.«

Als sie die letzten Sätze ihres Salah sagten und sich zum Gehen erhoben, überließ Mohammed wieder Nayir die Führung. Sie kehrten zum Wasserbecken im Vorraum zurück, wo die Männer sich zu einem Schwätzchen versammelten. Mohammed schien anzunehmen, dass Nayir ihn nach draußen lotsen wollte, doch Nayir führte ihn zu einer Nische hinter dem Wasserbecken, und dort setzten sie sich auf eine in die Mauer eingelassene Steinbank. Andere Männer standen in der Nähe, doch das Plätschern des Wasserbeckens übertönte ihre Unterhaltung.

»Jemand hat sich mit Nouf im Zoo getroffen«, sagte Nayir, »und ich glaube, dass Sie das waren. Ich habe es an Ihrer Kleidung gerochen, das letzte Mal, als ich bei Ihnen war.«

Mohammed erbleichte. »Ich weiß, dass sie dort öfter hinging.«

»Um sich mit Ihnen zu treffen.«

»Nein«, flüsterte Mohammed.

»Jemand hatte im Zoo Sex mit ihr«, sagte Nayir.

»Ich schwöre, ich war es nicht.«

»Soweit ich weiß, sind Sie der Einzige, der davon wusste!«

»Es ist nicht so, wie Sie denken!«, platzte Mohammed heraus. Zwei Männer schauten zu ihnen herüber, und er senkte seine Stimme. »Ja, ich habe mich dort mit ihr getroffen, aber nur, weil ich Botengänge für sie erledigen musste.«

»Sie haben sie nicht hingefahren?«

»Nein.« Mohammed schlug die Arme übereinander.

In Nayirs Bauch machte sich eine fürchterliche Aufregung breit. »Aber wie ist sie dort hingekommen?«

»Sie hatte ein Motorrad. Sie konnte fahren. Sie ist mit ihrer Schwester den ganzen Tag auf dem Anwesen herumgefahren.«

»Und sie ist einfach so vom Anwesen gefahren, vor aller Augen?«

»Nein. Sie hatte ein Motorrad auf dem Festlandstrand versteckt. Sie hat die Insel mit dem Jet-Ski verlassen, hat am Festland angelegt, und von dort ist sie mit dem Motorrad weitergefahren.« Mohammed schaute Nayir nervös an. »Sie genoss die Freiheit, mit dem Motorrad unterwegs zu sein.«

»Woher wussten Sie, wann sie zum Zoo fuhr?«

Mohammed seufzte tief. »Sie rief mich morgens an und sagte mir, wann ich sie treffen sollte. Normalerweise brauchte sie mich als Alibi. Ihrer Mutter sagte sie, sie gehe einkaufen, und ich musste dann mit Plastiktüten voller Zeug am Zoo auf sie warten. Ihr war egal, was ich kaufte. Sie war nicht sehr materiell eingestellt. Mit dem Motorrad herumzufahren war ihr wichtiger als neue Kleider.«

Das erklärte immerhin, wieso Nouf ihre Schuhe mit in den Zoo gebracht hatte. »Sie wollte Ihnen ihre rosa Schuhe geben«, sagte Nayir. »Sie sollten sie umtauschen.«

Mohammed nickte mürrisch.

»Sie haben sie also an diesem Tag gesehen.«

»Nein«, zischte Mohammed und schaute sich nach den Männern um, die in der Nähe standen. »Sie rief mich am Morgen an und bestellte mich zum Zoo. Aber als ich hinkam, war sie nicht dort.«

»Um wie viel Uhr war das?«

»Ich sollte sie um elf Uhr treffen. Ich hatte mich ein wenig verspätet, und als ich hinkam, war keine Spur von ihr zu sehen.«

»Aber wieso riechen Sie immer noch nach Zoo?«

Mohammed schauderte unwillkürlich. »Seit sie verschwunden ist, bin ich ein paar Mal dort hingegangen, weil ich hoffte, irgendetwas zu finden, was mir helfen würde zu verstehen, was mit ihr passiert ist.«

Nayir lehnte sich zurück und verschränkte die Arme. »Und, haben Sie irgendwas gefunden?«

»Nein.« Wie er dasaß, die Hände im Schoß, den Blick gesenkt, sah er aus wie ein kleiner Junge, der bestraft worden war und sich schämte. »Nicht einmal den Schuh habe ich gefunden.«

»Er lag auf der Zufahrtsstraße hinter dem Zoo, halb in der Erde vergraben.«

»Dort habe ich doch gesucht!«, flüsterte er.

Nayir musste sich in Erinnerung rufen, dass Mohammed nicht der Vater von Noufs Kind war. Doch er wusste von ihren Ausflügen, er hatte sie dort heimlich getroffen, hatte die Familie monatelang, vielleicht sogar jahrelang belogen, und nach Noufs Verschwinden war er immer noch nicht mit der Wahrheit herausgerückt. Schuldiger konnte man nicht werden. Irgendwas musste er davon gehabt haben, mit einer schönen Frau ein Geheimnis zu teilen. Vielleicht war der Grund ein ganz praktischer: Wenn Nouf ihn nicht brauchte, hatte er einen freien Tag.

Nayir starrte auf den Springbrunnen und dachte nach. Plötzlich wusste er, warum Nouf die Schuhe in der Tasche ihres Gewands verstaut hatte. Sie war mit dem Jet-Ski und dem Motorrad gefahren. Vermutlich gab es keinen Stauraum auf dem Jet-Ski, und es war sicherer, die Schuhe im Gewand zu transportieren, als einen Beutel am Handgelenk zu tragen.

»Was ist mit dem Motorrad. Wo hatte sie es versteckt?«

Mohammed schüttelte den Kopf. »Das war ihr Geheimnis. Ich habe es ein paar Mal gesucht, aber nicht gefunden.« Er wischte sich den Schweiß vom Kinn und schwieg.

»Wie hat sie denn das Motorrad überhaupt aufs Festland bekommen?«

»Allah verzeih mir.« Er schloss die Augen. »Ich habe keine Ahnung. Hören Sie, ich weiß nicht, wo sie es versteckt hat. Ich weiß nicht, wie oft sie das Versteck gewechselt hat. Die Familie besitzt eine Menge Strandgrundstücke, und mehr weiß ich nicht. Ich habe sie einmal danach gefragt, aber sie wollte es mir nicht sagen. Sie wollte es einfach nicht. Sie hat gesagt, dass nur eine andere Person darüber Bescheid wisse – wahrscheinlich einer ihrer Brüder, ich meine, wie sollte sie sonst an den Schlüssel kommen?«

»Schlüssel?«

»Zum Privatstrand.«

»Ach so. Hat sie gesagt, wer ihr den Schlüssel gegeben hat?«

»Nein.« Mohammed runzelte die Stirn. »Aber ich glaube, es war Othman.«

»Wieso?

»Das weiß ich nicht genau. Es beschäftigt mich jetzt schon seit Wochen, aber es muss Othman gewesen sein. Er ist der einzige Bruder, mit dem sie öfter geredet hat.«

Nayir rieb sich das Kinn. »Also gut. Trug sie ein Männergewand, wenn sie mit dem Motorrad unterwegs war?«

»Ja. Und einen Helm, damit man ihr Gesicht nicht sehen konnte. Und Handschuhe, um ihre Hände zu verbergen.«

»Hat sie denn nie jemand gesehen, wenn sie als Mann verkleidet das Anwesen verließ?«

»Nein. Sie hat das Haus immer in ihrem schwarzen Umhang verlassen. Sie hat sich erst auf dem Festland umgezogen. Hören Sie, wir haben uns öfter darüber unterhalten. Ich habe sie immer gewarnt, es sei gefährlich, aber sie hat gesagt, sie wolle nur ab und zu losziehen, zum Spaß. Und außerdem hat sie sowieso nie auf mich gehört.«

»Und Sie haben es ihrer Familie nicht erzählt.«

Mohammed verschränkte die Arme und presste die Lippen fest zusammen.

Die Antwort kannte Nayir schon. Aber Mohammeds Schweigen machte ihn zornig. Es war die Aufgabe eines Begleiters, eine Frau zu beschützen, nicht sie zu verwöhnen. Ein Lieblingsspruch seines Onkels kam ihm in den Sinn: *Wenn du dein Herz nicht stählen kannst, kannst du keine Kinder großziehen.*

»Warum haben Sie's niemand erzählt?«, fragte Nayir kühl.

Mohammed wischte sich den Schweiß von der Stirn. »Als ich an diesem Tag zum Zoo kam, war ihr Motorrad nicht da. Ich wartete eine Stunde lang am Nebeneingang, dann ging ich hinein, aber dort war sie auch nicht. Also bin ich wieder gegangen. Ich dachte, sie hätte es sich anders überlegt und würde mich anrufen, wenn sie mich brauchte.«

»Ja, aber später, als klar war, dass sie verschwunden war, da hätten Sie doch sagen müssen, wo sie sich manchmal herumtrieb?«

Mohammed errötete. »Ich habe den ganzen Zoo abgesucht. Sie war nicht da, und auch kein Hinweis, dass sie an diesem Tag dort gewesen war. Was hätte es schon genützt«, seine Stimme zitterte, er bedauerte sein Versäumnis. »Ehrlich, ich war sicher, dass sie nicht dort gewesen war.«

Nayir schluckte seinen Ärger über die Selbstsucht und Dummheit des jungen Mannes hinunter. »Was hat sie überhaupt im Zoo gemacht?«, fragte er.

»Sich die alten Gehege angesehen. Sie hat Tiere geliebt, das habe ich Ihnen doch erzählt. Ich schwöre bei Allah, dass ich sie an diesem Tag nicht gesehen habe.«

Nayir konnte kaum ein verächtliches Schnauben unterdrücken. Die Leute schworen eine Menge in Allahs Namen, meist war es ernst gemeint, aber das hier klang schmutzig. Mohammed war derjenige, dem Nouf vertraut hatte, aber er hatte nichts unternommen, um sie zu finden. Hätte er früher etwas von ihren Zoobesuchen erwähnt, hätte man die einzelnen Bruchstücke schneller zusammenfügen können. Vielleicht hätte man Nouf sogar noch lebend gefunden.

»Sie hat Ihnen vertraut«, sagte Nayir. »Sie muss Ihnen gesagt haben, mit wem sie sich an diesem Tag dort treffen wollte.«

Mohammed errötete bis zum Halsansatz. »Mit Eric, dachte ich.« Er versuchte, beiläufig zu klingen, aber seine Stimme war heiser vor Wut. Es traf Nayir wie ein Schlag, als ihm klarwurde, was diese Wut bedeutete. Mohammed war nicht nur um ihre Sicherheit besorgt, er war auch eifersüchtig, und er befürchtete, dass sie mit Eric geschlafen haben könnte.

»Dann hat sie sich vielleicht immer mit Eric getroffen, wenn Sie sie nicht im Auge behalten konnten.«

Mohammed war stinkwütend. Nayir schwieg und dachte an Mohammeds schöne Frau, ihr Kind, das scheinbare häusliche Glück. Er konnte sich nicht vorstellen, dass Mohammed mit Nouf geschlafen hatte, aber jetzt wusste er, dass Mohammed sie geliebt oder zumindest angehimmelt hatte und sich von ihr für alle möglichen gefährlichen Vorhaben einspannen ließ: um fortzulaufen, mit dem Motorrad zu fahren, sich mit fremden Männern an entlegenen Orten zu treffen. Es schockierte ihn nicht, dass Mohammed bereit war, Noufs Geheimnisse zu verschweigen und zu lügen; vielmehr erstaunte ihn, wie selbstherrlich Mohammed war. Wie konnte er Ehrlichkeit von Nouf erwarten, wenn er im Grunde seine eigene Frau anlog?

Plötzlich schämte sich Nayir dafür, dass er ein Gespräch wie dieses in der Masjid führte. Er erhob sich unvermittelt.

»Es tut mir leid«, sagte der Begleiter. »Ich hätte Ihnen schon früher alles erzählen sollen.«

»Ich bin nicht Ihr Richter.« Nayir bedeutete ihm mit einer Handbewegung, aufzustehen. Mohammed erhob sich und folgte ihm zur Tür hinaus.

Wieder auf der Straße, verfiel Nayir in tiefe Nachdenklichkeit. Er zwang sich, weiter auf Mohammed einzugehen. »Wusste Ihre Frau von Ihren Gefühlen für Nouf?«

Das verlegene Zucken im Gesicht des Begleiters beantwortete seine Frage.

»Aha«, sagte Nayir. »*Ma'salaama.*«

Er war schon ein Stück gegangen, als ihm noch eine letzte Sache einfiel. Er kehrte um und sah, dass Mohammed verloren vor der Moschee stand.

»Warum hatte Nouf eine Brille mit ungeschliffenen Gläsern kaufen wollen?«, fragte Nayir.

Mohammeds Beschämung verwandelte sich in Abscheu vor sich selbst. »Als Verkleidung«, murmelte er. »Sie hatte eine kleine Tasche mit Sachen, die sie tragen wollte, wenn sie in New York ankam. Sie hatte vor, Qazi in der Bibliothek zu verlassen, deswegen hat sie ein Kostüm gekauft, in dem sie wie eine Bibliothekarin aussah.«

»Was war sonst noch in der Tasche?«

»Eine Perücke, ein braunes Kostüm, ein paar hochhackige Schuhe. Und die Brille wollte sie auch tragen.«

Nayir bedachte ihn mit einem letzten angewiderten Blick und ging zu seinem Wagen zurück.

ℵ

Nayir ließ die Stadt hinter sich und machte sich in südlicher Richtung auf zur Villa der Shrawis. Die Sonne stand hoch, die Straße warf Blasen, und rechts von ihm schien das Meer in der Hitze zu dösen. Immer die Küstenstraße entlang, fuhr er an der Brückenstraße vorbei, bis er zu einem weißen, weitläufigen Strand kam, der bei den Windsurfern besonders beliebt war. Der Strand befand sich südlich vom Anwesen. Während seiner Sommerausflüge, die er mit dem Boot unternommen hatte, war er viele Male an dem Strand vorbeigekommen, aber wegen der vielen kleinen Boote und der Surfer hatte er ihn sich nie aus der Nähe ansehen können.

Er parkte den Jeep am Straßenrand neben einer Palmengruppe. Das Wasser war ruhig, und niemand surfte. Zu seiner Linken erstreckte sich Sandstrand, so weit das Auge reichte, doch zu seiner Rechten lag ein bizarres, felsiges Gelände, das eine Reihe von Privatstränden verbarg, jeder durch hohe Steinmauern abgetrennt. Die Mauern reichten gute zehn Meter ins Meer hinein. Familien kamen hierher, um ungestört zu sein, damit auch die Frauen das Wasser genießen konnten. Es gab keine Häuser in der näheren Umgebung, und die Strände waren mit schweren Eisentoren und Vorhängeschlössern versehen.

Es schien logisch, dass Nouf, wenn sie auf ihrem Jet-Ski von der Insel herübergefahren war, hier ankam. Nicht nur, weil die Strömung sie hierher getragen hätte, sondern auch, weil dies der nächstgelegene Küstenabschnitt war, an dem sie an Land gehen konnte. Die übrige Küste in der Umgebung war felsig. Es war unwahrscheinlich, dass sie den Jet-Ski aus dem Wasser gezogen hatte – viel leichter war es, ihn an einer ruhigen Stelle zu lassen, im Schutz einer Steinmauer.

Um zu den abgeschirmten Stränden zu gelangen, musste Nayir das felsige Gelände überqueren. Eine gute Viertelstunde brauchte er, um stolpernd seinen Weg zwischen den scharfkantigen schwarzen Steinen zu finden. Die Steine waren offenkundig hierher geschafft worden, obwohl er sich nicht vorstellen konnte, zu welchem Zweck. Vielleicht hofften die wohlhabenden Strandbesitzer, damit die Windsurfer abzuwehren. Als er endlich die erste Mauer erreichte, war er außer Atem und so entnervt, dass er am liebsten seinen Jeep stehen gelassen hätte und zu seinem Boot zurückgeschwommen wäre, aber er hatte seinen Mantel an.

Die Mauer war nicht mehr ganz intakt. An manchen Stellen fehlten große Steine, und eine Mischung aus Sand, Staub und Guano sammelte sich auf der oberen Hälfte. Zuerst ging er landeinwärts und inspizierte das Tor. Es war abgeschlossen und undurchdringlich, eine massive Eisenplatte. Dann ging er an der Mauer entlang zurück, auf der Suche nach einem Loch, das groß genug war, um sich hindurchzuzwängen. Er fand nichts. Er würde das Hindernis durch Klettern überwinden müssen.

Da die Mauer so zerklüftet war, fiel es ihm leichter als erwartet, sich hinaufzuhieven. Oben angekommen, richtete er sich auf und sah sich um. Eine Reihe identischer Mauern erstreckten sich vor ihm, von denen jede akkurat einen zehn Meter breiten Abschnitt des Strandes abtrennte. Unmittelbar unter ihm befand sich eine private Parzelle.

Es wurde ihm schnell klar, wie ungeheuer groß die Aufgabe war, die ihm bevorstand. Er würde eine ganze Woche brauchen, jeden Strand zu untersuchen, jede Mauer hinauf- und auf der anderen Seite wieder hinunterzuklettern, herumzustöbern auf der Suche nach … was? Einer Hütte? Einem kleinen Anlegeplatz? Es war gut möglich, dass jeder Strand damit ausgestattet war. Und selbst wenn er eine ganze Woche Zeit dafür hätte, bezweifelte er, ob er so viele Mauern überwinden konnte.

Er kletterte die Mauer hinunter in die erste Parzelle hinein. Der Strand war leer, aber er sah sich trotzdem um. Vielleicht hatte Nouf diesen Ort gewählt. Er befand sich am Ende der Reihe. Nach Norden hin schob sich das andere Ende der Mauer dicht an die Brückenstraße, die zum Anwesen führte. Dort hätte sie nicht angelegt, das war zu nahe am Haus. Sie hätte die Hauptstraße benutzen müssen, um zur Schnellstraße zu kommen, und das wäre riskant gewesen. Jeder, der zum Anwesen fuhr, hätte sie gesehen. Nein, sie hatte diese Seite des Strandes gewählt. An Noufs Stelle jedenfalls wäre er hierhergekommen.

Da er in der Parzelle nichts fand, kletterte er über die nächste Mauer und sah hinunter. Ein kleines Ruderboot, das aussah, als wäre es seit Jahrzehnten nicht mehr benutzt worden, war an einem Metallhaken in der Mauer festgebunden. Neben dem Haken stand eine verwitterte Umkleidekabine, die irgendwie freundlich aussah. Ihn packte die Aufregung. Vor seinem geistigen Auge sah er Noufs schlanke Gestalt, wespenartig und zielgerichtet, auf einem gelben Jet-Ski über die Wellen brausen und an diesem Strand anlegen. Er kletterte die Mauer hinunter.

Er untersuchte den Sand und fand ein Chaos von Fußabdrücken. Er stellte fest, dass einige davon klein genug waren, um von einer Frau zu stammen. Er zerrte den unversehrten rosa Stöckelschuh aus seiner Tasche. Ein oberflächlicher Abgleich ergab, dass mindestens drei Paar Fußspuren Noufs Schuhgröße entsprachen, womit absolut nichts bewiesen war. Viele der Fußabdrücke führten zu der Umkleidekabine.

Die Tür der Hütte war mit einem Kombinationsschloss an einem Metallriegel fest verschlossen. Er ging um die Hütte herum, um zu sehen, ob es noch eine andere Möglichkeit gab, hineinzugelangen, aber es gab nicht einmal Fenster, und so kehrte er zu der Tür zurück. Das Schloss war widerspenstig, aber als er kräftig daran riss, splitterte das Holz, und plötzlich hatte er die gesamte Metallplatte in der Hand und die Tür gab nach.

Sachte zog er sie auf und spähte hinein. Vor Begeisterung stieß er einen Pfiff aus. Genau wie er erwartet hatte. In der Mitte des Raums stand ein glänzendes schwarzes Motorrad, elegant auf dem Ständer aufgebockt.

Neben der Tür fand er ein Windlicht, das er in die Tür klemmte, um sie offen zu halten. Sonnenlicht flutete in den schmalen Raum, der karg und staubig war und in dem es schwach nach Sonnencreme roch. An einem Nagel in der Wand hing ein Korb, und darin fand er einen Lippenstift, ein Döschen Puder, Körpermilch und eine kleine Schachtel Chiclets-Kaugummi mit Kardamomgeschmack. Neben dem Korb hing ein weißes Gewand an einem Haken, daneben ein Helm, in dem ein Paar Handschuhe steckten. Auf dem Boden, halb verdeckt durch den Saum des Umhangs, lag ein alter Stadtplan. Er hob ihn auf und las, was an den Rand gekritzelt war, in einer anmutigen Frauenhandschrift. *Zweite links nach der Ampel* und *bei der ersten unbefest. Straße dahinter rechts.* Der Zoo war umkringelt.

Nouf. Er rieb sich den Nacken, über den ein kalter Schauer lief. Er hatte sie sich viele Male vorgestellt, aber jetzt hatte er das Gefühl, als könnte sie jeden Moment hier eintreten. Er ging hinaus und blickte sich um, beinahe in der Erwartung, jemanden anzutreffen. Der Strand war leer, aber das unheimliche Gefühl ihrer Anwesenheit blieb.

Er fuhr sich übers Gesicht und ging wieder hinein. Er umrundete das Motorrad, trat plötzlich auf eine weiche Stelle, mit einem lauten Krachen splitterte das Bodenbrett und sein Fuß sank in den Sand darunter. Er zog den Fuß heraus und sah einen schwarzen Umriss. Er bückte sich, zog das Brett heraus und legte einen Hohlraum frei. Darin befand sich ein schwarzes Buch, nicht größer als seine Hand. Er war derart überrascht, dass er es zunächst nicht anrührte; sondern bloß daraufstarrte, als wartete er, dass es sich in einen Backstein oder ein morsches Stück Holz verwandelte. Doch nein, es war ein abgegriffenes, ledergebundenes Buch. Vorsichtig wischte er den Sand weg und nahm es heraus.

Aus dem Hohlraum kam von links ein ganz schwaches Licht, und als er das Gesicht so nahe wie möglich an die Öffnung brachte, sah er, dass das Tageslicht nur eine Armlänge entfernt war. Wahrscheinlich hatte jemand das Buch von draußen dort hineingeschoben.

Als er es aufschlug, sah er, dass es ein Tagebuch war, so dicht beschrieben wie ein Korankommentar, und zwar in derselben eleganten Handschrift, die sich auch auf dem Stadtplan befand.

»Allah vergib mir.« Er schlug eine beliebige Seite auf und las.

*Im Namen Allahs, des Allbarmherzigen, des Allwissenden.*

*Ich habe mich heute beinahe umgebracht, aber ich hatte zu große Angst, es zu tun. Ich hatte nicht den Mut, mein eigenes Blut zu sehen. Und so bin ich auf meinen Jet-Ski gestiegen und wie verrückt herumgefahren, ich fuhr und fuhr, bis das Benzin alle war und ich ganz allein mitten auf dem Meer war. Ich konnte die Küste noch sehen, aber es wurde schon dunkel, und ich dachte, ich würde durch Zufall sterben, weil mir klarwurde, dass ich eigentlich gar nicht sterben wollte, ich wollte nur weg.*

*Ich war so glücklich, als mir das klarwurde, und ich hatte eine solche, solche Angst, dass ich STERBEN könnte, aus reiner Dummheit. Aber dann, wie ein Engelsbote, kam er mit dem Boot. Er kam mit dem Suchscheinwerfer und dem Signalhorn und mit noch jemandem, und er zog mich aus dem Wasser. Allah vergib mir, ich klammerte mich an ihn und weinte, und ich ließ erst wieder los, als er mich nach Hause brachte. Und ich habe ihn gar nicht gefragt, wie er mich überhaupt gefunden hat.*

Nayir überflog die nächsten Seiten und las eine weitere willkürlich gewählte Passage.

*Allah, bitte verzeih mir, ich weiß, es ist unrecht, ihn zu lieben, ich weiß, es würde mich in Ketten legen und mich für den Rest meines Lebens unglücklich machen, aber mein ganzer Körper sehnt sich nach ihm. Ich muss immerzu an ihn denken. Ich erinnere mich an jede Kleinigkeit, die er macht. Wenn ich doch immerzu sein Lächeln sehen, seine Stimme hören könnte, so weich, so sicher und klug. Aber er handelt nicht. Das kann er nicht. Und ich kann es auch nicht. Das würde zu so viel Schmerz führen, zu so viel Gefahr für mich – und auch für ihn, das weiß ich.*

Er riss sich von der Lektüre los. Über wen schrieb sie da? Über jemanden mit einem Boot – aber das konnte jeder sein. Bootfahren war eine äußerst beliebte Freizeitbeschäftigung, vor allem in Sommernächten, in denen man nur Abkühlung fand, wenn man auf dem Wasser war. Aber welcher Mann wäre ihr aufs Meer hinaus gefolgt?

Fräulein Hijazi hatte recht; es musste eine dritte Person geben. Nayir überflog noch ein paar Seiten, aber er fand keinen Namen, nur einen gewaltigen Ausbruch unerfüllter Sehnsucht. Er beschloss, es später zu lesen, mit mehr Muße. Er steckte das Buch in die Tasche.

Dann richtete er sich auf, um das Motorrad unter die Lupe zu nehmen. Es war mit einer feinen Sandschicht bedeckt. Das Handschuhfach war nicht abgeschlossen, aber leer. Er untersuchte den Lenker, die Pedale, den Sattel, alle Stellen, die sie vielleicht berührt hatte. Auf den Reifen war ein dicker Sandbelag, der in das Profil hineingedrückt war. Er steckte den Finger in eine der Furchen und kratzte den Sand in seine Handfläche. Er war sehr feinkörnig, ein ganz helles Beige. Höchstwahrscheinlich stammte er aus der Wüste.

Als Nayir sich wieder aufrichtete, fiel sein Blick auf den Benzintank. Ein Honda-Signet. Seine Finger fuhren über das bekannte Muster: Eine nach rechts ausgebreitete Vogelschwinge. Jede Feder war tief gerillt. Dann sah er es.

»Allah, wie konnte ich nur so dumm sein!« Er berührte wieder das Signet. Fünf Federn, genauso angeordnet wie die Streifen auf dem Bein des Kamels. Ein näherer Blick ergab, dass sich auf dem Signet Spuren von Blut und Haaren befanden. Wahrscheinlich stammten sie von dem Kamel.

Plötzlich fügte sich alles zusammen. So war der Mörder also aus der Wüste zurückgekommen. Nouf war mit dem Motorrad zum Zoo gefahren. Dort überwältigte der Mörder sie und verfrachtete sie in den Pick-up. Er packte das Motorrad zusammen mit dem Kamel auf die Ladefläche und fuhr zu dem Wadi. Die Hitze musste aus dem Signet ein Brandeisen gemacht haben – daher der Abdruck auf dem Bein des Kamels. Nachdem der Mörder Nouf zusammen mit dem Kamel in der Wüste gelassen hatte, schwang er sich auf das Motorrad und fuhr hierher zurück.

Nayir verließ das Umkleidehäuschen und starrte auf den Sand. Dutzende von Fußspuren führten zum Wasser hinunter, und weitere hinauf zum Tor. Eins war zumindest klar: Nachdem der Mörder das Motorrad abgestellt hatte, hätte er sich in jede Richtung entfernen können. Nayir holte einen Miswak aus der Tasche und begann zu kauen. Der Mörder hatte zwar keine eindeutigen Abdrücke im Sand hinterlassen, aber er hatte doch eine Art Spur gelegt: die Tatsache, dass er das Motorrad zurückgebracht hatte. Es war klar, dass er Nouf gut genug gekannt haben muss, um von diesem Strand zu wissen und von der Umkleidekabine, die gerade groß genug war, um darin ein Motorrad zu verstecken. Das hätte jemand wissen können, der ihr aufs Meer gefolgt war, in einem Boot.

Nayir ging hinunter zum Wasser. Kein Jet-Ski zu sehen, nur ein kleines Boot. Er suchte nach den Rudern, konnte aber keine entdecken. Nouf war mit dem Jet-Ski zum Strand gefahren. Othman hatte ihm allerdings berichtet, dass der Jet-Ski am Dock der Insel gelegen hatte, nachdem Nouf verschwunden war. Wer auch immer das Motorrad zurückgebracht hatte, musste auch den Jet-Ski zur Insel zurückgebracht haben. Wollte er damit nur vertuschen, wo Nouf gewesen war, oder fuhr er einfach damit nach Hause?

Nayir betrachtete das Gewirr von Fußspuren und beschloss, dass es Zeit war, Mutlaq anzurufen.

ꟈ

Später am selben Nachmittag kletterten die beiden Männer über die Mauer. Als Mutlaq den Sand untersuchte, stieß er einen leisen Pfiff aus.

»Hier war ja eine Menge los«, sagte er und rieb sich die Hände.

Nayir folgte ihm, lauschte jedem *hmmf* und versuchte zu ergründen, was es bedeutete, doch der Gesichtsausdruck seines Freundes verriet höchste Konzentration.

»Du warst hier«, bemerkte Mutlaq. »Und auch dein Freund Othman. Aber nicht zur gleichen Zeit.«

Nayir versuchte zu verstehen, wie Mutlaq das wissen konnte, aber dann fiel ihm wieder ein, dass er Othmans Fußabdrücke schon bei dem Lagerplatz in der Wüste gesehen hatte.

»Er war vor dir da«, sagte Mutlaq. »Hier, das sind seine Spuren, noch ziemlich frisch.« Die Spuren waren tief, und nachdem Nayir sie erst einmal von den anderen unterscheiden konnte, fiel ihm noch etwas anderes auf.

»Er war hier mit jemand anderem?«

»Mit einer Frau, glaube ich.« Mutlaq zeigte auf die anderen Spuren, die kleiner waren, aber auch tief. »Es ist merkwürdig, aber man hinterlässt nachts in einer bestimmten Sorte Sand tiefere Spuren.«

Nayir vermutete, dass Othman mit Katya hierhergekommen war, aber vielleicht auch mit einer seiner Schwestern. »Du denkst also, dass sie am Abend hier waren?«

»Ich würde sagen, es war ziemlich spät.«

»Siehst du hier irgendwo die anderen Abdrücke aus der Wüste?«, fragte Nayir.

»Ja. Othman ist nicht mit dem Mädchen aus der Wüste hierhergekommen. Aber sie war vor ihm da. Hier.« Er folgte einer anderen Spur, die von der Anlegestelle zu dem Häuschen führte, und einer weiteren, die vom Häuschen zum Tor ging. Abgesehen von der Schuhgröße hatten die beiden Spuren keinerlei Ähnlichkeit miteinander. Als Nayir darauf hinwies, zuckte Mutlaq bloß mit den

Achseln. »Sie hat sich in der Hütte andere Schuhe angezogen. Von der Hütte zum Tor hat sie ein Motorrad geschoben – hier sind die Reifenspuren. Wahrscheinlich brauchte sie festere Schuhe für die Motorradfahrt.«

Nayir war sprachlos. Er vertraute Mutlaq.

»Jedenfalls«, sagte Mutlaq und zeigte auf die Abdrücke neben den Motorradspuren, »sind das dieselben wie die in der Wüste.«

»Also, wenn wir mal annehmen, dass Nouf von hier mit dem Motorrad weggefahren ist«, sagte Nayir. »Wer hat es dann zurückgebracht? Es steht jetzt in der Hütte.«

Mutlaq wanderte umher. Die Spuren des zurückkehrenden Motorrads konnte er zwar ausmachen, doch die Fußabdrücke daneben waren alle von frischeren Spuren überdeckt worden. Da war nur ein einziger Abdruck, und der gehörte Nouf.

Mutlaq ging um den Abdruck herum, untersuchte ihn eingehend von verschiedenen Seiten. Dann kniete er sich hin und betrachtete ihn aus nächster Nähe. Er presste sogar die Wange an den Sand und inspizierte ihn von der Seite. Als er sich wieder erhob und sich die Wange abwischte, sagte er: »Es ist eindeutig Noufs Abdruck. Sie hat das Motorrad zurückgebracht.«

Nayir konnte es nicht glauben. »Siehst du irgendwelche Anzeichen, dass sie hier entführt wurde?«

»Nein. Noch nicht.« Mutlaq setzte seine Inspektion des Sandes fort, ging hier und dort in die Hocke, zeichnete Umrisse mit den Fingern nach, berührte die Abdrücke vorne und hinten, überprüfte sie auf Festigkeit. Nayir sah ihm bewundernd zu. Er arbeitete wie ein Rettungssucher, der sich in einem Gelände so gut auskennt, dass er um dessen Geheimnisse weiß, aber Mutlaqs Gelände war eine Miniaturlandschaft, die Hügel und Täler eines Fußabdruckgebirges. *Auch in dem Wechsel von Nacht und Tag und in der Versorgung, die Allah vom Himmel hinabsendet und durch die Er die Erde aus ihrer Leblosigkeit erweckt, und in dem Wechsel der Winde sind Beweise für ein Volk von Bestand.* Allah konnte durch seine Zeichen erkannt werden, und die Landschaft der Welt war eines der größten, doch Mutlaqs Landschaft, kleiner und vom Menschen hervorgebracht, zeugte von menschlicher Planung.

Er machte keine weiteren Entdeckungen, konnte aber noch einmal bestätigen, was er bereits herausgefunden hatte: Dass Nouf nicht hier entführt worden war, und dass sie die letzte Person war, die das Motorrad zur Umkleidekabine zurückgebracht hatte.

»Ist es möglich, dass sie sich hier mit jemand getroffen hat?«, fragte Nayir. »Vielleicht hat sie das Motorrad zurückgebracht und ist dann zu jemand ins Auto gestiegen.«

»Dafür gibt es keine Anzeichen, im Gegenteil, ihre frischesten Abdrücke führen hinunter zum Wasser. Ich glaube, sie ist in ein Boot gestiegen.«

Nayir dachte wieder an den kurzen Abschnitt, den er im Tagebuch gelesen hatte. Nouf war einem geheimnisvollen Mann auf einem Boot begegnet. Es war denkbar, das ihr Entführer mit einem Boot gekommen war, doch wenn das der Fall war, wo war dann der Jet-Ski, mit dem sie zum Strand gelangt war? Hatte ihr Entführer ihn aus dem Weg geschafft? Oder war sie tatsächlich damit zur Insel zurückgefahren?

Es wurde alles immer verworrener, und seine einzig brauchbare Theorie – dass Nouf beim Zoo entführt worden war – drohte angesichts neuer Beweise in sich zusammenzufallen. Mutlaq bemerkte seine besorgte Miene und bot ihm an, mit ihm zum Zoo zu fahren, um sich dort noch einmal umzusehen. Nayir nahm das Angebot dankbar an.

# ∞ 24 ∞

Am nächsten Tag fuhr Nayir auf die Insel der Shrawis, im Gepäck eine Schachtel Datteln vom Balad-Suk, wo sie noch mit der Hand gerollt, in geometrische Muster geschichtet und in dekorative Goldfolie eingewickelt wurden. Er parkte vor dem Haus und hob die Datteln vorsichtig vom Rücksitz. Die Schachtel war schwer und warm, und eigentlich hätte er sie lieber behalten, nicht weil er plötzlich Appetit auf Datteln gehabt hätte oder wegen der glitzernden Schachtel, sondern weil der Zweck seines heutigen Besuchs nichts mit Großzügigkeit zu tun hatte und es ihm ein bisschen verlogen vorkam, ein so feines Geschenk mitzubringen.

Eine Frau machte ihm die Haustür auf. Sie trug ein schwarzes Hausgewand und einen schwarzen Neqab. Ihre Fingernägel waren sittsam kurz geschnitten, und ein Gebetskettchen war um ihr Handgelenk gewickelt. Sie neigte schnell den Kopf, steckte die Hände in ihre Ärmel und begrüßte Nayir mit einem *Ahlan Wa'sahlan*.

»Es tut mir leid«, sagte sie mit leiser, demütiger Stimme. »Unser Butler hat heute frei, aber ich kann Sie zum Salon bringen.«

»Nein, nein. Wenn Sie so freundlich wären und einem Ihrer Brüder Bescheid sagten, dass Nayir as-Sharqi an der Tür wartet.«

Nervös tat sie einen Schritt zurück und flüsterte: »Bitte, *Ahlan Wa'sahlan*. Fühlen Sie sich wie zu Hause. Wenn Sie den Weg zum Salon kennen, dann können Sie gern alleine dorthin gehen.« Verlegen über ihre eigene Forschheit, drehte sie sich schnell um und trippelte davon.

Er blickte ihr nach. Als sie verschwunden war, trat er ein und machte die Tür zu. Während er auf Zehenspitzen durch die Diele ging, fragte er sich, ob sie daran gedacht hatte, die Männer von seinem Kommen zu unterrichten.

Zehn Minuten später erschien eine verschleierte Frau mit einem Kaffeeservice in der Tür. Die Frau wirkte nervös, zögerte, und ihre unsicheren Hände umklammerten den Rand des Tabletts. Anstatt das Tablett an der Tür abzustellen, trat sie in den Raum, um es Nayir zu bringen, aber sie war klein, und das Tablett war schwer, bog sich unter dem Gewicht von Glastassen, einer Schale Datteln und einer Messingkaffeekanne. Zu allem Überfluss lagen auch noch überall Kissen, jemand hatte ein Buch auf dem Boden liegen lassen und ein Kartenspiel, ein weiteres Kaffeeservice stand herum. Nayir sprang auf und wollte ihr das Tablett abnehmen, konnte aber nicht verhindern, dass sie auf ein Kissen trat.

»*Ya'rub!*«, rief sie und stolperte. Er hielt zwei Tassen fest, bevor sie vom Tablett rutschen konnten.

Es war dasselbe Mädchen, das ihm aufgemacht hatte. Sie reichte ihm das Kaffeeservice, er nahm es, was ihr die Gelegenheit gab, ihren Neqab zu lüften. Als sie den schwarzen Schleier hob, trat Nayir zurück.

Sie war das Abbild ihrer Schwester Nouf.

Sie errötete heftig, nahm das Tablett zurück und senkte den Kopf. Nayir blinzelte ein paar Mal und sah weg, aber seine Augen wurden unwiderstehlich von ihrem Gesicht angezogen. Er hatte nur ein Foto von Nouf gesehen und ihre Leiche in der Rechtsmedizin, aber seine Erinnerung war noch deutlich genug.

»Entschuldigen Sie, aber Sie sind eine ... Shrawi?«

»Ja.«

»Noufs Schwester.« *Die auf dem Jet-Ski,* dachte er. Sie war die einzige Schwester in Noufs Alter. Er konnte seine Augen nicht von ihrem Gesicht abwenden, und je länger er starrte, desto leichter fiel es ihm, den Schwung ihrer Schläfen nachzuzeichnen, ihr Kinn, ihren Kiefer, nach etwas zu suchen, was bewies, dass sie nicht Nouf war. Das redete er sich jedenfalls ein. Obwohl es töricht war, hatte er das Gefühl, er kenne sie und auch sie müsste ihn kennen.

Einen Moment später nahm das Mädchen seinen Mut zusammen, um die Kissen beiseitezutreten und das Kaffeeservice an einer freien Stelle auf den Boden zu stellen. Sie kniete nieder und schenkte ihm Kaffee ein. Sie errötete, als sie ihm die Tasse reichte. Er merkte, dass er sie noch immer anstarrte.

»Verzeihung. Ich starre Frauen normalerweise nicht an.«

Sie legte ihre Hände in den Schoß. »Mein Vater sagt, Sie seien ein ehrlicher Mann.«

Sein ganzes Wesen brüllte: *Ich bin ein ehrlicher Mann!*

»Ein Mann der Wüste«, fügte sie hinzu, mit einem kurzen Blick auf sein Gesicht. Er fühlte sich plötzlich niedergeschlagen. Ja, vielleicht war sie genau wie Nouf, eine Frau, die einen ehrlichen Mann heiraten würde, nur um ihn wegen irgendeines Wunschtraums sitzenzulassen. Der Gedanke ernüchterte ihn, und er nahm die Tasse Kaffee, dankbar, dass er etwas hatte, womit er seine Hände beschäftigen konnten. Egal, was für ein Mensch sie war, ihre Anwesenheit gab ihm die Gelegenheit, etwas über Nouf zu erfahren, aber ihm fiel keine einzige gute Frage ein; die, die er stellen wollte, kamen ihm alle schrecklich unziemlich vor. Er sah Angst in ihren Augen.

»Verzeihen Sie mir«, flüsterte sie. »Ich nähere mich Männern sonst nie auf diese Weise. Bitte glauben Sie mir, ich tue das nur, weil ich muss. Unser Leben hat sich so sehr verändert, seit Nouf tot ist. Wir dürfen die Insel nicht mehr verlassen. Meine Brüder haben Angst, dass uns dasselbe passiert wie Nouf. Das behaupten sie jedenfalls, aber eigentlich befürchten sie, wir könnten etwas erfahren, das wir nicht erfahren sollen.« Es lag Panik in ihrer Stimme, und das rief seinen Beschützerinstinkt wach.

»Was ist denn?«

»Es tut mir leid, es ist nur – ich habe gehört, dass Sie untersuchen, was mit ihr passiert ist. Ich würde Sie das sonst nicht fragen, und es tut mir leid, dass ich das jetzt anspreche, aber ...«

»Nur zu, Fräulein ... Shrawi.«

»Ich heiße Abir.« Sie holte tief Luft. »Fräulein Hijazi war hier und hat mir Fragen gestellt. Ich wollte ihr sagen, was ich wusste, aber ich konnte es nicht.« Sie sah auf ihre Hände.

Er hätte gerne gewusst, warum sie Informationen vorenthalten hatte, die sie jetzt bereit war, ihm mitzuteilen, aber er befürchtete, den Zauber zu brechen. Als das Schweigen anhielt, wurde er allmählich nervös, und so fragte er sie in sanftem Ton: »Was wissen Sie?«

Abirs Blick flackerte wild zwischen dem Kaffeeservice und Nayirs Knie hin und her, als kämpfte sie darum, ein wachsendes Entsetzen zu unterdrücken. »An dem Tag, als Nouf verschwand«, sagte sie, »hatte sie einen Streit mit meinem Bruder.«

Er spürte, wie sich sein Magen zusammenkrampfte. »Mit welchem?«

»Mit Othman.«

Nayir versuchte, sich nichts anmerken zu lassen, aber sein Herz klopfte wild.

»Es war ein schlimmer Streit«, fuhr Abir fort. »Sie waren in der Küche. Ich habe nicht mitbekommen, worüber sie stritten, weil sie zuerst geflüstert haben. Sie wollten mit den Hunden raus, aber dann haben sie plötzlich angefangen zu schreien. Es hat für mich keinen Sinn ergeben, was sie gesagt haben. Nouf ist in ihr Zimmer gerannt. Othman stand einfach da. Er war wie benommen. Dann ist er ihr gefolgt.«

»Und was ist dann passiert?«

Ihre Hände zitterten, und sie warf einen Blick hinter sich zur Tür. »Es fing leise an, erst im Flüsterton, aber dann wurde es lauter.

Sie hat geschrien, und ich weiß nicht, was er gemacht hat. Ich habe vor der Tür gestanden, also habe ich sie nicht direkt gesehen.«

»Was haben sie gesagt?«, fragte Nayir.

»Irgendwas über ... Ich hab's nicht verstanden. Irgendwas darüber, dass etwas nicht hätte passieren dürfen. Sie hat irgendwas gesagt, was ihn zornig gemacht hat. Ich hatte das Gefühl, dass sie irgendwas tun wollte und Othman dagegen war. Ich weiß nicht genau. Er war sehr zornig. Nouf klang so, als hätte sie Angst.«

»Und wie ging es weiter? Wie hat es geendet?«

»Nouf kam aus ihrem Zimmer gerannt, und Othman hinter ihr her. Sie –« Abir stockte und schlug eine Hand vor den Mund. »Sie hatte Blut am Arm. Sie ist aus dem Haus gerannt – durch die Küchentür. Ich glaube, sie ist hinunter zum Strand gelaufen, mit den Hunden. Dann kam meine Mutter rein und wollte wissen, was los war. Othman hat gesagt, es sei nichts weiter. Nouf sei nervös wegen der Hochzeit. Und sie hat ihm geglaubt.«

»Und Sie haben es ihr nicht erzählt?«

»Mir hätte sie nicht geglaubt. Nicht, wenn mein Wort gegen Othmans steht.«

Nayir setzte sich auf, er war völlig verwirrt. Othman hatte ihm nichts davon erzählt, und es fiel ihm schwer, sich seinen Freund derart aufgebracht vorzustellen. Er musste einen guten Grund dafür gehabt haben. Was hatte Nouf ihm gesagt? Hatte sie ihm gestanden, dass sie schwanger war? Hätte sie das wirklich getan?

»Ich kann verstehen, dass Sie das nicht Fräulein Hijazi erzählen wollten«, sagte er. »Das war sehr taktvoll.«

Abir nickte nervös.

Sie hörten ein Geräusch im Flur, und sie sprang auf, aber es kam niemand herein.

»Darf ich Sie noch etwas fragen?«

Sie warf einen ängstlichen Blick zur Tür. »Ja.«

»Haben Sie jemals gesehen, dass Nouf in Othmans Zimmer gegangen ist? Genauer, hat sie jemals irgendetwas über seine Jacken gesagt?«

Abir blinzelte verwirrt. »Nein. Nicht, dass ich wüsste. Wieso?«

»Othmans Jacke ist verschwunden.«

Sie kniff die Augen zusammen und überlegte. »Jetzt wo Sie es erwähnen, fällt mir wieder ein, dass er sie gesucht hat. Einer der Diener hat uns gefragt, ob wir sie gesehen hätten. Ich habe Nouf nie in sein Schlafzimmer gehen sehen, aber eins ist seltsam: Bevor sie verschwunden ist, hat sie einmal seine Jacke erwähnt. Wir haben uns über ihre Mitgift unterhalten. Sie war gespannt darauf, die Jacken zu sehen, die Qazi für sie ausgesucht hatte. Sie hat so was Ähnliches gesagt wie: ›Hoffentlich kriege ich auch so eine Wüstenjacke wie Othmans.‹ Zu dem Zeitpunkt habe ich nur gedacht, dass sie einfach aufgeregt ist wegen ihrer Kleidung. Sie wollte von allem etwas, auch wenn sie nichts davon tragen würde, aber jetzt kommt es mir doch komisch vor.«

»Fehlte sonst noch etwas außer der Jacke und dem Kamel?«

»Ja. Sie hat ihr Gold mitgenommen. Deswegen dachte ich, sie sei weggelaufen.«

»Wie viel hat gefehlt?«

Sie zögerte. »Meine Brüder wissen von alldem nichts.«

»Ich werde ihnen nichts erzählen.«

Sie nickte. »Schmuck im Wert von fast zwei Millionen Rial, einschließlich der Edelsteine.«

Nayir erstarrte, erstaunt über die Höhe des Betrags. Von zwei Millionen Rial konnte man jahrelang bequem leben. »Wieso haben Sie Ihren Brüdern nichts davon erzählt?«

»Zuerst hatte ich Angst, dass Nouf das Gold mitgenommen hatte, und ich wollte ihr keine Schwierigkeiten machen. Ich hatte Angst, das würde sie irgendwie verraten. Und später, als ich erfuhr, dass sie tot war …« Sie schluckte hörbar und brauchte einen Moment, um sich zu sammeln. »Da hatte ich Angst, es meinen Brüdern zu erzählen. Was wäre, wenn sie gar nicht weggelaufen war? Wenn jemand sie entführt und das Geld gestohlen hatte? Ich hatte sogar Angst, es meiner Mutter zu erzählen. Wenn sie es meinen Brüdern weitererzählte … und wenn Oth … wenn er gewusst hätte, was mit Nouf passiert war? Ich weiß, das klingt verrückt.« Sie zog die Schultern hoch und flüsterte: »Sie dürfen niemand erzählen, was ich Ihnen gerade gesagt habe.«

»Werde ich nicht«, versicherte Nayir.

Sie zitterte, unfähig, noch ein weiteres Wort herauszubringen. Entsetzt sah er zu, wie ihre Tränen flossen. Er suchte nach einem Papiertaschentuch, obwohl er ganz genau wusste, dass er ihr keines geben sollte.

In dem Moment waren Schritte im Flur zu hören. Abir ließ ihren Neqab herunter, gerade als die Tür aufging.

Tahsin kam herein, dicht gefolgt von Fahad. Nayir versuchte sich zu sammeln, aber niemand beachtete ihn. Tahsin sah aus, als hätte er gerade gespeist und wäre reif für ein Nickerchen. Er betrachtete die Unordnung, aber als er Nayir bemerkte, hellte sich seine Miene etwas auf.

»Bruder, wie geht es dir?« Er durchquerte den Raum, wobei er einen flüchtigen Blick auf Abir warf. Sie eilte zur Tür, aber Fahad packte sie am Arm.

»He!«, fuhr er sie an.

Tahsin wandte sich um. »Wer ist das?«

»Deine Schwester!« Fahad hielt ihren Arm fest umklammert. »Was treibst du hier?«

»Ich serviere Kaffee«, murmelte sie.

»Wir haben hier hundert Diener im Haus, und du servierst Kaffee? Fahad griff nach ihrem Neqab, aber sie riss sich los und rannte zur Tür hinaus. Fahad lief ihr hinterher. Ihre Stimmen hallten im Flur.

*Hast du ihm dein Gesicht gezeigt?*

*Ich habe doch bloß Kaffee und Datteln serviert!*

*Was hast du ihm sonst noch für süße Dinge in den Schoß gelegt?*

Tahsin wandte sich zu Nayir. »Es tut mir wirklich leid. Bitte nimm Platz.«

»Danke.«

»Fühl dich wie zu Hause.«

Nayir nahm die Schachtel Datteln vom Tisch und überreichte sie Tahsin, der sie mit einer kleinen Verbeugung entgegennahm.

»Ich weiß ja, wie gern du die kandierten magst«, sagte Nayir. »Dies ist eine neue Sorte, mit Pfirsichen gefüllt.«

»Ich danke dir. Bitte, setz dich.« Tahsin spitzte die Lippen und öffnete die Schachtel. »Sie sehen köstlich aus. Bitte bedien dich.«

Nayir nahm eine Dattel und kaute mechanisch, während seine Gedanken jagten. Fahad kehrte zurück und aß auch ein paar Datteln. Nayir erfuhr, dass Othman erst in einigen Stunden zurückerwartet wurde. Er war plötzlich dankbar, dass sie sich verpassen würden. Das weitere Gespräch ging über Belanglosigkeiten, und sobald es Nayir möglich war, verabschiedete er sich.

# 25

*Unglaublich, was so im Kopf eines Mädchens vor sich geht.* Er schob das Buch weg, rieb sich die Augen und erhob sich von der Eckbank. Das Tagebuch war sogar noch länger als ein Korankommentar und drehte sich ausschließlich um Liebe und romantische Zukunftsvorstellungen. Er hatte es gründlich, aber so schnell wie möglich durchgelesen, da es ihm wie die Verletzung der Privatsphäre der Toten vorkam. Bis jetzt hatte er bloß Fragmente von ihr wahrgenommen; sie war ihm durch den Kopf gegangen, wie eine Frau durch eine Straße geht. Doch jetzt hörte er endlich ihre Stimme, konnte sich vorstellen, wie sie sich bewegte, wie sie dachte. Er sah sie klein und drahtig vor sich, mit weichen, aber energischen Gesten. Sie mochte Pfefferminzbonbons, schwarze Schleifen für ihre Haare, und es machte ihr nichts aus, sich schmutzig zu machen. Sie liebte Tiere – alle möglichen, doch am meisten ihre Hunde Shams und Talj, die sie im Stall hielt und mit denen sie jeden Tag spazieren ging. Gelegentlich ging sie ganz besonders penibel zu Werke: zeichnete ihre Hunde und beschriftete ihre Körperteile in einer eleganten Handschrift. Sie schrieb auch umfangreiche Aufzeichnungen über ihr Verhalten nieder, eine wissenschaftliche Studie, die Samir mit Stolz erfüllt hätte.

Bei einem großen Teil ihrer Einträge ging es um den mysteriösen Unbekannten, der sie mit seinem Boot gerettet hatte, aber es gab nicht genug Hinweise, um hinter seine Identität zu kommen. Sie war zwar darauf bedacht, seinen Namen nicht zu erwähnen, aber sie beschrieb ihn. Er hatte etwas Glühendes, Geheimnisvolles. Er war klug. Er war praktisch ein Supermann, als er sie mit dem Boot rettete. Doch war er niemand, mit dem sie Vertrauliches besprach, sie hatte eher Geheimnisse vor ihm, und sie sah ihn nicht so häufig. Nach Mohammed klang es nicht gerade. Nayir hatte das Gefühl, dass Nouf sich oft mit Mohammed unterhalten hatte, dass sie miteinander entspannt umgegangen waren und einander gut gekannt hatten. Der Mann im Tagebuch war ein romantischer Fremder.

Trotz der Ergüsse von Begierde und Enttäuschung fehlten trotzdem die Hinweise darauf, wie aus ihren tollkühnen Mädchenfantasien Realität geworden war. In vielen Dingen – wenn es um ihr Herz ging, um ihre geheimen Treffen, ihre Zukunftspläne – war sie viel zu gutgläubig. Sie hatte Eric bereits Geld gegeben, aber nirgendwo wurde ein Vertrag erwähnt, nur »Freundschaft« und »Vertrauen«. Sie hatte ihm die Hälfte des Geldes im Voraus bezahlt, und ein paar Extras hier und dort. Aber wieso war nach New York davonzulaufen die einzige Lösung? Hätte sie nicht einen einfacheren Weg finden können, ihre Träume zu verwirklichen, näher an zu Hause, an einem sichereren Ort? War sie eine hoffnungslose Romantikerin? Oder lag es daran, dass ihr Zuhause gar nicht sicher war?

Über ihre heimlichen Telefonate mit Qazi stand kein Wort darin, was ihn verwunderte, da sie alle Einzelheiten ihres heimlichen Verhältnisses aufschrieb. Wenn ihr Geliebter Qazi gewesen wäre, dann wären die Telefongespräche ihre geringsten Sünden. Aber sein Gefühl sagte ihm, dass Qazi nicht der Geliebte war. Er wurde überhaupt nur einmal erwähnt, gegen Ende des Tagebuchs.

*Ich habe heute Qazis Heiratsantrag angenommen. Es macht mir Angst, mir vorzustellen, ihn zu heiraten, aber es ist die einzige Möglichkeit …*

Die einzige Möglichkeit? Um das Land zu verlassen, nahm er an. Und warum? Weil Qazi gutgläubig genug war, um kein Doppelspiel zu vermuten, er würde sein Versprechen halten, mit ihr nach New York zu fahren.

Es war verstörend, zwischen all der süßlichen Romantisiererei auf derartige Berechnung zu stoßen. Doch eines an dem Tagebuch fand er unterhaltsam. Oben auf eine Seite hatte sie geschrieben: »Die 77 Worte der Liebe«, und in einer eleganten Handschrift hatte sie die Worte zusammen mit all ihren Erklärungen aufgelistet. Da war das Wort *Hubb*, das Liebe bedeutet, aber auch Samen; *Ishq*, Verstrickung und ein Efeu, der einen Baum erdrosselt; *hawa*, Gernhaben und Fehler; *fitna*, leidenschaftliche Begierde und auch Chaos; *hayam*, dürstend durch die Wüste irren; *sakan*, Seelenruhe; und *izaz*, würdevolle Liebe. Dann wurde die Liste düsterer, von Gefangenschaft zu Verwirrung und Drangsal, sogar bis zu Niedergeschlagenheit, Kummer und Trauer, mit einem krönenden Abschluss in *fanaa*, Nicht-Existenz. Die Seite ragte wie ein Kunstwerk heraus, mit Schnörkeln in den Ecken und einem vollkommenen »Im Namen Allahs, des Gerechtesten, des Barmherzigsten«, das ganz oben auf der Seite stand. Jedes Wort war in sorgfältigster Schrift notiert, jedes Zeichen an exakt der richtigen Stelle. Es war seltsam, dass diese Seite eine direkte religiöse Erwähnung enthielt und einen philosophischen Blick auf die Liebe. So ganz und gar war sie also doch nicht in ihre Mädchenträume verstrickt.

Was ihn am meisten überraschte, war der Titel. Es ließ sich zwar darüber streiten, ob alle 77 Wörter für »Liebe« standen, aber sicher beschrieben sie die unterschiedlichen Gemütsverfassungen des Liebenden. Dieser reiche Wortschatz verstärkte in Nayir nur das Gefühl der eigenen romantischen Armut. Wie war es möglich, dass es so viele verschiedene Arten der Liebe gab und ein Mann sterben konnte, ohne auch nur die Hälfte davon je erfahren zu haben? Nachdem er sehr lange auf die Seite gestarrt hatte, kam er zu dem Schluss, dass Nouf genau das gewollt hatte – alle Formen der Liebe kennenzulernen, selbst wenn man von einigen besser die Finger ließ.

Nayir stand in der Küche und wartete darauf, dass sein Kaffee kochte. In den Pausen zwischen der Lektüre hatte er in seiner Essecke gesessen, umgeben von Wüsten- und Meereskarten. Oft, wenn er sich langweilte oder einfach zu müde war, um irgendetwas anderes zu tun, starrte er darauf und fand dort Erinnerungen und einen gewissen Seelenfrieden, wie sie allein eine solche Leere stiften konnte. Doch heute Abend sollten die Karten ihm helfen, Noufs Reise in die Wildnis nachzuvollziehen, als könnte er dadurch, dass er die Punkte ihres Verschwindens und ihres Todes markierte, das fehlende Glied finden.

Sie hatte das Anwesen mit ihrem Jet-Ski in westlicher Richtung verlassen. Auf diesem Weg kam sie nicht am Frauensalon vorbei, und die Frauen hatten nichts gehört. Sie legte am Festland an, wechselte die Kleidung, nahm ihre Schuhe aus den Taschen des schwarzen Gewands und steckte sie in das weiße. Dann fuhr sie mit dem Motorrad zum Zoo, das war ihr lustvoller Ausbruch in die Freiheit.

Mutlaqs Besuch des Zoos hatte wieder alles durcheinandergebracht. Er hatte Noufs Spuren auf der Zufahrtsstraße gefunden, und es gab Hinweise auf ein Handgemenge, aber das Chaos auf dem Boden war derart groß, dass sich nicht mit Sicherheit sagen ließ, ob es einen Angreifer gegeben hatte. Es hatte den Anschein, dass Nouf neben dem Gebüsch zu Boden gefallen war – dabei hatte sie wahrscheinlich ihren rosa Schuh verloren. Die Schleifspuren schienen nicht von Nouf zu stammen, denn sie war wieder aufgestanden und zum Pick-up zurückgegangen. Vielleicht hatte sie einen Schwächeanfall erlitten, schließlich war sie schwanger. Noch verwirrender war, dass Mutlaq Motorradspuren auf der Zufahrtsstraße gefunden hatte, direkt neben dem Pick-up. Von demselben Modell, das jetzt in der Umkleidekabine stand.

Mutlaq entdeckte auch Othmans Spuren im Zoo, allerdings nicht auf der Zufahrtsstraße, sondern draußen vor dem Matterhorn. Dort fanden sich auch die Abdrücke eines anderen Mannes, aber Mutlaq erkannte sie nicht.

Othman war also im Zoo gewesen, aber Mutlaq hatte nicht feststellen können, ob er zum Zeitpunkt von Noufs Entführung da gewesen war. Der Boden beim Matterhorn war trocken und staubig und nicht so leicht zu lesen wie der der Zufahrtsstraße. Vielleicht hatte Othman von Noufs Ausflügen zum Zoo gewusst und war hingefahren, um der Sache nachzugehen. Natürlich war er nicht verpflichtet, Nayir davon zu erzählen, aber hilfreich wäre es gewesen. Erklären zu müssen, warum Nouf im Zoo gewesen war, hätte vielleicht zu unangenehmen Fragen geführt, und Othman hatte sie beschützen wollen. Es ergab jedenfalls einen Sinn.

Aber sonst nichts. Nouf war mit dem Motorrad zum Zoo gefahren. Dann hatte sie es zur Hütte zurückgebracht. Von dort war sie wahrscheinlich auf dem Jet-Ski zur Insel zurückgekehrt. Es sah immer mehr danach aus, dass sie selber den Pick-up vom Haus entwendet hatte. Aber dann war sie wieder zum Zoo gefahren. Mutlaq war sich ziemlich sicher, dass die Pick-up- und die Motorradspuren vom selben Tag stammten. Aber warum hätte sie noch einmal zum Zoo zurückkehren sollen? Suchte sie ihren verlorenen Schuh? Aus dem Tagebuch schloss er, dass sie oft zum Zoo gefahren war, nur, um die Tafeln mit den Beschreibungen der Tiere zu lesen. Vielleicht auch, um alleine zu sein und Trost zu finden.

Aber dort traf sie sich auch mit ihrem Geliebten.

Er ging mit seinem Kaffee zum Tisch und studierte wieder die Karte. Er hielt bei dem Wadi inne und dachte an all die Dinge, die sich nicht am Tatort befunden hatten. Noufs Tasche mit der Perücke und dem Kostüm. Die war noch bei Mohammed. Ihre Brille, die sie noch nicht abgeholt hatte. Der Schlüssel zu der Wohnung in New York. Wenn sie im Begriff war, fortzulaufen, dann hätten diese Gegenstände irgendwo in der Nähe des Fundorts ihrer Leiche auftauchen müssen. Stattdessen hatte er den rosa Stöckelschuh gefunden, ihre Ausrede, um das Haus verlassen zu dürfen. Sie war am Morgen mit den Schuhen losgegangen – nachdem sie Mohammed erklärt hatte, wohin sie wollte –, dann war sie zum Haus zurückgekehrt, hatte den Pick-up und das Kamel gestohlen und war zum Zoo gefahren, ständig mit den Schuhen im Gepäck. Wieso die Schuhe und nicht die anderen Sachen?

Nayir ging ins Bad und spülte sich die Augen aus. Sie fühlten sich an, als hätte ihm jemand Sand hineingerieben. Sie waren gerötet, und jetzt sah er verschwommen. *Vielleicht,* dachte er, *sollte ich doch mal zu diesem verrückten Augenarzt gehen.*

Wieder machte er sich an die Lektüre des Tagebuchs. Er war beinahe am Ende angelangt. Das letzte Drittel bestand hauptsächlich aus Notizen über das Verhalten ihrer Hunde – nichts über ihre Pläne, nach Amerika zu fliehen, keine Namen. Obwohl die romantischen Passagen immer verzweifelter klangen, waren sie auch weniger wirr. Sie schien ihrer unerfüllten Liebe müde zu sein. Stattdessen hatte sie ihre Aufmerksamkeit den Tieren zugewandt und bei ihnen Trost gefunden. Zwischendurch kam sie immer wieder auf die Liebe zurück. *Ich habe ihn heute gesehen, und sein Blick hat mich in die düstersten Kammern der Hölle gestürzt. Ich weiß, ich werde sterben, wenn das noch länger so weitergeht.* Wenn was so weitergeht?, fragte sich Nayir. Diese gefährliche Liebschaft? Mit wem?

Er schlug die allerletzte Seite auf. Sie umfasste nur zwei Absätze. Die Handschrift war ungleichmäßiger als zuvor, beinahe fahrig.

*Ich bin kein Mädchen mehr. Ich habe es getan. WIR haben es getan, und das Seltsamste dabei ist, dass ich es nicht bereue. Ich komme mir so töricht vor, wenn ich daran denke, wie viel Angst ich davor hatte. Allah, beinahe hätte ich die größte Sünde begangen, beinahe hätte ich mich umgebracht! Mir ist jetzt klar, dass alles, wovor ich so große Angst gehabt habe, nur der Anfang von etwas Schönem ist. Zum ersten Mal fühle ich mich lebendig. Und das Verrückte ist, ich wusste nicht, dass es passieren würde. Ich dachte, es wäre zwischen uns so gut wie aus. Er hat mich gemieden, und wenn ich ihn traf, wollte er mich nicht anschauen. Ich dachte, er hätte aufgegeben. Aber als ich zum Zoo kam, wartete er auf mich vor dem Berg, wo sie früher die Ziegen hielten. Ich war schockiert! Ich fragte ihn, wie er mich gefunden hätte. Das habe ich doch nie jemandem erzählt! Er sagte, das habe er sich selber zusammengereimt, aber wie, das hat er nicht gesagt. Ich war auch nervös, aber er umarmte mich. Ich fiel beinahe. Ich wollte nein sagen, aber er sagte: »Mein Herz sagt mir, dass du das nicht meinst.« Er sagte, er würde nie aufhören, mich zu lieben, egal, wo ich hingehe, egal, wen ich heirate. Ich fing an zu weinen, und er nahm mich in die Arme und brachte mich in ins Innere des Bergs. Es war kühl und dunkel. Er entschuldigte sich ständig, weil es nicht komfortabel oder romantisch war, aber er wusste, dass ich diesen Ort liebe und dass es keinen besseren gab.*

Langsam schlug Nayir das Buch zu und legte es auf den Tisch. Er schloss seine brennenden Augen, und eine trügerische Träne lief ihm die Nase entlang. Wenn sie auch jung gestorben war, so hatte sie doch wenigstens eines der Worte der Liebe gelernt.

Ein plötzliches Schaukeln des Bootes kündigte einen Besucher auf Deck an. Er blinzelte, zog die Stirn kraus und ging zum Treppenabsatz, um hinaufzuspähen. Eine schwarze Gestalt huschte um die Luke herum, und er wusste sofort, dass es Fräulein Hijazi war.

»Nayir?«, rief sie. Ihre Stimme klang belegt.

Er kletterte die Treppe hinauf und sah ihre Augen, rot und tränenbenetzt im Schein der Kabinenlampe. »Was ist passiert?«, fragte er. Sie stolperte, und er streckte die Hand aus, um sie festzuhalten. »Was ist los?«

»Können wir reden?«

»Ja, kommen Sie rein.« Er ging zuerst hinunter und stellte sich an den Fuß der Treppe, für den Fall, dass sie wieder stolperte. Sein Herz pochte.

Sie trat in die Kabine und schien im gleichen Moment zusammenzubrechen. Er konnte sie gerade noch um die Schulter fassen, und dann lotste er sie zum Sofa, auf das sie mit einer Schwere niederplumpste, die er bei einer so zierlichen Frau nicht vermutet hätte. Sie krümmte sich, als habe sie Schmerzen, und vergrub das Gesicht in den Händen.

Er kaute auf seinen Lippen und sah sich um. Er sollte sie trösten, aber wie? Er ging in die Küche, um noch einmal Kaffee zu machen, entschied sich dann aber für Tee. Er setzte den Kessel auf den Herd. Sie hatte sich hinter ihm zu einer Kugel zusammengerollt – die Knie hochgezogen, die Arme um die Beine geschlungen, das Gesicht in ihrem Umhang vergraben. Sie schluchzte leise. Als der Tee fertig war, brachte er ihr eine Tasse und stellte sie auf den Tisch.

»Trinken Sie etwas«, sagte er und setzte sich neben sie auf das Sofa.

Sie holte tief Luft und hob das Gesicht. Nach einer Weile ließ sie die Beine herabsinken, strich ihren Umhang glatt und setzte sich auf. Sie schlug den Neqab hoch und ergriff die Tasse.

Nayir wandte sich ab, um sie nicht in Verlegenheit zu bringen.

»Ich habe den Vater des Kindes gefunden«, sagte sie.

Er konnte nicht anders; er musste hinsehen. Ihre Miene sagte schon alles. *Othman.*

»Er ist gar nicht ihr wirklicher Bruder.« Sie stieß ein trockenes Lachen aus. »Aber ich hätte nie gedacht –«

Er war zu fassungslos, um etwas zu sagen.

»Ich habe seine Hautzellen unter ihren Fingernägeln gefunden. Erinnern Sie sich an diese Verteidigungsverletzungen, die sie hatte? Da war noch das Blut von jemand.«

»Seins?«

Sie nickte und brach wieder in Tränen aus. Nayir nahm ihr die Teetasse ab und stellte sie weg. Seine eigene Ruhe überraschte ihn. Er legte ihr sanft einen Arm um die Schulter, erwartete beinahe, dass sie zusammenzucken oder zurückweichen würde, aber sie drehte sich zu ihm um und schmiegte sich an ihn wie ein Kind. »Othman hat mit seiner Schwester geschlafen!«, heulte sie. Er hob seinen anderen Arm und umfasste sie. Die Situation war nicht so unangenehm, wie er erwartet hatte. Sie schluchzte hemmungslos, er wartete, fragte sich, ob er nach Knoblauch roch, ob er etwas anderes hätte sagen sollen, wie alles enden würde. Er staunte über sich selbst. Er konnte sich nicht mehr erinnern, warum er vorher so streng zu ihr gewesen war. Sie bebte, und er wiegte sie, flüsterte ihr *ism'allah ism'allah* ins Ohr. In diesem schicksalhaften Augenblick, als ihre Tränen strömten, waren alle Schranken zwischen ihnen gefallen.

Schließlich hörte sie auf zu weinen und löste sich langsam, sehr langsam von ihm. »Es tut mir so leid.«

»Das muss es nicht.« Er zog seine Arme zurück und sah zu, wie sie das Ende ihres Kopftuchs entrollte und sich damit die Nase putzte.

»Wissen Sie, was meine Mutter immer gesagt hat?«, fragte sie. »Wenn du siehst, dass deine Frau sich die Nase mit ihrem Schleier putzt, lass dich von ihr scheiden.«

Er rang sich ein schiefes Grinsen ab.

»Und wissen Sie, was seltsam ist? Mein Vater wollte nicht, dass ich Othman heirate.«

»Oh.«

Sie wischte sich die Nase ab und steckte den Zipfel des Schals wieder in den Kragen. »Ich schätze, er hatte recht. Ich wurde gerade noch rechtzeitig davor bewahrt. Er hätte mich nicht geliebt. Vielleicht hätte er auch mich umgebracht!«

»Das heißt doch nicht, dass er sie umgebracht hat.«

»Und wie erklären Sie sich seine Haut unter ihren Fingernägeln?«

»Vielleicht haben sie sich gestritten, bevor sie entführt wurde.«

»Und jemand anders hat sie entführt? Ach kommen Sie. Er hatte ein Motiv – er musste die Schwangerschaft vertuschen. Er war eifersüchtig, weil sie einen anderen heiratete. Ich wette, er hat auch die Sache mit Eric herausgefunden, ihren Plan, wegzulaufen, und das hat er nicht ausgehalten. Er wusste genug über sie, um sie zu entführen und es so hinzudrehen, als ob sie weggelaufen wäre. Und er kennt die Wüste gut genug, um zu wissen, wo er sie hinbringen musste, weil er zu feige war, sie selbst umzubringen. Die Wüste sollte sie umbringen, damit ihm die Schuldgefühle erspart blieben.«

Es fiel Nayir schwer, sich das alles vorzustellen. Aber Katya hatte recht: Das Motiv und die Gelegenheit dazu hatte er. Und doch, wenn Othman sie entführt hatte, warum war er dann scheinbar so begierig darauf, ihren Entführer zu finden?

»Haben Sie schon mit ihm gesprochen?«, fragte er.

»Nein.« Sie schniefte. »Das mache ich morgen, wenn ich mich etwas beruhigt habe.« Er nickte. »Es tut mir leid, dass ich zu Ihnen gekommen bin und all das bei Ihnen ablade«, sagte sie.

»Ich hätte es so oder so erfahren.« Seine Gedanken gingen wieder zu dem Tagebuch zurück, und jetzt verstand er, warum Nouf nie seinen Namen geschrieben hatte – diejenigen, die das Tagebuch am ehesten in die Hände bekommen hätten, wären schockiert gewesen, es zu erfahren. Der Inhalt des Tagebuchs hätte sie ohnehin schockiert, doch Nouf hatte Othmans Identität geschützt.

Allein schon bei dem Gedanken standen ihm die Haare zu Berge.

Er warf einen Blick zu dem Tagebuch auf dem Tisch. Er wollte ihr erzählen, was darin stand, aber er wollte nicht, dass sie es las. Nicht heute Abend, vielleicht nie. Er stand auf, sammelte seine diversen Karten ein und schob das Tagebuch dazwischen. Dann legte er den Stapel auf den Kapitänstisch in der Küche.

Sie hob die Füße aufs Sofa und schlang die Arme um ihre Beine. Es sah aus, als wollte sie es sich für die Nacht gemütlich machen. Er fand eine Schachtel Taschentücher im Bad und stellte sie auf den Tisch. Aus dem Schlafzimmer holte er ein Kissen. Sie dankte ihm und drückte sich das Kissen an die Brust. Er ging in die Küche, um ihr noch einen Tee zu machen, wobei er sich viel Zeit ließ. Als er die Kanne brachte, rang sie sich ein Lächeln ab.

»Danke, Nayir. Mir ist klar, wie schwierig das für Sie ist.«

»Nein«, sagte er. »Es ist gar nicht schwierig.« Er setzte sich an den Tisch und schenkte den Tee ein.

&

Eine Stunde später kletterte er an Deck, um dort die Nacht zu verbringen. Unten lag Katya auf dem Sofa. Sie war eingeschlafen, und er beschloss, es sei das Beste, sie nicht zu wecken. Er hatte ein paar alte Decken von unten hinaufgebracht, und jetzt breitete er sie auf dem Deck aus, machte sich ein Kissen aus einer zerschlissenen alten Schwimmweste. Das Boot schaukelte rhythmisch, und bis auf das sanfte Klatschen des Wassers gegen den Rumpf war die Welt unglaublich still und ruhig. Alles glitt jetzt von ihm ab – Nouf, Othman, das ungeborene Kind. Er konnte nur noch an Katya denken.

# ⸙ 26 ⸙

Zehn Minuten später kam Katyas Fahrer den Pier entlangmarschiert und rief ihren Namen. Beinahe umgehend kam sie an Deck geklettert und hielt sich die Hand vor den Mund.

»Es ist alles in Ordnung. Ahmad! Es tut mir ja so leid. Ich kann alles erklären!«

Nayir erhob sich und warf einen Blick hinüber zu den Booten der Nachbarn. Es war niemand zu sehen, und er hasste sich dafür, dass er so erleichtert war.

»Kati«, fauchte Ahmad, kaum fähig, seine Empörung im Zaum zu halten. »Ich habe die ganze Zeit versucht, Sie anzurufen.«

Sie ging hinunter zum Landesteg. »Es tut mir ja so leid.«

»Sie haben gesagt, Sie würden Ihr Handy anlassen. Ihr Vater war in schrecklicher Sorge. Sie können von Glück reden, dass er noch nicht die Polizei alarmiert hat!«

»*Wallahi.*« Sie zerrte ihr Handy hervor und rief sofort ihren Vater an.

Nayir sah zu, wie sie sprach, und versuchte den wütenden Blick des Fahrers zu ignorieren. »Es ist nichts passiert«, sagte er schließlich, »falls Sie das denken.«

»Ich denke gar nichts«, gab der Fahrer unwirsch zurück.

»Ich würde nichts tun –«

Der Fahrer schnaubte und marschierte davon.

⸙

Als Katya fort war, war an Schlaf nicht mehr zu denken, also machte er sich einen Kaffee und setzte sich an den Tisch in der Essecke, fühlte sich aber unwohl, so allein mit seinen Gedanken. Das Bild der ineinander verschlungenen Körper von Othman und Nouf zermarterte ihn und erfüllte ihn mit Abscheu. Er sah sie vor sich, wie sie sich zufällig in den abgelegenen Winkeln des Palastes begegneten, entsetzt und verlegen, dann schnell voreinander flüchteten, als wäre die mächtige Kraft der Anziehung in ihr Gegenteil verkehrt worden. Er sah die Kapitulation der Begierde, wie sie sich im Zoo trafen zum Vollzug ihrer Liebe, dreckig von Staub, Schweiß und Sex. Und dann die letzte Wende: wie Othman ihre Fluchtpläne entdeckte, seine eigenen verzweifelten Pläne, die ihrigen zu vereiteln – ein Schlag auf den Kopf, die Fahrt in der Wüste, um sie dort auszusetzen. Zumindest hatte er gelogen und getäuscht. Schlimmstenfalls hatte er sie umgebracht. Doch bei allem Entsetzen, das diese Bilder heraufbeschworen, bescherten sie Nayir auch eine beschämende Erleichterung. Jetzt würde Katya ihn auf keinen Fall mehr heiraten.

*Allah vergib mir für diese schlimmen Gedanken!* Er schloss die Augen und versuchte, die Ereignisse isoliert zu betrachten, nicht als Beweis für die Bösartigkeit von Othman, sondern als ein einmaliges Versagen, das auch bei jedem anderen Mann möglich gewesen wäre. Othman befand sich in einer schwierigen Lage. Wenn ein Mann sich in seine Schwester verliebt, kann er ihr nicht entrinnen. Er kann nicht vorgeben, er kenne sie nicht, er kann seinen Blick nicht einfach so abwenden. Das würde ein Maß an Selbstbeherrschung erfordern, das selbst Nayir übermenschlich fand. Er kannte Katya erst seit kurzem, und doch hatte er schon lasterhafte Gedanken. Wenn er mit ihr zusammenleben müsste, wissend, dass sie eigentlich nicht seine Schwester war, dann bestünde die Gefahr, dass auch er der Sünde verfiele.

Doch Othman war ein solches Vorbild an Anstand gewesen, so

bescheiden trotz seines unbescheidenen Wohlstandes, dass Nayir eine heftige Enttäuschung empfand. War das Gute nur an der Oberfläche eines Menschen – dem Teil, der sichtbar war? War das Herz immer schlecht? Selbst die anständigsten Männer waren stets kurz davor, die Beherrschung zu verlieren. Und Katya – vertraute er ihr nur, weil er es wollte, weil sein Körper ihn dazu trieb? Wenn er einem Mann wie Othman nicht vertrauen konnte, wie konnte er dann einer Frau vertrauen?

Ihm ging plötzlich auf, dass sie gegangen war, vielleicht für immer. Es wäre unpassend, jetzt mit ihr Verbindung aufzunehmen. Jetzt, wo sie sich gerade von Othman befreit hatte, wäre sie weniger bereit denn je.

ꕤ

Einer schlaflosen Nacht folgte ein trübseliger Tag. Er war zu müde, um rauszugehen, doch zur Mittagszeit machte er einen Spaziergang zu dem Imbissstand auf dem Parkplatz des Jachthafens und kaufte sich ein Shawarma. Er schaffte es, Majid auszuweichen, doch die Stille des Bootes und die erstickende Einsamkeit, die ihn dort empfing, verstärkte nur die endlose Leere des Tages. Noch nie hatte er sich derart antriebsarm und ausgebrannt gefühlt. Das bange Wissen, dass er irgendwann mit Othman reden musste, lastete schwer auf ihm und lähmte ihn. Lieber wollte er sich vorher ins Meer stürzen. Doch bevor er nicht mit Othman gesprochen hatte, würde er nichts anderes zustande bringen.

Später am Nachmittag fuhr er zum Anwesen. Ein Butler öffnete ihm die Tür und geleitete ihn zum Salon, wo Tahsin Hof hielt. Qazi, der nervös wirkte, war auch anwesend. Es war merkwürdig, dass er da war. Stand er den Brüdern nahe? Er hatte gesagt, er sei bisher nur einmal, während seiner Werbung um Nouf, zum Anwesen hinausgefahren. Othman sprach nie von ihm, hatte ihn vor Noufs Verschwinden kein einziges Mal erwähnt.

Wie er da Tahsins imposanter Erscheinung gegenübersaß, wirkte er wie ein schmächtiger Bube. Er hielt eine wackelnde Teetasse auf dem Schoß, war aber zu nervös, um zu trinken, und auf seiner Stirn glänzte Schweiß. Als er Nayir sah, verriet seine Miene deutliche Erleichterung, bevor sie wieder starr und förmlich wurde. Vielleicht war er gekommen, um der Familie ein weiteres Mal sein Beileid auszusprechen.

Tahsin begrüßte Nayir und bat ihn herein. Nayir schüttelte Qazi die Hand und rätselte über die Ursache seines Unbehagens.

»Wir reden gerade über die Zukunft«, erklärte Tahsin.

Qazi lächelte nervös und ließ seinen Tee überschwappen. Nayir fiel ein, was Qazi gesagt hatte, warum er Nouf so liebte – weil sie nicht so steif und förmlich sei –, und er neigte jetzt dazu, ihm zu glauben. In dem Salon wirkte er über die Maßen deplatziert.

»Das können wir auch später fortsetzen«, bemerkte Tahsin.

In dem Moment erschien Othman zusammen mit Fahad in der Tür, in ihrer Mitte Othmans Vater, Abu-Tahsin.

Tahsin sprang auf und räumte die Kissen vom Boden weg. Mit Schritten so langsam wie der Minutenzeiger einer Uhr kamen sie zu dritt ins Zimmer geschlurft.

Es war schmerzlich anzusehen, wie hinfällig Abu-Tahsin geworden war. Im Verlauf von nur drei Wochen war dieser agile und gesellige Fünfundsechzigjährige dahingewelkt wie eine getrocknete Pflaume. Brust und Arme waren geschrumpft, und eine Vielzahl neuer Falten durchzog sein Gesicht. Er konnte sich kaum auf den Beinen halten, und jeder Schritt strengte ihn mehr an. Er bemerkte seinen Gast erst, als er direkt vor ihm stand.

»Es ist Nayir, Vater«, sagte Tahsin. »Nayir as-Sharqi.«

Abu-Tahsins Stimme kroch aus der Tiefe seiner Kehle heraus. »Ahhmm.«

Nayir war schockiert. »Abu-Tahsin, ich stehe Ihnen zu Diensten.«

»Hhhhmmm.«

Nayir trat zurück, um ihn vorbeizulassen. Eine Erinnerung an Abu-Tahsin war ihm besonders kostbar: Wie er über dem Wadi Jawwah bei Abu-Arish stand und mit glänzenden Augen sein Gewehr auf einen Zug weißer Störche anlegte. Es war später Nachmittag, und die Sonne erleuchtete ihn in ihrem goldenen Dunst, der seiner dunklen Haut einen noch tieferen Ton verlieh. Nayir erinnerte sich an den plötzlichen Knall des Schusses, den unirdisch schrillen Schrei des Storchs, an den Pulverstaub, der wie Bahnen weißer Seide in der Luft schwebte. Und er erinnerte sich, wie sich Abu-Tahsin zu ihm umgewandt und mit tiefer Stimme gesagt hatte: »Die Vögel am Himmel sind unzählbar, und doch folgt jeder von ihnen einem bestimmten Plan. Glaubst du, das ist ein Zeichen für einen klugen Mann?«

Nayir hatte geantwortet, ja, das sei wahrscheinlich ein Zeichen. Damals hatte er nur an die naheliegende Bedeutung gedacht, wie es im Koran steht, dass Allahs Existenz durch Seine Zeichen erkannt werden kann, die geheimnisvollen Strukturen des Universums. Doch hier im Salon war ein Zeichen anderer Art zu erkennen: das Siechtum des Alters, so dunkel und vorhersagbar wie die Nacht.

Othman warf Nayir einen Blick zu, der nichts über seinen Seelenzustand verriet, und flüsterte ihm im Vorbeigehen zu: »Der Arzt sagt, er muss viel laufen. Dreimal täglich durchs ganze Haus. Gegen Blutgerinnsel.«

Nayir nickte traurig. Den Abu-Tahsin, den er gekannt hatte, gab es nicht mehr.

Tahsin bedeutete Fahad, Abu-Tahsin loszulassen, und er ergriff den Arm seines Vaters. Die beiden Brüder führten ihn hinaus auf die Terrasse.

Im nächsten Moment kam Othman wieder herein. Alle drehten sich um. Othman bat sie, es sich bequem zu machen. Nayir erkannte, dass seine Freundschaft im Begriff war zu erlöschen und durch die kalte, erschreckende Förmlichkeit des Salons ersetzt wurde. Othman schien es auch zu spüren. Er mied Nayirs Blick, und alle setzten sich wieder.

Othman war unrasiert, seine Kleidung zerknittert, seine Haut fahl von mangelndem Schlaf. Fahad erkundigte sich bei Qazi, wie die Geschäfte seines Vaters liefen, und Qazi erzählte von Schuhen, Rechnungsbüchern, Angestellten und Aufträgen. Nayir wartete und fühlte sich von Minute zu Minute unwohler. Er kam sich lächerlich unterlegen vor, unfähig, an dem Gespräch teilzunehmen, es auch nur zu verstehen. Er musste ständig daran denken, dass Othman der Betrüger war, derjenige, der gelogen hatte, der sich schämen sollte.

Othman beugte sich unvermittelt vor, griff nach einer Schachtel Datteln und hielt sie Nayir hin. »Bitte, nimm eine Dattel.«

»Nein danke.« Nayir legte die Hand auf seinen Magen. »Bitte. Nur eine.«

Nayir hob abwehrend die Hand. »Wirklich, lieber nicht.«

»Du siehst blass aus«, bemerkte Othman.

Nayir zupfte an seinem Hemd. »Muss von der Hitze kommen.«

»Weißt du, was ich bei dieser Hitze gefunden habe? Meine Jacke.«

»Wo war sie?«

»Hinten in meinem Schrank.«

»Hattest du vorher schon dort nachgesehen?«, fragte Nayir.

»Ich dachte, ja.« Othman schien auf einmal das Interesse zu verlieren. Er nahm sich eine Hand voll Datteln und stand auf. »Also gut, dir ist heiß. Wollen wir uns etwas die Beine vertreten?«

Nachträglich entsetzt über sein Eingeständnis, dass ihm, Nayir ash-Sharqi, dem erfahrenen Wüstenführer, heiß sein könnte, murmelte er einen vagen Protest, während er Othman hinaus in den Flur folgte. Schweigend gingen sie durch dunkle Gänge, durchquerten riesige, leere Räume, bis sie zu einer Terrassentür kamen. Othman führte ihn hinaus in eine schmale Loggia, die auf das Meer hinausging. Nayir hatte vollkommen die Orientierung verloren. In diesem Teil des Hauses war er noch nie gewesen. Der Boden fiel gefährlich zum Felsenrand ab. Lediglich eine niedrige Steinmauer am Rand des Patios schützte vor dem hundert Meter tiefen Abgrund.

Othman geleitete ihn entlang der Loggia durch einen schmalen Durchgang. »Vorsicht mit den Stufen.«

Sie gingen eine feuchte Wendeltreppe aus Metall hinunter, die kaum breit genug für Nayirs Schultern war. In der Luft lag ein klebriger Industriegeruch. Langsam ging die Treppe in glänzende Glasstufen über, und von unten sickerte ein bläuliches Licht herauf. Nayir setzte seine Schritte vorsichtig, kämpfte gegen ein Panikgefühl an. Plötzlich spürte er Bewegung unter seinen Füßen, wogendes Seegras und Anemonen, das plötzliche Aufblitzen eines bunten Fisches. Am Fuß der Treppe betraten sie ein Aquarium.

Sie standen in der Mitte einer riesigen Höhle aus Glas, die gut und gerne so groß war wie das Haus selbst und in einer phosphoreszierenden Lichtaura glühte. Auf allen Seiten Meer, belebt von leuchtenden Geschöpfen, die dort in trauriger Isolation verharrten. Hier unten war es kühler, aber Nayir fühlte sich immer noch beklommen, und der Unterwasserdruck legte sich schwer auf seine Brust. Es kam ihm vor, als hätte er ein Verlies betreten.

»Eindrucksvoll«, murmelte er. »Hat deine Familie das gebaut?«

Othman schüttelte den Kopf und ging weiter. Schweigend betrachteten sie die enorme Vielfalt an Fischen. Nayir erkannte einen

Masken-Falterfisch. Othman machte ihn auf einen Blaupunkt-Rochen aufmerksam. Nayir sah höflich zu, während er davonglitt, doch seine Gedanken kehrten zu der Szene in Noufs Tagebuch zurück, wie Othman sie aus dem Meer errettet hatte. Dann kamen andere Bilder: Wie Othman sie an den Handgelenken packt, ihr einen Schlag auf den Kopf versetzt, ihren Körper in einem Wadi ablädt. Es war grauenvoll. Nayir fühlte sich verraten, auch wenn er sich dabei egoistisch vorkam. Man kennt einen Freund erst dann richtig, wenn man seinen Zorn kennt.

Konnte Othman, mit seiner strengen Auffassung von Tradition und Familienehre, das wirklich getan haben? Unzucht treiben, entführen, möglicherweise töten? Der Mann, der jetzt vor ihm im Aquarium stand, sah aus, als wäre er selbst entführt worden.

»Setz dich.« Othman wies zu einer Metallbank gegenüber der breitesten Glasscheibe. Sie setzten sich nebeneinander. Ein Schwarm Schwarztupfen-Süßlippen schwamm aufgeregt in dem glitzernden Licht hin und her. Othman beobachtete die Fische, schien sich aber brütend in sich zurückzuziehen.

Nayir verschränkte die Arme, um seine zitternden Hände zu verbergen. »Ich dachte, nur der König hätte ein unterirdisches Aquarium.« »Das Haus hier hat früher der königlichen Familie gehört.«

»Ach ja.« Er ahnte, dass eine Beichte bevorstand.

»Bruder, es tut mir leid, dass ich dich in das alles hier hineingezogen habe«, sagte Othman. Er klang aufrichtig, aber irgendwas in seinem Tonfall irritierte Nayir. »Ich habe heute Morgen mit Katya gesprochen. Sie hat mir gesagt, dass ...«

Nayir zögerte. »Es tut mir leid. Ich wollte dir selbst sagen, dass ich sie gesehen habe.« Othman musterte ihn eindringlich. »Wir haben zusammen Mittag gegessen«, sagte Nayir, was nicht so schwierig zuzugeben war wie das Nächste, was er loswerden musste: »Und wir waren im Zoo.«

»Aha. Im Zoo.«

»Ich weiß, ich hätte dir schon früher Bescheid sagen sollen.«

Othman lachte traurig. »Du bist mir keine Rechenschaft schuldig. Meine Sünden sind unendlich viel größer als deine.«

Nayir stimmte ihm zu, verspürte aber den Drang, ihm trotzdem Trost zu spenden. »Sünde ist Sünde.«

»Ich rechne dir hoch an, was du alles getan hast, Nayir.« Die Worte klangen fern, hohl, als wäre er all der Förmlichkeiten zutiefst überdrüssig. Nayir spürte, dass etwas kurz vorm Zerbrechen stand, dass es nur noch eines kleines Schubses bedurfte, um die Mauer der Zurückhaltung zu zertrümmern.

Othman hielt den Blick auf die Glaswand geheftet. »Ich bin immer mit Nouf hierhergekommen.« Er legte sich eine Hand auf den Mund, und für einen kurzen Augenblick schien er voller Bedauern, aber als er die Hand wieder fallen ließ, war sein Ausdruck bitter und verschlossen. »Bevor sie sich verlobte.«

Nayirs Auge zuckte. »Das muss hart für dich gewesen sein.«

Er antwortete nicht; vielleicht hielt er es für eine überflüssige Bemerkung. Schließlich hob Othman das Kinn. »Sie liebte es, wenn ich ihr von den verschiedenen Fischen erzählte. Es gab einen Fisch, den wir oft gesehen haben, einen Zackenbarsch; die Zackenbarsche werden alle als Weibchen geboren, und wenn sie älter sind, verwandeln sich einige von ihnen in Männchen.« Er lachte kurz auf. »Das fand sie herrlich. Sie hat gesagt, sie wollte genau wie ein Zackenbarsch sein. Wenn sie dann erwachsen wäre, könnte sie ein Mann sein.«

Nayir verspürte dieselbe, alles durchdringende Traurigkeit, die er schon in der Umkleidekabine gespürt hatte. Er rührte sich nicht, wartete.

»Ich habe sogar meinem Vater davon erzählt«, sagte Othman mit einem trockenen Lachen. »Welch ein Fehler. Ich habe ihm gesagt, ich will Nouf heiraten. Zuerst dachte er, ich würde scherzen, also habe ich ihn in dem Glauben gelassen, aber irgendwann kam ihm doch der Verdacht, dass es wahr sein könnte, und er fand es abstoßend. So abstoßend, dass Katya wie gerufen kam, als ich ihr begegnet bin. Es war meinem Vater egal, dass ihre Familie so anders war als unsere; es war ihm egal, dass sie älter war. Er wollte mich nur so schnell wie möglich verheiraten. Also haben wir die Vorkehrungen getroffen. Aber Katya gegenüber habe ich die größte Sünde von allen begangen.« Er hielt inne, rang mit den Worten. »Sie war eine Freundin für mich, und ich habe ihr verschwiegen, wie es wirklich in meinem Herzen aussah.«

»Dass du sie nicht geliebt hast?«

Othman schüttelte den Kopf. »Nicht so, wie ich Nouf geliebt habe.«

Nayir verspürte eine giftige Mischung aus Erleichterung, Zorn und niederdrückenden Schuldgefühlen. Die Vorstellung, dass Othman in seine Schwester verliebt gewesen war, erschien ihm jetzt nicht mehr ganz so abstoßend; es verblasste im Vergleich zu Othmans Verhalten gegenüber Katya. Er hatte sie missbraucht – erstens, um gegenüber seiner Familie den Schein zu wahren, und zweitens als Seelentrösterin, die sein gebrochenes Herz heilen konnte, ohne Rücksicht darauf, dass er ihres irgendwann brechen würde. Vielleicht hatte er sie sogar missbraucht, um Nouf zu bestrafen, die es gewagt hatte, sich mit einem anderen zu verloben. Nayir sah den Basar vor sich und einen Haufen trauriger, leerer Mäntel und Jacken, Mitgiftgeschenke, die irgendwo in einem Schrank enden würden.

»Dein Vater hat also über deine Gefühle für sie Bescheid gewusst«, sagte Nayir.

»So ungefähr. Ich habe ihm nicht alles erzählt.«

»Wusste er, dass du der Vater des Kindes bist?«

»Ich glaube, er hat es vermutet.«

Othmans nächste Worte sollten die tiefere Frage beantworten, die ihn beunruhigte – ob Othman Nouf auch entführt hatte. Er hatte Angst zu fragen, aber er musste es wissen.

»Hast du deswegen einen Privatdetektiv angeheuert – um ihnen zu beweisen, dass du sie nicht entführt hast?«

Othman saß völlig erstarrt neben ihm. Nayir blieb keine andere Wahl:

»Du hast sie entführt.«

Othman schloss die Augen. Dann flossen ihm die Tränen über die Wangen. Nayir schaute weg.

»Es tut mir leid«, sagte Othman. »Ich weiß, was du denkst.« Nach einem qualvollen Augenblick, in dem selbst die Fische sich nur noch in Zeitlupe bewegten, hob er den Kopf. »Es stimmt, ich habe sie geliebt, aber Bruder, glaub mir, ich weiß nicht, was mit ihr passiert ist. Es hat mich verrückt gemacht, total verrückt, ich wollte dahinterkommen. Es führte zu nichts. Ich habe nichts gefunden –« Seine Stimme brach, und er verstummte. »Ich habe einen Detektiv angeheuert, weil ich nicht weiß, was passiert ist, und das ist die Wahrheit.«

»Nouf hatte Blutergüsse an den Handgelenken.«

Othman schüttelte den Kopf. »Ich habe sie nicht entführt.«

»Wir haben deine Hautzellen unter ihren Nägeln gefunden.«

Er wirkte verwirrt. Vielleicht war es das Wort »wir«. Aber wenn ihm das Schmerzen bereitete, dann ließ er es sich nicht anmerken. »Nouf und ich haben uns gestritten, kurz bevor sie entführt wurde.« Er schluckte schwer. »Sie hat mir gesagt, sie wolle davonlaufen und nach New York gehen. Ich konnte es nicht glauben.«

»Und dann hast du sie gepackt?«

»Nein, ich war ganz begeistert. Ich habe ihr gesagt, ich würde mit ihr leben wollen. Ich habe ihr gesagt, wir könnten zusammen nach New York ziehen; ich würde ihr alles geben, sie alles machen lassen, aber –« Er hielt inne. »Sie wollte nicht. Sie wollte ganz neu anfangen.«

»Und wie kamst du dazu, sie an den Handgelenken zu packen?«

»Ich habe sie angefleht, bitte, bitte geh nicht! Sie würde mir die Seele aus dem Leib reißen. Sie hat auch geweint. Dann fing sie an, nach mir zu schlagen. Ich habe sie gepackt, damit sie aufhört, aber das war schwierig.« Er knöpfte seinen Ärmel auf und rollte ihn hoch. Vom Handgelenk bis zum Ellbogen waren leichte Verfärbungen und Kratzer zu sehen. Sie konnten zwei Wochen alt sein. »Sie hat mich auch erwischt. Ich musste sie dazu bringen, aufzuhören. Sie war völlig außer sich. Mir war nicht klar, dass ich sie verletzt habe.«

»Warum war sie so aufgebracht?«

Othman rollte den Ärmel wieder nach unten. »Als ich begriff, dass sie wirklich nicht wollte, dass ich mitkomme, habe ich etwas gesagt, was ich nicht hätte sagen sollen. Ich habe ihr gedroht, ich würde sie daran hindern. Damit habe ich nicht gemeint, dass ich sie entführen wollte; ich wollte nur meinem Vater über ihre Pläne unterrichten.« Er nahm die Hände vom Gesicht und schüttelte den Kopf. »Ich habe mich entschuldigt. Ich hab ihr gesagt, ich hätte das nicht so gemeint – und ich habe es auch nicht so gemeint. Ich wollte einfach nicht, dass sie weggeht.«

Nayir nickte, unsicher, was er nun glauben sollte, doch trotzdem berührt von der Aufrichtigkeit, die aus Othmans Worten klang. »Ihr habt euch also regelmäßig im Zoo getroffen.«

»Ja, wir haben uns dort getroffen. Es war ein verschwiegener Ort. Das gefiel ihr.«

»Wie oft habt ihr euch da getroffen?«

Er zögerte. »Einmal die Woche.«

»Sie war dort an dem Tag, als sie verschwand«, sagte Nayir.

Othman sah ihn an. »Bist du sicher?«

»Ja. Wir haben ihren Schuh gefunden – und ihre Fußspuren. Auf einer Zufahrtsstraße hinter dem Zoo. Wir haben auch Beweise an ihrem Leichnam gefunden. Die Erde in ihrer Kopfwunde stimmte mit der Erde von der Zufahrtsstraße überein. Da war auch etwas Dung an ihrem Handgelenk. Aber etwas verstehe ich nicht. Sie hatte an dem Morgen eine Auseinandersetzung mit dir. Warum sollte sie sich eine Lüge ausdenken, dass sie ihre Hochzeitsschuhe umtauschen wollte, und stattdessen zum Zoo gehen, wenn sie gar nicht mit dir dort verabredet war?«

Nayir wartete, doch Othman saß starr da. »Das weiß ich nicht«, flüsterte er.

»Ist es denkbar, dass sie dorthin gegangen ist, um sich mit jemand anderem zu treffen?«, frage Nayir.

»Nein, das ist lächerlich. Wahrscheinlich wollte sie … was weiß ich, vielleicht hat es sie an uns erinnert.« Er legte die Hände an die Augen und presste sie fest dagegen. »Vielleicht ist sie dorthin gegangen, um sich zu verabschieden.«

»Aber wer sonst hatte von dem Zoo gewusst?«

Othman seufzte. »Ich weiß es nicht. Vielleicht hat sie es Mohammed erzählt. Sie hat ihm immer alles erzählt.«

»Und ihre Schwestern?«

»Sie hat bestimmt niemandem im Haus etwas davon erzählt – es war zu riskant.«

»Hatte sie irgendwelche Freundinnen?«

Er schüttelte den Kopf. »Sie hatte schon Freundinnen, aber denen hat sie das bestimmt nicht anvertraut. Sie hat sich in der Gesellschaft der Hunde wohler gefühlt.«

»Soweit wir das feststellen können, bist du der Einzige, der wusste, wo sie an dem Tag hätte hingehen können.« Nayir versuchte, nicht so zu klingen, als würde er ihn verurteilen, aber seine Gedanken kreisten um sich selbst. Es schien jetzt sonnenklar. Othman war nicht nur der Einzige, der von dem Zoo wusste, er war auch der Einzige, der an dem Tag ein Motiv hatte, ihr zu folgen. Sie hatten sich gerade gestritten; sie war aus dem Haus gestürmt. Er lief ihr wahrscheinlich hinterher, um die Dinge wieder geradezubiegen – oder um sie daran zu hindern, nach New York zu gehen.

»Wo bist du nach dem Streit hingegangen?«, fragte Nayir.

Othman kreuzte die Arme fest vor der Brust. »Ich war zu aufgeregt, um hierzubleiben«, sagte er. »Ich bin rumgefahren. Als ich später am Nachmittag wiederkam, war sie schon verschwunden.«

»Warst du allein im Wagen?«

»Ja.«

»Aha.«

»Ich weiß«, sagte Othman. »Ich wünschte, ich könnte dir irgendwelche Beweise liefern, aber ich kann es nicht. Ich verstehe deine Fassungslosigkeit über dieses ganze Chaos – ich war genauso fassungslos. Bin es immer noch. Aber dem Kern der Sache habe ich noch nie richtig ins Auge gesehen.« Er kniff die Finger zu einer Spitze zusammen und stach damit bei jedem Wort in die Luft. Nayir sah seine Beschämung und den Zorn in seiner Geste. »Ich hatte nie viel Courage. Sie hat mich nie an sich herangelassen. Ich habe Monate damit verbracht, sie zu öffnen, versucht, sie glücklich zu machen, sie dazu zu bringen, mir zu vertrauen.« Er presste die Lippen zusammen, um seine brennende Wut einzudämmen. »Nachdem es passiert war, nachdem ich ihr gesagt hatte, dass ich sie liebe, hat sie mich erst recht von sich weggestoßen. Und verdammt noch mal –« Wieder brach seine Stimme. »Ich habe sie trotzdem noch geliebt.« Er wandte sich ab, wischte sich wütend die Tränen von den Wangen.

Nayir wandte sich wieder der Glasscheibe zu. Ein Clownfisch schwamm vorbei, immer hin und her, wie besessen. In der Tiefe des Raums schaltete sich ein Generator ab, Stille senkte sich über sie. Nayir, der sich absolut unfähig fühlte, über Herzensangelegenheiten zu reden, versank in seine Gedanken. Er wartete darauf, dass Othman etwas sagte.

»Ich hätte ihr nie wehgetan«, sagte Othman schließlich. »So abstoßend es für dich auch klingen mag, ich habe sie geliebt, und sie trug mein Kind.«

ꟃ

Nayir kehrte zu seinem Wagen zurück. Hilflosigkeit durchströmte ihn, wie Sand durch ein Stundenglas rinnt, füllte ihn, drückte ihn nieder, und er wollte jetzt nichts lieber als zu seinem Boot zurückkehren und in See stechen, vielleicht zu einem stillen Platz irgendwo an der Küste fahren. Vor Anker gehen. Angeln. Ja, er würde angeln, in der Sonne liegen, den Windsurfern, den Möwen und den anderen Booten zusehen. Mehr brauchte er nicht. Nur ein paar Fische und einen stillen Ort, um den Punkt zu vergessen, der ihn am meisten gestört hatte: Othman hatte ihn nicht gefragt, was er sonst noch über den Fall in Erfahrung gebracht hatte. Gerade als er die Wagentür öffnete, erspähte er eine schwarze Gestalt, Katya, die im Begriff war, aus ihrem Toyota auszusteigen. Ihr Mut beeindruckte ihn. So schnell wollte sie Othman von Angesicht zu Angesicht gegenübertreten. Als sie ihn sah, errötete sie und wandte den Blick ab.

»Hallo«, sagte sie.

Er begrüßte sie, aber sie schien keine Worte zu finden, und ein verlegenes Schweigen dehnte den Raum zwischen ihnen ins Unendliche.

»Danke«, sagte sie schließlich, »danke für alles, gestern Abend.«

»Gern geschehen.« Er wollte etwas sagen, irgendetwas, aber nichts schien ihm passend. Er fühlte sich unerträglich unsicher. Da er nicht wusste, was er sonst tun sollte, verabschiedete er sich und stieg in seinen Wagen. Sie drehte sich ebenso schnell um und ging zum Haus.

# 27

Das Boot schaukelte ruhig auf den Wellen. Nayir saß oben an Deck, die Angel in der Hand, und starrte hinaus aufs Meer. Von links hörte er ein Brummen, zweifellos einen Jet-Ski, und tatsächlich, einen Augenblick später kam eine Frau über das Wasser geprescht. Sie trug einen Bikini, der aussah, als wäre er aus Resten vom Fußboden einer Schneiderwerkstatt gemacht und würde zerreißen, wenn sie auch nur nieste. Sie drückte die Tasten auf einem Handy, während sie mit der anderen Hand tollkühn das Gefährt lenkte. Trotzig wandte er diesmal den Blick nicht ab. Wie lange würde es noch dauern, bis sie merkte, dass er zu ihr hinüberstarrte? Aber sie merkte es nicht. Sie war zu sehr mit ihrem Telefon beschäftigt. Ihre schlanken braunen Schenkel erregten ihn nicht. Er konnte nur an all die Fische denken, die sie verscheuchte.

Während der zwei Tage auf dem Wasser war es ihm gelungen, etwas Abstand zu den Ereignissen der letzten paar Wochen zu bekommen. An diesem Morgen hatte er endlich in Ruhe über sein Gespräch mit Othman nachdenken können. Mit der Distanz, die er jetzt hatte, kam ihm alles durch und durch falsch vor. Othman hatte Nouf niedergeschlagen, sie hinaus in die Wüste geschleppt und dort liegen lassen. Was machte es schon aus, dass sie seine Spuren nicht auf der Zufahrtsstraße hinterm Zoo gefunden hatten? Es war durchaus vorstellbar, dass sie bei dem Kampf verwischt worden waren. Selbst Mutlaq würde das einräumen.

Aber warum hatte Othman es getan? Musste er seine Wut abreagieren? Warum gab es keine andere Art des Loslassens – ein Vergessen, ein Hinter-sich-Lassen? *Diejenigen, welche gläubig wurden und auswanderten und sich auf Allahs Weg mit Gut und Blut bemühten, nehmen die höchste Rangstufe bei Allah ein.* Das war wahrer Dschihad, das Aufgeben von Gütern, Hoffnungen, Wünschen, wenn das Leben es verlangte, wenn das Nicht-Aufgeben zu Unrecht führte. Aber Othman hatte nicht aufgegeben, er war zum Lügner geworden. Und seine Liebe für Nouf – war die auch eine Lüge?

Jetzt blieb nur noch die Frage, was zu unternehmen war. Eigentlich sollte er mit all den Informationen zur Polizei gehen, zu den Richtern oder zur Moschee und zu den Männern, die für das Gesetz zuständig waren, aber da die Rechtsmedizin den Fall schon abgeschlossen hatte – sogar verfügt hatte, dass es gar keinen Fall gab, den man abschließen konnte –, was gab es da noch an Hoffnung, einem System Gerechtigkeit abzuringen, das sich von den Reichen so leicht korrumpieren ließ? Selbst die Indizien, die er und Katya gesammelt hatten, reichten nicht aus, um zu beweisen, dass Othman seine Schwester tatsächlich entführt und bewusstlos geschlagen hatte, sodass sie in dem Wadi ertrinken konnte. Nayir räumte ein, dass er sich in Othman irren könnte, und seine Gedanken kreisten unentwegt zurück zu dieser Hoffnung.

Es war natürlich möglich, Othman wegen *zina* den Prozess zu machen, genau genommen, wegen unehelichen Geschlechtsverkehrs. Aber die Familie würde die Strafe dafür verhängen, was wahrscheinlich gar keiner Strafe gleichkäme – oder, vielleicht, einer Strafe für alle. Nayir konnte sich Nusras Verbitterung vorstellen, wenn sie jemals herausfände, dass Othman mit Nouf intim gewesen war. Persönlich hoffte er, das bliebe ihr erspart. Othman könnte wegen Inzests der Prozess gemacht werden, aber das schien auch nicht gerecht zu sein. Genau genommen war es gar kein Inzest – er war nicht blutsverwandt mit ihr –, und selbst wenn ein Gericht feststellen würde, dass er nach geltendem Recht ein Bruder von ihr war und daher *mehram,* fand Nayir es unmenschlich, einen Mann dafür zu bestrafen, dass er liebte oder sich einbildete zu lieben, wenn es das war.

Er konnte nichts anderes tun, als sich selbst seiner altbewährten Praxis des Dschihads hinzugeben: Seine Freundschaft mit Othman beenden, als stillen Protest gegen das Verhalten seines Freundes, aber vielleicht mit starker Wirkung.

*Vergebung,* so heißt es im Koran, *haben bei Allah nur diejenigen zu erwarten, welche Übles in Unwissenheit taten und rechtzeitig bereuten. Keine Vergebung haben aber jene zu gewärtigen, welche Übles taten, bis der Tod sie ereilte.*

Doch im Koran heißt es auch, dass Allah vergebend und barmherzig ist.

Der Jet-Ski verschwand, und er hörte ein Klingeln von unten. Es war sein Handy. Er nahm sich die Zeit, seine Angel beiseitezulegen, die Treppe hinunterzuklettern und den Krempel auf seinem Tisch zu durchforsten, um das verdammte Ding zu finden. Es klingelte immer weiter, bis er es endlich gefunden hatte und es aufklappte.

»Nayir? Katya hier.«

»Hallo –«

»Verzeihen Sie die Störung, aber ich habe über Ihre Frage nachgedacht. Über die, die Sie mir im Restaurant gestellt haben – ob ich einen Ehemann täuschen würde, wie Nouf es vorhatte? Damals habe ich Ihnen gesagt, dass ich es wahrscheinlich tun würde, und das glaube ich immer noch, für den Fall, dass ich verzweifelt genug wäre, aber das bin ich nicht. Das ist es eben – ich glaube, ich wäre nie so verzweifelt.«

Er war sich nicht sicher, was er darauf sagen sollte.

Sie seufzte. »Verzeihen Sie, dass ich Sie einfach so anrufe. Sie müssen mich für verrückt halten, aber es hat mir einfach keine

Ruhe gelassen. Ich glaube, man muss schon sehr verzweifelt sein, um jemanden so zu täuschen. Nouf hat Othman getäuscht. Sie hat ihm erst im letzten Augenblick von Eric und ihren Plänen erzählt. Das hat ihn so erzürnt, dass sie es ihm verheimlicht hatte. Aber jetzt kommt's: Sie wollte seinetwegen weg, weil sie sich so sehr für ihre Gefühle geschämt hat. Sie hätte dieses Leben auch hier haben können – alles, was sie wollte. Aber Othman wäre hier gewesen, und egal, wen sie geheiratet hätte, egal, was sie getan hätte, sie hätte ihn immer sehen müssen.«

Nayir erinnerte sich an eine Passage in dem Tagebuch. Er durchwühlte die Papiere auf dem Tisch, fand das Tagebuch, schlug es auf und blätterte die Seiten durch. Da war es, eine kurze, schlichte Passage, die vorher nicht viel Sinn ergeben hatte:

*Ich kann hier nicht mehr bleiben. Ich ertrage es nicht. Es*
*wird immer da sein, dieses Gefühl. Ich*
*werde ihm nie entkommen, nicht hier.*

Damals dachte er, sie meine damit ein allgemeines Gefühl von Beengung, doch Katya hatte recht. Wahrscheinlich bezog sie sich ganz konkret auf ihre Gefühle für Othman.

»Was genau wollen Sie damit sagen?«, fragte Nayir.

»Nouf war verzweifelt genug, um nach New York wegzulaufen, aber damit hat sie nur eingestanden, dass sie ihn wirklich liebte. Das hat ihr eine entsetzliche Angst eingejagt.«

»Weiter.«

»Sie war verzweifelt genug, um wegzulaufen, aber ich glaube nicht, dass Othman verzweifelt genug war, sie umzubringen.«

Nayir schloss das Buch und setzte sich. Er stellte sich vor, wie Katya jetzt irgendwo an einem Tisch saß, so wie er, während sie beide nach einer Möglichkeit suchten, Othman zu entlasten. Er wusste, was sie dachte – hoffte, forderte –, dass Othman sie liebte, nicht Nouf. Es war traurig. Sie tat ihm leid – mehr als er sich selbst. Ihm war es zumindest gelungen, der möglichen schrecklichen Wahrheit ins Auge zu sehen.

Sie lachte hohl. »Othman ist nicht Tier genug, ergibt das irgendeinen Sinn?«

Er erwiderte nichts.

»Glauben Sie mir, er war es nicht.«

Bisher hatte er ihr noch nichts von dem Tagebuch erzählt. Und er konnte es immer noch nicht, nicht jetzt, vielleicht nie. In dem Tagebuch erschien er nicht gerade als Tier, aber es entwarf das Bild eines verzweifelten Mannes, der einem jungen Mädchen aufs Meer hinaus folgte, in den Zoo. Ein bedrücktes Schweigen breitete sich aus. Ihm fiel kein einziges Wort ein, mit dem er es hätte brechen können.

»Nayir.«

»Ja.«

»Bitte sagen Sie mir, was Sie denken.«

Er zögerte. »Es gibt Dinge, die Männer zu Bestien machen«, sagte er, »selbst wenn sie normalerweise keine sind.«

Eine weitere Pause schien ewig zu dauern. »Sie meinen, ich will es einfach nicht wahrhaben«, sagte sie. »Aber das ist nicht der Fall. Überlegen Sie doch. Er war es, der den Privatdetektiv engagiert hat. Er hat Sie in die Wüste geschickt.«

»Aber er war auch derjenige, der Sie daran hindern wollte, die DNS zu analysieren.«

»Das ist doch nachvollziehbar«, sagte sie. »Ich sollte nicht herausbekommen, dass er der Vater des Kindes ist – warum, ist ja klar. Aber er wollte herausfinden, was Nouf in der Wüste zugestoßen ist, weil er es wirklich nicht wusste.«

Nayir musste zugeben, dass sich so der Widerspruch erklären ließ. »Möglicherweise haben Sie recht«, sagte er und kämpfte mit einem seltsamen Gefühlsgewirr aus Aufregung und Enttäuschung. Vielleicht war Othman doch nicht schuldig. »Und wer hat sie dann umgebracht?«, fragte er.

»Das weiß ich nicht. Wer war verzweifelt genug?«

Es kam ihm so vor, als sei er das alles schon allzu oft durchgegangen. Wer wollte Nouf zum Schweigen bringen? Wer hatte einen Grund? Es gab keine eindeutigen Beweise. Wieder schwamm er orientierungslos auf dem Meer seiner eigenen Phantasie, trieb immer weiter ab vom wirklichen Verständnis der Dinge.

»Ich habe mit Othman gesprochen«, sagte sie mit einem Zögern in der Stimme. »Er hat sich entschuldigt. Ich glaube, es war aufrichtig.«

»Das würde ich auch annehmen.«

»Aber wir haben beschlossen, die Hochzeit abzublasen.«

Nayir sprang ein Kloß in den Hals. »Tut mir leid, das zu hören.«

»Ja, na ja ...« Sie stieß einen resignierten Seufzer aus, der Stärke ausdrücken sollte, aber eigentlich nur deutlich machte, wie restlos verloren sie sich fühlte. So kam es ihm zumindest vor.

Der Rest des Gesprächs verlief in befangener Stimmung. Sie unterhielten sich kurz über das Angeln und das Wetter auf See. Er erzählte ihr, dass er das Motorrad in der Strandhütte gefunden hätte und dass die zweite Untersuchung der Spuren am Zoo Verwirrendes ergeben habe. Aber während er sich abmühte, hatte er das Gefühl, dass sie eigentlich über Othman hätten reden müssen. Vielleicht scheute er sich, bestimmte Fragen zu stellen, sich furchtlos in jene Herzensangelegenheiten hineinzuwagen, die er nicht begriff. Aber dieses Unwissen zu enthüllen, war ein entsetzlicher Gedanke. Er war froh, dass sie offenbar mehr über Fische wissen wollte. Erst als er aufgelegt hatte, kam ihm in den Sinn, dass sie vielleicht gar nicht über Othman hatte reden wollen und ihr Geplauder über das Wetter und die Fische ihr ein wenig Trost gespendet hatte. Zumindest hoffte er das.

In jener Nacht lag Nayir auf Deck und schaukelte sanft mit dem

Boot auf dem Wasser. Er dachte an Fatima, und ihm wurde klar, was er an ihr am meisten verachtete. Sie hatte die Wahrheit verborgen, ihm verschwiegen, dass sie andere Männer empfing, während sie sich von ihm den Hof machen ließ. Othmans eigene Unterlassungslügen trafen ihn nicht ganz so persönlich, aber sie kränkten ihn auf andere Weise, und er fragte sich: Verhielt er selber sich auch so, log er andere an? Was alles sagte er nicht zu denen, die ihm wichtig waren? Sein eigener Dschihad gegen Othman erschien ihm plötzlich feige, er stand da wie ein Prinz, mit unehrenhafter Schweigsamkeit geschmückt, herausgeputzt mit falscher Frömmigkeit. Eine Passage aus dem Koran kam ihm in den Sinn: *Wir gaben euch Kleidung, eure Blöße zu bedecken, und als Prunkgewänder. Aber das Kleid der Gottesfurcht ist das Trefflichste.* Es hieß, Allah habe den Menschen frei von Bösem und von Scham erschaffen, aber nachdem der Mensch einmal von der Sünde berührt war, wurden ihm seine Gedanken und Taten zu Gewändern, die ihn bedeckten und enthüllten und ihn als das zeigten, was er war. Nayir begriff, dass er aufhören musste, sich zu verhüllen, um die Schande von Othmans nackter Sünde zu verbergen. Er musste ihn damit konfrontieren.

# 28

Nayir stand vor dem Anwesen der Shrawis auf einem weißen Marmorhof, den die Abenddämmerung lachsrot färbte, und beobachtete, wie der rote Leib der untergehenden Sonne die Welt umschloss. Die Fassade des Hauses war jetzt am schönsten, als ein blasses Zinnoberrot den Himmel streifte und das Meer erglühte. Er bestaunte die Einzelheiten, die ihm bisher entgangen waren: den eleganten Schwung der Dachziegel, die schöne Struktur der Felswand, die feine Maserung des Marmors unter seinen Füßen.

Eine Brise spielte mit dem Saum seines blassblauen Gewands und trug Stallgeruch zu ihm herauf. Es war ein vertrauter Geruch. Ein Gebet fiel ihm ein, und er flüsterte es vor sich hin.

*Bei dem Himmel, und dem sich bei Nacht Einstellenden!*
*Doch was lässt dich wissen, was das sich bei Nacht Einstellende ist?*
*Es ist der hell aufleuchtende Stern.*
*Fürwahr, jede Seele hat einen Wächter über sich.*

Er hoffte selber auf seinen Wächter und Behüter.

Er drehte sich um, überquerte den Hof vor der Haustür, schlich an den Fenstern vorbei, bis er den Seitenpfad fand, der zu den Ställen hinunterführte. Er wollte noch einmal das Kamel sehen. *Und dies*, dachte er, *könnte das letzte Mal sein.* Es war dunkler, als er erwartet hatte, aber er hatte seine Stiftlampe dabei, die ausreichte, um ihn sicher über die Stufen nach unten zu geleiten.

Der untere Hof war leer. Die Stalltür stand offen; er schlüpfte hinein. Nach einer Minute kam die Lampe wieder zum Einsatz, abgeschirmt von seiner Hand. Es war alles still. Er ging an den Boxen entlang, bis er zur letzten auf der linken Seite kam. Er spähte durch einen Spalt im Holz. Noufs Kamel schlief. Er zögerte, unsicher, ob er es wecken sollte. Es könnte sich erschrecken und auch die anderen aufwecken. Aber er hörte eine sanfte Bewegung hinter der Tür. Er drückte die Lippen an den Spalt und blies ganze sachte hindurch. Als er wieder hineinspähte, sah er, es hatte sich gerührt.

Im selben Moment hörte er ein Rascheln hinter sich. Er wirbelte herum und richtete seine Stiftlampe in den langen Gang, aber nichts bewegte sich.

Das Kamel war wach. Vorsichtig öffnete er die Tür und trat hinein, streckte die Hand aus, um ihm die Ohren zu kraulen. Es stieß gegen seinen Arm, und er fuhr ihm mit der Hand über Hals und Rücken. Schließlich fanden seine Finger das Brandmal auf dem Bein, und er tastete es ab. Ja, es war tatsächlich das Honda-Signet.

Er fuhr fort, das Kamel zu streicheln, das auf die Zuwendung mit wohligem Grunzen reagierte. Von draußen wieder ein Geräusch. Es klang wie ein Gewand. Er drehte sich um und lauschte. Neugierig schlich er aus dem Stall und schloss die Tür hinter sich. Als er innehielt, hörte auch das Rascheln auf. Jetzt spürte er die Anwesenheit eines anderen Menschen. Jemand stand zwischen ihm und der Tür. Er knipste die Lampe aus, um seine Augen an die Dunkelheit zu gewöhnen, tat einen zögernden Schritt, dann noch einen, und wieder vernahm er es, leise und unbestimmt. Er bewegte sich darauf zu, sich so dicht wie möglich an die Boxentüren haltend. Er kam dem Eindringling näher. Sowie er die Aura von Körperwärme spürte, knipste er seine Stiftlampe an, und der Schein fiel einer Frau voll ins Gesicht.

Sie zuckte zusammen und wich zurück. Er erkannte die Tochter des Kamelhüters. Über einem Auge hatte sie einen großen braunen Bluterguss, der zwar schon abgeklungen, aber noch gut sichtbar war. Den Kopf hatte sie mit einem Schal bedeckt, aber ihr Gesicht war unverschleiert. Anstatt sich abzuwenden, blieb sie ruhig stehen und ließ sich von ihm anstarren. Doch dann meldete sich sein Anstandsgefühl, und er senkte das Licht, aber sein Blick blieb auf ihr Gesicht geheftet. Sie hob einen Finger und bedeutete ihm, näher zu kommen. Er war überrascht, aber sie wich zurück, ihn heranwinkend.

Er folgte ihr, angetrieben von seiner Neugier. Auf halbem Wege den Gang entlang blieb sie bei einer Boxentür stehen und legte die Hand auf den Riegel. Sie wartete, bis Nayir mit dem Licht näher kam.

Sie stieß die Tür auf, sodass Nayir sich auf der einen Seite befand und sie auf der anderen. Er starrte in eine leere Box. Sie stand wartend, die Hand am Türrahmen.

»Was ...« Er räusperte sich. »Was soll ich hier?«

Er meinte ein Seufzen zu hören. »Sehen Sie hinein«, flüsterte sie.

Er leuchtete die Wände mit seiner Stiftlampe ab. An der Rückwand hing eine dicke graue Plane, ansonsten war da nichts Besonderes.

»Auf dem Boden«, sagte sie.

Sein Licht fing ein metallisches Glänzen ein. Es war ein Griff. Eine Falltür. Er bückte sich, schob die Plane beiseite und strich das Stroh weg. Die Luke öffnete sich mit einem leisen Quietschen, langsam hob er sie hoch. Darunter kam ein kleines Versteck zum Vorschein. Er leuchtete hinein und entdeckte einen schwarzen Beutel, so groß wie eine Damenhandtasche. Er holte ihn heraus und lockerte die Schnur.

Der Beutel war voller Gold. Da waren Ringe und Armreife, Ohrringe und Halsketten, alle 24 Karat. Rubine und Diamanten glitzerten im Licht seiner Lampe. Auf den meisten der goldenen Schmuckstücke war der Buchstabe ›N‹ eingraviert. Er schloss den Beutel und verließ die Box.

Die Finger des Mädchens hielten immer noch die Tür umklammert. Er hätte gerne ihr Gesicht gesehen.

»Wer hat das hier versteckt?«, fragte er. Sie antwortete nicht. »Sagen Sie es mir. Wer hat Ihnen den Bluterguss zugefügt? Sind Sie niedergeschlagen worden an dem Tag, als Nouf verschwunden ist? Sie wissen doch, wer es war.«

Schweigen. Er hätte beinahe die Tür zurückgestoßen, aber er wollte sie nicht ängstigen.

»Wer war es«, fragte er wieder, diesmal ganz sanft.

»Das weiß ich nicht«, flüsterte sie.

»Aber Sie vertrauen mir?«

Sie erwiderte nichts.

»Sie haben mir genug vertraut, um mir das hier zu zeigen, also vertrauen Sie mir auch weiter.«

Ihre Finger verschwanden, und er hörte sie zurück zur Stalltür eilen.

ꟈ

Nusra ash-Shrawi stand auf dem Gehsteig vor dem Haus im Halbschatten zwischen Nacht und Helligkeit, denn aus der Diele drang Licht.

»Nayir«, sagte sie.

Er stopfte den Samtbeutel in seine Tasche. »Guten Abend, Um-Tahsin.«

»Wo hast du gesteckt?«, fragte sie. »Ich habe deinen Wagen gehört, aber dann bist du nicht hereingekommen.«

Nayir blieb neben ihr stehen. »Ich habe zuerst die Kamele besucht.«

Mit einem leisen Kichern tastete sie nach seinem Arm und lotste ihn zum Haus. »Mag sein, dass du kein Beduine bist, was die Abstammung angeht«, sagte sie und tippte ihm auf die Brust, »aber in deiner Seele bist du einer.«

»Danke«, murmelte er.

»Ich bringe dich zum Salon.«

Er trat innerlich bebend über die Schwelle. Wenn Um-Tahsin wusste, dass er da war, wem war es dann sonst noch aufgefallen?

Drinnen ließ sie seinen Arm los und bedeutete ihm, ihr zu folgen, doch anstatt den üblichen Weg zum Salon zu nehmen, führte sie ihn tiefer in das Gebäude hinein, Flure entlang, die so finster waren wie ihre Blindheit. Nayir war gezwungen, langsamer zu gehen und sich an der Wand entlangzutasten. Er wollte sie fragen, wohin sie ihn brächte, aber er traute sich nicht, das kalte Schweigen zu brechen, und für einen schrecklichen Moment fragte er sich, ob sie ihn womöglich in eine Falle lockte.

Unvermittelt kamen sie in einen von hohen Mauern umgebenen Hof, wo der Sternenhimmel blinkte. Die Luft war feucht von der Gischt der Springbrunnen. Nusra führte ihn durch eine weitere Tür, zuerst in einen schmalen Flur hinein, dann durch eine geräumige Galerie. Sie blieb so plötzlich stehen, dass er erschrak.

Sie packte seinen Arm mit festem Griff. »Ich kann zwar nicht sehen«, sagte sie, »aber ich weiß besser als die meisten, was in meinem Haushalt vor sich geht.« Sie kam näher heran, so nah, dass er ihre Körperwärme fühlte. »Ich wusste, dass du im Kamelstall warst.«

Er bewegte sich nicht. Der Schein einer Kerze, die in der Nähe stand, warf lange Schatten auf ihre Wangen, wodurch ihre Miene noch finsterer wirkte. »Ich habe dich hinuntergehen hören, und jetzt kann ich es an deiner Kleidung riechen«, zischte sie und verstärkte ihren Griff. »Sie heißt Asiya. Und wenn du sie nicht ruinieren willst, dann solltest du sie lieber heiraten.«

Nayir, der den Atem angehalten hatte, stieß einen unmerklichen Seufzer aus. »Bitte, Um-Tahsin, ich bin ein ehrenhafter Mann.«

Sie hob ernst das Kinn, und er spürte, wie er errötete. »Es wird sowieso allmählich Zeit, dass du heiratest.«

Er brachte kein Wort heraus. Nach einer langen, verlegenen Pause ließ sie seinen Arm los und trat zurück, richtete sich auf und fand zu ihrer üblichen Würde zurück. »Wo wir gerade von Heiraten reden«, sagte sie, »hat Othman dir schon die Neuigkeit erzählt?«

»Nein, was gibt es?«

Sie wandte sich um und führte ihn weiter. »Unsere Tochter Abir wird nächsten Monat heiraten.«

»Oh, meine Glückwünsche.«

»Sie heiratet ihren Cousin Qazi, den jungen Mann, mit dem Nouf verlobt war.«

»Ach, wie praktisch.« Das war wahrscheinlich der Grund, warum Qazi an jenem Tag im Haus gewesen war. Nayir dachte an das Gesicht des jungen Mannes, so jung, so verstört.

»Ja, und auch klug.« Sie blieb vor der Tür zum Salon stehen. »Abir ist die Richtige für ihn.«

Ihre Worte hingen bedeutungsschwanger in der Luft. Um-Tahsin öffnete die Tür und forderte ihn auf einzutreten. »Ich glaube, Othman ist noch nicht zu Hause, aber ich sehe mal nach. Inzwischen lasse ich dir etwas Tee bringen.«

Sie verließ ihn ohne ein weiteres Wort.

Nayir sah sich in dem Raum um. Zwei der Fensterblenden waren entfernt worden, eine Reihe weißer Kerzen flackerte auf den Simsen und verströmte ein goldenes Licht. Er nahm auf dem Sofa Platz und wartete angespannt, stellte sich vor, wie Othman hereinkäme, dachte an die Befangenheit, die sich ihrer bemächtigen würde. Alles, was er sagen wollte, kam ihm jetzt zu hart vor. *Ich weiß, dass du deine Schwester umgebracht hast. Du hast sie niedergeschla-*

*gen, sie in die Wüste geschafft und sie da liegen lassen. Du wolltest, dass sie stirbt.* War diese scheinbare Gewissheit, da es an eindeutigen Beweisen mangelte, nicht bloß ein anderer Ausdruck von sündigem Stolz?

Nayir griff in seine Tasche und holte den Beutel mit dem Goldschmuck heraus, der Nouf gehört hatte. Es war möglich, dass Othman das Gold gestohlen und versteckt hatte, um Nouf daran zu hindern, von hier fortzugehen. Aber wie war er an die Kombination zu dem Tresor gekommen, wo der Schmuck aufbewahrt wurde?

*Allah, ich brauche Deine Hilfe. Leite meine Gedanken.* Hatte er irgendetwas übersehen? Ein kleines Detail, das nicht stimmte, so klein, dass es ihm entgangen war? *Hilf mir, Allah, hilf mir, das Detail zu finden.* Er schloss die Augen und versuchte sich zu konzentrieren, aber seine Gedanken jagten einander. Und wenn es gar kein Detail gab? Vielleicht hatte der Mörder keine Spur hinterlassen, nichts, was zu ihm führen könnte.

Ein Bild war ihm im Gedächtnis haften geblieben: der Stadtplan, den er in der Umkleidekabine gefunden hatte, halb versteckt unter dem Saum eines Gewandes. *Was ist es?,* dachte er. An dem Stadtplan war nichts Ungewöhnliches. Nouf hatte ihn benutzt, um den Zoo zu finden. Er griff in seine Tasche und berührte sein Gebetskettchen. Mit geschlossenen Augen betete er ein langes Gebet, das sich wie ein hypnotisierender Traum abspulte und das seinen Refrain in einer schlichten Bitte fand:

*Oh, Allah, mein Licht, mein Führer*
*Zeige mir den Kern der Wahrheit*
*Schenke mir das Herz eines Löwen*
*Und das Auge eines Falken.*

Er war mitten in der fünften Wiederholung, als die Tür knarrend aufging. Nayirs Augen öffneten sich und er sah eine Frau den Raum betreten. Erstaunt starrte er auf den schwarzen Umhang, den Neqab und schließlich auf die Hände, die Abir gehörten. Er erhob sich.

Diesmal stellte sie das Teeservice auf dem Couchtisch ab. Ohne ihren Schleier zu lüften, schenkte sie eine Tasse Tee ein, reichte sie Nayir und verschüttete keinen Tropfen dabei. Ihre plötzliche Sicherheit überraschte ihn.

»Ich habe in der Zwischenzeit geübt«, sagte sie. »Bitte geben Sie Acht, er ist heiß.«

Er nahm die Tasse entgegen, setzte sich und starrte unwillkürlich auf den Ärmel ihres Gewandes. Plötzlich fügte sich alles zusammen. Es war gar nicht der Stadtplan – der bedeutete gar nichts –, es war das Gewand, das den Plan verdeckt hatte.

In der Umkleidekabine hatte ein weißes Männergewand gehangen.

Damals schien das logisch. Nouf hatte vermutlich das Gewand getragen, wenn sie mit dem Motorrad unterwegs war; sie musste sich als Mann verkleiden. Doch Mohammed sagte, Nouf habe ein schwarzes Gewand angehabt, wenn sie die Insel verließ, und erst am Strand das weiße angezogen. Als sie starb, hatte sie das weiße Gewand an, wo war also ihr schwarzes geblieben? Und wieso hing noch ein weißes Gewand in der Umkleidehütte?

Wer sonst hatte noch ein weißes Gewand getragen und es dann am Strand zurückgelassen?

Nayir war wie benommen von dieser Entdeckung, fühlte sich von ihr gestärkt, auch wenn er gleichzeitig über seine eigene Dummheit staunte. Er sah zu Abir auf und fragte sich plötzlich, warum sie gekommen war.

»Ich glaube, ich weiß jetzt, was mit Ihrer Schwester passiert ist«, sagte er ruhig.

Abir machte einen Schritt zurück und schlug die Arme schützend vor die Brust, aber er sah den sorgenvollen Ausdruck in ihrem Blick.

»Und ich glaube, Sie wissen es auch«, sagte er.

Sie senkte den Kopf, eine Geste, die er jetzt als vorgetäuschte Züchtigkeit durchschaute. »Wieso ich?«

»Ich habe das hier gefunden.« Er legte den schwarzen Beutel auf den Tisch. Abir betrachtete ihn mit gespielter Verwirrung, versuchte dann, langsames Begreifen vorzuspielen, doch das Ergebnis war kindlich unbeholfenes Theater. »Ist das Noufs Schmuckbeutel?«, fragte sie mit einem heiseren Flüstern. Sie kniete sich schnell an den Tisch, hob ihren Neqab und zog den Beutel auf. Als sie den Inhalt erblickte, rollte sie mit den Augen, gab ein Stöhnen von sich, das beinahe wie aufrichtige Trauer klang. »Warum hat sie ihn im Haus zurückgelassen?«, fragte sie und drückte den Beutel an sich.

»Woher wissen Sie, dass sie ihn im Haus gelassen hat?«

Sie erbleichte.

»Ich glaube, Sie können jetzt aufhören, Theater zu spielen«, sagte er. In Abirs Verwirrung lag eine Spur Feindseligkeit. »Sie hat ihn nie aus ihrem Safe herausgenommen«, fuhr er fort. Plötzlich fügte sich in seinem Kopf alles zusammen. »Sie haben den Schmuck herausgenommen. Sie mussten es so darstellen, als wäre sie weggelaufen, denn nach ihrem Verschwinden würde irgendwann jemand nachsehen, ob ihr Gold auch verschwunden war. Ich frage mich nur: Wieso haben Sie kein besseres Versteck gefunden?«

Abir schluckte, blinzelte und schüttelte den Kopf, als wollte sie eine Fliege verscheuchen. Für einen kurzen Moment blitzte Angst in ihren Augen auf, doch gleich darauf war da wieder der Ausdruck zurückhaltender Wohlerzogenheit, wie er sich für einen Salon im Haushalt der Shrawis geziemte. »Sie irren sich«, sagte sie schlicht. »Ich habe keine Ahnung, was mit –«

»Hören Sie auf.« Er hob seine Hand. »Mit Lügen machen Sie Ihre Sünden nur noch schlimmer. Ich weiß, was Sie getan haben.«

Sie legte vorsichtig den Beutel in ihren Schoß und versuchte aufzustehen, war aber anscheinend dazu nicht in der Lage. Sie zitterte. »Sie wissen ja nicht, was Sie da reden«, sagte sie, aber in ihrem Blick lag Furcht.

»Wie ich höre, werden Sie heiraten«, sagte er. »Noufs Verlobten.«

»Er ist nicht ihr Verlobter.« In der Bemerkung steckte heftigere Leidenschaft, als er erwartet hatte.

»Immerhin sollte er sie heiraten.«

»Aber er hat sie nicht geliebt«, stieß sie hervor.

Nayir sah die Wut in ihrem Gesicht und beschloss, etwas zu riskieren. »Sie hatte alles, nicht wahr? Alles, was sie sich wünschte.«

»Das weiß ich nicht«, sagte sie mit finsterem Blick.

»Sie waren eifersüchtig, weil sie Qazi heiraten sollte. Sie wollten ihn heiraten, aber das konnten Sie nicht. Sie war älter und kam vor Ihnen dran.«

»Sie hat ihn nicht geliebt.« Sie legte die Arme noch fester um sich und begann zu zittern. »Ich hab gewusst, was sie trieb, dass sie irgendwo heimlich mit Mohammed Sex hatte.«

»Hat sie Ihnen das erzählt?«

»Wie soll sie denn sonst schwanger geworden sein? Das ist doch widerlich, was sie da getan hat! Sie wollte Qazi doch nur deswegen heiraten, weil er irgendwann reich sein würde und weil es ihm egal war, wenn sie ihn betrog.«

Zweifellos erzählte sie die Wahrheit, so wie sich ihr die Dinge darstellten. Ihre aufgewühlten Gefühle schienen kurz vor der Explosion, und aufrichtige Tränen strömten ihr über die Wangen. Ab hier war seine Theorie reine Spekulation, die nur auf spärlichen Hinweisen und seiner eigenen Phantasie beruhte.

»Wollen Sie mir nicht erzählen, was passiert ist?«, schlug er vor. »Der Koran sagt, dass es Vergebung gibt für die Reumütigen.«

Sie sah zu Boden und schloss die Augen.

»Also gut«, sagte Nayir. »Ich denke, es hat sich folgendermaßen abgespielt: Sie haben alles geplant. Es muss einige Zeit gedauert haben, alles vorzubereiten. Eine Menge Arbeit. Sie wussten, dass sie sich mit jemand im Zoo traf.«

Sie öffnete die Augen und betrachtete ihn mit einer Mischung aus Neugier und Furcht.

»Hat Sie das nicht ganz krank gemacht?«, fragte er.

»Sie hat sich mit Mohammed getroffen«, brach es aus Abir heraus.

»Ich habe Neuigkeiten für Sie«, sagte er. »Sie hat sich nicht mit Mohammed im Zoo getroffen, sondern mit jemand anderem.«

»Mit wem?«

Nayir ließ sich Zeit, genoss es, dass er endlich eine Antwort gefunden hatte, aber er war nicht bereit, Othman zu opfern. »Rekapitulieren wir mal«, sagte er. »Sie wollten sie loswerden, damit Sie Qazi für sich haben konnten –« Er hob die Hand, als er ihre Augen aufblitzen sah. »Und das konnten Sie nur, indem Sie es so darstellten, als wäre sie weggelaufen. Der beste Ort, um sie verschwinden zu lassen, war die Wüste. Sie hofften, niemand würde sie da jemals wiederfinden. Aber damit es auch so aussah, als wäre sie in die Wüste geflohen, mussten Sie ein Kamel stehlen.«

Sie antwortete darauf mit einem angewiderten Blick, den er ermutigend fand.

»Es ist schwierig, ein Kamel zu stehlen, vor allem am helllichten Tage, aber Sie kannten dieses Kamel; es war Noufs Lieblingskamel, und das Tier hat Ihnen wahrscheinlich vertraut. Wie haben Sie es gemacht? Es eine Planke hinaufgetrieben? Dieselbe Planke, die Sie später benutzt haben, um Noufs Motorrad auf die Ladefläche zu schieben?« Bei der Erwähnung des Motorrads trat in Abirs versteinerte Miene ein leichter Anflug von Angst, aber ihr Kiefer blieb ruhig.

»Das Kamel hätte jeder stehlen können«, sagte sie.

»Für ein Mädchen Ihrer Statur ist das nicht ohne. Ich habe mich nur gefragt, wie Sie vorgegangen sind. Es ist ein ziemlich sanftes Kamel, aber trotzdem.« Als er sah, dass sie nicht gewillt war, eine Erklärung zu liefern, fuhr er fort. »Ich glaube, mit einer Planke ging es am einfachsten. Im Hof lagen ein paar Planken herum. Sie haben den Pick-up nach hinten gebracht. Ziemlich leicht zu stehlen, Ihre Brüder legen die Schlüssel in die Garderobe neben der Haustür. Also haben Sie einen Pick-up vom Parkplatz gestohlen. Sie sind damit zum hinteren Hof gefahren und haben das Kamel aufgeladen. Sie haben auch eine Stange mitgenommen, die hinter der Stalltür lag. Niemand hat irgendwas gemerkt, bis auf die Tochter des Hüters. Aber die haben Sie einfach mit der Stange niedergeschlagen. Wahrscheinlich war sie sofort bewusstlos.« Er hob die Augenbrauen. Sie wirkte fast erfreut, aber dann senkte sie den Blick, denn sie hatte gelernt, ihren Stolz nicht zu zeigen. Ihre Selbstsicherheit irritierte ihn. Er musste einen Fehler gemacht haben. »Natürlich«, sagte er nachdenklich. »Sie waren schlau genug, den geeigneten Zeitpunkt abzupassen, um das Kamel zu stehlen. Als niemand da war. Hat Sie die Tochter des Kamelhüters überrascht, als Sie das Gold versteckten?« Abirs Augen blitzten vor Zorn. Er lag also richtig. War das am selben Tag, als Sie Nouf entführten?« Sie antwortete nicht.

»Egal, Sie schafften das Kamel auf den Wagen«, fuhr er fort. »Sie hatten eine Waffe – die Stange. Jetzt brauchten Sie nur noch Nouf, und Sie wussten, wo Sie sie finden würden. Sie muss Ihnen von ihren heimlichen Treffen im Zoo erzählt haben.«

»Das hab ich selbst rausgefunden«, sagte Abir.

»Wie?«

»Ich bin ihr einmal zum Strand gefolgt und hab den Stadtplan gefunden, mit der Wegbeschreibung zum Zoo. Als sie wieder zu Hause war, bin ich zum Strand zurück, habe ihr Motorrad genommen und bin selber zum Zoo gefahren.« Ihr vorgestrecktes Kinn verriet, wie sehr sie sich immer noch im Recht fühlte.

»Aber Sie haben immer noch nicht gewusst, mit wem sie sich traf.« Er wartete auf eine Reaktion, stieß aber auf eine Fassade moralischer Empörung. »Sie waren vor ihr im Zoo und haben ihr aufgelauert. Als sie auf ihrem Motorrad ankam, haben Sie sie niedergeschlagen. Wie haben Sie das gemacht?«

Sie schwieg.

»Wie konnten Sie überhaupt sicher sein, dass Ihr Liebhaber nicht bei ihr war? Sie wollten ja wohl nicht beide entführen.«

Eine boshafte Zufriedenheit blitzte in ihren Augen auf. »Ihre Geschichte ergibt überhaupt keinen Sinn.«

»Sie mussten ihr auflauern, entweder bevor er kam oder nachdem er wieder weg war. Sie wussten, dass Nouf alleine zum Zoo fuhr und diesen Moment der Freiheit auf ihrem Motorrad genoss.« Nayir beobachtete sie genau. »Sie wussten, dass sie sich dort mit Mohammed traf, und vermutlich auch, dass er Botengänge für sie erledigte, um ihr ein Alibi zu geben.«

»Er war dumm«, sagte sie.

»Hatte sie volle Einkaufstüten bei sich, wenn sie nach Hause kam, mit Sachen, die sie nie trug?«

»Sie kam nach Hause und roch wie ein Tier.« Die Feindseligkeit in ihrer Stimme erschreckte ihn. Sie enthielt die ganze rücksichtslose Wut, die sie getrieben hatte, ihre Schwester umzubringen. Auch wenn die Mauer aus Selbstbeherrschung noch nicht vollständig eingestürzt war, hatte sie doch einen Riss bekommen.

»Sie hatten Glück, Nouf war alleine, wahrscheinlich trafen Sie vor Mohammed ein. Aber wie haben Sie sie niedergeschlagen? Ihr Motorrad war wahrscheinlich an der Straße abgestellt, und es war kein Problem, es auf den Pick-up zu schieben. Und dann? Haben Sie sich im Gebüsch versteckt und sind über sie hergefallen, oder haben Sie erst mit ihr geredet?« Er suchte in ihrem Gesicht nach einer Regung. Aber dort war nur Verschlossenheit. »Ich kann mir nicht vorstellen, dass Sie mit ihr gesprochen haben. Sie müssen Sie überrascht haben. Sie kamen aus dem Gebüsch hervor –« Er fasste sich an den Kopf, an die Stelle, an der Nouf verwundet worden war. »Deswegen traf sie der Schlag seitlich am Kopf. Sie haben sie bewusstlos geschlagen, und sie wachte nicht mal auf, als es später zu regnen begann. Aber ich eile den Ereignissen voraus. Sie haben sie niedergeschlagen. Sie fiel hin. Wir haben Schleifspuren gefunden, wo Sie sie auf den Pick-up gezerrt haben.«

Abir schaute ihn herablassend an, als lausche sie dem dummen Geschwätz eines älteren Onkels.

»Es ist komisch«, sagte er. »Der Fährtenleser hat die Spuren durcheinandergebracht. Es sah so aus, als sei Nouf wieder aufgestanden. Aber in Wirklichkeit waren das Ihre Fußspuren. Und die Spuren am Strand stammen auch von Ihnen.«

»Ihre Geschichte ist lächerlich«, sagte sie.

»Es ist auch Ihre Geschichte.« Er sah die Hitze auf ihren Wangen, und er fuhr fort: »Ich glaube, es war schlau, ihr Motorrad mitzunehmen. So sind Sie wieder nach Hause gekommen. Nur dass Sie eine Spur hinterlassen haben. Das Signet des Motorrads hat sich in das Bein des Kamels gebrannt.«

In ihrem Gesicht flackerte wieder Angst auf. »Und?«

»Ich glaube, das ist ein eindeutiger Beweis, dass das Kamel und das Motorrad auf engem Raum nebeneinanderstanden«, sagte er. Sie sah aus, als wollte sie etwas sagen, aber dann tat sie ihm den Gefallen doch nicht.

»Als Nächstes mussten Sie dann in die Wüste kommen«, fuhr er fort, »aber das hatten Sie auch alles vorausgeplant. Sie haben die Jacke Ihres Bruders gestohlen, mitsamt seinen Wüstenkarten und GPS-Geräten, und Sie haben herausgefunden, wie man sie benutzt. Sie mussten eine Stelle finden, wo sie nicht entdeckt werden würde, und so haben Sie beschlossen, zum letzten Lagerplatz hinauszufahren, an dem Othman gewesen war, weil das GPS Sie dorthin und wieder zurückführen konnte, stimmt's? Es war schon programmiert, und obwohl es ein ziemlich anspruchsvolles Hightech-Gerät ist, war es für Sie nicht zu kompliziert zu bedienen. Dort draußen konnten Sie dann Nouf irgendwo abladen, wo sie niemand finden würde. So war Ihre Schwester in der Wildnis verloren, aber Sie nicht, weil Sie am Wadi entlang zum Lagerplatz fahren und sich von dort mit dem GPS zurück zum Anwesen navigieren lassen konnten. So schwierig war der Lagerplatz gar nicht zu finden, stimmt's?«

Sie sah ihn mit einem kalten Blick an, und er dachte, dass er sie wahrscheinlich beleidigt hatte. Jetzt kam ihr Stolz durch; ein letzter Rest von Züchtigkeit zeigte sich nur noch in der Art, wie sie ihren Leib fest umklammert hielt, die Hände in den Achselhöhlen vergraben.

»Als Sie erst einmal in der Wüste waren, konnten Sie den Pick-up bis zum Rand des Wadis fahren, und dann ging es nur noch darum, Nouf von dem Beifahrersitz in das Wadi zu stoßen, vielleicht ohne zu erkennen, dass es überhaupt ein Wadi war. Es war einfach eine geeignete Vertiefung im Boden, wo man sie nicht so leicht entdecken würde.«

»Ich weiß, wie ein Wadi aussieht«, fauchte sie.

»Also haben Sie sie aus dem Wagen hinunter ins Wadi gestoßen. Dann sind Sie weitergefahren – wohin? Vielleicht weiter stromaufwärts? Sie mussten eine Stelle finden, wo Sie das Kamel loswerden konnten, weit genug von Nouf entfernt, damit sie es nicht wiederfinden würde.«

Abir verharrte in verstocktem Schweigen.

»Dann sind Sie Richtung Stadt zurückgefahren, aber Sie mussten noch den Pick-up loswerden. Offenbar haben Sie sich eine gute Stelle dafür ausgesucht, da man ihn noch immer nicht gefunden hat. Dann sind Sie auf das Motorrad umgestiegen und zurück in die Stadt gefahren. Das Ganze dauerte nur, na – drei Stunden? Eine halbe Stunde zum Zoo, eine Stunde bis zur Wüste, eine halbe Stunde, um Nouf loszuwerden, und eine weitere, um zurück zum Strand zu fahren. Sie waren wieder zurück, bevor Sie irgendjemand vermisst hat. Wenn ich mir das alles so betrachte, dann muss ich sagen, es ist ziemlich erstaunlich, dass Sie das alleine geschafft haben. Sie sind doch noch ein junges Mädchen.«

»Was wissen Sie denn schon von Mädchen«, fauchte sie. Die Bemerkung traf ihn härter, als ihm lieb war, aber er schob sie beiseite und konzentrierte sich auf ihr Gesicht. Es zeigte die Härte, die er bei einem Mörder erwartete. Ob das an der Erziehung der Shrawis lag oder einfach an ihrem Charakter, das vermochte er nicht zu sagen, aber es erschütterte ihn. Sie hatte kaum gegen seine Rekonstruktion des Tathergangs protestiert, und obwohl bei ihrem Ausbruch klargeworden war, dass Eifersucht das Motiv war, beunruhigte ihn doch am allermeisten ihr Schweigen. Damit akzeptierte sie seine Geschichte; es war ein Eingeständnis ihrer Schuld. Doch nach der Entrücktheit in ihrem Blick zu urteilen, stellte sie sich der Schuld nicht; sie stählte sich, verhüllte die Wahrheit hinter dem Vorhang ihrer Weiblichkeit, ihrem Recht zu schweigen.

»Alle Achtung«, sagte er in hartem Ton und voller Bitterkeit. »Es ist wahrhaftig erstaunlich, dass Ihnen das so gelungen ist und Sie es geschafft haben, alle an der Nase herumzuführen.«

»Menschen sind eben dumm.«

Er blieb still sitzen, hielt seinen Zorn im Zaum. »Wenn Menschen dumm sind, dann sind Sie es auch. Sie mussten an eine Menge Details denken, aber eines haben Sie vergessen.«

»Ach?«

»Als Sie zum Strand zurückgefahren sind, mussten Sie Ihr weißes Gewand loswerden, das Sie benutzt haben, um sich als Mann zu verkleiden. Also haben Sie es in die Kabine gehängt.«

Der Stolz und der Trotz wichen aus ihrem Gesicht.

»Wenn Nouf fortgelaufen wäre«, sagte er, »würde dann nicht ihr schwarzer Umhang noch am Haken hängen?«

Im Nu zauberte Abir wieder ihre Selbstgefälligkeit hervor und drapierte sie sich wie einen Schleier vors Gesicht. »Der Umhang könnte von jeder beliebigen Person stammen.«

»Er beweist, dass jemand in der Kabine war, nachdem Nouf verschwunden ist.«

»Was weiß ich.«

Zorn stieg jetzt in ihm auf, und er setzte sich vor, beugte sich dicht vor ihr Gesicht. »Wissen Sie, was ich glaube? Ich glaube, Sie haben sie auf dem Gewissen. Sie haben sie in der Wüste zurückgelassen, wo ihr der sichere Tod drohte. Sie wollen sich vielleicht einreden, es sei nur ein Unfall gewesen, aber von dem Schlag, den Sie ihr versetzt haben, hat sie das Bewusstsein verloren, und als der Regen kam, hatte sie nicht die geringste Chance. Sie ist ertrunken. Wollen Sie sich selber weismachen, dass es nicht Ihre Schuld ist? Dass es Noufs Schuld war, weil sie nicht rechtzeitig aufgewacht ist, um sich aus dem Wadi zu retten? Dann will ich Ihnen sagen, selbst wenn es ihr gelungen wäre, rechtzeitig aus dem Wadi herauszukommen, hätten die Hitze und die Sonne sie sowieso umgebracht. Sie haben ihr kein Kamel dagelassen, kein Auto, nicht einmal eine Flasche Wasser. Sie haben sie einfach dort sterben lassen.«

Abirs Ausdruck war so verächtlich wie seiner, aber sie hielt den Mund.

»Ich schäme mich, es zuzugeben«, sagte er, »aber ich hätte nie gedacht, dass eine Frau zu so etwas fähig wäre. Das ist natürlich meine Dummheit. Ich konnte es mir einfach nicht vorstellen.« Er holte Luft in dem Versuch, sich zu beruhigen, aber es gelang ihm nicht. »Und das alles wegen Qazi? Sie wissen wohl nicht, dass sie vorhatte, Qazi auf ihrer Hochzeitsreise sitzenzulassen.«

Abir gab sich nicht die Mühe, ihren Schock zu verbergen. »Was?«

»Ja. Sie hatte Vorkehrungen getroffen, um in New York zu leben. Sie hatte sogar jemanden kennengelernt, bei dem sie unterkommen konnte, bis sie etwas Eigenes gefunden hätte.«

»Das ist nicht wahr!«

»Es ist wahr.« Es bereitete ihm keine Genugtuung, ihr Entsetzen zu beobachten; es erzürnte ihn nur noch mehr. »Sie wollte nicht mit Qazi zusammen sein. Sie wollte jemand anderen – und etwas anderes.«

Abir biss sich derart hart auf die Unterlippe, dass er dachte, sie würde gleich bluten. »Sie lügen«, sagte sie, doch ohne Überzeugung. Endlich schlich sich Reue in ihre Miene, aber sein Zorn brauste in ihm wie ein Wüstensturm, und er konnte in seinem Herzen keinerlei Mitleid empfinden, nur Abscheu. Hatten die beiden Schwestern sich gegenseitig so sehr gehasst? Bis jetzt hatte er nicht das Geringste darüber erfahren. Katya wusste vielleicht etwas, aber er vermutete, dass Abir einfach außergewöhnlich selbstsüchtig war. Er sah weg, lehnte sich zurück und starrte auf das Kaffeeservice. Er spürte, wie sein Adrenalinspiegel, der ihn angetrieben hatte, allmählich wieder sank, und jetzt war er auf einmal nur noch müde.

»Das glaube ich einfach nicht, dass sie sich mit jemand anderem getroffen hat«, sagte sie. »Das sagen Sie bloß, um mich zu verwirren.«

»Es gab einen anderen«, sagte Nayir. »Jemand, den sie viel mehr liebte als Qazi. Aber ich werde Ihnen nicht verraten, wer es war, weil das alles nur noch schlimmer machen würde.« *Und dir die Gelegenheit gäbe, jemand anderem die Schuld zuzuschieben,* dachte er.

»Aber Qazi hat sie trotzdem ausgenutzt.« Ihre Stimme war jetzt schrill. »Hat ihn angelogen und mit einem anderen Mann geschlafen!«

Nayir nickte einmal, widerwillig zustimmend. »Aber warum mussten Sie sie deswegen umbringen? Ich sehe keinen Sinn darin,

Sie hätten doch die Heirat verhindern können, indem Sie Qazi alles erzählten.«

Sie saß auf den Knien, die Hände um die Oberschenkel geklammert, die Finger in den Stoff gekrallt. Das zuckende Muskelspiel in ihrem Gesicht zeigte, dass dies die entscheidende Frage war. Nayir beugte sich mit neu erwachtem Interesse vor.

»Oder lag es daran, dass er Ihnen nicht geglaubt hätte?«, flüsterte er.

»Natürlich hätte er mir geglaubt«, sagte sie lahm.

»Vielleicht hat er Nouf so sehr geliebt, dass es ihm egal gewesen wäre?«

»Das ist nicht wahr!«, schrie sie. »Nein, er hätte mir nicht geglaubt, aber nur weil er nie etwas Schlechtes von anderen denkt.«

»Aber so ganz sicher sind Sie sich nicht«, fuhr Nayir fort. »Was ist, wenn Sie's ihm gesagt hätten und er sich gedacht hätte: *Diese Abir, die muss ja verrückt sein!*«

»Ich bin nicht verrückt!«

»Nur eins wäre noch schlimmer gewesen«, sagte Nayir. »Dass er Ihnen geglaubt und sich trotzdem für Nouf entschieden hätte.«

»Das hätte er nicht!«

»Aber das treibt Sie um, stimmt's? Nicht zu wissen, was er getan hätte?«

Sie saß da und funkelte ihn mit ihrer ganzen Bösartigkeit an, doch er fühlte sich jetzt immun dagegen.

»Haben Sie jemals mit Nouf darüber gesprochen?«

Sie stieß ein trockenes Lachen aus. »Mit Nouf kann man nicht sprechen. Sie interessiert sich für nichts außer für sich selbst.«

Er fand es beunruhigend, dass sie in der Gegenwart sprach. »Haben Sie es je probiert?«

»Ja«, fauchte sie. »Das habe ich, aber sie hat nicht auf mich gehört. Sie wollte die Heirat, egal was passieren würde.« Ihr Mund verzog sich zu einem höhnischen Grinsen. »Und dann hab ich ihr gesagt, dass ich Bescheid weiß und dass ich Qazi heiraten will, und dass sie kein Recht hat, ihn zu heiraten. Und wissen Sie, was sie getan hat?« Sie sah ihn herausfordernd an. »Überhaupt nichts. Das war ihr alles egal.«

»Also haben Sie sie gehasst.«

»Ja.« Obwohl ihr Körper bei dem Geständnis völlig starr blieb, sprach sie mit einer Aufrichtigkeit, die ihn berührte und ein plötzliches Mitleid in ihm entfachte. Ihre Gefühle konnte er verstehen, doch was sie getan hatte, das verstand er nicht, nicht einmal ansatzweise.

»Irgendwie bin ich jetzt blinder als je zuvor«, sagte er und schielte zu Abir hinüber. »Ich sehe jetzt die Wahrheit, aber ich weiß immer noch nicht, was richtig ist.«

Abir hielt den Kopf steif, ihr ganzer Körper angespannt. »Sie werden mich nicht anzeigen«, sagte sie. »Sie wissen, was man dann mit mir tun wird.« Sie warf ihm einen letzten Blick zu und erhob sich. Ihre Hände zitterten noch, und vorsichtig nahm sie den Samtbeutel vom Tisch. »Außerdem haben Sie keine Beweise«, sagte sie, und damit senkte sie ihren Neqab und wandte sich zur Tür.

»Warten Sie«, Nayir stand auf und griff in seine Tasche. »Eigentlich wollte ich das hier der Familie überlassen.« Er holte Noufs Tagebuch hervor. »Ich habe es in der Umkleidekabine am Strand gefunden.«

Sie beäugte das Tagebuch voller Entsetzen.

»Es ist ihr Tagebuch. Sie hätten doch bestimmt gerne etwas, das Sie an sie erinnert.«

Abir griff danach, aber er zog es weg. »Das ist nicht für Sie«, sagte er.

Sie drehte sich um und stolperte aus dem Raum. Er unternahm keinen Versuch, sie zurückzuhalten, da er sicher war, dass sie nicht weglaufen würde. Er bedauerte nur, dass er nicht noch einmal ihr Gesicht sehen konnte.

Als ihre Schritte verhallt waren, griff er in seine Tasche und nahm den Origami-Storch heraus. Er berührte seinen Schwanz. Er hatte immer noch seine Form, obwohl er so lange Zeit in Nayirs Tasche gesteckt hatte. Er hatte die Sachen Othman zurückgeben wollen, aber jetzt wollte er sie lieber nicht hier liegen lassen, wo sie in Abirs Hände geraten konnten. Er steckte das Buch und den Storch wieder in die Tasche zurück.

Die Kerzen waren heruntergebrannt. Draußen vor dem Fenster hörte er das Meer gegen die Felsen donnern. Seltsam, dass er vorher nie das Meer gehört hatte, nicht von so weit oben. Er öffnete die Terrassentür und trat in die Nacht hinaus.

In der Ferne sprang der Motor eines Jet-Skis an. Er wollte mit jemandem sprechen, die Polizei benachrichtigen, vielleicht sogar ihren Verlobten, und ihm die ganze Sache erklären. Das würde zumindest den neuen Heiratsplänen ein Ende bereiten. Aber er brachte es nicht übers Herz. Was sie gesagt hatte, gab ihm zu denken, denn so sehr er auch von ihrer Rücksichtslosigkeit erschüttert war, trotz seines Zorns und Abscheus musste er ihr recht geben: Er wusste, was sie mit ihr machen würden. Und vor allem wusste er, was er ihrer Familie antun würde, und das war es, was ihn abhielt, diesen Schritt zu tun.

Etwas Großes zerbrach in seinem Innern, die Mauer, die die Kraft seines Glaubens trug, und es tat weh zu erkennen, dass er schwächer wurde, es tat weh, so viel Mitleid für Frauen wie Nouf zu empfinden, die sich in ihrem Leben gefangen fühlten, geknebelt durch die strengen Regeln der Sittsamkeit und Häuslichkeit, die für die Frauen des Propheten angemessen gewesen waren, aber nicht für die Frauen dieser Welt, beeinflusst durch fremde Werte, beseelt von dem Wunsch, zu studieren, zu reisen und zu arbeiten, getrieben vom Verlangen nach immer mehr Freizügigkeit und von immer neuen Bedürfnissen. Er versuchte zu verdrängen, dass die Welt zusammenbrach, aber sie würde zusammenbrechen, und es gab nichts, was er dagegen tun konnte, nur zusehen, mit einem schmerzlichen, bitteren Gefühl von Verlust.

Er trat an die Marmorbalustrade und griff in die Tasche. Dort befand sich noch etwas. Sein Misyar. Das Feld für die Braut war immer noch leer; sein eigener Name verblasste allmählich. Er betrachtete das Dokument, fuhr mit dem Finger über die Rillen und bewunderte das Siegel. Er sah so echt aus. Es war ein sehr schöner Misyar.

Das Dröhnen des Motors wurde lauter. Er sah, wie der Scheinwerfer eine Sichel auf das Wasser warf. Beobachtete, wie das Licht eine Schleife zog, immerzu hin und her, und das Brummen hallte in der Nacht. Er holte ein Feuerzeug hervor und hielt es unter den Misyar. Wissend, wie schwierig es wäre, einen neuen zu bekommen, zögerte er kurz. Aber er kannte die Wahrheit: Er würde ihn nie benutzen.

Mit fester Hand hielt er die Flamme dicht darunter und sah zu, wie das Papier Feuer fing, fühlte, wie der sanfte Zug der Flamme das Papier zum Knistern brachte, sah zu, wie es sich kräuselte und allmählich zerfiel. Schließlich ließ er los, als der Wind die verkohlten Überreste erfasste und sie über die Balustrade hinunter zum Meer wehte.

# ꕤ 29 ꕤ

In der sengenden Nachmittagshitze eines Wochentags war es im Kinder-Vergnügungspark nie voll. Sein Freund Azim hatte ihm davon erzählt, dass dies der ideale Ort sei, um sich mit einer Frau zu verabreden. Die anderen Vergnügungsparks an der nördlichen Corniche waren streng nach Geschlechtern getrennt, aber dieser war für Familien, und man würde automatisch annehmen, sie seien ein Ehepaar. Viel war hier nicht los, aber sie könnten sich unterhalten, und oben vom Riesenrad hätten sie einen fantastischen Blick auf das Meer.

Nach zwei Tagen einsamen Segelns hatte Nayir wieder im Jachthafen angelegt, hatte sein Handy angeschaltet und festgestellt, dass Katya ihn zweimal angerufen hatte. Der erste Anruf war eine einfache, förmlich klingende Botschaft: »Bitte rufen Sie mich zurück.« Der zweite verriet Appetit auf Essen: »Wie wär's mit diesem Familienbuffet?«

Zunächst war er etwas irritiert, dass sie überhaupt angerufen hatte, aber seine ursprüngliche Entrüstung war dahingeschmolzen wie Eis im Sommer. Insgeheim war er ganz aufgeregt, dass sie sich gemeldet hatte. Als er zurückrief, klang sie sehr erfreut, was ihn unruhig und glücklich machte. Sie verabredeten ein Treffen im Vergnügungspark. Er bestand darauf, dass sie in getrennten Autos kamen und dass Katya von ihrem Fahrer begleitet wurde.

Um ein Uhr am nächsten Nachmittag stand Nayir am Eingang des Parks. Ein paar Familien kamen heraus. Es wurde für die Kinder zu heiß. Die Gesichter der Frauen waren schwarz verhüllt, und alle Frauen waren in Begleitung von Männern. Ihm fiel ein, dass die Männer vielleicht gar nicht ihre Ehemänner oder Brüder waren, und er musterte die Paare, um Hinweise zu entdecken, die Aufschluss über die Art ihrer Beziehung geben konnten. Manchmal sprachen die Kinder sie mit »Mami« und »Papa« an, aber es gab auch Paare ohne Kinder, und er beobachtete sie eingehend, prägte sich ihre Körperhaltung ein, ihre Gesten, ihren Tonfall. Ihm fiel auf, dass die meisten von ihnen sich nicht unterhielten. Sie sahen mitgenommen aus, als hätten sie eindeutig genug. Ein Mann sprach mit seiner Begleiterin in einem lockeren Ton, was auf einen vertrauten Umgang schließen ließ. Während ein anderer beinahe achtlos das Wort an seine Frau richtete und sie dabei nicht einmal ansah. Nayir versuchte sich vorzustellen, dass er so mit Katya redete, aber es gelang ihm nicht.

Schließlich kam Katya und bog um das eiserne Eingangstor. Nayir erkannte ihre Gestalt, bevor Ahmad zu sehen war, und für den Bruchteil einer Sekunde geriet er in Panik, Ahmad sei vielleicht doch nicht mitgekommen. Aber da war er schon, der treue Begleiter, dessen graues Haar in der Sonne glänzte. Als Katya näher kam, merkte er, dass sie hinter ihrem Neqab lächelte.

»Hallo, Nayir«, sagte sie. »Wie schön, Sie wiederzusehen.«

»Ich freue mich auch, Sie wiederzusehen.«

Ahmad näherte sich und schüttelte ihm die Hand. Zu dritt steuerten sie auf das Riesenrad zu, doch Katya blieb bei einem Eisstand stehen. Eis war eine wunderbare Idee. Das einzige Problem, so erkannte er, war die Zeitspanne zwischen dem Kauf der Eiswaffel und dem Erreichen des Orts, an dem Katya ihren Neqab lüften und es essen konnte. Wenn sie es richtig planten, konnte es drei Minuten dauern, das Eis zu kaufen, die Karten zu kaufen, in die Gondel zu klettern und zu warten, bis das Riesenrad sie in die Lüfte hob, aus der Sichtweite anderer Menschen. Doch diese drei

Minuten würde keine Eiswaffel unbeschadet überstehen. Nayir erklärte dem Eisverkäufer das Problem. Der hörte das sicher nicht zum ersten Mal und borgte ihnen eine Kühltasche mit einer Tüte Eiswürfeln darin. Sie legten ihre Waffeln dort hinein, und mit dem Versprechen, die Kühltasche zurückzubringen, gingen sie zum Riesenrad.

Drei Minuten später saßen sie in einer offenen Gondel nebeneinander. In der Nachbargondel saß Ahmad und las Zeitung. Der Aufseher, der anscheinend seltsame kinderlose Paare gewöhnt war, die sich wie Kinder aufführten, sagte, er würde sie so lange fahren lassen, bis sie ihm zuriefen, dass sie aussteigen wollten, und dann entfernte er sich, sodass Katya endlich ihren Schleier lüften konnte.

Als das Rad sich zu drehen begann, umwehte sie eine leichte Brise, und sie holten ihre Eiswaffeln heraus. Katya legte ihren Schleier hoch, und Nayir konnte es sich nicht verkneifen, einen Blick auf ihr Gesicht zu werfen. Es wirkte nicht viel anders als das letzte Mal, als er es gesehen hatte, aber er hatte mehr Traurigkeit in ihrem Ausdruck erwartet.

Er wartete nervös, fühlte sich nicht in der Lage, sein Eis zu essen, und sah zu, wie es ihm über den Handrücken tröpfelte. Einer von ihnen musste etwas sagen, aber es fiel ihnen nichts ein. Während sie sich dem höchsten Punkt näherten, betrachtete Nayir eingehend das Meer, und während sie sich nach unten bewegten, betrachtete er eingehend sein Eis, das Meer und das Eis, das Meer und das Eis, bis Katya sich schließlich ein Herz fasste und sagte: »Und, haben Sie Othman in letzter Zeit gesehen?«

Obwohl sein Eis schmolz, hielt er die Augen abgewendet. »Seit dem Tag, als wir uns auf dem Parkplatz begegnet sind, habe ich ihn nicht mehr gesehen.«

»Aha.« Eine kleine Pause, gefolgt von Schlecken und einer neuen Pause. »Sind Sie noch Freunde?«

Er musste über die Frage nachdenken – erstens, wie sie gemeint war (Neugier? Eifersucht?), und zweitens über die Antwort, so unwahrscheinlich sie auch war. »Ja, ich betrachte ihn immer noch als meinen Freund.«

»Aber Sie stehen sich nicht mehr so – nahe.«

Er bemerkte, dass ihr Eis gefährlich über den Rand der Waffel kippte. »Wieso fragen Sie?«

Sie zuckte die Achseln. Es war der jämmerlichste Versuch, beiläufig zu wirken, den er je gesehen hatte, bewirkte aber, dass ihr Eis endgültig kippte, an ihrem Bein herunterglitt und auf ihrem Schuh landete. »*Ya Allah!* Das ist doch nicht zu glauben.« Sie schüttelte ihren Fuß, und das Eis flog aus der Gondel. Es segelte über das Häuschen des Aufsehers und klatschte aufs Pflaster.

Er war sich nicht sicher, ob er lachen oder ernst dreinblicken sollte, aber sie schämte sich, und so bot er ihr sein Eis an. Nach einem Moment höflichen Zögerns nahm sie es. »Danke.«

Er wischte sich die Finger an seinem Gewand ab, aber davon schienen sie nur noch klebriger zu werden. Sie schwiegen beide. Er hatte ihr bereits von seiner Unterhaltung mit Abir erzählt, aber am Telefon hatte sie sich nur ihre Verblüffung anmerken lassen. Er fragte sich, wie sie die Neuigkeiten verarbeitete, traute sich aber nicht zu fragen.

»Übrigens«, sagte sie. »In der Abteilung wurde beschlossen, Noufs Fall neu aufzurollen.«

Er warf ihr einen Blick zu. »Tatsächlich?«

»Ja. Ich habe meiner Chefin unsere Ergebnisse gezeigt und auch die ganzen Proben von der Leiche. Sie hat es ihrem Chef vorgelegt, und er hat den Antrag gestellt. Der Leiter der Abteilung hat ihn gerade genehmigt.«

»Und was passiert jetzt?«

»Die Polizei wird die Familie befragen.« Sie zuckte die Achseln.

»Die Shrawis sind mächtig. Es kann gut sein, dass sie versuchen werden, die Fakten wieder zu verschleiern, aber ich habe schon mit Nusra darüber gesprochen.«

Er sah sie neugierig an. »Was haben Sie gesagt?«

»Ich habe ihr erzählt, was wir im Zoo entdeckt haben – den Schuh, meine ich. Ich habe ihr auch gesagt, dass wir Grund haben, Abir zu verdächtigen, aufgrund des Umhangs in der Hütte und wegen des Goldschmucks.«

»Ich wette, Abir hat das Gold wieder versteckt.«

»Das weiß ich nicht«, sagte Katya. »Aber als ich mit Nusra sprach, hatte sie keine Ahnung, was passiert war, und sie hat versprochen, mit der Polizei zusammenzuarbeiten.«

Nayir war voller Bewunderung, nicht nur für ihren Mut, ihre Beweismittel vorzulegen, sondern auch dafür, dass sie mit Nusra geredet hatte, die bereits eine Tochter verloren hatte und jetzt befürchten musste, eine zweite zu verlieren. »Sie erstaunen mich«, sagte er.

Sie unterdrückte ein Lächeln. »Meine Chefin hat sich schon die Freiheit genommen, Qazi anzurufen und ihn vorzuwarnen, dass gegen seine Verlobte ermittelt wird.«

Nayir grinste. »Das nenne ich kreative Gerechtigkeit.«

»Ich weiß nicht, was mit Abir geschehen wird, falls sie für schuldig befunden wird. Wahrscheinlich wird sie eine Weile im Gefängnis verbringen.«

»Das wäre wohlverdient, denke ich.«

»Ich wollte Ihnen auch sagen, dass die Abteilung einen Ermittler wie Sie gebrauchen könnte. Haben Sie je daran gedacht, für den Staat zu arbeiten?«

Er machte große Augen. »Nein.« Hatte sie ihn deswegen treffen wollen?

»Warum nicht?«

»Das ist keine gute Idee.«

»Ach, kommen Sie! Ermittlungsarbeit liegt Ihnen. Sie sind besser als so mancher, der –«

»Ich mag keine Leichen«, sagte er schnell.

Sie hörte auf zu schlecken. »Ach natürlich. Das hatte ich ganz vergessen.« Sie lächelte.

»Das ist sehr großzügig von Ihnen.«

»Aber daran kann man sich gewöhnen.« Sie unterdrückte ein Lachen.

»Hören Sie, ich kann nicht allzu lange bleiben.« Er war nervös und nahm einen Eiswürfel aus der Kühltasche, um sich damit die Hände zu säubern.

»Warum nicht?« Sie wirkte enttäuscht, und er war froh. »Ich habe einen Termin wegen einer Augenuntersuchung«, sagte er schließlich.

»Toll! Ich begleite Sie. Bei dem Optiker von neulich?«

»Ja, aber Sie brauchen nicht mitzukommen.«

»Aber ich würde gerne.« Sie musterte ihn – mit einem merkwürdigen Blick, wie er fand – und schleckte an ihrem Eis. »Betrachten Sie mich als eine professionelle Begleiterin, falls sich irgendwelche Frauen an Sie heranmachen wollen. Dann werden sie denken, ich sei Ihre Frau.«

Er spürte, wie er errötete. Idiotisch. »Frauen machen sich nicht an mich ran.«

»Doch. Sie haben bisher nur nicht darauf geachtet.«

ꕥ

»Ich freue mich, dass Sie doch vorbeigekommen sind!« Dr. Jahiz führte sie einen mit Teppich ausgelegten Korridor hinunter in ein Untersuchungszimmer. »Hatten Sie nicht gesagt, dass die Wüste Ihren Augen Probleme macht?«

»Ja.« Nayir geleitete Katya zu einem Stuhl bei der Tür und kletterte dann etwas unbeholfen auf den Untersuchungsstuhl. »Ich glaube, es ist der Staub, der meinen Augen schadet.«

»Natürlich.« Jahiz dämpfte das Licht und knipste einen Leuchtschirm mit Buchstaben an, die in Kolonnen angeordnet waren. »Lassen Sie sich das gesagt sein, es liegt immer am Staub!«

Nayir betrachtete die Kolonnen, stellte aber fest, dass er keinen einzigen der Buchstaben lesen konnte. »Eigentlich habe ich hauptsächlich in der Stadt Mühe, gut zu sehen. Ich weiß nicht warum. In der Wüste sehe ich alles.«

Im vorderen Raum klingelte ein Telefon, und der Doktor ließ die Schultern sinken. »Entschuldigen Sie mich, ich bin gleich wieder da.«

Als er fort war, hob Katya ihren Neqab, schlug die Beine übereinander und legte die Hände auf die Knie. Sie will etwas, dachte er. Er fragte sich, wieso er das wusste.

»Ich wollte Sie nächste Woche zum Abendessen einladen. Mein Vater und ich planen ein kleines Fest, nur ein paar Leute, und ich fände es schön, wenn Sie kämen.«

Nayir hob höflich die Augenbrauen, aber sein Bauch signalisierte ihm heftig etwas anderes. Abendessen? Mit ihrem Vater? Nein, nein, er war noch nicht bereit. Nicht dafür.

»Es würde mir sehr viel bedeuten«, sagte sie und sah dabei ziemlich verlegen aus. »Ich weiß, es kommt Ihnen vielleicht merkwürdig vor, aber es sind auch andere Leute anwesend, und mein Vater würde Sie gerne kennenlernen.«

Nayir nickte, es konnte auch ein Zittern sein.

»Wie gesagt, es sind auch andere Leute dabei.« Katya hob eine Augenbraue.

Vom Vorraum hörte Nayir Jahiz' irritierte Stimme. *Also die Tropfen sollten Sie jetzt sofort absetzen! Nein, nicht mit Wärme behandeln, es ist geschwollen, ya'Allah! Wo gibt's denn so was, eine Schwellung mit Wärme behandeln?* Katya wartete auf seine Antwort. Es führte kein

Weg drum herum. Sie wollte nicht nur, dass er ihren Vater kennenlernte, sondern sie wollte auch, dass er die Freunde ihres Vaters kennenlernte. Der Ärmel seines Gewandes verfing sich am Arm eines Geräts, das neben ihm stand, und er nutzte die Ablenkung einen langen Augenblick, ihn zu befreien. Jahiz' Stimme drang wieder zu ihnen. *Ja, legen Sie ruhig etwas Eis drauf. Hören Sie, wenn Sie in dieser ganzen verdammten Wüste einen Eiswürfel finden, der lange genug fest bleibt, um eine Schwellung zum Abklingen zu bringen, dann kriegen Sie von mir eine Gucci-Sonnenbrille zum Sonderpreis, nächstes Mal wenn Sie vorbeikommen … Ja, Sie haben mein Wort. Gucci!*

»An welchem Abend wollten Sie dieses Fest veranstalten?«, fragte Nayir.

»Donnerstagabend.«

»Aaahhh, donnerstags esse ich immer mit meinem Onkel zu Abend.«

»Oh.«

»Ich würde wirklich sehr gerne kommen, aber es würde meinen Onkel enttäuschen. Er hat sonst niemanden, und …«

»Ich verstehe.« Sie nickte. »Wirklich.«

Anstatt erleichtert zu sein, fühlte er sich schlecht, dass er sie enttäuscht hatte. »Vielleicht ein andermal?«, bot er an.

»Ja, das wäre schön«, sagte sie.

Der Arzt kam zurück, und Katya ließ ihren Schleier herunter. Jahiz setzte sich auf einen Stuhl auf Rädern und rollte sich in Nayirs Richtung wie ein energischer Krebs. »Also nicht vergessen: Ruhig atmen«, sage er. »Es tut nicht weh.«

Dankbar richtete Nayir seine Aufmerksamkeit wieder auf den Arzt. Abgesehen von gelegentlichen entmutigenden Bemerkungen – *du meine Güte, minus fünf im linken Auge!* und *Muss ja schwierig sein, überhaupt was zu lesen, wie?* – fand er die Untersuchung entspannend. Es war dunkel und still. Die komplizierten Instrumente, behutsam und in ehrwürdigem Schweigen gehandhabt, vermittelten ihm ein Gefühl allgemeinen Wohlbefindens. Der Doktor würde seine Augen in Ordnung bringen. Dank sei Allah, alles ließ sich in Ordnung bringen, wenn es in den richtigen Händen lag.

*Minus fünf!*

Er erinnerte sich an das Bein des Kamels, und er musste an Othman denken, an seine verzweifelte Liebe zu Nouf und an die Gefühle, die Nouf erwiderte. *Sie wollte wie ein Zackenbarsch sein.* Doch die Nouf in seiner Phantasie war bereits frei, brauste auf einer Harley-Davidson die Schnellstraße entlang. Sie trug einen Helm, der wie ein Skarabäus aussah, Alligatorhandschuhe und ein weißes Männergewand. Das Gewand peitschte ihr um die Knöchel, während sie an Sattelzügen und Geländewagen vorbeiraste wie ein verrückter Beduine auf einem Kamel des Raumzeitalters.

Jahiz erhob sich und knipste die Lesetafel aus. »Ich mache mich gleich an Ihre Brille. Es dürfte nicht länger als eine Stunde dauern. Vielleicht möchte sich Ihre Schwester in der Zwischenzeit auch die Augen untersuchen lassen?«

Nayir warf einen Blick zu Katya hinüber. Ihr Kopf zuckte mit einer Bewegung, die man als ein »Nein« deuten konnte.

»Nein danke«, sagte Nayir und kletterte von seinem Stuhl.

»Wissen Sie«, sagte Jahiz mit einem listigen Blick, »nicht viele Frauen lassen eine Sehkorrektur vornehmen. Die Männer hindern sie daran. Nur die starken und befreiten Frauen kommen hierher, um sich untersuchen zu lassen.«

Obwohl sie verschleiert war und ihre Hände in den Ärmeln steckten, spürte Nayir ihr plötzliches Zögern. Langsam drehte sie sich zu ihm, als wollte sie sagen: Keine schlechte Idee!

»Immerhin«, fuhr Jahiz fort. »Man weiß ja, dass die Frauen eigentlich die Welt sehen wollen – den ganzen Tag mit dem Schleier vorm Gesicht –, und zwar deutlich, mein Freund, deutlich.«

Nayir sah zu Katyas Neqab, der sich leicht mit ihrem Atem anhob. Sie wollte etwas sagen, dachte aber noch nach …

»Ich glaube«, sagte Nayir, »meine Schwester hat perfekte Augen.«

Er meinte sehen zu können, wie sie lächelte.

# Interview mit Zoë Ferraris

*Sie haben ein Jahr lang in Saudi-Arabien gelebt. Wie kam es dazu?*
Nach Saudi-Arabien hat mich die Liebe geführt. Ich habe meinen damaligen Mann, Essam, einen saudi-palästinensischen Beduinen, in San Francisco kennengelernt, wo wir damals beide gelebt haben. Nach der Geburt unserer Tochter sind wir nach Dschidda gezogen. Es war kurz nach dem ersten Golfkrieg, für mich als Amerikanerin also keine leichte Entscheidung. Gewohnt haben wir in einem sehr strenggläubigen muslimischen Viertel, doch seine Familie hat mich sofort als eine der ihren bei sich aufgenommen, obwohl ich die erste Amerikanerin war, die sie je getroffen haben.

*Wie sind Sie auf die Idee gekommen, einen Krimi zu schreiben, der dort, in Dschidda, spielt?*
Die Idee zur *Letzten Sure* kam mir auf einem Jacken-Basar in Dschidda, den ich mit meinem damaligen Mann besuchte. Essam kaufte sich einen Trenchcoat, genau wie Columbo einen hat, und schlug vor, dass wir doch ein Spiel daraus machen und irgendein Geheimnis aufdecken sollten (wobei das einzige Geheimnis zu dieser Zeit war, warum wir in einem der heißesten Länder der Welt auf einem Jacken-Bazar waren …). Damit war der Grundstein gelegt für diesen Krimi, der mich einige Jahre beschäftigt hat und dessen zentraler Konflikt mir so sehr am Herzen liegt. Denn die Erkenntnis, dass Männer genauso unter der Geschlech-

tertrennung leiden wie Frauen, war für mich völlig neu. In Amerika aufgewachsen, empfand ich hauptsächlich die Frauen als die Opfer dieser getrennten Gesellschaft. Ihre Situation ist tatsächlich sehr schwer – das habe ich versucht, an Figuren wie Nouf, ihren Schwestern oder auch an Katya, der Pathologin, die Nayir bei seinen Ermittlungen hilft, zu zeigen. Gleichzeitig habe ich in Dschidda gesehen, wie sehr auch die Männer mit der Geschlechtertrennung zu kämpfen haben. Ich war erstaunt über etwas, das eigentlich offensichtlich ist: Wenn es einem nicht erlaubt ist, mit dem anderen Geschlecht zu sprechen, hat man höchstwahrscheinlich Probleme, einen Partner zu finden, egal ob Mann oder Frau. Deshalb ist Nayir, meine Hauptfigur, so angelegt, wie sie ist. Verunsichert dadurch, dass er kein Beduine oder Saudi ist, verunsichert aber auch durch die offene Art einer Frau wie Katya. Es ist eine schwierige Gratwanderung für ihn: Als gläubiger Moslem darf er in bestimmte, vor allem weibliche Bereiche, nicht vordringen, gleichzeitig behindert ihn gerade das in seinen Ermittlungen.

*Wie sind Sie auf die Idee mit einem Tod im Wadi gekommen?*
Eines meiner Lieblingsbücher, *Salzstädte* von Abdulrahman Munif, beschreibt die Schönheit und die Gefahr von Regen in der Wüste so beeindruckend, dass ich es nie wieder vergessen habe. In Saudi-Arabien ist allgemein bekannt, dass Menschen sterben können, wenn Wadis überflutet werden. Es erscheint mir als eine besonders grausame Art zu sterben – getötet von dem einen Element, das man in der Wüste am dringendsten braucht – Wasser.

Außerdem wollte ich schon lange über die Wüste schreiben, und ich glaube, es ist immer noch nicht genug Wüste in diesem Roman, deshalb arbeite ich an meinem nächsten, in dem Nayir mehr Zeit in der Wüste verbringen wird.

*Wie viel von Ihrem eigenen Erleben ist in den Roman eingegangen?*
Mich verbindet viel mit den Orten, an denen der Roman spielt. Als ich in Dschidda lebte, besuchte ich den Zoo, die Wüste, amerikanische Wohnviertel, ein Treffen der American Ladies of Jeddah usw., die ja alle im Roman vorkommen. Einer meiner Lieblingsorte war der Suk in Dschidda mit besagtem Jacken-Basar. Meine Beschreibung im Buch ist sehr lebensnah, Männer kaufen dort Jacken für ihre Verlobten. Auf den Suks unter freiem Himmel konnte man alles Mögliche erstehen, aber viele der Basare hatten ein »Thema« – es gab einen für Jacken, einen für Teppiche, einen mit Haushaltswaren, einen mit Stoffen und Kleidern usw. Ich habe so viel Zeit wie möglich auf Suks verbracht, weil die Menschen sehr freundlich waren und es so viele Eindrücke gab.

Auch den Hafen in Dschidda mochte ich immer sehr. Als ich begann, an dem Roman zu schreiben, hatte ich das Gefühl, dass Nayir, meine Hauptfigur, den Hafen lieben würde. Ich habe mit meinem Ex-Mann und seinen Freunden viel Zeit auf Booten im Roten Meer verbracht. Auf dem Wasser ist es kühler und wir gingen oft nachts segeln. Dort gab es auch eine Insel, die der der Shrawis sehr ähnlich war, auf der, umrundet von schwarzen Felsen, ein wunderschöner Palast stand, und junge Prinzessinnen fuhren in der Nähe der Küste Jet-Ski. Wir wussten, dass es Prinzessinnen sein mussten, denn sie trugen nur einen Bikini. Normale Frauen hätten es niemals gewagt, sich so zu zeigen.

*Wie wurden Sie denn in der Öffentlichkeit als Frau behandelt?*
Unsere Wohnung war in Kilo Seven. Viele Male wurde ich in der Nachbarschaft von den Mutaawaiin, der »Religionspolizei«, aufgehalten. Wenn ich mit meinem Ex-Mann spazieren war, traten sie auf uns zu und sagten zu meinem Mann, dass ich meine Hände und Gelenke bedecken müsse, weil meine Haut zu sehen sei. Wenn ich alleine unterwegs war, riefen sie mir von der andere Straßen-

seite aus zu, weil sie nicht zu nah an mich herantreten wollten. Meistens habe ich sie einfach ignoriert, aber manchmal sind sie dann auf mich zugegangen, einer hat mich sogar bis nach Hause verfolgt.

*Was für Besonderheiten des arabischen Lebens beschäftigten Sie am meisten?*
Das Eindrücklichste am saudi-arabischen Leben ist die unbezwingbare Kraft der Gastfreundschaft. Die Menschen gehen unglaublich großzügig mit ihrer Zeit, ihren Häusern, ihrem Essen, sogar mit ihrer Kleidung und ihren Möbeln um. Meine Schwiegermutter hat zum Beispiel eines Tages ihr Sofa verschenkt, nur weil einer ihrer Besucher es bewunderte. Obwohl sie in einer sehr konservativen Gegend lebten, luden meine Verwandten ständig Fremde in ihr Haus ein. Und trotzdem gab es das gesellschaftliche Gebot der Zurückhaltung und des Respekts, das sich vor allem auf das andere Geschlecht bezieht. Die Männer in der Familie würden niemals eine fremde Frau anstarren; es war nicht angemessen mit dem anderen Geschlecht zu sprechen, wenn die Person nicht zur eigenen Sippe gehörte. Auf der einen Seite herrschte also eine unglaubliche Großzügigkeit und Offenheit gegenüber Fremden, auf der anderen eine nicht minder große Distanz und Zurückhaltung – ein sehr dynamischer und faszinierender Widerspruch, von dem der Westen wenig weiß. Auch deshalb hoffe ich, dass es mir gelungen ist, ein bisschen von diesem Widerspruch mit der *Letzten Sure* einzufangen.